Jenn McKinlay

Irgendwo ist immer irgendw

Jenn McKinlay

IRGENDWO IST IMMER IRGENDWER VERLIEBT

Roman

Aus dem amerikanischen Englisch von
Alexandra Rak

dtv

Ausführliche Informationen über
unsere Autorinnen und Autoren und ihre Bücher
finden Sie unter www.dtv.de

MIX
Papier aus verantwortungsvollen Quellen
FSC® C019821

Deutsche Erstausgabe
2021 bold, ein Imprint der dtv Verlagsgesellschaft mbH & Co. KG, München

Titel der englischen Originalausgabe: ›Paris is always a good idea‹
2020 erschienen bei A JOVE BOOK,
an imprint of Penguin Random House LLC, New York

Umschlaggestaltung: FAVORITBUERO, München unter Verwendung von
Illustrationen von Yvonne Schachtlbauer
Layout & Satz: Gaby Michel, Hamburg
Gesetzt aus der Le Monde Livre
Druck und Bindung: Druckerei C.H.Beck, Nördlingen
Printed in Germany · ISBN 978-3-423-23028-5

Für Alyssa Amaturo,
mein hinreißendes Blumenmädchen,
das inzwischen zu einer wunderbaren Frau herangewachsen ist.
Was für ein großartiger Mensch du doch bist – lustig,
talentiert, klug und rundweg großzügig!
Du hast mir bei diesem Buch wirklich sehr geholfen.
Dafür werde ich dir nie genug danken können!

Kapitel 1

»Ich heirate.«

»Hm?«

»Und die Farben haben wir auch schon ausgesucht, Rosa und Grau.«

»Ähm ... Rosa und was?«

»Grau. Was meinst du, Chelsea? Du kannst ganz ehrlich sein. Ist das zu retro?«

Ich starrte meinen verwitweten Vater an. Wir standen im Stadtzentrum von Boston in einem Brautmodengeschäft an der Ecke Boylston und Berkeley Street und er erzählte mir etwas über Hochzeitsfarben. *Seine* Hochzeitsfarben.

»Tut mir leid – Moment mal kurz«, sagte ich. Ich hielt meine Hand hoch und blinzelte heftig, während ich zu kapieren versuchte, was zum Teufel hier gerade vor sich ging.

Nachdem mein Vater mir eine Nachricht geschickt hatte, in der er mich aufgrund eines Notfalls zu dieser Adresse bestellte, war ich von meiner Wohnung im Cambridge hierhergerast. Ich hatte mich auf eine Herz-OP gefasst gemacht und nicht auf Hochzeitsfarben.

Plötzlich bekam ich keine Luft mehr. Ich kämpfte mit meinem einengenden Wollschal, riss mir die Mütze vom Kopf und stopfte beides in meine Taschen. Dann rieb ich mir fest über die Kopfhaut und hoffte, dass ich so das Blut in meinem Hirn zum Zirkulieren brachte. Es half nicht.

Komm schon, Martin, befahl ich mir. Reiß dich zusammen!

Ich machte den Reißverschluss meiner dicken Winterjacke auf und konzentrierte mich auf meinen Vater.

»Was hast du gesagt?«, fragte ich.

»Rosa und Grau, zu retro?«, fragte Glen Martin alias Dad. Er schob seine Drahtgestellbrille die Nase hoch und schaute mich an, als hätte er eine vollkommen vernünftige Frage gestellt.

»Nein, davor.« Ich drehte meine Hand im Kreis, um ihm klarzumachen, dass er ganz bis zum Anfang zurückmusste.

»Ich heirate!«, sagte er mit untypisch hoher Stimme, und plötzlich war ich mir sicher, dass mein normalerweise gesetzter, fünfundfünfzig Jahre alter Vater derzeit wahrscheinlich von einer zwanzigjährigen Brautzilla besessen war.

»Geht es dir gut, Dad?«, fragte ich nicht ganz unbegründet. Als ich das letzte Mal seinen Beziehungsstatus überprüft hatte, war er nicht einmal mit jemandem zusammen. »Bist du kürzlich auf einer Eisplacke ausgerutscht und auf den Kopf gefallen? Irgendwie bist du gar nicht mehr du selbst.«

»Entschuldige«, sagte er. Er streckte die Hand aus und umarmte mich spontan, noch ein Anzeichen, dass er nicht sein übliches zugeknöpftes Mathematikerselbst war. »Ich bin einfach … ich bin einfach nur unheimlich glücklich. Was hältst du davon, unser Blumenmädchen zu werden?«

»Ähm … ich bin fast dreißig.« Hoffentlich sah ich nicht so bestürzt aus, wie ich mich fühlte. Was passierte hier gerade?

»Ich weiß, aber wir planen eine Hochzeitsfeier mit allem Drum und Dran, und du und deine Schwester in passenden Kleidern im Partnerlook wärt wirklich süß. Vielleicht etwas mit Glitzer?«

»Partnerlook? Glitzer?«, wiederholte ich. Ich versuchte, aus seinen Worten schlau zu werden. Was mir nicht gelang. Vollkommen klar, mein Vater hatte komplett den Verstand verloren. Wahrscheinlich wäre es am besten, meine Schwester anzurufen.

Ich studierte sein Gesicht, um herauszufinden, wie verrückt genau er war. Die gleichen haselnussbraunen Augen, die mir jeden Morgen aus dem Spiegel entgegenschauten, erwiderten meinen Blick, aber während meine Augen oft erschöpft und glanzlos aussahen, leuchteten seine regelrecht. Er sah wirklich glücklich aus.

»Du meinst das ernst«, sagte ich und rang nach Luft. Ich schaute mich im Brautmodengeschäft um, das bis zur Decke mit ausladenden, bauschigen weißen Kleidern vollgestopft war. Das alles ergab überhaupt keinen Sinn und doch war ich hier. »Spielst du mir einen Streich?«

»Nein.« Er lächelte wieder. »Gratuliere mir, Kleines. Ich werde heiraten.«

Ich hatte den Eindruck, als würde meine Lunge kollabieren. Während der vergangenen sieben Jahre hatte ich nie, wirklich kein einziges Mal, in Betracht gezogen, dass mein Vater wieder heiraten könnte.

»Wen?«, fragte ich. Es war doch nicht etwa …? Niemals. Das wäre völliger *Irrsinn*.

»Also wirklich, Chels.« Dad richtete sich auf. Ihm entglitt sein Lächeln und er legte den Kopf zur Seite – jetzt hatte er sein Nun-bin-ich-aber-gleich-enttäuscht-Elterngesicht aufgesetzt.

Der Blick wurde mir in meinem Leben noch nicht allzu oft zuteil. Im Gegensatz zu meiner jüngeren Schwester, Annabelle, die sich unter dem Blick erst zu entfalten schien. Normalerweise gab ich in so einer Situation immer sofort klein bei, aber heute nicht.

»Sheri? Du heiratest Sheri?« Ich bemühte mich, möglichst ruhig zu bleiben. Und versagte auf ganzer Linie. Als ich einen Schritt zurückging, stolperte ich über meinen aus meiner Tasche herabhängenden Schal und landete unbeholfen auf einem der cremefarbenen Samtstühle, die überall im durch und durch femininen Geschäft standen. Wahrscheinlich war es ganz gut, dass ich saß, wenn er meine Vermutung bestätigte, würde ich nämlich in Ohnmacht fallen.

»Ja, ich habe sie gefragt, ob sie mich heiraten will, und sie hat den Antrag zu meiner großen Freude angenommen«, sagte er. Seine Lippen verzogen sich wieder zu diesem albernen, breiten Grinsen, so als könnte er einfach nicht anders.

»Aber … aber … sie hat dich doch erst vor zwei Wochen auf einer Junggesellenauktion ersteigert!«, rief ich. Ich schloss meinen Mund, bevor mir noch mehr herausrutschte.

Eine Schneiderin des Geschäfts, die sich um eine Braut auf einem Podest vor einem riesigen, dreigeteilten Spiegel kümmerte, drehte sich zu uns. Ihre schwarzen Haare hatte sie zu einem ordentlichen Knoten gebunden und ihr Gesicht war perfekt konturiert. Neben ihr kam ich mir mit meinem Make-up-freien Wochenendgesicht wie eine Vogelscheuche vor. Aber beim Verlassen meiner Wohnung hatte ich nicht im Entferntesten daran gedacht, dass die Adresse, die mein Vater mir geschickt hatte, mich zu Bridannas Brautmoden führen würde. Ich hatte mit einer Notaufnahme gerechnet; und wenn ich ehrlich war, wusste ich noch nicht genau, ob er nicht doch in eine gehörte.

Glen Martin, Mathematiker in Harvard und ein gänzlich langweiliger Familienvater, war vor meiner Schwester Annabelle genötigt worden, bei einer Junggesellenauktion für prominente Bostoner älteren Semesters mitzumachen, wodurch Geld für das Bostoner Kinderkrankenhaus gesammelt wurde. Ich war natürlich auch hingegangen, schließlich wollte ich meine Schwester und meinen Vater unterstützen, aber die Veranstaltung war größtenteils schlichtweg langweilig.

Der Höhepunkt des Abends war, als zwei Prominente wegen

eines Chirurgen in einen Bieterwettstreit traten und die Verliererin der Gewinnerin ihren Pappkartenheber übers Gesicht zog. Zum Glück war der Typ ein Schönheitschirurg, denn um die Papierschnittwunde musste sich auf jeden Fall gekümmert werden.

Mein Vater war bei den Damen nicht annähernd so beliebt gewesen. Einen Mathematiker wollte keine. Die Betonung liegt auf *keine*. Als nach ein paar Minuten qualvoller Stille der Auktionator versuchte, den einsamen Damen meinen Vater schmackhaft zu machen, wollte ich gerade selbst für ihn bieten, als Sheri, eine zierliche Brünette, ihren Kartenheber mit dem Anfangsgebot in die Höhe reckte. Dad strahlte sie voller Dankbarkeit an und dann schossen andere Bieterkarten nur so in die Höhe, aber Sheri blieb dran und sicherte sich meinen Dad für 435,40 Dollar.

»Zwei Wochen reichen völlig aus«, sagte Dad. Er zuckte mit den Schultern und streckte wie ein Blackjack-Croupier die Hände aus, um zu zeigen, dass er weder irgendwelche Karten, Jetons, oder Bargeld versteckt hatte.

Ich starrte ihn gleichermaßen schockiert und entsetzt an.

»Ich weiß, das kommt überraschend, Chels, aber wenn …«, setzte er an.

»Dad, ich denke nicht, dass eine Junggesellenauktion die Grundlage für eine stabile, langlebige Beziehung ist.«

»Du musst zugeben, dass das eine großartige Geschichte ist«, sagte er.

»Ähm … nein.« Ich wollte möglichst vernünftig klingen, so als handelte es sich hierbei um ein mathematisches Problem, wie man beispielsweise sechzig Wassermelonen in ein kleines Auto bekommt. Ich spreizte meine Hände. »Was weißt du überhaupt über Sheri?«, fragte ich. »Was ist ihre Lieblingsfarbe?«

»Rosa, Dummerchen.« Mein Vater, ein erwachsener Mann,

schaute mich mit dieser überheblichen Besserwissermiene an, die man sonst eher bei Teenagern findet. Hm.

»Also gut, wer bist du und was hast du mit meinem Vater angestellt?« Ich wollte herausfinden, ob er Fieber hatte. Vielleicht hatte er die Grippe und halluzinierte.

»Ich bin noch immer ich, Chels«, sagte er und blickte mich sanft an. »Zur Abwechslung einfach eine glücklichere Version von mir.«

Lag es wirklich nur daran? Machte ihn das so anders? Er war also glücklich? Wie konnte er mit einer Frau glücklich sein, die er kaum kannte? Vielleicht ... oje. Seit dem Tod meiner Mutter war mein Vater nicht der Geselligste gewesen. Vielleicht hatte er allmählich ... nun ja ... Bedürfnisse, und er verwechselte das mit Liebe. Oh Gott, wie sollte ich darüber mit ihm reden?

Ich schloss die Augen und holte tief Luft. Eltern taten das ständig. Also konnte ich das auch. Ich öffnete die Augen. In der äußersten Ecke standen drei Frauen in den hässlichsten hellgrünen Kleidern, die mir je untergekommen waren. Das waren eindeutig Brautjungfern, die von der Braut gehasst wurden. Und wenn ich diesem Wahnsinn keinen Einhalt gebot, würde ich bald in einer glitzernden rosafarbenen oder grauen Version an ihrer Stelle stehen.

»Setz dich, Dad«, sagte ich. »Ich glaube, wir müssen uns unterhalten.«

Er setzte sich neben mich und sah mich mit derselben Geduld an wie damals, als er mir das Schleifenbinden beigebracht hatte. Ich schaute weg. Args, das war noch peinlicher als mein Besuch beim Gynäkologen, als mich dieser wiederholt bat, weiter nach unten zu rutschen. Als wüssten die nicht, dass ein Frauenhintern bei der jährlichen Untersuchung etwas Halt braucht. *Konzentrier dich, Martin!*

»Ich weiß, dass du nun schon mehrere Jahre allein lebst.« Ich räusperte mich. »Und ich kann mir gut vorstellen, dass da ein paar Bedürfnisse unbefriedigt bleiben.«

»Nein, Chels«, sagte er. »Darum geht es nicht.«

Ich ignorierte ihn und machte ohne Blickkontakt weiter, weil, Herrgott noch mal, wenn ich diese Unterhaltung schon mit ihm führen musste, dann konnte ich ihn auf keinen Fall anschauen.

»Und ich verstehe, dass du nach so einer langen Durststrecke gar nicht richtig weißt, was du fühlst, und das ist in Ordnung«, sagte ich. Gott, das hörte sich wie ein Aufklärungsbeitrag in der Sesamstraße an. »Es ist nämlich so, du musst nicht die erste Person heiraten, mit der du nach Mom geschlafen hast.«

Bitte schön! Ich hatte es gesagt. Meinen klugen Ratschlägen folgte absolutes Schweigen. Ich wartete auf seine Erleichterung, weil er nicht heiraten musste. Und wartete. Schließlich warf ich meinem Vater einen kurzen Blick zu. Er starrte mich auf dieselbe Art und Weise an wie damals, als ich entdeckte, dass *er* in Wirklichkeit die Zahnfee war. Verlegen.

»Sheri ist nicht die Erste«, sagte er.

»Ist sie nicht?« Ich war schockiert. Wirklich schockiert.

»Nein.«

»Aber du hast nie von jemandem erzählt«, sagte ich.

»Du brauchtest nicht Bescheid zu wissen«, antwortete er. »Ich hatte keine festen Beziehungen mit ihnen.«

»Ihnen?«, rief ich. Was ich nicht wollte. Die Schneiderin funkelte mich erneut böse an.

Dad verlagerte ein wenig sein Gewicht und lächelte mir vorsichtig zu. »Vielleicht war die Idee, uns hier zu treffen, nicht gerade ideal«, sagte er verständnisvoll. »Ich dachte, du würdest dich freuen, wenn du bei der Planung unserer Hochzeit helfen kannst, aber wahrscheinlich bist du noch nicht so weit.«

»Natürlich bin ich noch nicht so weit«, sagte ich. »Und du ebenso wenig.«

»Doch, ich schon.«

»Ach ja? Dann sag mir doch mal Folgendes: Mag Sheri lieber Hunde oder Katzen?«

»Ich weiß nicht ...« Er blinzelte.

»Eben, weil ihr euch gerade mal seit zwei Wochen kennt«, sagte ich. »Erinnerst du dich noch an den Knubbel auf deiner Stirn? Den untersuchen zu lassen, hat länger als zwei Wochen gedauert, aber du willst eine Frau heiraten, bei der du dir weniger Zeit lässt als für eine Biopsie.«

Meine Stimme wurde schriller und Dad streckte mir seine Hände in einer Halt-bitte-den-Mund-Geste entgegen. Normalerweise hätte ich das auch getan, aber ich geriet gerade erst so richtig in Fahrt und holte zum finalen Schlag aus.

»Weißt du überhaupt, Dad, ob sie zu den Torten- oder Kuchenliebhaberinnen gehört?«

»Ich ... ähm ...«

»Ist dir klar, dass du in Erwägung ziehst, den Rest deines Lebens mit einer Person zu verbringen, bei der es an Geburtstagen Torte gibt?«

»Chels, ich weiß, dass das für dich alles recht plötzlich kommt«, sagte er. »Mir ist das wirklich bewusst, aber ich glaube, es spielt keine große Rolle, ob Sheri lieber Torte oder Kuchen mag. Wer weiß, vielleicht mag sie ja Eiscreme am liebsten, und Eiscreme passt zu allem.«

»Mom war eine Kuchenliebhaberin«, sagte ich. Da. Ich hatte es getan. Ich hatte das gewichtigste Argument gegen diesen überstürzten Eheschließungswahnsinn auf den Tisch gelegt. Mom.

Das Lächeln meines Vaters erlosch wie eine Streichholzflamme zwischen zwei Fingern. Ich fühlte mich miserabel, aber nicht so miserabel wie bei dem Gedanken an Sheri, die meine Stiefmutter werden sollte – oh nein, ganz bestimmt nicht.

»Deine Mutter ist vor sieben Jahren von uns gegangen, Chels«, sagte er. »Das ist für den Hinterbliebenen eine lange Zeit, in der er allein ist.«

»Aber du warst offenkundig ja gar nicht allein ...«, protestierte ich. »Und davon abgesehen, hast du Annabelle und mich.«

»Das stimmt.«

»Warum musst du dann heiraten?«, bohrte ich nach.

Dad seufzte. »Weil ich Sheri liebe und sie zu meiner Frau machen will.«

Ich keuchte. Mir war, als hätte er mich geohrfeigt. Ja, ich wusste, dass ich mies reagierte, aber das war mein Vater. Der Mann, der geschworen hatte, meine Mutter zu lieben, bis dass der Tod sie scheidet. Doch genau darin lag das Problem, nicht wahr? Meine Mutter war gestorben und mein Vater seither immer allein, zumindest bis zu dem Zeitpunkt vor zwei Wochen, als er Sheri Armstrong kennenlernte, weil sie für den nur mäßig sexy Mathematiker immer wieder ihr Auktionskärtchen gehoben hatte.

Was ich verstand. Das tat ich wirklich. Alle wussten, dass ich in einen Bieterrausch verfallen war, als auf eBay ein funkelnagelneues Paar Jimmy Choos angeboten wurden. Es ist schwierig, etwas loszulassen, das zum Greifen nah ist, vor allem wenn ein anderer Bieter ständig den Einsatz erhöht. Aber wir sprachen hier von meinem Vater und nicht von Schuhen.

Eine der Brautmodenangestellten kam mit einem Tablett voller Mimosa-Gläser. Ich schnappte mir zwei und schüttete das sprudelnde Getränk in mich. Hoffentlich waren darin mehr Umdrehungen als Fruchtfleisch. Die Kohlensäure prickelte gegen meinen Gaumen. Könnte das Getränk doch nur den Geschmack der alarmierenden Neuigkeiten wegspülen.

»Hör mal, ich kann mir vorstellen, dass es eine berauschende Sache ist, wenn man für eine Horde alleinstehender, scharfer Frauen plötzlich zum Objekt der Begierde wird …«

»Ach, kannst du das?« Dad stützte sein Kinn auf eine Hand und schaute mich verschmitzt mit hochgezogenen Augenbrauen an.

»Na gut, nicht wirklich, aber was ich sagen will – und das meine ich jetzt tatsächlich –, du und Sheri habt euch ein Luftschloss gebaut«, fuhr ich fort. »Natürlich schwelgt Sheri noch in ihrem Sieg, weil sie dich ersteigert hat, aber das bedeutet noch lange nicht, dass sie dich heiraten sollte. Warum, bitte schön, musst du sie heiraten? Warum könnt ihr nicht einfach wie andere alte Leute in Sünde zusammenleben?«

»Weil wir uns lieben und heiraten wollen.«

»So schnell weiß man das doch noch gar nicht«, widersprach ich. »Das ist unmöglich. Noch ist ihre Stellvertreterin da.«

Mein Dad runzelte die Stirn, er verstand eindeutig nicht, was ich meinte.

»Die ersten sechs Monate bis hin zu einem Jahr bist du nicht wirklich mit jemandem zusammen«, erklärte ich. »Du lernst nur seinen Stellvertreter kennen. Die Person, die den Toilettendeckel oben lässt und die Ketchupflasche im Kühlschrank nicht findet, obwohl sie genau vor ihrer Nase liegt, zeigt sich in einer Beziehung erst Monate später. Glaub mir.«

»Wovon redest du? Selbstverständlich treffe ich mich mit einem Menschen. Ich kann dir versichern, dass Sheri durch und durch eine Frau ist«, sagte er. »Aber hallo, und was für eine.« Mein Dad bekam rote Ohren und ich spürte, wie mein Gesicht vor Verlegenheit ganz heiß wurde. Ich ließ nicht locker.

»Also erstens, Dad, *igitt*«, sagte ich. »Und zweitens zeigt der Stellvertreter eines Menschen sich nur von seiner besten Seite.

Nach zwei Wochen kennst du die echte Sheri überhaupt noch nicht. Die echte Sheri versteckt sich rund um die Uhr hinter perfekt gestylten Haaren und sorgfältig aufgetragenem Make-up, ist die Ruhe in Person und lacht über deine flachen Witze. Obwohl sie nicht lustig sind.«

»Nein, nein und wieder nein.« Er schüttelte den Kopf. »Ich habe sie schon ohne Make-up gesehen. Und sie gerät durchaus in Rage – du solltest einmal mit ihr Auto fahren. Das hat meinen Wortschatz erweitert. Sehr lehrreich. Außerdem sind meine Flachwitze sehr wohl lustig.«

Ich verdrehte die Augen. Da lag ein hartes Stück Arbeit vor mir. Ich musste wohl etwas direkter werden.

»Ich hasse es, unhöflich zu werden, Dad, aber du lässt mir keine andere Wahl. Vielleicht heiratet sie dich nur wegen deines Geldes.« Args, ich kam mir schrecklich vor, das auszusprechen, aber er musste vor Goldgräberinnen geschützt werden. Eigentlich tat ich ihm einen Gefallen.

Überraschenderweise lachte er. »Sheri ist um einiges vermögender als ich. In dieser Beziehung bin ich der Wohltätigkeitsfall.«

»Warum um Himmels willen möchte sie *dich* dann heiraten?«, fragte ich.

Die Worte waren draußen, bevor ich mein Gehirn eingeschaltet hatte, um sie hinunterzuschlucken. Es war abscheulich, so etwas zu sagen. Ich wusste das, aber ich war am Ausflippen und Verzweifeln und kam mit der Situation überhaupt nicht zurecht.

»So habe ich das nicht gemeint«, setzte ich an, aber er unterbrach mich.

»Auch wenn du es nicht für möglich hältst, unter Leuten meines Alters bin ich ein ganz guter Fang.«

Er stand auf und nahm seinen Mantel von der Garderobe. Als

er ihn überzog, sah er kurz verletzt aus, und mein Magen zog sich zusammen. Ich liebte meinen Vater. Ich wollte ihn auf keinen Fall verletzen und doch hatte ich genau das getan. Und zwar sehr. Ich war der letzte Abschaum.

»Es tut mir leid, Dad. Wirklich. Ich wollte nicht …«, sagte ich, doch er unterbrach mich.

»Doch, wolltest du, was mich leider nicht einmal überrascht«, sagte er. »Hör mal, ich habe den Verlust deiner Mutter an jedem einzelnen Tag seit ihrem Tod betrauert und ich werde ihr an jedem einzelnen Tag bis zu meinem Lebensende nachtrauern, aber ich habe jemanden gefunden, der mich glücklich macht, und ich will mein Leben mit ihr verbringen. Das hebt nicht auf, was ich mit deiner Mutter hatte.«

»Ach nein?« Ich haderte. Hier waren wir am springenden Punkt angelangt. Genau das hatte mich seit seiner Ankündigung gestört. Warum sah er nicht, dass er durch die Auswechslung meiner Mutter ihre gemeinsame Vergangenheit mit den Füßen trat? »Sheri wird deinen Namen annehmen, oder? Und in unser Haus ziehen, richtig? Also gibst du alles, was einmal Mom gehört hat – den Namen Mrs Glen Martin, das Haus, das sie liebte und wo sie ihre Kinder großgezogen hat –, einer anderen Frau. Und dann erzählst du mir wahrscheinlich als Nächstes, dass ich sie Mutter nennen soll.«

Über sein Gesicht huschte kurz ein schlechtes Gewissen.

»Nein.« Ich schüttelte den Kopf. »Niemals.«

»Ich verlange ja nicht, dass du sie so nennen musst. Es ist nur so, dass Sheri nie eine eigene Familie hatte, und einmal erwähnte, wie sehr sie sich darauf freut, Töchter zu bekommen. Es wäre schön, wenn du darüber nachdenken könntest, ob es nicht auch etwas Gutes hätte, dass es in deinem Leben wieder eine Mutterfigur gibt.«

»Ich bin nicht ihre Tochter und werde das auch niemals sein«, sagte ich und bekam kaum noch Luft. »Wie kannst du nur so tun, als würde all das Mom nicht auslöschen.«

Dad starrte mit schräg gelegtem Kopf auf mich herab, außerdem hatte er seine rechte Augenbraue hochgezogen, ein Doppelschlag väterlicher Enttäuschung. Er wickelte sich den Schal um den Hals und zog die Handschuhe an.

»Weißt du was? Ich habe keine Ahnung, ob Sheri meinen Nachnamen annehmen wird. Wir haben noch nicht darüber gesprochen«, sagte er. »Und was das Haus betrifft, plane ich, es zu verkaufen, damit wir unser Leben an einem neuen Ort beginnen können.«

Ich holte überrascht Luft. Mein Elternhaus. Meine Vergangenheit. Verkauft? An Fremde? Bestimmt würde ich mich gleich übergeben. Stattdessen trank ich meinen Sekt mit Orangensaft aus.

»Sheri und ich werden in drei Monaten heiraten«, sagte er. »Wir dachten an eine schöne Junihochzeit und würden uns sehr wünschen, dass du Teil davon bist.«

»Als Blumenmädchen?«, fragte ich höhnisch. »Wessen verrückte Idee war das denn?«

»Das war Sheris Idee«, sagte er und bekam schmale Lippen. »Sie war noch nie verheiratet und ist ein wenig aufgeregt. Was ich eigentlich ganz reizend finde.«

»Ein dreißigjähriges Blumenmädchen«, antwortete ich so feinfühlig wie ein Drängler im Verkehrsstau. Ich konnte einfach nicht klein beigegeben.

»In Ordnung, ich hab's kapiert. Dann wirst du von mir aus eben kein Blumenmädchen«, sagte er. »Du kannst mich der Braut übergeben, du kannst mein Trauzeuge sein oder meine Brautjungfer, meinetwegen kannst du auch den verdammten Traugottesdienst abhalten. Ich möchte einfach, dass du dabei bist.

Sheri und mir bedeutet es unendlich viel, deinen Segen zu bekommen.«

Ich starrte ihn an. Dieser sanftmütige Mathematikprofessor, der mir beigebracht hatte, wie man einen Curveball wirft, Fahrrad fährt und einem Jungen notfalls das Knie in die Weichteile rammt, hatte noch nie entschlossener gewirkt. Er meinte es ernst. Er würde Sheri Armstrong heiraten und es gab, verflucht noch mal, nichts, was ich dagegen tun konnte.

»Ich … ich.« Mir fehlten die Worte. Ich hätte ihm gerne gesagt, dass es in Ordnung war, dass er verdiente, glücklich zu sein, dass ich jedes Amt übernehmen würde, das er mir zuteilte, aber ich bekam keine Luft. Ich war wie ein Fisch an Land, öffnete und schloss meinen Mund und versuchte herauszufinden, wie man atmete.

Mein Vater stellte seinen Mantelkragen hoch und wappnete sich für die kalte Märzluft. Er wirkte gleichermaßen enttäuscht und frustriert. »Überanstreng dich nicht.«

Während ich wie erstarrt dasaß, wandte er sich ab. Ich hasste das. Ich wollte nicht, dass wir so auseinandergingen. Doch die plötzliche Wendung der Ereignisse war dermaßen schockierend, dass ich nahezu katatonisch war. Unglücklich wartete ich darauf, dass er fortging, aber er drehte sich wieder zu mir. Statt wütend auf mich zu sein, dann hätte ich bestimmt auf stur gestellt und ihm Kontra geben, sah er traurig aus.

»Was ist nur los mit dir, Mäuschen?«, fragte er. »Du warst einmal das Mädchen mit dem großen Herzen, das die Welt retten wollte.«

Ich antwortete nicht. Seine Verwirrung und Enttäuschung schwappte über mich wie ein Zuber mit sauer gewordener Milch.

»Ich bin erwachsen geworden«, antwortete ich. Aber das klang selbst in meinen Ohren wie eine Schutzbehauptung.

Er schüttelte den Kopf. »Nein, bist du nicht. Ganz im Gegenteil.«

»Machst du Witze? In den letzten sieben Jahren habe ich Millionen an Spendengeldern gesammelt, um den Kampf gegen Krebs zu unterstützen. Wie kannst du da behaupten, ich wäre nicht erwachsen geworden?«, fragte ich und schäumte vor Empörung. »Ich versuche, etwas in der Welt zu bewegen.«

»Das betrifft deine Karriere«, sagte er. »Wenn man in seinem Beruf Großartiges leistet, heißt das noch lange nicht, dass die Persönlichkeit wächst. Schau dir dein Leben doch an, Chels. Du arbeitest sieben Tage die Woche. Und nimmst dir nie frei. Verabredest dich nicht. Du hast keine Freunde. Verdammt, und wenn wir nicht unseren festen Brunchtermin hätten, würde ich dich wahrscheinlich nur an den Feiertagen zu Gesicht bekommen. Seit deine Mutter gestorben ist, hast du dich emotional von uns allen abgekapselt. Was ist das für ein Leben?«

Ich wandte meinen Kopf ab und starrte durchs Fenster auf die Boylston Street. Unglaublich, wie mein Vater meinen Einsatz für die American Cancer Coalition einfach abtat. Ich hatte mir den Arsch aufgerissen, um die beste Spendensammlerin der Organisation zu werden, und mit Ausnahme eines lästigen Kollegen war dieser Status auch unangetastet.

Er seufzte. Ich schaute nicht zu ihm. »Ich behaupte ja nicht, dass das, was du erreicht hast, unwichtig wäre. Du hast dich die letzten Jahre über einfach nur verändert. Ich weiß gar nicht mehr, wann du das letzte Mal jemand Besonderen mit nach Hause gebracht hast. Es ist, als würdest du dich von allem abschotten, seit deine Mutter …«

Ich riss den Kopf herum. Er sollte es bloß nicht wagen, im selben Gespräch, in dem er mir verkündete, dass er heiratete, von meiner Mutter zu sprechen.

»Chels, da bist du ja!«, rief eine Stimme von den Umkleiden auf der anderen Seite des Geschäfts. Als ich mich umdrehte, entdeckte ich meine jüngere Schwester, Annabelle, die in einer Explosion aus rosarotem Satin und Tüll mit einem breiten Streifen funkelnder Kristalle dort stand.

»Was. Ist. Das?« Ich blickte zwischen Annabelle und unserem Vater hin und her. Die Kristalle reflektierten das fluoreszierende Deckenlicht und ich sah Sternchen, vielleicht hatte ich aber auch einen Schlaganfall. Schwer zu sagen.

»Das ist unser Kleid!«, kreischte Annabelle. Dann kam sie zu uns und wirbelte im Kreis. Der lange Tüllrock fächerte sich unter dem eng anliegenden Satinmieder aus, ihre langen dunklen Locken drehten sich mit. Sie wirkte wie eine verrückt gewordene Märchenprinzessin. »Gefällt es dir oder gefällt es dir?«

»Nein, es gefällt mir nicht. Es ist zu rosa, zu bauschig, von allem zu viel!«, rief ich.

Die Schneiderin funkelte mich an, als würde sie jeden Augenblick ein paar Stecknadeln aus ihrem Nadelkissen ziehen, das um ihr Handgelenk gebunden war, und wild auf mich einstechen. Ich sprach ein wenig leiser. »Habt ihr beide den Verstand verloren? Jetzt mal im Ernst, was zum Teufel geht hier vor?«

Annabelle kam taumelnd zum Stehen. Durch das Herumwirbeln war sie wacklig auf den Beinen und wirkte nicht besonders märchenhaft, sondern eher wie eine betrunkene Prinzessin.

»Wie kannst du dich darüber nur freuen?«, blaffte ich sie an und zeigte auf das Kleid. »Hast du mich in deinen siebenundzwanzig Jahren so wenig kennengelernt? Wie konntest du nur annehmen, dass ich damit einverstanden wäre?«

Annabelle hielt sich an der Stuhllehne fest, um ihr Gleichgewicht zu finden. »Meinst du mit ›damit‹ das Kleid oder die ganze Hochzeitsgeschichte?«

»Natürlich die ganze Hochzeitsgeschichte«, knurrte ich. »Dad steckt ja wohl offensichtlich in einer Midlifecrisis und du machst da eben mal mit. Also wirklich, Annabelle.«

Annabelle blinzelte verdattert. »Welche Midlifecrisis? Dad will heiraten. Das ist großartig.«

»Du bist ja genauso übergeschnappt wie Dad!«, verkündete ich. »Zwei Wochen reichen nicht aus, um herauszubekommen, ob man jemanden heiraten sollte oder nicht. Meine Güte, es dauert länger, einen Pass zu beantragen. Was geht in deinem Hirn vor, dass du diesen Wahnsinn unterstützt?«

»Jetzt bist du aber ungerecht, Chels, und das weißt du auch«, sagte Dad.

Ich muss wohl wie ein wütender Stier ausgesehen haben, denn mein Vater änderte sofort die Taktik, sein Gesicht wurde weicher.

»Seit wann lässt du keine Liebe mehr in dein Herz?«, fragte er. Seine Stimme klang ganz sanft und voller väterlicher Sorge, was wie ein Paar Schuhe zwickte, das zu klein geworden war, aber ich ignorierte den Schmerz. »Willst du so wirklich dein Leben verbringen, Chels, ohne einen besonderen Menschen, mit dem du es teilen kannst? Also ich will das nicht.«

Ich drehte mich wieder zum Fenster und weigerte mich zu antworten. Er seufzte schwer und ging. Ich sah dabei zu, wie seine Spiegelung im Fensterglas immer kleiner und kleiner wurde. Ich konnte mich gar nicht daran erinnern, wann wir uns das letzte Mal gestritten und die bösen Worte, die wie ein eiterndes Geschwür zwischen uns lagen, nicht ausgeräumt hatten. Seit Moms Tod war uns allen nur zu bewusst, wie kostbar das Leben war, und am Ende einer Unterhaltung versicherten wir uns immer, dass wir uns lieb hatten, auch wenn es mal Meinungsverschiedenheiten gab.

Ich überlegte mir, ob ich ihm nachrennen sollte, um mich zu

entschuldigen und ihm zu sagen, dass ich mich für ihn und Sheri freute. Aber das wäre gelogen und meine Schauspielkünste reichten nicht aus, um das glaubhaft durchzuziehen. Ich konnte mich einfach nicht dazu durchringen. Stattdessen schüttete ich meinen zweiten Sekt hinunter, denn auf einen Sekt konnte man sich im Gegensatz zu seiner Familie immer verlassen.

Kapitel 2

»Warte auf mich«, sagte Annabelle. »Ich zieh mich um und dann können wir reden, in Ordnung?«

Ich antwortete nicht. Stattdessen ignorierte ich meine Schwester einfach, stellte meine leeren Gläser auf den Tisch, verließ das Brautmodengeschäft und ging in die entgegengesetzte Richtung, die mein Vater eingeschlagen hatte. Das war eine kindische Aktion – ich weiß –, aber ich war am Boden zerstört und wollte im Moment mit niemandem sprechen.

Kurz darauf klingelte mein Handy. Annabelle rief zweimal an. Ich ging nicht ran. Annabelle schrieb mir drei Nachrichten. Ich las sie nicht. Sie versuchte, mich per Videochat zu erreichen. Nein, einfach nur nein. Ich war zu wütend – nee, das traf es nicht richtig. Fassungslos? Schon eher, aber noch nicht ganz.

Das, was mich umtrieb, steckte tief in einem Strudel aus Gefühlen. Ich konnte es nicht einordnen.

Als ich an einem Zebrastreifen stehen blieb, zwickte mich die kalte Märzluft wie eine unterschwellig aggressive Tante in die Wangen. Ich zog den Reißverschluss meines Mantels hoch, wickelte den Schal um meinen Hals und setzte meine Mütze auf. Die hinterhältige frische Luft fand trotzdem noch einen Weg und kroch in meinen Mantelkragen bis auf meine Haut. Glücklicherweise war ich wie betäubt und spürte es kaum.

Verrat. Das war es, was ich fühlte. Und er schmerzte ungemein.

Ich ging die zweieinhalb Kilometer zu meinem Appartement einschließlich des besonders kalten Wegstücks über die Longfellow Bridge zu Fuß und kochte innerlich bei jedem Schritt. Man könnte meinen, dass mir durch meine Wut heiß wurde. Tat es aber nicht. Was vor allem daran lag, dass Annabelle nicht lockerließ. Sie rief an und schrieb und rief an und schrieb. Ich liebte meiner Schwester zutiefst. Wirklich, sie war mein Ein und Alles, aber manchmal machte mich ihre Hartnäckigkeit fertig.

Ich schloss die Haustür auf und trat ins Treppenhaus, endlich kam ich aus dem eisigen Wind. Als ich die Stufen zu meiner Wohnung hochging, fiel die Tür hinter mir automatisch ins Schloss. Mein Handy klingelte erneut, diesmal nahm ich Annabelles Anruf an.

»Wann hat Dad dir davon erzählt?«, fragte ich.

»Hallo erst mal, Schwesterchen.« Ihre Stimme triefte vor Sarkasmus, überrascht klang sie nicht. »Ich dachte schon, du würdest gar nicht mehr rangehen.«

Ich wusste genau, dass meine jüngere Schwester meiner Frage auswich, was meine Entrüstung allerdings nur weiter befeuerte. Nicht genug, dass mein Vater wieder heiraten wollte, ich würde jede Wette eingehen, dass er Annabelle viel früher davon erzählt hatte als mir. Hätte er uns das nicht gemeinsam mitteilen sollen? Jetzt hatte ich den Haken an der Geschichte gefunden und der würde meinen Zorn garantiert halten.

»Wann?« Ich zog den Wintermantel aus und hängte ihn an die Garderobe auf der Rückseite meiner Wohnungstür. Ich tigerte durch mein Appartement und vermied die knarrende Diele in der Mitte des Raums. Ich wohnte im ersten Stock eines zweistöckigen Stadthauses in der Worcester Street in Cambridge, einem Vorort von Boston. Die Wohnung hatte große Fenster, Holzdielen und es zog dort wie auf dem Bahnsteig, aber der Blick aus meinem abgetrennten Schlafzimmer auf die Müllcontainer unten in der Straße war einmalig.

An der Wohnungstür klingelte es. »Warte mal kurz.«

Ich durchquerte das Zimmer und drückte auf die Gegensprechanlage. »Ja?«

»Ich bin's.« Die Stimme meiner Schwester erscholl in Stereo aus meinem Handy und der Gegensprechanlage. Dermaßen Hi-Fi zu sein, gelang auch nur Annabelle.

»Du bist da?«, fragte ich.

»Offensichtlich«, sagte Annabelle. »Nachdem du mich einfach abserviert hast, habe ich mich gleich auf den Weg gemacht.«

»Oh.« Ich weigerte mich, mir ein schlechtes Gewissen machen zu lassen, und drückte auf den Türöffner. »Komm hoch.«

»Danke.« Annabelle legte auf und ich öffnete die Tür.

Sie sprang die Treppe hoch und geriet nicht einmal außer Puste. Ich runzelte die Stirn. Ich lebte jetzt schon seit fünf Jahren hier und schnaubte und keuchte mich noch immer bis zum Treppenabsatz von meiner Wohnung. Ich trat zur Seite, ließ meine Schwester herein und verschloss dann die Tür. Annabelle zog rasch ihren lila Wollmantel aus und warf ihn auf einen Stuhl. Das nervte. Ich hängte ihn an den freien Haken, der für Gäste reserviert war.

Als ich mich umdrehte, hatte sich Annabelle auf die Couch gefläzt. In ihren schwarzen Leggings, schwarzen Stiefeletten und einem übergroßen, dunkelgrauen Longpulli zusammen mit den dunklen, langen Locken, die ihr Gesicht umrahmten, sah sie aus wie eine Spinne. Ich weiß, das war kein netter Vergleich, aber ich war noch immer sauer auf meine Schwester, also egal.

Ich kehrte zu unserer Unterhaltung zurück. »Seit wann wusstest du es?«

»Ich habe Dad geholfen, den Ring auszusuchen«, sagte sie. Sie sprach ganz leise, fast flüsternd, damit ich nicht ausrastete. Aber sicher doch. Annabelle rieb sich mit der Seite ihres Zeigefingers mehrmals über die Wimpern. Ein untrügliches Zeichen, dass sie gestresst war. Das scherte mich nicht. Sollte Annabelle ruhig gestresst sein – genau genommen sollte sie sogar panische Angst haben.

»Und wann war das?«, grollte ich. Ich machte auf dem Absatz kehrt und stapfte in die Küchenzeile.

»Keine Ahnung.« Annabelle ließ ihre Hand sinken und zuckte mit den Schultern.

»Wann?« Ich knirschte so sehr mit den Zähnen, dass mein Kiefer wehtat. Fragend hielt ich einen Kaffeebecher hoch. Annabelle nickte.

»Ich glaube, das ist nun schon ein paar Tage her«, sagte sie, wobei ihre Stimme nach oben ging, als würde sie eine Frage stellen.

Aber das war keine Frage. Sie wusste, an welchem Tag sie den Ring gekauft hatten. Sie wollte lediglich den Schlag abmildern. Ich wappnete mich. Dann stellte ich den Becher unter die Kaffeemaschine und drückte auf Start, ehe ich mich wieder meiner Schwester zuwandte.

»Musst du erst im Kalender nachschauen?«, fragte ich. »Dort an der Wand hängt einer.«

Annabelle atmete hörbar aus und funkelte mich an. »Nein, es ist drei Tage her.«

»Und du hast mir nichts davon erzählt?« Meine Stimme wurde ganz rau und brüchig. Ich drehte mich weg, holte die Milch aus dem Kühlschrank und einen Löffel aus der Besteckschublade.

»Dad hat mich darum gebeten.«

Als ich aufschaute, sah mich meine Schwester mitfühlend an, das tat weh.

»Also hast du es nicht gemacht. Bedeute ich dir so wenig?«

»Natürlich nicht, aber …«

»Aber was?«, fragte ich provozierend. Ich fühlte mich ausgeschlossen und das gefiel mir gar nicht.

Annabelle schwieg.

Ich wartete ein paar Sekunden. »Aber was, Annabelle?«, blaffte ich sie an.

»Dad ist total glücklich und ich wollte nicht, dass du das verdirbst«, sagte sie.

Die Kaffeemaschine piepte, Annabelle schob sich von der Couch und gesellte sich zu mir in die Küche. Sie nahm den Becher und überließ es mir, das Kaffeepad auszutauschen und meinen eigenen Becher unter den Auslauf zu stellen. So typisch.

»Es verderben? Wie kommst du auf die Idee, dass ich es verderben würde? Bloß weil sie sich gerade mal seit zwei Wochen kennen und die ganze Angelegenheit vollkommen dämlich ist und verrückt und schwachsinnig und albern und …« Mir fiel nichts mehr ein, aber ich weigerte mich, Annabelle recht zu geben.

»Wie ist es denn gelaufen, als Dad dir von seinen Hochzeitsplänen erzählte?«, fragte Annabelle. »Tut mir leid, dass ich das verpasst habe, ach ja, ich hatte ja gerade Kleider für ihren besonderen Tag anprobiert«, sagte sie beißend, als sie an der Küchentheke auf einen Hocker rutschte. Das brachte mich in die Defensive.

»In Ordnung«, log ich.

»Ach, als Dad dir also erzählte, dass er um Sheris Hand angehalten und sie eingewilligt hat, bist du vor Freude an die Decke gesprungen und ihm um den Hals gefallen?«

»Nicht direkt.«

»Hast du ihm deine Hand entgegengestreckt, um ihn abzuklatschen?« Annabelle trank einen Schluck Kaffee und schaute über den Rand ihrer Tasse mit zusammengekniffenen Augen zu mir. Ihren Kaffee trank sie immer schwarz, wie auch sonst.

»Nein.«

»Gettofaust?«

»Hör auf.«

»Hast du ihm in irgendeiner Art und Weise gratuliert?« Sie blieb hartnäckig.

Ich antwortete nicht. Ich hasste es, wenn sie recht hatte.

Auf dem ganzen Planeten gab es wahrscheinlich keine unterschiedlicheren Schwestern als Annabelle und mich. Als die drei Jahre Ältere war ich die Brave von uns beiden, die immer nur Einsen schrieb, sich an außerschulischen Aktivitäten beteiligte und in erster Linie dazu da war, unsere Eltern zu erfreuen. Im Gegensatz zu Annabelle.

Annabelle, die als Grafikdesignerin inzwischen in einem Loft in der Newbury Street lebte, war damals ein Wildfang. Impulsgesteuert zählte sie eher zu dem Was-scheren-mich-Verbote-wenn-mir-vergeben-wird-Typus, der in Miniröcken und Springerstiefeln herumlief und in seinem ach so kreativen Dasein unangemessene Ausdrücke verwendete und Regeln lediglich als Richtlinien betrachtete.

Mit sechzehn ließ sie sich ihr erstes Tattoo stechen, illegal; mit siebzehn wurde sie wegen unerlaubten Alkoholkonsums das erste Mal verhaftet; und jetzt, im reifen Alter von siebenundzwanzig, hatte sie sich kürzlich von ihrem zweiten Ehemann scheiden lassen, einem Typen, den sie gerade mal zwei ganze Monate kannte, bevor die beiden sich das Jawort gaben. Daher war es nicht wirklich überraschend, dass sich unser Vater erst ihr anvertraut hatte, schließlich schien Annabelle zu glauben, dass eine Heirat nicht länger halten musste als ihre Laufschuhe.

Ich weiß, dass ich gerade gemein war, aber ich würde deswegen bestimmt kein schlechtes Gewissen bekommen. Ich war zu sauer.

»Hallo, Chels? Bist du noch da?« Annabelle wedelte mit ihrer Hand vor meinem Gesicht.

»Ja, bin ich.« Die Kaffeemaschine piepte wieder und ich nahm meinen Becher. Das Porzellan in meinen Händen war ganz heiß, was mir bewusst machte, dass ich fror.

»Also, hast du Dad nun irgendwie gratuliert?«

»Wenn erschrocken mit offenem Mund dastehen als Gratulation zählt, dann ja, das habe ich hinbekommen«, sagte ich.

»Du hast nichts gesagt?«, fragte sie fassungslos.

Es war nahezu unmöglich, Annabelle zu schockieren, und zu jedem anderen Zeitpunkt hätte ich meinen Sieg genossen. Heute aber flammte irgendwo tief in mir drinnen ein Funken Scham auf, was ich mit zwei Zuckerstücken und einem ordentlichen Schuss Milch in den Griff bekam.

»Ich schätze, den Teil hast du auch verpasst«, sagte ich. »Ich hätte da mal eine Frage: Wessen hirnverbrannte Idee war es eigentlich, mich damit in einem Brautmodenladen zu überfallen? Niemand hat mich vorgewarnt, darauf vorbereitet oder auch nur langsam an die Vorstellung gewöhnt, dass Dad sein Leben wegwirft, indem er eine völlig Fremde heiratet. Ich meine, also echt, kennt ihr mich überhaupt?«

Annabelle nickte. »Das ist ein gutes Argument. Nachdem Dad den Ring ausgesucht und ihr den Antrag gemacht hat, waren wir, ehrlich gesagt, so aufgeregt …«

Meine Schwester verstummte, deswegen ergänzte ich, was sie nicht zugeben wollte. »Ihr wart so aufgeregt, dass ihr mich vollkommen vergessen habt.«

»Nein, wir … beziehungsweise, okay, ja«, gab sie zu. »Haben wir.«

»Autsch.« Ich zog das Wort möglichst in die Länge, damit sie ein ordentlich schlechtes Gewissen bekam. Annabelle wurde blass, das hatte also gesessen.

Trotzdem fühlte ich mich nicht besser und ich hätte zu gern

noch zwei Mimosas. Stattdessen musste es Trostnahrung tun, ich brauchte unbedingt irgendetwas zwischen die Zähne, was die Traurigkeit in meiner Seele vertrieb. Ich öffnete die Tür meines Vorratsschranks und starrte auf die ordentlich gestapelten Packungen Haferflocken, einen Brotlaib und ein Glas Erdnussbutter. Keine Kekse. Verdammt! Das war bedauerlich. Also warf ich die Tür zu.

»Es tut mir leid, Chels. Wir hätten dich früher einweihen sollen«, sagte Annabelle. »Aber darf ich dich etwas fragen?«

»Was?«, wollte ich wissen. Ich inspizierte gerade mein Gefrierfach, womöglich war dort ja auf wundersame Weise ein Becher Ben & Jerry's Karamel-Sutra-Eiscreme aufgetaucht. War es nicht.

»Wenn ich dir vor ein paar Tagen schon davon erzählt hätte, hättest du dann überhaupt anders reagiert?«

Ich schlug das Gefrierfach zu und starrte meine Schwester an. »Ich schätze, das werden wir nie erfahren.«

»Wirklich?«, fragte Annabelle. Sie nippte an ihrem Kaffee. »Ich denke, wir wissen es doch.«

Ihre hochmütige Art erwischte mich auf dem falschen Fuß. »Diese Frau hat unseren Vater vor zwei Wochen auf einer Junggesellenauktion für prominente Bostoner ersteigert. Für eine Heirat kennt er sie noch nicht gut genug. Wie kannst du damit einverstanden sein?«

»Weil ich sie mag«, sagte sie.

»Du magst sie?«, fragte ich. »Du kennst sie doch auch nicht!«

»Ich kenne sie besser als du«, sagte sie und klang dabei ziemlich arrogant. Das nervte.

»Also schön.« Ich verdrehte die Augen und trank einen Schluck aufputschenden Kaffee. Der vertrieb jedweden Schwips, den mir meine Mimosas beschert hatten, was in der Situation wahrscheinlich ganz gut war, aber was für eine Verschwendung.

»Ich bringe meine Schmutzwäsche noch immer zu Dad, daher sehen wir uns regelmäßig sonntagabends«, sagte sie. »Sheri war die letzten beiden Sonntage dort und wir haben Zeit miteinander verbracht. Letztens sind wir sogar zusammen in eine Ausstellung im Kunstmuseum gegangen.«

»Du hast dich mit ihr angefreundet«, sagte ich vorwurfsvoll.

»Ich versuche es zumindest«, sagte sie. »Ehrlich, ich mag Sheri. Sie ist schräg und lustig.«

»Sie will, dass wir ihre Blumenmädchen werden«, sagte ich ungehalten. »Das ist nicht schräg – das ist bizarr.«

Annabelle runzelte die Stirn. »Also ich finde es witzig. Sie war noch nie verheiratet. Sie ist aufgeregt.«

»Würg«, brummte ich. Mir fehlten ungelogen die Worte.

»Was ist denn schon dabei, wenn sie gerne möchte, dass wir die gleichen Kleider tragen und Rosenblätter streuen? Es ist doch egal, solange sie Dad glücklich macht.«

Was redete sie denn da für einen Unsinn. Annabelle klang wie die Selbstlosigkeit in Person, wo ich doch immer dachte, das wäre meine Rolle als ältere Schwester. Das ließ mich angesichts der ganzen Situation natürlich noch ungehaltener werden.

»Das hätte ich mir ja denken können«, sagte ich. »Seit Mom gestorben ist, waren es immer du und Dad gegen mich. Wie konnte ich bloß auf die Idee kommen, dass du plötzlich auf meiner Seite stehst, bloß weil er eine komplett Fremde heiratet.«

»Ach komm schon, Chels. Das ist völliger Bockmist und das weißt du auch. Dad und ich habe uns nie gegen dich verbündet«, sagte sie. »Weißt du was, wenn du dir mal einen Tag freinehmen und mit uns verbringen würdest, wärst du auch eher auf dem Laufenden.«

»Hör auf, mich zu bevormunden. Was ich mache, ist sehr wichtig.«

Annabelle schwieg einen Moment. »Deine Familie auch«, sagte sie dann.

»Das weiß ich«, antwortete ich, in mir brodelte es. »Ich weiß das besser als jeder andere. Deswegen tue ich auch, was ich tue.«

»Hör mal, du bist nicht die Einzige, die Mom verloren hat.« Sie schob den Becher zur Seite und lehnte sich ganz nah zu mir nach vorn. Ich würde ganz bestimmt nicht zurückweichen. »Was ist mit der Familie, die noch immer da ist, noch immer lebt, noch immer möchte, dass du ein Teil von ihr bist? Du hast uns seit Jahren ausgeschlossen, genau wie deine Freunde. Du lebst in einer selbst auferlegten Isolation, nimmst an keinen Hochzeiten, Partys – oder dem Leben teil! Was glaubst du, wie lange wir noch bei dir anklopfen werden?«

»Was willst du damit sagen?«, fragte ich. Jetzt wich ich doch ein Stück zurück. »Verstößt du mich, wenn ich Dads Hochzeit nicht zustimme?«

»Würde dir das überhaupt auffallen? Hör mal, ich liebe dich. Du bist meine große Schwester und wirst es auch immer bleiben, aber du hast dich verändert, Chels. Nachdem Mom gestorben ist, hast du dich zurückgezogen und nie damit aufgehört. Ich erkenne dich nicht mehr wieder. Du lässt keinen mehr an dich ran.«

»Nein, das stimmt nicht«, protestierte ich. »Außerdem geht es hier überhaupt nicht um mich.«

»Doch, tut es. Es geht zu einhundert Prozent um dich. Ist dir klar, dass du lediglich in der Zeit vor Moms Tod irgendwelche Beziehungen hattest?«, fragte sie. »Und mit einem Mann verabredet hast du sich schon seit Jahren nicht mehr.«

»Was hat das denn damit zu tun?«

»Wie willst du auch nur ansatzweise verstehen, was Dad für Sheri empfindet, wenn du nicht mehr verliebt warst seit … Ich weiß nicht einmal, seit wann.«

»Das ist lächerlich«, sagte ich. Ich brauchte ein wenig Abstand. Also trank ich einen belebenden Schluck Kaffee und ging von der Küche zur Couch. Ich setzte mich mit angezogenen Knien darauf und tat so, als wollte ich mich aufwärmen.

»Schau dich doch an!« Annabelle zeigte zu mir. »Jetzt gerade machst du es auch. Du siehst aus wie ein Igel und deine Körperhaltung schreit mir entgegen: *Komm mir nicht zu nah!*«

Obwohl ich wusste, dass meine Schwester recht hatte, wollte ich nicht klein beigegeben. »Weißt du was? Ich hätte mir denken können, dass du die Geschichte auf deine typische Annabelle-Art verdrehst.«

»Was soll das denn jetzt heißen?« Sie nahm ihren Kaffeebecher und setzte sich auf die äußerste Ecke der Couch.

»Ich versuche, mit dir über Dads Heirat zu sprechen, und du verdrehst das Ganze so, dass du mir einen Vortrag darüber hältst, was mit mir nicht stimmt«, sagte ich. »Und nur zu deiner Information, mit mir ist alles in Ordnung.«

»Großartig, dann kannst du ja auch zur Hochzeit kommen.«

Das kam wie ein Doppelschlag aus dem Nichts und ich wurde panisch. »Nein! Ich kann nicht … Das habe ich nicht …«

»Ich erkläre dir das jetzt mal, Chels«, sagte Annabelle. »Dad ist verliebt und wird heiraten. Entweder reißt du dich zusammen und bist dabei oder du ziehst dich immer weiter von deiner Familie zurück, wie du es schon die ganze Zeit tust, bis wir nur noch dem Namen nach eine Familie sind. Ist es das, was du willst?«

»Nein, aber ich kann nicht … Was ist mit Mom?« Meine Stimme brach und ich holte tief Luft, um das Engegefühl in meiner Kehle loszuwerden. Ich nahm meine Knie herunter und stellte meinen Becher auf den Beistelltisch.

»Hier geht es nicht um Mom«, sagte Annabelle. »Es geht um dich.«

»Wovon redest du? Natürlich geht es um Mom.«

»Chels, Dad ist fünfundfünfzig Jahre alt. Das ist womöglich seine letzte Chance, eine Frau zu finden, mit der er sein Leben teilen kann. Willst du ihm das wirklich verwehren, weil du dir wünschst, dass er sich genauso an die Erinnerung von Mom festklammert wie du?«, fragte sie. »Mom würde das nicht wollen und du solltest das auch nicht.«

»Das weißt du doch gar nicht.« Ich kochte vor Wut. Ich hasste dieses Gespräch und hätte Annabelle am liebsten rausgeworfen, aber meine Schwester war noch nicht fertig.

»Doch, tue ich. Mom hat uns geliebt und wollte, dass wir glücklich sind. Wenn du die Erinnerung an sie tatsächlich so sehr in Ehren halten möchtest, wie du behauptest, dann solltest du deinen Kram auf die Reihe kriegen und herausbekommen, wie es in deinem Leben weitergehen soll«, sagte Annabelle. »Wann warst du das letzte Mal glücklich und hast so richtig herzhaft gelacht?«

»Ich lache ständig«, behauptete ich.

»Wirklich?«

»Nur zu deiner Information, ich folge verschiedenen Online-Größen, die urkomisch sind«, sagte ich. »Eine von denen zeigt diese klitzekleinen Hamster, die klitzekleine Nahrung zu sich nehmen, und dann gibt es da auch noch haufenweise Katzenvideos – oh Gott.«

»Um deine Frage vorwegzunehmen, ja, das ist genauso armselig, wie es sich anhört.«

Ich ließ den Kopf auf die Hände sacken.

Nach einer Weile sagte Annabelle: »Ich weiß, wann du das letzte Mal glücklich warst.«

Ich schaute auf und sah meine Schwester überrascht an. »Tatsächlich? Ich weiß es nämlich nicht.«

»Doch, das tust du.« Annabelle stellte den Kaffeebecher hin

und stand auf. Während sie das Wohnzimmer durchquerte, klackerten ihre Stiefelabsätze auf den alten Holzdielen. Vor dem Bücherregal, das zwischen den beiden großen Wohnzimmerfenstern stand, ging sie in die Hocke und suchte die Reihen ab.

»Da ist es ja«, sagte sie. Aus dem untersten Regal zog sie ein staubiges Scrapbook. Dann kam sie zu mir und ließ es auf meinen Schoß plumpsen. »Das letzte Mal, als ich dich aus vollem Herzen habe lachen sehen, war auf diesen Bildern.«

Ich schaute auf das Album. Wie ein Betonblock lag es auf meinen Schenkeln und drückte mich nieder.

»Du hast die letzten drei Monate von Moms Leben neben ihrem Bett gesessen und ihr Geschichten von deinem Auslandsjahr erzählt, während du das hier zusammengeklebt hast. Sie liebte deine Geschichten.«

Annabelle brach die Stimme. Sie schluckte heftig und ich erkannte die Trauer in ihren Augen. Wie gerne hätte ich sie jetzt in den Arm genommen, aber ich schaffte das nicht.

»Du hast ihr versprochen, dorthin zurückzukehren«, sagte Annabelle. Sie tippte auf den weißen Ledereinband des Buchs. »Stehst du nicht noch mit ein paar von den Leuten in Kontakt? Vielleicht ist es an der Zeit.«

»Ich weiß nicht … ich kann nicht«, protestierte ich. »Ich muss nachdenken.«

»Das musst du bestimmt.« Sie seufzte, schritt durchs Zimmer, schnappte sich ihren Mantel vom Haken und zog ihn über. Ohne ein weiteres Wort zog sie die Tür hinter sich zu.

Und wieder war da kein *Ich habe dich lieb.* Was passierte gerade mit meiner Familie? Ich hatte den Eindruck, als würden wir auseinanderdriften und ich musste tatenlos dabei zusehen. Wie gern hätte ich Sheri dafür verantwortlich gemacht – wirklich unheimlich gern. Wenn diese Frau nicht im Leben meines Vaters aufgetaucht wäre, hätte es all diese Unterhaltungen überhaupt nicht gegeben und alles wäre beim Alten geblieben. Aber ich wusste, dass ich den auktionskärtchenwedelnden Flaschengeist nicht wieder zurück in seine Flasche stopfen konnte.

Glücklich. Annabelle hatte mich gefragt, wann ich das letzte Mal glücklich war. Ich kannte das genaue Datum und die Uhrzeit. Am 15. Mai 2013 um 16.20 Uhr. Zu dem Zeitpunkt war ich nach der Uni ein Jahr im Ausland unterwegs und gerade in Italien. Und dort erreichte mich der Anruf meines Vaters, in dem er mich bat, nach Hause zu kommen, weil meine Mutter nur noch ein paar Wochen zu leben hatte. Ich nahm den nächsten Flieger von Florenz.

Drei Monate später starb meine Mutter. Annabelle, Dad und ich waren an ihrer Seite. Das war der Augenblick, als mir klar wurde, dass mich niemand jemals so sehr lieben würde, wie meine Mutter es getan hatte, und mit ihrem letzten Atemzug verschwanden auch die Liebe und das Glück aus meiner Welt. Ich hatte keine Ahnung, wohin sie verschwunden waren, und wusste auch nicht, wie ich sie zurückholen sollte. Ich wünschte, ich könnte sie wiederfinden, aber so einfach ging das nicht.

Als ich mein Scrapbook aufschlug, wurde mir ganz eng ums Herz. In dem Buch hatte ich verschiedene Momente aus meinem Auslandsjahr zusammengetragen. Ich war zur Feier meines Hochschulabschlusses durch Europa gereist und hatte verschiedene Jobs angenommen, um mir das zu finanzieren. Das Buch hatte mir etwas zu tun gegeben, während ich mich um meine Mutter kümmerte. Auf dem ersten Bild verabschiedeten meine Eltern und Annabelle mich auf dem internationalen Flughafen von Boston.

Vorsichtig fuhr ich mit den Fingerspitzen über das Foto. Die Augen und das trotzige Kinn hatte ich von meinem Vater, aber die dicken hellbraunen Haare, meine große, schlanke Gestalt mit ein wenig zu ausladenden Hüften und mein breites Lächeln kamen alle von Mom. Ich blätterte um. London. Oh, die Stadt hatte mir unheimlich gut gefallen. Big Ben. Die U-Bahn. Der Portobello Market. Nächste Seite. Irland. Ich war den ganzen Sommer über dortgeblieben und hatte in der Grafschaft Kerry auf einer Schafsfarm gearbeitet. Als ich meine Augen schloss, roch ich noch immer das saftige Gras, spürte die feinen Nebeltröpfchen in meinem Gesicht und die warme Sonne in meinen Rücken.

Ich blätterte durch die Bilder, auf den meisten war ein rothaariger junger Mann mit einem widerspenstigen Haarwirbel und einem verschmitzten Grinsen. Colin Donovan. Ich hatte seit Jahren nicht mehr an ihn gedacht und doch war ich damals total verknallt in ihn. Einmal hatte er uns alle überredet, die komplette Schafsherde in Schlafanzüge zu stecken, um Mr O'Brien einen Streich zu spielen. Bei der Erinnerung musste ich lachen.

Ich blinzelte und schlug mir die Hand vor den Mund. Dann warf ich wieder einen Blick ins Buch und blätterte weiter. Dort war Jean Claude in Paris. Bei seinem französischen Akzent und seinem unfassbar guten Aussehen wurden meine Knie immer ganz weich. Ich war das Kindermädchen der Beauchamps und er hatte als Designer für das Modehaus von Monsieur Beauchamp gearbeitet. Mit jedem Tag, den wir Händchen haltend an der Seine entlangspazierten und gemeinsam träumten, verliebte ich mich mehr in ihn.

Ich blätterte durch ein paar weitere Länder und hatte sofort alles lebendig vor Augen. Deutschland, Schweden, Spanien und Portugal hatten mich begeistert, aber nichts im Vergleich zu Italien. Ach ja, Florenz. Dort war ich Marcellino DeCapio begegnet. Ein dunkelhaariger junger Mann, dessen Leidenschaft dem Wein und mir gegolten hatte und dessen schokoladenbraune

Augen direkt in meine Seele zu blicken vermochten. Er war ein geborener Schmeichler, der angeblich die Trauben an den Weinstöcken mit seinem Raunen überreden konnte, schneller zu reifen. Mich hatte er mit seinem Zauber zu weit mehr verführt. Ich spürte noch immer seine starken Arme um mich und erinnerte mich an seine seidenweichen, dichten dunklen Haare, wenn ich mit meinen Fingern durch sie strich. Ich seufzte.

Marcellino war der Einzige, zu dem ich noch Kontakt hatte. Allerdings nicht besonders eng. In der Zeit, als meine Mutter krank war und starb, hatten wir uns noch angerufen, was aber schon bald auf die jährlichen Weihnachtskarten schrumpfte. Genau genommen habe ich ihm irgendwann nur noch die Firmenkarten aus dem Büro geschickt, weil ... ich weiß auch nicht.

Ich sackte in die Couch zurück und klappte das Buch zu. Das. Das war das letzte Mal, als ich wirklich glücklich war. Während meines Auslandsjahres. Und dann wurde mir klar, dass ich diese Frau, die sich in Colin und Jean Claude und Marcellino verliebt hatte, nicht mehr kannte. Ich konnte mich nicht einmal mehr daran erinnern, wie es sich anfühlte, wenn einem von einem Lächeln schwindlig wurde und plötzlich alles kopfstand oder man bis über beide Ohren verknallt war.

War ich zu solchen Gefühlen überhaupt noch in der Lage? Ich wusste es nicht. Aber es gab nur einen Weg, das herauszufinden. Ich musste sie wiedersehen. Der Gedanke, dass ich fortging und einfach alles hinter mir ließ, um nach Europa zu reisen und diese drei Männer zu suchen, die mir einmal sehr viel bedeutet hatten, war geradezu beängstigend. Aber ich fühlte mich seit Jahren wieder lebendig. Daher gab es keinen Zweifel. Ich musste dorthin zurück.

Kapitel 3

»Ich kündige«, sagte ich.

»Entschuldige, was?« Aidan Booth nahm seine Ohrstöpsel aus den Ohren und hielt sie mir entgegen. »Ich mache gerade meine tägliche Meditation.«

»Oh, tut mir leid, dass ich störe«, sagte ich. Ich schaute mich in seinem Büro um und versuchte, dieselbe Entschlusskraft aufzubringen wie gerade eben, als ich die Worte *Ich kündige* hervorgestoßen hatte. Ich hatte drei Tassen Kaffee und »Flawless« von Byoncé benötigt, um mich in die nötige Stimmung zu bringen. Ich war bereiter als bereit und jetzt war ich … es nicht.

Aidan war zweiundsechzig und sein langer grauer Bart reichte ihm bis zum zweiten Knopf seines Henley-Shirts. Seine dichten Locken – ebenfalls grau – trug er als Zopf, den er im Nacken zusammenband und der bis über seine Schulterblätter fiel. Er war Veganer, der sich für die Umwelt engagierte. Neben seinem Beruf als Geschäftsführer für die American Cancer Coalition ging er in Secondhandläden einkaufen, schränkte seinen Plastikverbrauch ein und hatte in der Ecke seines Büros einen hydroponischen Gartenturm vor dem Fenster stehen, aus dessen großem Metallzylinder, der an einen Pflanzenstiel erinnerte, unterschiedliche Salatsorten wuchsen, die wie großblättrige Blumen aussahen.

»Kein Problem«, sagte er. Das tat er ständig. Genau genommen war es sein Mantra. In all den Jahren, in denen ich für Aidan arbeitete, schien er alles ganz leicht zu nehmen. »Was wolltest du mir sagen, Chelsea?«

»Ich kündige«, antwortete ich. Das kam unvermittelter, als beabsichtigt, und ich zuckte zusammen.

Aidan blinzelte. Er rammte sich den Finger in sein rechtes Ohr und wackelte damit, als wollte er es sauber machen, dann nickte er. Es war eine langsame Bewegung, als müsste er sich an die unerwartete Richtung, die unser Gespräch genommen hatte, erst gewöhnen. »Verstehe. Darf ich fragen, warum?«

Ich schnaufte. Wie viel wollte ich ihm erzählen? Ich war mir unsicher. Wie sollte ich erklären, dass mein Vater wieder heiraten wollte, ich am Rad drehte und es, wenn ich mich richtig erinnerte, schon eine Ewigkeit her war, seitdem ich das letzte Mal über etwas gelacht hatte, das nicht mit einem süßen Katzenvideo zusammenhing, in dem ein pummeliges Exemplar dieser Gattung in einem schmal zulaufenden Hosenbein steckte?

»Ich muss zu mir finden«, sagte ich. Das klang durchaus unkonventionell, daher würde Aidan schätzungsweise Verständnis dafür haben.

Ich griff nach meinem Haargummi, der meine Haare im Nacken zusammenhielt, und schob ihn hoch, dann spielte ich mit meinen Ohrringen. Ich war zappelig und musste auf Aiden nervös wirken – was ich eigentlich vermeiden wollte. Daher faltete ich die Hände in meinem Schoß, damit ich es nicht wieder tat. Ich war nicht nervös – ehrlich nicht. Ich wusste, dass das die richtige Entscheidung war. Mein Leben war vollkommen vorhersehbar geworden und musste ein wenig durcheinandergewirbelt werden.

Aidan strich über seinen Bart. An meinem ersten Arbeitstag für die Firmenspendenabteilung der ACC waren seine Haare kurz und sein Gesicht glatt rasiert. In meinen sieben Jahren hatte Aidan sich langsam verwandelt, wie ein Strand, der mit der Zeit abgetragen wird, wobei seine Gesichtszüge mithilfe von Bartöl und Zöpfen ja eher aufgeforstet worden waren.

Ich schaute kurz zu meinem Spiegelbild im Fenster hinter seinem Schreibtisch. Mir ging auf, dass ich mich in den sieben Jahren überhaupt nicht verändert hatte. Wie immer trug ich eine Seidenbluse, die ich bis zum Hals zuknöpfte, einen schmal geschnittenen Rock und taillierten Blazer. Gepaart mit meinen sechs Zentimeter hohen Pfennigabsatzpums, mit denen ich eins achtzig groß wurde, war das meine Bürokleidung. Heute hatte ich einen dunkelblauen Rock mit den passenden Pumps an, mein Blazer war graugrün und die Bluse eierschalenfarben. Ich trug wie an jedem anderen Tag die Diamantohrstecker und den Perlenring meiner Mutter. Selbst mein schulterlanger, stumpf geschnittener Bob war genau wie vor sieben Jahren gestylt. Ich nahm meine Haare immer im Genick zusammen, ließ sie nie offen oder frisierte sie anders.

Ich mochte es einfach, wie unkompliziert alles verlief, wenn meine Routine immer genau gleich blieb. So gab es morgens nie irgendwelche Überraschungen. Ich verwaltete mich, so wie ich mein Leben verwaltete: ein Platz für alles und alles an seinem Platz. Oh Mann, mein Vater hatte recht gehabt, ich hatte wirklich aufgehört, mich weiterzuentwickeln.

Obwohl ich also tipptopp hergerichtet war, machte ich mir Sorgen. Wie würde Aidan meine Kündigung aufnehmen? Hätte er Verständnis für meinen Schritt? Oder würde er mir meine Entscheidung ausreden wollen? Ich wusste nicht, ob ich dem standhalten konnte. Ich hatte dem Firmenspendenbereich eine Menge Geld eingebracht. Und es hatte nichts mit Arroganz zu tun, wenn ich behauptete, dass erst mein Einsatz unsere Abteilung so erfolgreich gemacht hatte. Das zumindest erzählte Aidan mir immer wieder bei unserem jährlichen Mitarbeitergespräch.

»Du suchst also nach Erleuchtung?«, fragte er und sah so aus, als versuchte er, meine Beweggründe zu verstehen.

Aidan war in den Jahren, die wir uns kannten, zum Buddhismus übergetreten, er hatte seine katholischen Wurzeln hinter sich gelassen und folgte nun den Lehren des Dalai-Lamas. Deswegen sollte er eigentlich auch verstehen, warum ich gehen musste. Richtig? Ich verschränkte meine Finger und bemühte mich, sie nicht zu sehr zusammenzuquetschen. Ich hatte keine Lust darauf, dass er mir anbot, mich in ein buddhistisches Kloster zu schicken. Das hat er schon einmal getan, als er befürchtete, dass ich allmählich ausbrannte.

»Nicht so sehr Erleuchtung, ich möchte einfach grundsätzlich mehr Licht in mein Leben lassen«, antwortete ich. Als ich in seine freundlichen Augen schaute, holte ich tief Luft. »Ich muss mich wieder daran erinnern«, fuhr ich fort, »wie es sich anfühlt, glücklich zu sein. Ich muss mein Lachen wiederfinden.«

Aidans Blick wurde ganz weich. Sein Bart ging an den Mundwinkeln nach oben, was bedeutete, dass er lächelte. Ich hatte den Eindruck, als überlegte er, wie sich mein Lachen anhörte. Da über der Nasenwurzel zwei tiefe Falten auftauchten, vermutete ich, dass er sich nicht an mein Lachen erinnern konnte. Da waren wir schon zu zweit. Wenn ich erheitert war, gab ich bestenfalls ein eingerostetes Schnauben von mir.

Aidan lehnte sich nach vorn. Er stützte die Ellbogen auf den Schreibtisch und faltete die Hände zu einem spitzen Dach. Als er mich mit seinen ruhigen, hellblauen Augen betrachtete, spürte ich, wie das Herz in meiner Brust heftig pochte. Seit ich vor zwei Jahren zur Abteilungsleiterin für Großspenden ernannt wurde, eine Beförderung, die mir im Gegensatz zu den üblichen zehn Jahren schon nach fünf Jahren Erfahrung im Firmenspendenbereich zuteilgeworden war, hatte ich mich nie krankgemeldet, keinen Urlaubstag genommen oder auch nur einen einzigen Arbeitstag verpasst, wirklich keinen einzigen.

»Ist dir bewusst, dass du die ganze Arbeit, die du in Hinblick auf Severin Robotics geleistet hast, gefährdest?«, fragte er.

Ich senkte den Kopf. Natürlich war mir das bewusst. Das war auch der Grund, warum ich letzte Nacht nur zwei Stunden geschlafen hatte und jetzt in einem nebligen, halb wachen Zustand agierte und ich sogar meinen geliebten abgetragenen Kuhschlafanzug hergeben würde, wenn ich nur für einen Moment die Augen schließen dürfte.

»Ich bin im höchsten Maße davon überzeugt, dass mein Team das auch ohne mich hinbekommt«, sagte ich und schaute ihn voller Zuversicht an. Ich glaubte wirklich an mein Team. Zu einhundert Prozent.

Aidan ließ mich nicht aus den Augen. Das war die Sache mit Aidan. Er war ein vollkommen friedfertiger, liebenswerter, entspannter Typ, aber er war auch Geschäftsführer einer Organisation, die Millionen eintrieb, und auf diese Position gelangte man nicht, wenn man ein Lackaffe war.

»Dein Team ist ohne Frage eines der besten«, sagte er. Das ging runter wie Öl. Ich hatte jeden einzelnen Mitarbeiter auf Herz und Nieren geprüft und war verdammt stolz auf das, was wir leisteten. »Aber die Severin-Robotics-Geschichte ist die größte Einzelfirmenspende, die wir je unter Dach und Fach bringen wollten. Soll dein Team das wirklich ohne dich bewältigen?«

Ich lehnte mich zurück. Ich hatte vermutet, dass das Severin-Geschäft zum Knackpunkt werden würde. Über Monate hinweg hatte ich Kontakte zur Marketingabteilung und der Philanthropischen Stiftung der Firma geknüpft und war sogar so weit gegangen, bei den Öffentlichkeitsarbeitsleuten anzuklopfen, die sich um die Beziehung zu den örtlichen Kommunen kümmerten.

Wenn ich ein großes Unternehmen ins Auge fasste, recherchierte ich gründlich. Und wenn ich mich ihm weiter widmete, tat ich das in dem Wissen, dass sie gerne etwas an die Gesellschaft zurückgeben wollten, aber auch, dass sie unserer Sache wohlwollend gegenüberstanden, meistens weil jemand Wichtiges in der Firma oder aus dem persönlichen Umfeld an Krebs litt. In diesem Fall hatte ich in der *New York Times* einen Artikel über den Eigentümer Robbie Severin gelesen, der in der Geschichte preisgab, dass sein Vater an Prostatakrebs gestorben war, weil er seine Vorsorgeuntersuchungen versäumt hatte. Daher wusste ich, dass ihm der Kampf gegen den Krebs am Herzen lag.

Severin war ein exzentrischer Milliardär, und auch wenn ich ihn noch nicht persönlich kennengelernt hatte, waren seine Leute mir gegenüber sehr aufgeschlossen, und so hatten die Verhandlungen über eine Großspende von Severin Robotics begonnen.

»Julia ist im höchsten Maße kompetent und wird diesen Deal unter Dach und Fach bringen«, sagte ich. Julia Martinez war meine rechte Hand. Wenn das außer mir irgendjemand schaffen konnte – das meine ich jetzt nicht überheblich –, war es Julia. »Genau genommen wollte ich sie für meine Stelle vorschlagen, übergangsweise auf jeden Fall, ich könnte sie mir aber auch dauerhaft vorstellen.«

»Lass uns später darüber sprechen«, sagte Aidan. Er hatte seine Hände gesenkt und lehnte sich in seinem Stuhl zurück. »Gibt es irgendetwas, was ich tun kann, um dich dazu zu bewegen, so lange zu bleiben, bis wir Severins Großspende haben?«

»Nein, tut mir leid, du weißt ja nur zu gut, wie das ist: Sobald uns eine Großspende sicher ist, wartet schon die nächste. Wenn ich so lange warte, bis alle Projekte abgeschlossen sind, werde ich nie gehen«, sagte ich.

»Auf welchem Stand sind wir mit Severin momentan genau?«

»Mein Team arbeitet gerade unermüdlich an einem Angebot. Severin Robotics hat sich in der Vergangenheit als Firma immer stark sozial engagiert, worauf wir setzen wollen. Außerdem wollen wir sie damit ködern, dass wir ihnen Zugang zu Hochschulen verschaffen, indem wir im ganzen Land Veranstaltungen für Studierende organisieren. Wodurch viele Studenten, die einmal in der Automatisierungstechnik arbeiten möchten, auf Severin Robotics aufmerksam werden würden.

Und dann steht ja auch die jährliche Gala der ACC an, wo wir uns auch noch mal schwer für sie ins Zeug legen wollen. Sobald unser Angebot ausgearbeitet ist, werden wir – entschuldige – werden sie es Robbie Severin und seinem Aufsichtsrat vorstellen.«

»Irgendeine Ahnung, wann das sein wird?«, fragte er.

»Nein«, gab ich zu. »Zurzeit reist Severin durch Europa und er hat noch nicht bekannt gegeben, wann er zurückkommen wird, aber ich schätze, Ende April ist durchaus realistisch.«

Aidan strich sich über den Bart. Er betrachtete mich aufmerksam. Dann griff er in seine Schreibtischschublade und holte eine Schachtel Schweizer Teuscherpralinen heraus, die in der Newbury Street einen eigenen Laden hatten. Verdammt. Er wusste, dass ich eine Schwäche für Pralinen hatte, und schob sie über den Tisch zu mir.

»Ich habe eine Idee«, sagte er.

Ich nahm mir eine Praline und schwor mir, dass ich nicht einknicken würde. Ich würde auf keinen Fall nachgeben und bleiben. Also biss ich in das seidenweiche Konfekt und hoffte, dass es mich in meiner Entschlossenheit bestärkte. Immerhin gab es in Europa Unmengen an Schokolade.

»Ich bin ganz Ohr«, sagte ich.

Es wurde eine lange Unterhaltung. Wir tauschten unsere Standpunkte aus und am Ende überzeugte er mich, unter der Bedingung, dass ich im Bedarfsfall für den Leiter meines Teams erreichbar wäre, eine längere Auszeit zu nehmen. Falls Severin auftauchte und nächsten Monat auf einmal doch auf einem Treffen bestand, wollte Aidan sich auf meinen Input verlassen können, damit das Ganze durchgezogen werden konnte.

Wenn ich zustimmte, würde er mir im Gegenzug meine Stelle freihalten. Falls ich nach ein, zwei Monaten beschloss, dass ich mein Leben genug aufgehellt hatte, würde mein Job auf mich warten. Es war ein großzügiges Angebot und ich war klug genug, es nicht auszuschlagen.

Obwohl es nicht der dramatische Schnitt war, den ich mir vorgestellt hatte, als ich dieses Büro betrat, war es ohne Frage der bessere Schritt. Trotz seiner aus der Zeit gefallenen Hippie-Erscheinung wusste Aidan ganz genau, welchen Beitrag ich in der Abteilung leistete, und wollte mich nicht so einfach ziehen lassen, was ich als das Kompliment verstand, das es war. Ehrlich gesagt, liebte ich meinen Beruf und ich hatte ein richtig schönes kleines Eckbüro mit Blick auf den Boston Common Park. Trotz meiner Suche war ich nicht wirklich erpicht darauf, das aufzugeben, insbesondere falls ich versagte.

»So, wo das nun geklärt wäre«, Aidans Stimme klang jetzt samtweich, »weißt du schon, wo du als Erstes nach deinem Lachen suchen wirst?«

Mein Gesicht verzog sich zu einem Lächeln. »Irland«, antwortete ich.

Kapitel 4

»Martin, wir hatten für elf eine Besprechung anberaumt, hast du das« – *überraschtes Luftholen* – »etwa vergessen?« Jason Knightley, oder der Fluch meiner Existenz, wie ich ihn heimlich nannte, stand in der Tür zu meinem Büro und schaute demonstrativ auf seine Uhr.

Mit seinen ein Meter zweiundneunzig war er groß, er hatte breite Schultern und dichtes dunkelbraunes Haar, das ihm perfekt in die Stirn fiel. So wie ich ihn kannte, verschwendete er wahrscheinlich keine Zeit auf seine Haare, sondern trocknete sie lediglich mit einem Handtuch und kämmte sie mit den Fingern in eine maskuline Vollkommenheit. Total ungerecht. Er trug seine übliche Bürokleidung, die aus einem Anzughemd bestand – heute in Hellblau –, bei dem er die Ärmel zurückkrempelte, sodass man seine muskulösen Unterarme sehen konnte; einer geometrisch gemusterten Krawatte in Hell- und Dunkelgrau; einer graphitgrauen Hose und einem Paar schwarzer, halbhoher Converseschuhe, als endete sein Erwachsenendasein an den Füßen.

Ich verabscheute ihn. Nachdem eine Hot-Wings-Wettessen-Challenge, die er sich für die Kinderleukämiegesellschaft ausgedacht hatte, viral ging, war er vor drei Jahren zur ACC gekommen. Er war ein Blender ohne Substanz. Als Knightley den ersten Monat hier war, hatte Aidan uns in ein Team gesteckt, damit wir von der Overexposure Media Group, einer lokal ansässigen Multimediafirma, eine Großspende akquirierten. Eine an und für sich todsichere Anfrage entwickelte sich zu der demütigendsten Erfahrung meines Lebens. Was ich Knightley nie verzeihen würde – weil das natürlich alles sein Fehler war. Wenn ich daran zurückdachte, war ich überrascht, dass wir das ohne Blutvergießen überlebt hatten.

Während ich mich um innovative Ideen kümmerte und auf die Ausarbeitung achtete, wodurch ich unseren Kooperationspartnern zu verstehen gab, dass sie mir vorbehaltlos trauen konnten und ich meine Versprechen hielt, verließ sich Jason auf sein undefinierbares Etwas. Jeder schien ihn auf Anhieb zu mögen – außer mir. Meine Kollegin Julia nannte es Charme, aber das konnte ich beim besten Willen nicht bestätigen. Ich fand Knightley so charmant wie eine Triefnase, anders ausgedrückt also: überhaupt nicht.

Ich schaute zur Uhr auf meinem Schreibtisch oder besser gesagt zu der Stelle, wo meine Uhr sonst stand, schließlich begegnete ich seinem selbstgefälligen Gesichtsausdruck mit einem gewissen Trotz und schob mein Kinn nach vorn. Ich vergaß keine Besprechungen, niemals. Mein Leben wurde vor meinem Terminkalender bestimmt und bis heute war ich nie davon abgewichen. Wohl wissend, dass es ihn ärgern würde, zog ich die Schultern hoch und zog die Geste noch etwas in die Länge, indem ich meine Hände ganz nach dem Motto *Was soll's* nach oben drehte.

Er kniff die Augen zusammen. Je nachdem, was er anhatte, wirkten seine Augen blau oder grau. Heute leuchteten sie blau. Neben seinem markanten Kinn mit dem ordentlich gestutzten Dreitagebart, seinen vollen Lippen und perfekt geformten Augenbrauen war das einer der Gründe, warum ich alles an ihm übertrieben fand. Die anderen Frauen im Büro verbrachten außerordentlich viel Zeit damit, zu entscheiden, ob seine Augen nun blau oder grau waren. Das war bitter.

»Ich habe das nicht vergessen. Wir müssen unsere Besprechung wohl verschieben«, sagte ich und bot ihm keine weitere Erklärung, stattdessen drehte ich ihm den Rücken zu und packte weiter zusammen.

Auf dem Rückweg von Aidans Büro hatte ich mir in der Poststelle einen leeren Karton geschnappt, damit ich meine wenigen persönlichen Gegenstände, die ich an meinem Arbeitsplatz hatte, zusammenpacken konnte. Da ich meinen Fortgang angestoßen hatte, wollte ich auch wirklich gehen. Nachdem ich mein Büro kurz begutachtet hatte, wurde mir klar, dass für meine Sachen eine Plastiktüte vom Supermarkt gereicht hätte. Erstaunlich, dass sich nach sieben Jahren so wenige persönliche Dinge auf dem Schreibtisch oder im Bücherregal befanden. Irgendwie traurig für einen Ort, der zu meinem zweiten Zuhause geworden war.

»Verschieben? Ich hätte nicht gedacht, dass die Königin von Ablaufplänen – das bist im Übrigen du – das Wort überhaupt kennt. Moment mal«, sagte er. Knightley kam in mein Büro und runzelte die Stirn. »Was machst du da?«

Ich nahm meine Auszeichnung für herausragende Leistung, die stolz auf dem Bücherregal bei meinem Schreibtisch stand. Ich hatte vier davon und Jason nur zwei. Es wurmte ihn ziemlich, dass ich mehr hatte, daher hauchte ich mit Genugtuung auf das keilförmige Plexiglas, in das mein Name eingraviert war, und polierte es hingebungsvoll mit meinem Jackenärmel. Brauchte es das? Nein. War ich ein Biest? Womöglich ein bisschen.

»Ich packe«, antwortete ich.

Zu meiner großen Zufriedenheit bekam er ganz runde Augen. Hoffentlich dachte er, dass ich eine unglaubliche Beförderung erhalten hatte. Das würde ihn so richtig anfressen. Er presste die Lippen aufeinander und nickte. So schaute man einen anderen an, wenn man ihn bemitleidete, weil er zum Beispiel bei viel zu hoher Geschwindigkeit geblitzt wurde oder man herausfand, dass sein Schwarm in die beste Freundin verknallt war.

»Du bist gefeuert worden«, sagte er.

»Was?«, rief ich und ließ die Auszeichnung in den Karton fallen. »Nein, wurde ich nicht!«

»Schon in Ordnung«, sagte er. »Es ist keine Schande, wenn man entlassen wird.« Seine Stimme war ganz warm und triefte vor gespieltem Mitgefühl. Ich hätte ihm gern eine runtergehauen.

»Ich wurde nicht entlassen«, knurrte ich.

»Was machst du dann da?«, fragte er. Er zeigte auf den Karton. »Umdekorieren? Das wurde aber auch langsam mal Zeit. Nackte weiße Wände ohne irgendwelche Bilder sind ziemlich 2010.«

Ich funkelte ihn an. »Und das von einem Mann, der einen Basketballkorb an seiner Tür hängen hat.«

»Weißt du was, du bist jederzeit herzlich willkommen, eine Runde mit mir zu spielen«, sagte er. »Ich bin sogar so nett und gebe dir zehn Punkte Vorsprung.«

»Nein danke«, sagte ich. »Ich würde nur ungern einen erwachsenen Mann weinen sehen, wenn ich ihn mit Dreipunktewürfen vernichtend schlage.«

»Du nimmst den Mund ganz schön voll, Martin«, sagte er. Seine Lippen verzogen sich zu einem Lächeln, was an jedem anderen Mann sexy ausgesehen hätte. Bei ihm nervte es.

Aber ich nahm die Herausforderung an. Ich drückte meinen Rücken durch und riss ein Blatt Papier von meinem Schreibblock. Nachdem ich es fest zusammengeknüllt hatte, warf ich den Papierball knapp an seiner Nase vorbei mitten in den Drahtabfalleimer auf der anderen Seite meines Büros. Sein überraschter Gesichtsausdruck war jede Stunde wert, die ich mit meinem Papierballtraining verbracht hatte, falls ich einmal in die Verlegenheit geriete und es mit ihm aufnehmen müsste. Ich riss mich sehr zusammen, um ruhig zu bleiben und keine Siegerfaust zu machen. Gar nicht so einfach.

»Tu ich nicht.« Ich drehte mich weg und packte weiter, hoffentlich würde er endlich verschwinden.

Jason verstand den Wink nicht. Stattdessen gluckste er und schlenderte nun ganz in mein Büro, wo er sich in den bequemen Sessel gegenüber meinem Schreibtisch setzte und seine Füße lässig auf die Ecke legte.

»In dir stecken verborgene Talente, Martin«, sagte er.

Ich wusste, dass er mich provozieren wollte und dass ich ruhig bleiben sollte. Stattdessen schlug ich seine Füße vom Tisch.

»Du verwechselst meinen Arbeitsplatz mit der Studentenbude, in der du wahrscheinlich noch immer haust, Knightley«, sagte ich. »Also Füße runter.«

»Du bist viel zu ernst«, beschwerte er sich.

Das war genau die Antwort, die man von ihm erwarten konnte, und an jedem anderen Tag hätte ich mir nichts weiter dabei gedacht. Aber nicht heute. Heute hatte ich den Eindruck, als sagte er die Wahrheit, und das tat weh.

»Brauchst du noch etwas von mir?«, blaffte ich ihn an. »Ich habe nämlich wirklich zu tun.«

Er studierte mein Gesicht. Wahrscheinlich hatte er sich mehr von unserem üblichen Hin und Her versprochen.

»Was genau eigentlich?«, wollte er wissen.

»Packen«, sagte ich und zeigte auf den Karton mit meinem Zeug. Ich fand ja, dafür, dass ich nicht noch ein *Was denn sonst* nachschob, hatte ich Zusatzpunkte verdient.

Er seufzte übertrieben. »Was du nicht sagst, aber *warum* packst du?«

»Weil ich gehe«, antwortete ich. »Nicht, dass dich das etwas anginge.«

»Moment mal … was?« Er stand auf und ich musste zu ihm hochschauen. »Meinst du das ernst? Du gehst? Wirklich jetzt?«

»Ja«, antwortete ich. »In zwei Wochen bin ich weg.«

Jason starrte mich fassungslos an. Er wirkte so verblüfft, als hätte ich ihm gerade erzählt, dass ich von ihm schwanger sei.

»Aber … das ist … Wie … Warum …«

Ich muss zugeben, dass es mich durchaus befriedigte, den sonst so eloquenten Jason ins Stottern zu bringen. Gerade schüttelte er seinen Kopf, als müsste er sich neu sortieren. Danach verschränkte er die Arme vor seiner Brust und stierte zu mir.

»Du *kannst* nicht gehen, Martin. Du kannst mich nicht verlassen.«

Ich starrte ihn an. Er schien wirklich bestürzt zu sein. Hatte ich etwa all die Jahre unsere hitzige Rivalität falsch eingeschätzt? Ich dachte, er könnte mich nicht ausstehen. Hatte ich falschgelegen? Vielleicht mochte er mich ja trotz seiner offenkundigen Geringschätzung gegenüber meinem Organisationstalent und seiner sarkastischen Einwürfe bei Konferenzen, sobald ich den Mund aufmachte. Glich unsere Berufsbeziehung dem des Jungen auf dem Spielplatz, der einem Mädchen seine Zuneigung zeigte, indem er sie am Pferdeschwanz zog oder ihr auf den Arm boxte?

»Ich meine, wenn du an unseren wöchentlichen Mitarbeiterversammlungen nicht teilnimmst und uns dort mit deinen PowerPoint-Präsentationen, Tabellen, Grafiken und andere hirnzersetzenden Einzelheiten zu Tode langweilst, gibt es niemanden mehr, der mich gut dastehen lässt!«, sagte er. Er nahm die Arme runter und streckte seine Hände weit von sich. »Ich zähle auf dich, Martin, du lässt mich leuchten!«

Er mochte mich also lediglich als negatives Gegenbeispiel. Ich hätte es wissen müssen. Jason Knightley war ein arrogantes Arschloch.

»Ich werde meine Nachfolgerin ganz sicher darauf hinweisen, immer schön die Statistiken mitzubringen«, erwiderte ich. »Ich möchte doch nicht, dass unser kleiner, fauler Stern verblasst.«

»Faul?« Er hob die Augenbrauen. »Nennst du mich gerade faul?«

Ungläubig stemmte er die Hände in die Hüfte. Da hatte ich wohl einen wunden Punkt getroffen. Prima!

»Tut die Wahrheit weh?«, fragte ich.

»Die Wahrheit?«, wiederholte er. »Welche Wahrheit? Ich arbeite genauso hart wie du.«

Ich prustete und hielt eine Hand hoch, als hätte er gerade einen Witz erzählt, der einfach zu lustig war. »Bitte!«

»Doch, tue ich«, insistierte er. »Nur weil ich nicht alles mit Zahlen und Hochrechnungen auf irgendwelchen Excel-Tabellen ersticke …«

»Alles ersticken?« Ich schaute ihn fassungslos an. »Diese Hochrechnungen sind dafür da, dass die Firmen ihre Spende rüberwachsen lassen, Knightley. Die wollen wissen, was mit ihrem Geld geschieht, welche Auswirkungen es auf ihr Geschäft hat und wie ihre Botschaft weitergetragen wird.«

»Blödsinn«, sagte er. Er schüttelte den Kopf. »Dir gefällt dieses emsige Arbeiten, weil du dann den Eindruck hast, du würdest etwas erreichen. Eilmeldung: Tust du nicht. Es ist das große Ganze, das zählt.«

Das war zu viel! Ich stand kurz davor, ihm eine meiner Auszeichnungen über den Kopf zu ziehen.

»Emsiges Arbeiten?«, zischte ich durch zusammengebissene Zähne. Mein rechtes Augenlid zuckte. Es pochte im Takt mit meinem Herzschlag. Ich hätte gern mit dem Zeigefinger dagegengedrückt, aber ich wollte nicht preisgeben, dass es mir an die Nieren ging.

»Japp«, sagte er. Er tat so, als würde er auf einer Tastatur tippen. »Fleißig, fleißig, fleißig. Keiner hat Lust auf deine ellenlangen Berichte. Sie wollen große Ideen; sie wollen etwas, das sie begeistert; sie wollen eine Kampagne, die viral geht und ihr Unternehmen weltweit bekannt macht.«

Wenn er noch lange weiterredete, würde mein verächtlicher Gesichtsausdruck bestimmt zu einer Steinmaske einfrieren, die unzerstörbar war. Das. Genau das war der Grund, warum ich Jason Knightley nicht ausstehen konnte. Er hatte keine Lust darauf, die Arbeit zu machen: die Routinearbeit, das Abrackern, die Kalkulation, die Prognosen, die Analyse der Firmengeschichte – oh nein, das alles war unter seiner Würde. Er wollte der Ideengeber sein, nur das große Rad drehen, und das Fußvolk durfte seine grandiosen Pläne dann umsetzen. Mir juckte es in den Fingern, dieses selbstgefällige Gesicht zu ohrfeigen.

»Bitte versteh mich nicht falsch«, sagte ich, »aber du bist ein Idiot. Kein Unternehmen unterzeichnet eine Großspende nur wegen einer ›tollen Idee‹.«

»Nein?«, fragte Jason und schaute mich herablassend an. »Warum haben sich dann die Sneakerhersteller von Soles an die Hot-Wings-Challenge für die Kinderleukämiegesellschaft drangehängt und die zusammengekommene Summe noch einmal draufgepackt?«

Ich schloss die Augen. Dann atmete ich tief ein, hielt die Luft an und atmete langsam wieder aus. So typisch, dass er seinen einzig bedeutenden Erfolg zur Sprache brachte. Ich starrte ihn über meinen leer geräumten Schreibtisch an.

»Da hattest du einfach Glück.« Ich betonte jede einzelne Silbe überdeutlich, damit er meine Verachtung aus meinen Worten triefen hörte.

Er neigte den Kopf und studierte mich unter halb gesenkten

Augenlidern. »Glück hatte nichts damit zu tun. Was ist los, Martin? Eifersüchtig?«

Seine Anschuldigung war absolut lächerlich und an den Haaren herbeigezogen, leider hörte sich mein Auflachen überspannter an, als mir lieb war. »Eifersüchtig?«, rief ich. Ich kam hinter dem Schreibtisch hervor und stellte mich ihm indirekt gegenüber. »Deine Hot-Wings-Challenge war für eine kurze Zeit viral. Ernsthaft, ganz tolle Geschichte.«

Er grinste trocken. »Das macht dich verrückt, nicht wahr?«

»Beziehst du das auf deine ungerechtfertigte Arroganz?«, fragte ich.

»Ungerechtfertigt?« Er kniff die Augen zusammen und legte, ganz die Denkerpose, seine Hand ans Kinn. »Lass mich überlegen – welche Summe kam am Ende bei der Hot-Wings-Challenge für den Kampf gegen Leukämie noch einmal raus? Waren es zehn Millionen? Nein. Fünfundzwanzig Million? Nein, das war's auch nicht. Oh ja, jetzt weiß ich es wieder. Fünfundsiebzig Millionen und ein paar Zerquetschte, und das infolge einer genialen Idee.«

»Genial?«, fauchte ich. »Leute die sich gegenseitig herausfordern, Carolina-Heaper-Chickenwings zu essen oder stattdessen hundert Dollar zu spenden.« Ich tat so, als müsste ich gähnen, und klopfte mit der Hand gegen meinen offenen Mund. »Das war so vorhersehbar. Wenn nicht ein paar Promis mitgemacht hätten, wäre die Aktion ganz schnell versandet.«

»Ein paar Promis?«, sagte er erstickt. »Ich hatte alle, vom Rapper Kendrick Lamar bis zur Radiomoderatorin Rachel Maddow.«

Ich verdrehte die Augen. »Das war ein Sturm im Wasserglas.«

»Schwachsinn. Das war eine gut überlegte Kampagne, an der die Leute mit Freude teilgenommen haben«, sagte er.

»Gut überlegt?« Ich fasste es nicht und verschränkte meine Arme vor der Brust, dann versuchte ich, ihn von oben herab anzusehen, was gar nicht so einfach war, schließlich war er mehrere Zentimeter größer als ich. »Wem willst du das weismachen? Das hast du ausgeheckt, als du in irgendeiner Bar Zeit zur Happy Hour totgeschlagen hast und es dort gerade Bier und Chickenwings zum halben Preis gab.«

Er wirkte nicht einmal verlegen. Stattdessen zuckte er mit den Schultern, zwinkerte mir zu und sagte: »Die Inspiration kommt, wann sie will, außerdem haben wir Millionen damit gemacht. Wie viel hast du bei einer einzelnen Spendenaktion jemals zusammenbekommen? Eine Million? Fünf Millionen?«

»Tut mir leid, aber vergleichen wir hier gerade unsere Schwanzlänge?«, fragte ich.

»Gib es zu, Martin.« Er lehnte sich zu mir, unsere Gesichter waren nur noch wenige Zentimeter auseinander. »An mich kommst du nicht ran.«

»Würg.« Ich verzog verächtlich den Mund. Das reichte. Ich gab meinen Arbeitsplatz auf. Warum unterhielt ich mich überhaupt mit diesem Neandertaler? Ich machte auf dem Absatz kehrt und ging zur offen stehenden Bürotür. Dann winkte ich ihn hinaus. »Ich denke, wir sind hier fertig.«

»Gehst du so damit um, wenn du eine Debatte verlierst?«, fragte er. Dann drehte er sich zu mir. »Du wirfst dein Gegenüber einfach raus?«

»Erstens war das keine Debatte. Das war eine Verschwendung von fünfzehn Minuten meiner Lebenszeit, die ich nie wieder zurückbekomme«, sagte ich.

Ich schnappte ihn am Arm und zog ihn zur Tür. Normalerweise würde ich einen Mitarbeiter nie anfassen; die Verhaltensregeln, die unsere geradezu Furcht einflößende Personalfrau, Michelle Fernando, aufgestellt hatte, waren mir überdeutlich bewusst. Die Intimsphäre eines Kollegen durfte nicht verletzt werden! Aber im

Augenblick war mir das scheißegal. Wenn Jason Knightley nicht sofort aus meinem Büro verschwand, würde mein Fuß auf seinem Allerwertesten landen und ich ihn auf diese Weise aus meinem Zimmer befördern.

»Zweitens schmeiße ich dich nicht raus, sondern helfe lediglich deinem aufgeblasenen Ego durch die Tür, damit es nicht stecken bleibt«, sagte ich.

»Ah, klasse.« Jason gluckste, während ich ihn nach draußen stieß. Er wackelte mit den Augenbrauen. »Also magst du meine stolzgeschwellte Brust?«, fragt er anzüglich.

»Raus. Hier.« Ich schob ihn energisch durch die Tür und hoffte, dass der Schubs als freundlich – was er nicht war – durchgehen würde. Danach atmete ich verärgert aus und versuchte, mich zu beruhigen.

»Das ist dann wahrscheinlich eine Abfuhr zu meiner sexy stolzgeschwellten Brust?«, rief er durch die Tür.

Trotz allem zuckten meine Mundwinkel.

Kapitel 5

Ich brauchte die ganze kommende Woche, um meine Projekte zu übergeben und zusammenzupacken, aber ich schaffte es. Am Tag meiner Abreise wollte ich ursprünglich ein Uber-Taxi zum Flughafen nehmen und ohne großen Wirbel aufbrechen, aber Annabelle bestand darauf, mich zu bringen. Was sich als faustdicke Lüge herausstellte, als mein Vater mit seinem Dadmobil, einem uralten grünen Subaru Kombi, vor meiner Wohnung auftauchte. Annabelle und ich hatten ihn mindestens schon ein Jahrzehnt lang bearbeitet, das Auto zu verkaufen, aber trotz der abblätternden Farbe, des knatternden Auspufftopfs und des lädierten Allgemeinzustands weigerte mein Vater sich.

Er sprang aus der Fahrertür, umrundete die Kühlerhaube und holte mich an den Stufen des Appartementgebäudes ab, wo ich nach Annabelles schnittigem BMW Ausschau gehalten hatte, der meine Mitfahrgelegenheit zum Flughafen sein sollte.

»Dad, was machst du hier?«, fragte ich.

»Wir wollten dir unsere volle Unterstützung geben«, sagte er.

»Wir?« In dem Moment kletterte Annabelle von der Rückbank und Sheri vom Beifahrersitz. Was machte *sie* denn hier?

»Oh«, sagte ich und fühlte mich sofort unbehaglich. Das hätte der Abschied von meiner Familie werden sollen, und trotz dieser bevorstehenden, vollkommen verrückten Hochzeit gehörte Sheri nicht zur Familie. Das würde sie nie. Aber da ich kein Theater machen wollte, weil ich schließlich rechtzeitig am Flughafen sein musste, rang ich mir ein Lächeln ab und sagte: »Prima.«

Dad wuchtete meinen Koffer ins Heck des Kombis und dann stiegen wir alle wieder ins Auto, Annabelle und ich hinten, Dad und Sheri vorn. Es war fast genau wie beim letzten Mal, als meine Familie mich zum Flughafen begleitet hatte, ich kam mir vor wie in einem Traum, in dem die Rolle meiner Mutter von Sheri Armstrong gespielt wurde. Irre.

»Freust du dich schon auf deine Reise, Chelsea?«, fragte Sheri. Sie klang höflich, aber auch zurückhaltend. Schätzungsweise hatte mein Vater ihr von meinem Ausraster im Brautmodengeschäft erzählt. Ich war mir noch nicht sicher, wie es mir damit ging. Schuldbewusst? Verlegen? In Abwehrhaltung? Oder alles zusammen?

»Ja«, antwortete ich ebenso vorsichtig wie sie. »Sehr.«

»Großartig«, sagte sie. Sheri lächelte mich an, aber das Lächeln erreichte nicht ihre Augen. Offensichtlich war für sie diese verkrampfte Unterhaltung ebenso unangenehm wie für mich, wodurch ich mich um eineinhalb Grad mehr für sie erwärmte.

»Du musst mir unbedingt jeden Tag schreiben und erzählen, was los ist«, sagte Annabelle. »Und ich will Bilder von jeder einzelnen Sehenswürdigkeit.« Sie wackelte mit den Augenbrauen. Was sie eigentlich sehen wollte, waren meine Verflossenen. »Besonders aus Italien.«

»Auf jeden Fall«, stimmte Dad von seinem Fahrersitz aus zu. »Jede Menge Bilder. Wir wollen alles sehen.«

Als Annabelle prustete, stieß ich ihr den Ellbogen in die Seite, woraufhin sie nur noch stärker lachen musste.

Zu dieser Abendstunde war nicht viel Verkehr. Bis zum Callahan-Tunnel, der unter dem Hafen von Boston verlief, schafften wir es in Rekordzeit. Als wir dort entlangfuhren, ging Dad seine übliche Liste an Reiseratschlägen durch, angefangen mit »Verlier deinen Ausweis nicht« bis zu »Pass auf Taschendiebe auf«.

Sheri lächelte ihn an, als wäre er der niedlichste Mensch auf Erden, während ich ihn ausblendete und wünschte, er würde etwas schneller fahren. Diese Situation hier war der Grund, warum ich überhaupt ging. Mein Vater war in seinem Leben vorangeschritten, während ich feststeckte, feststeckte, feststeckte.

Dad und ich hatten uns nach unserem Streit im Brautmodengeschäft wieder vertragen, halbwegs zumindest. Eines Abends hatte ich bei ihm zu Hause vorbeigeschaut, ich wusste, dass Sheri an diesem Abend Pilates hatte, und mich für mein Verhalten entschuldigt. Dann erzählte ich ihm von meinem Plan, die Orte aus meinem Auslandsjahr noch einmal aufzusuchen.

Überraschenderweise hatte Dad die Neuigkeiten von meiner plötzlichen Reise sehr gelassen aufgenommen. Als Mathematikprofessor befürwortete er Logik und Vernunft und zählte nicht gerade zu denjenigen, die es begrüßten, wenn jemand quasi aus heiterem Himmel eine gut bezahlte Stelle aufgab, um in unbekannte Gefilde aufzubrechen. Aber als ich ihm erklärte, dass ich mich wieder daran erinnern wollte, wie es war, verliebt zu sein, nickte er zustimmend, seine Augen glänzten voller unausgesprochener Gefühle und das war's dann auch schon. Keine Fragen, keine Streitereien, stattdessen schob er mir ein Bündel Bargeld zu und sagte mir, dass er mich liebte.

Vor uns tauchte Terminal E auf und Dad zwängte sein Auto an die Bordsteinkante. Wenig überraschend fuhren die anderen Autofahrer einen riesigen Bogen um das Dadmobil, als wären Beulen oder Rost ansteckend. Während Dad meinen Koffer nahm, kletterten wir eine nach der anderen aus dem Auto.

»Hast du alles?«, fragte er.

Ich schaute auf meinen Koffer und meine große Handtasche und nickte. »Ja, alles doppelt und dreifach kontrolliert. Es kann losgehen.«

»Also gut, dann wollen wir dich nicht weiter aufhalten.« Einen Moment lang betrachtete er mein Gesicht, als wollte er es sich besonders gut einprägen. Dann deutete er mit dem Kopf zu Sheri und es war klar, was er wollte. Ich sollte mich von seiner Auserkorenen ordentlich verabschieden.

Sie stand neben meinem Koffer auf dem Gehweg und wirkte, als wäre sie sich ihrer Rolle gerade nicht ganz sicher. Da waren wir schon zu zweit. Sollte ich sie umarmen? Sie halb in den Arm nehmen? Ihr die Hand schütteln? Ach, was für ein Elend.

Ich trat näher, um es hinter mich zu bringen. Sheri lächelte mich nervös an. Sie war eine zierliche Brünette mit großen braunen Augen und einem spitzen Kinn, was ihr ein schelmisches Aussehen verlieh. Ich breitete meine Arme aus, um ihr, wie ich hoffte, zu signalisieren, dass ich sie drücken wollte.

Das schien sie eindeutig aufzumuntern und wir machten beide einen Schritt aufeinander zu. Unglücklicherweise stießen wir beinahe mit den Köpfen zusammen. Wir richteten uns im selben Moment auf und klopften uns schließlich unbeholfen auf die Schultern. Das war ein totaler Reinfall und wir schauten beide gequält. Nach dem Lächeln meines Vaters zu urteilen, war er von unseren Bemühungen sehr angetan, und da war es gleichgültig, dass wir aussahen, als hätten wir uns aus einem Football-Huddle befreit.

Dad zog mich an sich, umarmte mich ungestüm und gab mir einen Schmatzer auf die Wange. »Ich hab dich lieb, Kleines.«

»Ich dich auch, Dad«, sagte ich. Mir wurde ganz eng in der Kehle und ich spürte, dass mir Tränen in die Augen stiegen. Ich verbot mir zu weinen. Ich wollte niemanden traurig machen.

Stattdessen drehte ich mich zu Annabelle, die die Außentasche meines Koffers zuzog. Ich kniff die Augen zusammen. »Was tust du da?«

»Nichts«, rief sie und sprang von meinem Gepäck zurück, als hätte es sie gebissen.

»Ich kenne dich«, sagte ich. »Und ich kenne diesen Gesichtsausdruck. Du führst etwas im Schilde.« Ich machte einen Schritt nach vorn, zog den Reißverschluss der Außentasche auf und holte eine braune Papiertüte heraus, die *ich* nicht dort hineingelegt hatte. Ich funkelte meine Schwester an und öffnete sie.

»Nein, nicht ...«, rief sie.

Zu spät. Aus der Tüte fiel eine knallbunte Schachtel Kondome und landete vor meinen Füßen. Völlig entsetzt starrten wir alle auf die Schachtel, die die pure Sinneslust versprach. Nun, alle außer Annabelle, die sich lachend nach unten bückte, die Schachtel zurück in die Papiertüte steckte und sie wieder in meinen Koffer packte.

»Nun ja.« Dad hustete. »Gut zu wissen, dass du vorbereitet bist.«

»Auf alles«, stimmte Sheri zu.

Sie schauten einander nicht an, als befürchteten sie, sonst lauthals loszulachen. Peinlich berührt gelang es mir ebenfalls, den zwei nicht in die Augen zu schauen.

Annabelle umarmte mich so fest, dass mir die Luft wegblieb.

»Lass dich hier erst wieder blicken, wenn du sie alle aufgebraucht hast«, sagte sie.

Ich bekam ganz große Augen. Wenn mein rascher Blick darauf stimmte, beinhaltete die Schachtel sechsunddreißig Kondome. Angesichts meines zurzeit nichtexistenten Liebeslebens kam ich womöglich nie mehr nach Hause, wenn ich Annabelles Anweisungen folgte.

Ich schnappte den Griff meines Koffers und ging in Richtung Schiebetür. Bevor ich nach drinnen verschwand, blieb ich stehen und schrie: »Macht's gut! Ich hab euch lieb!«

»Ich hab dich auch lieb«, rief Annabelle und hüpfte dabei auf und ab, dass ihre langen Haare nur so flogen.

»Hab dich lieb, Kleines«, sagte Dad. Und dann legte er seinen Arm um Sheri, als wäre das die selbstverständlichste Sache der Welt. In mir sperrte sich alles gegen dieses Bild, das sie abgaben, als sie mir zum Abschied winkten. Sie wirkten ganz und gar wie ein fürsorgliches Elternpaar.

Ich zwang mich zu lächeln und tat so, als wäre alles bestens, obwohl ich tief in mir drinnen spürte, dass alles irgendwie vollkommen falsch war und nichts das wieder richten konnte – nicht einmal eine Riesenpackung Kondome.

*

Vom Dubliner Flughafen musste ich den Flughafenbus zum Bahnhof nehmen. Es dauerte eine Stunde, bis wir uns durch die Stadt gequält hatten, was mir genug Zeit für ein Nickerchen gab, schließlich kämpfte ich gegen den Jetlag. Danach schloss sich eine dreistündige Bahnfahrt an, die am späten Vormittag in der berühmten farbenfrohen Stadt Killarney endete.

Am Bahnhof von Killarney schaute ich auf meinem Handy, ob mein Dad die Nachricht erhalten hatte, dass ich in Irland angekommen war. Hatte er, und seine Antwort war voller gut gelaunter Emojis, die dem Betrachter ein Küsschen zuwarfen, was so gar nicht meinem zugeknöpften Vater entsprach. Außerdem hatte ich eine Nachricht von einer Nummer, die ich nicht kannte. Sobald ich die Nachricht las, rutschte meine Laune in den Keller.

Ruf mich an, Martin.

Auf dem ganzen blauen Planeten, den wir alle bewohnten, gab es nur eine Person, die mich beim Nachnamen nannte, und das war Knightley. Es war mir ein Rätsel, wie er an meine Nummer gekommen war und warum er mir schrieb, aber ich hatte null

Interesse, das herauszufinden. *Ruf mich an.* Was für ein Kommandoton! Was glaubte er, wer ich war, seine Sekretärin? Wenn in der ACC etwas vor sich ging, würde Julia sich bei mir melden.

Ich schob mein Handy zurück in die Tasche und ließ den Nachrichtenstatus auf gelesen, was er natürlich sehen würde. Sollte er ruhig ein bisschen nachgrübeln. Als ich vom Bahnhof zum Hotel stapfte, wo es eine Autovermietung gab, schielte ich mit einem Auge immer zum Himmel, es sah ganz so aus, als würde es jeden Moment regnen.

Ich hatte befürchtet, dass ich das Linksfahren nach so vielen Jahren als eigenartig und möglicherweise gefährlich empfinden würde, aber sobald ich rechts auf dem Fahrersitz saß, legte sich in meinem Gehirn ein Schalter um.

Obwohl ich beim Schalten im Opel Corsa auf dem Stück vor der Autovermietung einmal – okay, zweimal – den falschen Gang einlegte und mit dem Hinterreifen den Bordstein streifte, fühlte ich mich dennoch zuversichtlich genug für die hügelige Landschaft und die schmalen Straßen, die mich erwarteten. Den Blick in den Rückspiegel verkniff ich mir, ich wollte lieber nicht sehen, ob der Autovermietungstyp sich bei meiner Abfahrt die Hand gegen das Herz drückte und aus den Latschen kippte. Man musste nicht alles wissen.

Der Anfang meiner Reise führte mich durch den Nationalpark von Killarney. Die Sonne kam hinter den Wolken hervor, was ich als gutes Zeichen wertete. Ich schaltete das Radio auf Radio Kerry, was aus Tralee gesendet wurde und mehrere Grafschaften abdeckte. Gerade spielten sie ein lebhaftes Fiddlestück und ich trommelte mit den Fingern gegen das Lenkrad, während ich eine schmale Wegstrecke entlangfuhr.

Vorsichtig passierte ich einen Reisebus, der halb auf dem Grünstreifen stand, und dann einen zweiten, später musste ich heftig bremsen, weil eine Ziege in aller Gemütsruhe auf die Straße trat. Als ich hupte, bewegte sie sich sogar noch langsamer. Wunderbar, eine Ziege mit einer aufsässig oppositionellen Verhaltensstörung. Hoffentlich war das kein Omen für meine Reise. Zu guter Letzt bog ich vom Ring of Kerry, der die Besucher durch die Grafschaft Kerry führte, auf eine schmalere, holprige Straße, die mitten durch den Touristenrundweg schnitt, und war auf dem besten Weg nach Finn's Hollow.

Die holprige Straße schlängelte sich durch zerklüftete Berge. Ausgedehnte, samtweiche grüne Hänge waren von grauen Granitbrocken übersät. Wie zum Himmel gereckte Fäuste ragten sie aus dem Erdreich. Trotz der Kälte kurbelte ich mein Fenster ein paar Zentimeter runter, um ein wenig frische Luft hereinzulassen, während die Autoheizung einen gleichmäßig warmen Luftstrom auspustete und meine Füße mollig warm hielt. Die angenehm kühle Luft draußen war schwer und reichhaltig und roch nach frischem Gras und feuchter Erde. Als mich die Erinnerungen an diesen Ort mit Freude erfüllten, verschob sich etwas in mir. Bis zu diesem Moment war mir nicht klar gewesen, wie sehr ich Irland vermisst hatte. Es war, wie nach Hause zu kommen.

Am frühen Nachmittag erreichte ich endlich die Abzweigung auf eine noch kleinere und schmalere Straße, die mich an mein endgültiges Ziel bringen würde – ein Bett. Die Wirkung meines Mittagskaffees ließ nach und ich schwächelte etwas, als ich nach der steilen Abfahrt eine lang gestreckte Kurve entlangtuckerte, abermals einen Berg hinaufkroch und schließlich an einer Kreuzung bremste, wo außer mir keine Menschenseele zu sehen war. Ich blieb stehen und warf einen Blick auf das Örtchen unter mir.

In das Tal schmiegte sich eine Ansammlung von Steinhäusern, als wären sie dorthin gepflanzt worden. Es war genau wie in meiner Erinnerung und ich war überrascht, wie wenig sich Finn's

Hollow in den letzten sieben Jahren verändert hatte. Aber das war nur mein erster Eindruck aus der Ferne, führte ich mir vor Augen. Vielleicht wirkte der Ort von außen betrachtet unverändert, so wie ich, obwohl im Inneren erstaunliche Umwälzungen stattgefunden hatten, die mir möglicherweise erst auffallen würden, wenn ich mittendrin war. Ich stieg aufs Gaspedal.

Finn's Hollow war selbst für ein Dorf recht klein, es gab eine Kirche, eine Post, ein kleines Lebensmittelgeschäft, drei Bed and Breakfasts und einen Pub namens Top of the Hill, was nicht ganz passte, weil das Gebäude am Fuß des Berges stand.

Als ich das letzte Mal dort war, hatte Michael Stewart, der Besitzer des Pubs, gern die Geschichte erzählt, dass der Pub früher ganz oben auf dem Berg gestanden hatte, bis Finn's Hollow in einem Jahr eine besonders heftige Regensaison erwischte. Es regnete so stark, dass die Dorfbewohner Boote anstelle von Autos benutzen mussten, wenn sie irgendwo hinwollten, den Schafen wuchsen Kiemen und Flossen, und dann, in der regnerischsten aller Nächte, rutschte der Pub von seinem Fundament auf dem Berggipfel und landete am Fuße desselben. Die Dorfbewohner waren glücklich, weil sie den Berg für ihr Feierabendbier nicht mehr heraufgekommen waren. Und der Gasthauswirt verkündete allen, die es hören wollten, dass er den Namen nicht ändern würde.

Als ich daran dachte, wie viele Stunden ich mit Colin und den anderen Sommerarbeitern in diesem Pub verbracht hatte, musste ich lächeln. Wir waren eine bunt gemischte Truppe gewesen und Colin übernahm als Einheimischer die Rolle unseres Anführers. Die meiste Zeit sorgte er dafür, dass wir in keine Schwierigkeiten gerieten, aber er hatte uns auch in die aberwitzigsten Situationen gebracht. Denn Colin Donovan war ein ziemlicher Unruhestifter.

Ich hatte lange im Netz nach Colin recherchiert, konnte aber keine Spur von ihm auf den üblichen Social-Media-Kanälen finden. Daher hoffte ich, dass sich irgendjemand auf der Farm noch an ihn erinnerte und wusste, wo ich ihn aufspüren konnte.

Mir flatterten allmählich die Nerven. Sieben Jahre waren vergangen, seit ich Colin gesehen hatte. Würde er sich an mich erinnern? Würde es ihm etwas ausmachen, dass ich nach der Funkstille wieder einfach so in seinem Leben auftauchte? Mir kam es so vor, als würde ich ein Adele-Lied ausleben, in dem die Chance, zu leiden und sich zu blamieren, enorm hoch stand.

Colin Finley Donovan. Ich versuchte mir vorzustellen, wie er inzwischen wohl aussah. Hatte er noch immer die dichten roten Haare mit diesem verrückten Wirbel und die paar Sommersprossen auf der Nase? Waren seine Augen noch immer so blau wie der Persische Ehrenpreis, der überall auf der Farm in Felsritzen und entlang der Straße wuchs? Als wir uns das letzte Mal gesehen hatten, flehte er mich an, nicht zu meiner nächsten Arbeitsstelle weiterzureisen, sondern bei ihm in Irland zu bleiben. Er versuchte mich davon zu überzeugen, dass ich nach Finn's Hollow gehörte – und zu ihm. Das war verlockend gewesen, sehr verlockend.

Aber ich hatte bereits in ganz Europa verschiedene Jobangebote angenommen und fühlte mich verpflichtet, sie auch anzutreten. Außerdem wollte ich in meinem Auslandsjahr so viel wie möglich sehen, und einfach am ersten Ort, an den es mich verschlagen hatte, zu bleiben, gehörte nicht zu meinem Plan. Als ich Colin zum Abschied küsste, versprach ich ihm, mich wieder zu melden, was ich natürlich nicht tat.

Und zu Jean Claude hatte ich auch keinen Kontakt mehr, weshalb ich nun doch daran zweifelte, ob es überhaupt klug war, nach Paris zu reisen. He, wem machte ich hier etwas vor? Paris war immer eine gute Idee!

Meine Reisepläne waren bestenfalls vage. Ich wusste noch nicht, ob ich eine Woche lang, einen Monat oder vielleicht auch ein Jahr auf den Spuren meines Auslandsjahres wandeln würde. Ich hatte einfach keine Ahnung, was passieren würde, und das war gleichermaßen aufregend und beängstigend und erinnerte mich total daran, wie ich mich damals gefühlt hatte.

Das Leben war ein Abenteuer! Und jetzt würde ich mich erst einmal um Irland kümmern, um Paris machte ich mir Sorgen, wenn ich dort war. Ganz gleich, was hier oder dort passierte, ich hatte via E-Mail von Marcellino aus Italien gehört und er freute sich darauf, mich zu treffen. Bei dem Gedanken lächelte ich.

Aber jetzt galt meine Mission Colin. Zum ersten Mal machte ich mir darüber Gedanken, was genau ich zu ihm sagen sollte, wenn ich ihn aufgespürt hatte.

»Hi, Colin, erinnerst du dich noch an mich?«, sagte ich probehalber. Nein, das klang zu verzweifelt. Ein neuer Versuch.

»Hey, bist du nicht Colin Donovan?« Ich schüttelte den Kopf. Nein. Ich war eine miserable Schwindlerin und könnte niemals so tun, als wäre ich mal eben so zufällig am Arsch der Welt in Finn's Hollow gelandet und würde nicht gerade meinen Verflossenen stalken.

Als ich einen Gang höher schaltete und den Hügel hinab auf das Örtchen zusauste, senkte ich meine Stimme. In meinem sinnlisten Tonfall sagte ich: »Na, hallo, Colin.«

Äh, nein, das klang fürchterlich. Ich hörte mich an, als hätte ich eine üble Erkältung und wäre höchstwahrscheinlich ansteckend. Ich seufzte. Was sollte ich sagen? Wie sollte ich mich einem Mann nähern, den ich jahrelang nicht gesehen hatte?

In meiner Brust machte sich Panik breit. Was, wenn er sich nicht an mich erinnerte? Was, wenn er mich zurückwies? Ich schüttelte die Vorstellung ab und dachte stattdessen an das glitzernde, rosafarbene Blumenmädchenkleid, das in Boston auf mich wartete. Eben, es konnte immer noch schlimmer kommen.

Ich bog auf die Hauptstraße des Örtchens. Es waren ein paar Leute unterwegs, und ich ertappe mich dabei, wie ich nach einem Rotschopf mit einem widerspenstigen Haarwirbel Ausschau hielt. Aber selbstverständlich war keiner der Männer Colin. Das hätte die Sache auch sehr einfach gemacht. Na ja, wenn ich ihn tatsächlich entdeckt hätte, wäre es wahrscheinlich auch nicht sehr höflich, einfach aus dem Auto zu springen und ihn an Ort und Stelle zu überfallen.

Da ich im Netz keine Informationen über Colin finden konnte, war er womöglich zu neuen Ufern aufgebrochen, was ich allerdings nicht glaubte. Colin hatte das Leben in der Natur rund um Finn's Hollow geliebt. An seinen freien Tagen war er am liebsten den Kerry Way entlanggewandert oder hatte im Lough Caragh oder dem Caragh River geangelt. Ich konnte ihn mir nur schwer irgendwo außerhalb der Iveragh-Halbinsel vorstellen.

Die Finn's Hollow Cottages lagen praktischerweise in einer Seitenstraße unweit des Top of the Hill. Hinter dem Pub bog ich scharf ab und kam vor einem großen, freundlich gelben Haus mit weißen Sichtbalken zum Stehen, an das mehrere kleinere Versionen des Häuschens angrenzten und eine kurze Häuserzeile bildeten. Wenn ich meine Reservierung richtig in Erinnerung hatte, hatte ich das Cottage Nummer fünf, das letzte in der Reihe.

Ich parkte auf dem kleinen Grundstück neben einigen anderen Fahrzeugen und stellte den Motor ab. Dann schnappte ich meine Handtasche, stieg aus und holte tief Luft, während ich die Aussicht bewunderte. Obwohl der Himmel über mir grau war, war die Landschaft wunderschön, die sanften Hügeln wurden von dichten Hecken unterteilt und in der Ferne ragten große, braune Berge auf.

Mrs Darby O'Shea, die Eigentümerin der Ferienhäuser, hatte in den E-Mails einen sehr sympathischen Eindruck gemacht. Sie hatte mir geschrieben, dass ich zu jeder Tages- und Nachtzeit bei ihr anklopfen sollte, um den Schlüssel für mein Ferienhäuschen zu holen. Vor meinem geistigen Auge malte ich sie mir als mütterlichen Typ aus, die eine Katze zu viel hatte, also im Grunde genommen die Art von Person, zu der ich zwangsläufig werden würde, wenn ich nicht auszog und nach mir suchte. Nicht dass es etwas an einem ruhigen Katzendamenleben auszusetzen gäbe. Ich war einfach nur noch nicht bereit, das jetzt schon bereitwillig zu akzeptieren.

Mein Handy klingelte wieder, ich holte es aus der Tasche und schaute aufs Display. Eine Textnachricht. Wieder von Knightley.

Martin, ich weiß, dass du meine Nachrichten bekommst, ruf mich an.

Hm. Ich starrte auf mein Handy und erwog meine Optionen. Es klingelte erneut.

Bitte.

Ooh, Manieren! Nun, das war eine bahnbrechende Neuerung. Ich wollte gerade antworten, als mich ein erster dicker Regentropfen im Gesicht traf. Also schaute ich nach oben, was eine schlechte Entscheidung war, denn der Tropfen war ein Warnschuss gewesen und im nächsten Moment öffnete der Himmel seine Schleusen. Der Wolkenbruch kam so schnell über mich, dass ich bis auf die Knochen nass wurde, noch bevor ich meinen Regenschirm von der Rückbank holen konnte. Mit einem Aufschrei verstaute ich mein Handy in der Handtasche und rannte in Höchstgeschwindigkeit zum Haupthaus.

Ich riss die Haustür auf und trat auf eine verglaste Veranda, die wohl auch als Büro genutzt wurde, an einer Seite stand ein kleiner Holzschreibtisch. Leider war niemand da. Auf der anderen

Seite der Veranda standen braune Korbmöbel mit pflaumenblau-weiß gestreiften Polsterkissen, aber dort war auch niemand. Hm.

Der Regen trommelte beständig aufs Dach, darüber legte sich das Wummern eines Basses. Während ich das Geräusch zuzuordnen versuchte, stand ich auf der Fußmatte und um mich bildete sich eine große Pfütze. Das war eindeutig Musik – aus dem Inneren des Hauses hörte ich jetzt eine Gitarre und Gesang. Sollte ich anklopfen? Gab Mrs O'Shea eine Party? Ich schaute zur Tür, dem unbesetzten Schreibtisch und dann zu meinem Auto.

Nun, wenn ich einfach nur herumstand, kam ich nicht weiter. Also schüttelte ich möglichst viel vom Regen ab und ging zur Eingangstür. Ich klopfte. Keiner reagierte. Zweifellos konnten sie mich über die Musik nicht hören. Ich seufzte. Ich war nass und müde und wurde zunehmend unleidlicher. Ich legte meine Hand auf den Türknauf. Er ließ sich drehen, daher öffnete ich die Tür und ging hinein.

In der Diele wurde die Musik eindeutig lauter. Ich erkannte das Lied. Es war »Bellyache« von Billie Eilish. Vielleicht hatte Mrs O'Shea ja Besuch von ihren Enkeln im Teenageralter. Ich lauschte, um herauszufinden, ob die Musik von oben kam. Kam sie nicht. Ich lief den kurzen Flur entlang, schob meinen Kopf ins Wohnzimmer und schaute ungelogen direkt auf einen glitzernden rosa Hintern.

»Ah!«, schrie ich auf, presste meine Hand gegen mein Herz und stolperte nach hinten.

In dem Wohnzimmer standen keine Möbel, lediglich drei Stripper-Polestangen waren in der Mitte des Raums montiert. Um alle drei Stangen schlangen sich in unterschiedlichen Posen Frauen, die sich zu der Musik drehten.

»Oh, hallo, meine Liebe!«, rief die Besitzerin des rosafarbenen Hinterns über die Musik hinweg, während sie kopfüber um die

Polestange wirbelte und sich dabei lediglich mit einer Hand und einem Bein festhielt. »Sie müssen Chelsea Martin sein.«

Ich nickte und stand wie festgefroren da. Ich konnte meinen Blick nicht von der Frau lösen, die sich von der Stange wickelte und kurz darauf auf dem Boden landete. Von ihren langen grauen Haaren und den Gesichtsfalten her würde ich sie auf mindestens Mitte sechzig schätzen. Ich fragte mich, ob sie sich verletzt hatte. Sollte ich ihr aufhelfen? Kurz schaute ich zu den anderen beiden Frauen, die noch immer an ihren Polestangen turnten und sich überhaupt keine Sorgen zu machen schienen.

Die Frau vor mir sprang auf, langte nach einem kleinen Bluetooth-Lautsprecher und stellte die Musik leiser. Sie trug einen schwarzen Sport-BH, jene überwältigenden rosafarbenen, eng anliegenden Shorts und sonst nichts. Ich schaute auf ihre Arme, Beine und ihren Bauch – da waren nur Muskeln. Wow.

»Ich bin Darby«, sagte die Frau. Dann zog sie ihr Haarband vom Handgelenk und band sich einen hohen Pferdeschwanz. »Willkommen in meinen Cottages.«

Ich öffnete meinen Mund und schloss ihn wieder. So viel zur strickenden Katzenliebhaberin. Ich versuchte, meine Erschütterung abzuschütteln. »Danke«, sagte ich.

Darbys braune Augen funkelten bei meinem Anblick. »Möchten Sie's mal probieren?«, fragte sie und deutete mit dem Daumen auf die Stange.

»Äh, nein.« Ich schüttelte den Kopf. »Aber danke.«

»Wenn Sie es sich anders überlegen, geben Sie Bescheid. Ich unterrichte Poledance. Ich kann Ihnen also beibringen, wie das geht.« Sie drehte sich zu den anderen beiden Frauen und sagte: »Immer in Bewegung bleiben.«

Die Frauen drehten sich weiter. Sie waren um einiges jünger als Darby, und mir fiel auf, dass eine von ihnen einen leicht orangefarbenen Hautton hatte, die Art von Teint, die man häufig von Bräunungssprays bekam.

»Folgen Sie mir«, sagte Darby. Sie schnappte sich ein blaues Handtuch und legte es um ihren Hals. Ich ließ mich hinter ihr zurückfallen und war vollkommen fasziniert davon, wie unter ihrer Haut die Muskeln hervortraten und wieder verschwanden, während sie zur Veranda lief.

»Entschuldigung, dass ich in Ihren Unterricht geplatzt bin«, sagte ich. »Aber auf mein Klopfen hat niemand reagiert.«

Darby winkte ab. »Kein Problem. Ich unterrichte den ganzen Tag und die meisten wissen, wo sie mich finden.«

So viele Fragen. Wenn ich nichts sagte, würde ich bestimmt gleich platzen. »Poledance, also?«

Darby ging hinter den kleinen Schreibtisch und lächelte mich an. Ihr komplettes Gesicht leuchtete. »Ist das nicht großartig?«

»Verblüffend auf alle Fälle«, sagte ich. »Wie sind Sie dazu gekommen?«

»Oh, das ist eine lange Geschichte«, antwortete Darby. »Die Kurzversion ist folgende: Ich habe meinen lügenden und betrügenden Nichtsnutz von Ehemann mit einer anderen Frau im Bett erwischt und rausgeschmissen.«

Ich nickte.

»Und dann besaß er die Frechheit, mir zu sagen, ich wäre selbst daran schuld, dass er mich betrogen hätte, weil ich ganz schwabbelig geworden wäre.« Darby tätschelte ihre definierten Bauchmuskeln. »Und das, nachdem ich ihm zwei Söhne zur Welt gebracht habe.«

»Scheißkerl«, sagte ich. Wahrscheinlich war ich übermüdet, aber ich war genauso wütend auf Darbys Ex wie sie.

»Später versuchten meine Jungs, mich zu überreden, dass ich die Cottages besser verkaufe. Mein Vater hat diese Häuser gebaut.

Sie meinten, für eine alte Dame wäre das zu viel Arbeit, und zu dem Zeitpunkt fühlte ich mich sowohl geistig als auch körperlich alt und gebrechlich. Ich stand wirklich kurz davor, das alles zu verkaufen und zu meiner Schwester zu ziehen.« Sie zeigte den Abstand zwischen Daumen und Zeigefinger. »Aber dann kam ein junges Mädchen aus den Staaten, um den Sommer hier zu verbringen, und sie war eine Poletänzerin. Eines Tages nahm sie mich in ein Studio nach Killarney mit, wo ich es ausprobieren konnte, und ja, mir gefiel es total.

Ich nahm Unterricht, wurde stärker und stärker und fühlte mich auf einmal sehr sexy. Und dann schnüffelte mein Ex hier wieder herum und wollte mich zurück, und wissen Sie, was ich ihm gesagt habe?«

Grinsend schüttelte ich den Kopf. Natürlich tat ich das.

Darby lehnte sich zu mir. »Ich sagte ihm, dass er sich verpissen solle.« Sie warf ihren Kopf in den Nacken und lachte und ich lachte mit ihr. »Das war«, erklärte sie und schnipste mit den Fingern, »als würde ich auf einen Schlag fünfundsiebzig Kilogramm negativen Ballast loswerden.«

Ich schaute zu der Frau vor mir. Darby sah aus, als könnte sie jederzeit, wenn ihr danach war, jemandem den Hintern versohlen, was ich sehr faszinierend fand. »Ich muss schon sagen, Sie sehen fantastisch aus.«

»Danke, meine Süße.« Darby reichte mir einen Schlüssel mit einer Fünf darauf. »Geben Sie mir Bescheid, wann immer Sie das Poletanzen ausprobieren wollen. Die erste Stunde ist kostenlos.«

Mein erster Impuls war, das Angebot kategorisch abzulehnen, mein zweiter aber ein solides Vielleicht. Die Chelsea, die vor sieben Jahren hier war, hätte sich sofort auf die Möglichkeit gestürzt, etwas Neues auszuprobieren, und ich versuchte, mehr wie sie zu sein. »Da komme ich eventuell drauf zurück, Darby.«

»Frühstück gibt es von sechs bis neun Uhr im Esszimmer. Ich stelle mich selbst an den Herd und serviere ein ordentliches irisches Frühstück mit Speck und Würstchen, Blut- und Leberwurst und Kartoffeln, alles schön in Butter angebraten, und dazu Sodabrot.« Sie warf mir einen prüfenden Blick zu. »Sie haben keine Essensunverträglichkeiten, oder?«

»Nein«, sagte ich. »Das klingt fantastisch.« Das würde auf jeden Fall meinen Naturjoghurt mit frisch aufgeschnittener Mango toppen, den ich heute Morgen hatte.

»Um die restlichen Mahlzeiten müssen Sie sich selber kümmern, aber im Pub kochen sie einen guten Eintopf, der in einer Yorkshire-Pudding-Schüssel serviert wird, und ich glaube, die Würstchen mit Kartoffelbrei sind auch genießbar«, sagte Darby. Das war eine sehr halbherzige Empfehlung, und ich fragte mich, ob es irgendwelche Rivalitäten gab.

»Das werde ich sicher einmal testen«, sagte ich. Dabei ließ ich unerwähnt, dass ich früher schon einmal in Finn's Hollow gewesen war und die Würstchen mit Kartoffelbrei im Top of the Hill genossen hatte. Sie musste nicht alles wissen.

»Kann ich Ihnen noch irgendwie behilflich sein?«, fragte Darby. »In Ihrem Kamin liegen Torfbriketts bereit. Sie müssen nur noch ein Streichholz daranhalten.«

»Nein, ich denke, ich habe alles«, erwiderte ich. »Danke schön.«

»Falls Sie noch irgendetwas brauchen, ich bin da«, sagte Darby. Damit ließ sie mich auf der Veranda stehen und ging zurück zu ihrem Unterricht.

Es dauert ein wenig, bis ich wieder meine fünf Sinne beisammenhatte und mich raus in den Regen wagte. Kurz überlegte ich, ob ich meine Sachen im Auto lassen sollte, aber saubere Kleider waren einfach zu verlockend. Der Wind riss mir die Haustür aus der Hand, und ich hatte Mühe, sie wieder zu schließen. Während ich mein Gepäck aus dem Kofferraum hob, bliesen heftige Windböen den Regen seitlich auf mich. Zum Glück waren meine Kleider schon vollkommen durchweicht, also war das egal.

Ich rannte den Kiesweg an den Cottages vorbei. Vor jedem der kleinen gelben Häuser lag eine Veranda, auf der zwei Stühle und ein Blumenkasten Platz fanden. Die Kästen waren noch nicht bepflanzt, aber die Stühle blieben wohl das ganze Jahr über dort. Ich hastete die beiden Stufen zur Haustür hinauf. Als ich den Türknauf drehte, war sie zum Glück nicht verschlossen. Der Regen prasselte auf meinen Rücken, und ich trat in ein, um es mit Annabelles Worten zu beschreiben, total hübsches kleines Zimmer.

Es war in Grün und Cremeweiß gehalten. Vor dem Fenster, durch das man auf die Veranda blicken konnte, stand ein Tisch mit zwei Stühlen, auf der gegenüberliegenden Seite befand sich der Kamin, wo, genau wie Darby gesagt hatte, die Torfbriketts warteten. Es war ziemlich kalt, also zündete ich mit den Streichhölzern, die auf dem Kaminsims lagen, schnell die Briketts an und freute mich, als der Torf Feuer fing und den Raum mit seinem erdigen Duft erfüllte.

Während sich langsam die Wärme ausbreitete, schaute ich mir den Rest des Ferienhäuschens an. Eine Tür führte zu einem modernen Badezimmer mit einer Duschbadewanne, die mir die Tränen in die Augen trieb – so sehr sehnte ich mich nach einer heißen Dusche. Es gab eine Kommode mit einem kleinen Fernsehgerät darauf und eine sehr gut geplante Kochnische inklusive eines Minikühlschranks, einer Herdplatte, einer Spüle und ein paar Schränken. Einfach bezaubernd.

Ich hängte meinen Mantel auf, zog mich aus und duschte so lange, bis ich jedes Staubkorn von jedem Kilometer meiner Reise abgespült hatte. Das fühlte sich himmlisch an. Das heiße Wasser und die Wärme des Feuers waren so angenehm und entspannend, dass mein Jetlag sich zurückmeldete und zuschlug. Ich gähnte herzzerreißend und zog meinen Lieblingsschlafanzug an, den Annabelle mir als Scherzgeschenk zum Geburtstag überreicht hatte, in dem ich wie eine Milchkuh aussah. Der Schlafanzug war weiß mit großen schwarzen Flecken und einer Kängurutasche in Form eines Euters. In dem Fall war allerdings Annabelle die Dumme, weil mir der warme, weiche Flanellschlafanzug einfach richtig gut gefiel. Ich beschloss, dass ein kurzes Nickerchen völlig in Ordnung war, schlüpfte in die frischen, weißen Bettlaken und zog die schwere Woll- und Steppdecke bis zu meinem Kinn, woraufhin ich in einen tiefen Schlaf fiel, an dem sich normalerweise nur Betrunkene oder Babys erfreuten.

*

Als ich wieder aufwachte, dauerte es eine Weile, bis ich wusste, wo ich mich befand und was ich hier tat. Irland. Colin. Ich stalkte – äh, suchte – meinen alten Freund. *Ja, das stimmte.* Ich kuschelte mich in meine Decke und überlegte, wie unser erstes Treffen wohl verlaufen würde.

Ich stellte mir vor, wie Colin die Hügel auf O'Briens Farm herunterschritt. Auf sein rotbraunes Haar schien die Sonne und ließ einzelne Strähnen gold- und kupferfarben glänzen. Er würde mich dort warten sehen, während ein leichter Wind sanft durch meine offenen Haare und am Saum meines langen Rocks, entlangstrich.

Moment mal, hatte ich überhaupt einen Rock eingepackt? Ich wusste, dass ich mein kleines Schwarzes dabeihatte, aber das war nicht dasselbe. Nein, ich hatte kein Rock dabei. Verflixt. Das konnte ich also streichen – stattdessen stellte ich mir vor, wie ich jetzt Jeans und Pullover trug. Er sah mich und kam stolpernd zum Stehen. Einen Herzschlag lang blickten wir uns an, mehr brauchte es nicht, bevor wir im anderen unsere wahre Liebe erkannten, und dann rannten wir aufeinander zu und er zog mich an sich und küsste mich …

Gerade als es interessant wurde, klingelte mein Handy mitten in meinen Tagtraum hinein. Verdammt aber auch. Ein Blick darauf sagte mir, dass ich einige neue Nachrichten bekommen hatte. Sie stammten hauptsächlich von Aidan, abgeschickt, während ich geduscht hatte, ein paar andere waren von Jason. Mich überkam ein eigenartiges Gefühl. Das verhieß nichts Gutes.

Kapitel 6

Ich wischte mit dem Daumen über das Display und rief Aidan an.

»Wo brennt's, Aidan?«, fragte ich. »Du schreibst mir sonst nie. Ist etwas passiert?«

»Hallo, Weltreisende«, sagte Aidan. Er klang ganz fröhlich, vielleicht ein wenig zu gewollt? Ich konnte es nicht genau sagen. »Wie ist die Reise?«

Ich dachte an Darby und ihre Polestange. »Ähm … interessant, sehr interessant. Aber du hast meine Frage nicht beantwortet. Was ist los?« Ich saß auf der Bettkante und schob mir die Haare aus dem Gesicht.

»Nichts«, sagte Aidan. »Ich wollte mich nur mit dir in Verbindung setzen, bevor du mit irgendjemand anderem sprichst.«

Ich schwieg. Mein Herz begann heftig zu klopfen. War jemandem auf der Arbeit etwas zugestoßen? Hatte Jason mir deshalb geschrieben? »Geht es allen gut?«

»Ja, alle sind wohlauf«, sagte Aidan. »Es ist nur …«

»Nur?«, half ich ihm auf die Sprünge. Mein Magen zog sich zusammen. Ich wusste, dass ich mir nicht zu viele Sorgen machen sollte. Streng genommen war ich im Urlaub, aber trotzdem. Daher bemühte ich mich um eine möglichst normale Stimme. »Ist mit Severin Robotics alles in Ordnung?

»Ich bin froh, dass du fragst«, sagte Aidan. »Weißt du was, lass uns auf Videochat umschalten. Mir ist es viel lieber, wenn ich die Leute beim Sprechen sehe.«

Ich schaute verzweifelt an mir herab. Ich war ungeschminkt,

meine Haare sahen wahrscheinlich aus, als beherbergten sie irgendwelche unberechenbaren Viecher, und ich stecke noch immer in meinem Kuhschlafanzug. Ich kniff mir schnell in die Wangen, fuhr mit den Fingern durch meine Haare und schnappte mir die leichte blaue Chenilledecke, die am Fußende meines Bettes lag, und schlang sie wie einen Umhang um meine Schultern. Bevor ich Aidans Videoanruf annahm, vergewisserte ich mich, dass ich von hinten angeleuchtet wurde und sonst keine hellen Lichter brannten.

»Da ist sie ja!« Aidans bärtige Gesicht grinste mir groß entgegen.

Trotz meiner Verärgerung, mich zeigen zu müssen, grinste ich zurück. Obwohl wir beide so unterschiedlich waren, gehörte Aidan zu meinen Lieblingskollegen. Ganz offensichtlich saß er in seinem Büro, hinter ihm ragte sein Salatturm auf und die Bostoner Skyline zeichnete sich schwach durch das Fenster ab. Ich erlitt sofort einen Heimwehanfall, was ich umgehend unterdrückte.

»Hallo, Aidan«, sagte ich. »Also, was ist los?«

»Nichts Besonderes. Darf ein Boss nicht einmal schauen, wie es einer seiner Lieblingsmitarbeiterinnen geht?«, fragte er.

Seine Augen wanderten kurz von der Kamera weg. Oh, oh! Ich setzte mich aufrechter. »Was wolltest du mir denn erzählen, Aidan, bevor ich mit irgendjemand anderem spreche?«

»Ich habe eine Entscheidung bezüglich des Geschäfts mit Severin Robotics getroffen«, sagte er. »Ich weiß, dass wir darüber geredet haben, ob Julia nicht übernehmen könnte, aber in Anbetracht der Größenordnung dieser Spende denke ich, wir brauchen jemanden mit etwas mehr Erfahrung.«

»Da bin ich anderer Meinung«, sagte ich. »Julia ist mehr als bereit dazu. Sie hat mich bei der Planung und Durchführung auf jedem Schritt begleitet. Wer sonst sollte …«

Ich erstarrte. In meinem Bauch rumorte es unheilvoll. Ich hielt mir das Handy dicht vor die Nase, um Aidans Gesichtsausdruck besser studieren zu können. Wenn in dem Blick nicht einmal Schuldgefühle lagen!

»Das hast du nicht«, sagte ich.

»Was habe ich nicht?«, fragte er.

»Du hast die Severin-Robotics-Kampagne nicht an Knightley gegeben.«

Aidan schwieg, das war Antwort genug. Ich sprang auf und lief hin und her, dabei rutschte mir die Decke von den Schultern. Als ich den Arm mit meinem Handy sinken ließ, bekam Aidan einen fantastischen Ausblick auf die wunderschönen Holzdielen meines Ferienhauses. Aber das war mir egal. Ich brauchte eine Minute, um mich zu sammeln.

Mir ging die monatelange Schinderei durch den Kopf. Die Besprechungen, die Angebote, das Süßholz, das wir raspeln mussten, um Severin Robotics zu überzeugen, eine Großspende von zehn Millionen Dollar für die American Cancer Coalition in Betracht zu ziehen. Ich hatte mir für die Aufgabe echt ein Bein ausgerissen.

Ich hielt mein Handy wieder auf Augenhöhe und funkelte Aidan wütend an, der zu meditieren schien, während ich erst einmal alles verarbeiten musste, nachdem er die Bombe zum Platzen gebracht hatte.

»Wie konntest du nur?«, fragte ich. Aidan öffnete den Mund, um zu antworten, aber die Gelegenheit gab ich ihm nicht. »Er ist unqualifiziert«, sagte ich. »Ihm fehlen diverse Fähigkeiten. Du hättest jeden mit dieser Aufgabe betreuen können, aber du suchst ihn aus. Ist das irgendeine Weiße-Männer-Privilegiengeschichte?«

»Chelsea, du solltest mich besser kennen«, sagte Aidan tadelnd, und das völlig zu Recht. Aidan versammelte eine unglaublich vielfältige Mitarbeiterschar um sich und er beförderte aufgrund von Leistung, weshalb es überhaupt keinen Sinn für mich ergab, warum er ausgerechnet Jason bei dem Severin-Geschäft die Verantwortung übertragen hatte. Meiner unbescheidenen Meinung nach besaß er schlichtweg nicht die nötige Erfahrung.

»Du hast recht«, sagte ich. »Entschuldigung. Ich verstehe nur einfach nicht, warum du ihn ausgesucht hast.«

»Offen gestanden, weil Jason als einzige andere Person auf der gleichen Gehaltsstufe mit dir steht. Außerdem hat er ein Händchen dafür, Leute zur Zusammenarbeit zu bewegen, die normalerweise nicht so gut harmonieren«, erklärte Aidan. »Vor uns liegt eine große Herausforderung, und wir brauchen eine breite Auswahl an talentierten Leuten, um das alles zu bewältigen, und Jason kann in einer Art und Weise mit Menschen umgehen, die Julia nicht beherrscht. Sie ist zu zaghaft. Ich brauche eine Führungspersönlichkeit, und du und Jason seid die besten, die ich habe, aber du bist nicht da.«

»Das finde ich nicht. Für diese Herausforderung braucht es jemanden, der äußerst genau und aufgabenorientiert arbeitet«, erörterte ich. »Und das tut Jason nicht. Er ist mehr der Ideengeber.«

»Chels …«, Aidan versuchte mich zu unterbrechen.

»Nein, ich meine das ernst«, sagte ich. »Er ist eher so ein Tom-Sawyer-Typ. Ich weiß aus sicherer Quelle, dass Liz aus der Buchhaltung die Kalkulationsbögen für ihn macht, weil Mathe mühsam ist. Und Nicole aus der Marketingabteilung steuert die Grafiken bei, damit alles hübsch aussieht, und sein Assistent, Schrägstrich, Gefolgsmann Blake macht die Schreibarbeit und fügt das ganze Dokument für ihn zusammen. Knightleys Beitrag besteht darin, dass er seinen Namen daraufschreibt und das Ganze mit Verve vorträgt.«

»Chels …«, versuchte Aidan es wieder.

»Aidan, ich versichere dir, dass seine Hier-kommt-der-faulenzende-ewige-Student-Herangehensweise bei Severin nicht funktionieren wird«, sagte ich. »Der Mann ist ein anerkanntes Genie, und während Knightley bei den meisten Menschen mit seinem guten Aussehen und Charme Erfolg hat, wird Severin diese attraktive Fassade durchschauen und …«

»Chelsea!«, unterbrach mich Aidan. »Das reicht.«

Er wirkte gequält und mir wurde ganz flau im Magen. *Oh, oh.*

»Er ist bei dir, oder?«, fragte ich.

Aidan fasste nach vorn und drehte den Computerbildschirm zu dem Besucher an der Seite seines Schreibtischs. Jason grinste und winkte mir mit seinem kleinen Finger zu.

»Tom Sawyer also, ja?«, fragte er. Er legte den Kopf zur Seite. »Und ich dachte immer, ich wäre mehr ein Huckleberry«, sagte er gedehnt.

»Dreh mich bitte zurück zur Aidan.« Ich weigerte mich, mich zu entschuldigen, obwohl mir die Situation zutiefst unangenehm war und ich rot anlief. Zumindest hatte er nur die Beleidigungen erwähnt und nicht …

»Wie war das gleich? Hast du mich als attraktiv bezeichnet? Oder war es charmant?« Jason legte die Hand hinter sein Ohr. »Durch deine zusammengebissenen Zähne konnte ich es nicht ganz verstehen.« Er nahm sich einen Moment Zeit, um mich zu betrachten. »Verdammt, Martin, du siehst mitgenommen aus.« Er kniff die Augen zusammen. »Ist das ein …« Er presste die Lippen aufeinander. Es funktionierte nicht. Er lachte laut, als würde ein Damm brechen. »Ernsthaft? Ein Kuhschlafanzug? Ich meine, du hattest schon immer den Sex-Appeal von übrig gebliebenen Essensresten, aber das ist selbst für dich ein trauriger Zustand.«

»Geht es dir jetzt besser?«, fragte ich. »Und kommst du durch deine Beleidigungen nun besser mit der präzisen Einschätzung deiner Fähigkeiten zurecht?«

»Präzise?« Seine Augen wurden ganz groß und dann zu schmalen Schlitzen. »Nur weil ich im Gegensatz zu dir weiß, wie man delegiert, heißt das noch lange nicht, dass ich nicht genauso hart arbeite wie du. Ich teile mir einfach nur besser die Zeit ein.«

»Wenn die Happy Hour am Freitag dein wichtigster Termin der Woche ist, musst du das bestimmt.«

»Du brauchst mich nicht zu verurteilen, nur weil ich im Gegensatz zu dir ein Leben führe«, sagte er. »Wahrscheinlich solltest du das auch einmal ausprobieren. Dann würde vielleicht auch endlich mal der Stock aus deinem …«

»Jason! Chelsea!«, schaltete Aidan sich ein. »Das reicht.«

Der Bildschirm drehte sich und ich schaute wieder auf Aidan. Für jemanden, der immer sein positives Zen bewahrte, wirkte er ziemlich aufgebracht und war ganz schön rot im Gesicht. Normalerweise hätte ich ein schlechtes Gewissen, aber Knightley, ernsthaft? Für meine Kampagne? Es tat mir kein bisschen leid, dass ich ihn angepöbelt hatte, und wenn der Idiot alles vermasselte, wäre das auch nicht mein Problem. Nein, ich würde mir kein schlechtes Gewissen machen lassen. Ich war einfach nur wütend.

»Also gut.« Aidan kniff sich in die Nasenwurzel. »Mir ist bewusst, dass ihr beide nicht immer einer Meinung seid, aber wir müssen daran denken, dass wir alle am selben Strang ziehen und dass wir hier von der größten Firmenspende reden, der wir jemals nachgegangen sind. Zehn Millionen. Das könnte zum Präzedenzfall werden, und ich möchte die Chance nicht einbüßen, nur weil ihr beide euch nicht zusammenreißen könnt.«

Ich stieß meinen angehaltenen Atem aus und hörte im Hintergrund etwas Ähnliches von Knightley. Aidan seufzte.

»Hört mal, ich bitte euch beide, dass ihr wie zwei vernünftige Menschen eure persönlichen Animositäten beiseiteschiebt, bis die Severin-Robotics-Kampagne in trockenen Tüchern ist. Ich würde gerne einspringen und es selber machen, aber das geht im Moment nicht.«

Da war etwas an seinem Tonfall. Mich überkam ein ungutes Gefühl. Aidan schreckte nie vor etwas zurück. Er beaufsichtigte schon seit Jahren Firmenspenden und Kampagnen und hatte Millionen von scheinbar unerreichbaren Kooperationspartnern eingesammelt. Das sah ihm gar nicht ähnlich.

»Was ist los, Aidan?«, fragte ich. »Du weißt, dass du es mir erzählen kannst und alles unter uns bleibt.«

»Das gilt auch für mich«, stimmte Jason zu.

Der Computerbildschirm drehte sich wieder und jetzt sah ich sowohl Aidan als auch Jason. Ich schaute kurz zu Jason und mir fiel auf, dass er heute ein dunkelgraues Hemd trug, was seine Augen in ein Gewittergrau tauchte. Egal. Er schaute nicht zu mir, sondern betrachtete Aidan dermaßen intensiv mit gerunzelter Stirn, dass ich noch unruhiger wurde.

»Um ehrlich zu sein … bei mir wurde Lungenkrebs im zweiten Stadium diagnostiziert – verdammte Zigaretten in jungen Jahren –, und ich weiß gerade nicht, wie sich die nächsten Monate für mich entwickeln werden. Daher bitte ich euch beide, die Severin-Kampagne gemeinsam anzugehen – für mich.«

Während wir die Neuigkeiten verdauten, herrschte einen Augenblick lang Stille. Der Schock machte mich sprachlos, wahrscheinlich ging es Jason genauso. Er erholte sich als Erster.

»Du kannst dich auf mich verlassen«, sagte er. »Ich werde alles tun, was nötig ist.«

Ich starrte in das Gesicht meines Mentors auf dem winzigen Display meines Handys. Aidan hatte Lungenkrebs. Stadium zwei. Das bedeutete, dass der Krebs bereits in seinen Brustkorb weitergewandert war oder die Lymphknoten befallen hatte. Nicht gut.

Aber nur Stadium zwei. Das war besser als drei oder vier, nicht wahr? Noch immer behandelbar, noch immer besiegbar.

»Atme, Chelsea«, sagte Aidan.

Ich hatte gar nicht gemerkt, dass ich die Luft angehalten hatte, und atmete aus.

»Wie lange weißt du es schon?«, fragte ich. Wahrscheinlich spielte das keine Rolle, aber wenn er es mir an dem Tag in seinem Büro erzählt hätte, als ich kündigen wollte, wäre ich vermutlich nicht gegangen. Ob er das geahnt hatte?

»Seit ein paar Wochen«, sagte er. Also hatte er es gewusst und mich trotzdem ziehen lassen. »Und ja, die Ironie des Schicksals, für die ACC zu arbeiten und eine Krebsdiagnose zu erhalten, ist mir nicht entgangen.«

Ich betrachtete sein Gesicht. War er dünner geworden? Ja, war er. Warum hatte ich das nicht bemerkt? Der Bart. Hinter all den Gesichtshaaren konnte man nur schwer seinen Gesundheitszustand erkennen.

»Kann ich auf dich zählen, Chelsea?«, fragte er. »Wirst du, falls nötig, Jason beratend zur Seite stehen?«

»Natürlich«, antwortete ich. »Ich stehe jederzeit zur Verfügung.«

»Danke schön.« Aidan verbarg nicht, wie erleichtert er war, und seufzte auf. Er lächelte mich durch das Handy an und dann Jason. »Und, wer weiß, vielleicht genießt ihr beide ja irgendwann noch eure Zusammenarbeit.«

Ich schaute zu Jason. Sein zweifelnder Gesichtsausdruck entsprach meinem. Oh ja, wir würden das für Aidan tun und uns großartig schlagen, dafür würde ich nämlich, verdammt noch mal, sorgen, aber genießen würde das von uns garantiert keiner.

»Julia hat mir die Severin-Unterlagen schon gegeben«, sagte Jason. »Ich setze mich noch heute Abend dran, dann können wir morgen darüber sprechen. Ich habe ein paar Fragen, mir ist zum Beispiel nicht ganz klar, wie du die Rendite der Investitionen für Severin berechnest.«

Ich wollte schon bissig fragen, was für ihn unklar geblieben war, schließlich hatte ich in meinem Bericht alles sorgfältig berechnet, aber ich tat es nicht. Stattdessen nickte ich und sagte: »Prima. Lass uns morgen weiterreden … Huckleberry.«

Ich muss Knightley zugutehalten, dass er lachte. Es war ein schönes Lachen, voll und tief. Dann zwinkerte er mir auf seine arrogante Art zu und erhob sich von seinem Stuhl. Bevor er aus dem Büro ging, schüttelte er Aidan die Hand und bat ihn, ihn wissen zu lassen, falls er irgendetwas brauchte. Aidan wartete, bis die Tür ins Schloss fiel, dann drehte er den Bildschirm herum.

»Jason wird sich hierfür als gute Wahl erweisen«, sagte er. »Du wirst schon sehen.«

Das bezweifelte ich, aber das würde ich bestimmt nicht sagen, nicht jetzt, wo ich wusste, dass Aidan krank war. Im Moment war das Wichtigste, Aidan Sorgen abzunehmen und ihm keine unnötigen zu bereiten.

»Das wird sicher klappen«, sagte ich. »Wir schaffen das schon – mach dir keine Sorgen.«

»Danke, Chelsea. Ich wusste, dass ich mich auf dich verlassen kann«, sagte er. »Also, ein Kuhschlafanzug, ja?«

»Fang du nicht auch noch an«, erwiderte ich. »Das war ein Scherzgeschenk vor meiner Schwester, aber er ist richtig gemütlich.«

Als er lachte, wurde mir ganz schwer ums Herz. »Du würdest mir doch sagen, wenn ich sofort nach Boston kommen müsste, oder, Aidan?«

Er lächelte freundlich. »Natürlich würde ich das.«

Ich schaute ihn an. Fest.

»Versprochen. Und jetzt geh auf ein Glas Bier in den Pub – oder noch besser für einen Schluck Whisky –, sei unvernünftig und finde dein Lachen wieder. Ich vermisse dich.«

»Ich bin gerade erst mal seit ein paar Tagen fort«, sagte ich.

»Ich weiß, aber ohne dich ist es hier irgendwie nicht dasselbe«, sagte er. Er klang mürrisch. »Also finde dich und komm nach Hause, in Ordnung?«

Ich lächelte. »In Ordnung.«

Ich beendete den Anruf und warf mein Handy aufs Bett. Ich vergrub mein Gesicht in meine Hände und versuchte, die Neuigkeiten über seine Krankheit zu begreifen. Ich spürte, wie sich meine Kehle zusammenschnürte und mir die Tränen kamen, aber ich weigerte mich zu weinen. Ich drückte meine Gefühle tief nach unten. Er würde wieder in Ordnung kommen. Er war noch in einem frühen Stadium. Und Aidan war kein Idiot. Er würde die allerbeste Behandlung erhalten und mit aller Kraft dagegen kämpfen.

Ich durchquerte das kleine Ferienhaus und ging zu dem Fenster, das auf der abgewandten Seite des Dorfes lag. Als ich den schweren weißen Baumwollvorhang mit dem dekorativen Lochmuster zur Seite schob, stellte ich fest, dass der starke Regen aufgehört hatte, stattdessen hing jetzt ein dichter Hochnebel in der Luft. Die Hügel erstreckten sich wie ein grünes Meer bis zum Horizont und irgendwo dort draußen steckte die Frau, die ich einmal war. Ich musste sie nur finden – und zwar schnell.

Im Moment erschien mir das unmöglich. Aidans Neuigkeiten hatten mich erschüttert und ich fing an, mir Sorgen zu machen. Was, wenn Aidan tatsächlich kränker war, als er zugegeben hatte? Was, wenn die Behandlung nicht anschlug? Was, wenn ich nicht rechtzeitig zurückkam? Was, wenn ich durch Europa zog, wo er mich eigentlich brauchte? Was, wenn er mir wegstarb, so wie meine Mutter?

Bei dem Gedanken keuchte ich. Das war gerade alles recht viel.

Ein Schluchzer raubte mir die Luft. Wie idiotisch von mir, hierherzukommen. Ich musste zurück nach Boston und Aidan durch die nächsten Monate helfen. Danach könnte ich immer noch hierher zurück. Das hieß natürlich, dass ich mich der übereilten Heirat meines Vaters stellen musste, ohne dass ich vorher mein altes, glückliches Ich gefunden hatte. Würde mir das gelingen? Wahrscheinlich. Wäre es die richtige Entscheidung? Ich wusste es nicht.

Als mein Handy klingelte, hätte ich es am liebsten ignoriert. Ich war gerade nicht in der Verfassung, mit irgendjemandem zu sprechen. Aber vielleicht hatte Aidan ja etwas vergessen. Ich eilte durchs Zimmer und nahm mein Handy vom Bett. Als ich auf den grünen Knopf drückte und den Videoanruf annahm, erwartete ich Aidan, mir war gar nicht aufgefallen, dass dort eine unbekannte Nummer prangte, bis Jason Knightleys unerfreulich attraktives Gesicht mein Display ausfüllte. Großartig.

»Martin«, sagte er.

»Knightley«, antwortete ich sofort gereizt. »Was ist los? Gibt es eine Beleidigung, die du noch nicht losgeworden bist?«

»Und das von einer Frau, die mich als ewigen Studenten bezeichnet.«

»Du hast mich so sexy wie Essensreste genannt.«

Er grinste reuevoll. Was ihn liebenswert aussehen ließ. Und dann kratzte er sich seinen kurz geschnittenen Dreitagebart, wodurch er noch charmanter herüberkam.

»Das war zugegebenermaßen … unpassend«, sagte er. Er begegnete meinem Blick, und ich fragte mich, was er gerade dachte. »Ehrlich gesagt, rufe ich an, weil ich wissen wollte, wie es dir nach Aidans Neuigkeiten geht. Bist du in Ordnung?«

Ich betrachtete mein Handy skeptisch. »Jason Knightley ist um mich besorgt? Ich bin gerührt.«

Langsam setzte ich mich auf die Bettkante. Mein Herzschlag wurde allmählich etwas ruhiger, das war doch schon mal etwas. Trotzdem blieb ich argwöhnisch. Was führte Knightley im Schilde?

»Tja, nun.« Er schaute kurz aus dem Fenster seines Büros und dann wieder zu mir zurück. Als er meinen Blick erwiderte, fiel mir auf, wie besorgt er aussah. »Ich weiß, dass Aidan für dich genauso ein Mentor ist wie für mich, und ich wollte bloß – verdammt, mir machen die Neuigkeiten einfach ein wenig zu schaffen, und ich dachte, dir geht es vielleicht genauso.«

Ich war überrascht. Diesen Grad an Ehrlichkeit hätte ich von Jason gar nicht erwartet. Er war mir immer wie ein Kerl vorgekommen, der alles, was mit echten Gefühlen zu tun hatte, ganz tief vergrub, vorzugsweise zwei Meter unter der Erde mit einem mächtigen Grabstein obendrauf.

»Ich mache mir Sorgen«, sagte ich. »Ich meine, Lungenkrebs ist einer der Bösewichte.«

»Aber er ist erst in Stadium zwei.«

»Was besser als drei oder vier ist.«

»Aber schlechter als eins.«

»Eben. Ich habe mir überlegt, ob ich meine Reise abbrechen und zurückkommen soll, aber ich vermute, Aidan will nicht, dass ich meine Reisepläne für ihn ändere, weswegen er mir vorher auch nichts davon erzählt hat«, sagte ich. »Ich bin hin- und hergerissen.«

»Das dachte ich mir schon fast«, sagte er. »Ich meine, wir reden hier von Aidan, unserem Hardcoresalatesser. Der uns alle überleben müsste.«

Ich lächelte. »Er kam mir immer wie eine Naturgewalt vor.«

Wir schwiegen beide eine Weile. Ich war voller Erinnerungen an Aidan, und ich vermutete, dass es Jason ebenso ging.

»Hast du mir deshalb vorhin geschrieben?«, fragte ich. »Um mir von Aidans Entscheidung zu erzählen?«

»Ich dachte, es wäre ganz gut, dich vorzuwarnen«, sagte er. »Aber jetzt, wo ich weiß, dass du mich attraktiv und charmant findest …«

»Halt den Mund«, sagte ich. Aber meinen Worten fehlte der Biss, und ich war dankbar für die schwache Beleuchtung, das würde hoffentlich meine Röte verbergen, die meinen Hals hinaufkroch.

Er gluckste und dann breitete sich zwischen uns eine peinliche Stille aus. Ich wollte nicht zugeben, wie besorgt ich war, und Knightley schätzungsweise auch nicht.

»Ich behalte ihn für dich im Auge«, sagte er.

Wenn ich mich recht erinnerte, war das das erste Mal, dass er anbot, etwas für mich zu tun.

»Falls sich sein Zustand verändert, lass ich es dich sofort wissen. Moment mal, wo bist du gerade genau?«

Ehrlich gesagt, überraschte mich seine Umsicht. »Danke schön«, erwiderte ich. »Ich wohne in einem Ferienhaus in Finn's Hollow in Irland.«

»Irland also, ja?«

»Ja.«

Ich bückte mich, um die Decke aufzuheben, die auf dem Boden gelandet war. Ich legte sie aufs Bett und schob mir mit der freien Hand die Haare aus dem Gesicht. Als ich in mein Handy schaute, merkte ich, wie Jason mich beobachtete. Den Ausdruck in seinen Augen konnte ich nicht zuordnen.

»Hallihallo, Martin, ich habe dich noch nie mit offenen Haaren gesehen«, sagte er. »Du solltest sie öfter so tragen.«

Genervt zog ich eine Augenbraue nach oben. Als Nächstes würde er mir sagen, dass ich öfter lächeln sollte. »Was genau spielt es für eine Rolle, wie ich meine Haare frisiere? Werde ich mit offenen Haaren ›liebenswerter‹?«

Sein Mund zuckte, als versuchte er, sein Lächeln zu kontrollieren. »Ähm, eigentlich nicht. Damit bist du noch immer so liebenswert wie eine verwilderte Katze, aber ich muss schon sagen, Martin, mit offenen Haaren …«

»Was ist damit?« Ich funkelte ihn finster an.

»Das ist ziemlich sexy«, sagte er, winkte mir mit dem kleinen Finger zu und zwinkerte. »Bis morgen.«

Er hatte aufgelegt und ich starrte auf mein Handy. So ein Blödmann.

Okay, das war nicht ganz fair. Er war so anständig gewesen und hatte mich angerufen, um zu hören, wie es mir nach Aidans Neuigkeiten ging. Also war er kein kompletter Blödmann – eher ein fünfundsiebzigprozentiger. Die restlichen fünfundzwanzig Prozent enthielten das Kämmerchen in seiner Seele, in dem er Mitgefühl und Empathie beherbergte. Wenn ich Glück hatte, bekam ich es in den nächsten paar Monaten nur mit den fünfundzwanzig Prozent zu tun. Im Übrigen plante ich, den Teil von mir völlig zu ignorieren, der sich ein winzig kleines bisschen geschmeichelt fühlte, weil ihm meine Haare aufgefallen waren und er mich als sexy bezeichnete.

Ich dehnte meine Arme über den Kopf und versuchte, die Verspannungen zu lösen. Ich überlegte, ob ich Darby um eine Runde an der Polestange anhauen sollte. Allein die Vorstellung brachte mich zum Lächeln. Als ob.

Durch mein Nickerchen hatte ich den Kopf frei bekommen und nach der unerwarteten Telefonkonferenz und Aidans Neuigkeiten gab es keine Ausreden mehr. Ich hatte eine Mission. Ich wollte Colin Donovan suchen und ihm direkt in seine hübschen blauen Augen schauen, um herauszufinden, ob ich mich daran erinnerte, wie es sich anfühlte, wieder alles zu fühlen, und selbst die Gefühle zuzulassen, die mir Angst einjagten.

Kapitel 7

Der Pub war brechend voll. Draußen parkte ein Reisebus, und alle Tische waren besetzt, weshalb ich mit der Bar vorliebnehmen musste. Nicht, dass mir das viel ausmachte, schließlich wollte ich wissen, ob das Top of the Hill noch immer Michael Stewart gehörte, aber die Reisegruppe war fürchterlich laut, und ich musste regelrecht schreien, um mir über die Unterhaltungen hinweg Gehör zu verschaffen.

»Was darf's sein?« Die Frau hinter dem Tresen sah mich erwartungsvoll an.

»Ähm …« Ich starrte auf die Zapfhähne und versuchte leicht panisch, die Namen auf den Griffen zu entziffern, schließlich wollte ich die geschäftige Frau nicht unnötig aufhalten und eigentlich ja auch nur wissen, ob Michael da war, aber ich war mir unsicher, wie ich sie das am besten fragen sollte.

»Wird das heute noch was oder erst am Donnerstag?«, neckte mich die Frau. Sie hatte einen weichen Akzent, was einfach nur bezaubernd klang.

»Sie nimmt ein Glas Golden Spear, Sarah.« Als ich mich umdrehte, entdeckte ich einen Mann, der mit einem neuen Fass Bier auf der Schulter hinter den Tresen lief. Er stellte es auf den Boden und grinste mich an. Bei dem breiten Grinsen machte es Klick.

»Michael«, sagte ich und lehnte mich über den Tresen, um ihn zu umarmen, er kam mir auf halben Weg entgegen.

»Chelsea Martin«, sagte er. Er drückte mich fest und ließ mich dann los. »Was machst du denn hier?«

Tja, das war die Millionenfrage, nicht wahr? Anstatt ihm eine Zusammenfassung von der bevorstehenden Eheschließung meines Vaters zu geben und wie diese Tatsache mich in eine panische Abwärtsspirale katapultiert hatte, blieb ich lieber vage.

»Ich bin auf der Durchreise.«

Seine Augen verengten sich. Er vermutete ganz eindeutig, dass mehr dahintersteckte, bohrte aber nicht nach.

»Und wie geht es dir?«, fragte ich.

»Ich kann nicht klagen«, antwortete er.

»Kaum zu glauben, dass du dich noch an mich erinnerst. Das ist sieben Jahre her«, sagte ich mit einem Lächeln.

»Du hast dich überhaupt nicht verändert«, sagte er. »Und du und deine Truppe habt damals einen ziemlichen Eindruck hinterlassen.« Er deutete mit dem Daumen hinter sich auf eine Wand voller Fotos. Als er mit dem Zeigefinger auf eins tippte, traute ich kaum meinen Augen. Dort war ja ich zusammen mit Colin und unseren anderen Freunden und wir saßen genau an jener Bar gemütlich in einer Ecke und Colin hatte den Arm um mich gelegt.

Sarah schob mir ein Glas Helles vor die Nase und ich trank einen tiefen Schluck. Unzählige Erinnerungen stürmten auf mich ein.

»Oh, sieh mal«, sagte ich. Dabei blinzelte ich zum Bild und hoffte, dass ich beiläufiger herüberkam, als ich mich fühlte. »Das ist doch Colin Donovan, oder? Macht er immer noch so viel Unfug?«

»Macht er«, sagte Michael.

Mein Herz klopfte. Hieß das, Colin wohnte noch immer in Finn's Hollow? Da ich nicht wusste, wie ich mich am geschicktesten danach erkundigen sollte, redete ich nicht lang darum herum.

»Wohnt er noch immer in der Gegend?« Ich versuchte, nicht zu hoffnungsvoll zu klingen. Nicht ganz einfach.

»Oh ja«, sagte Michael. »Seit Mr O'Brien vor vier Jahren gestorben ist, verwaltet er den Hof.«

Das war ein unerwarteter Schlag. Ich nahm mir einen Moment Zeit, an den Mann zu denken, der so freundlich zu mir gewesen war, als ich frisch von der Uni allein durch ein fremdes Land reiste. Mr O'Brien brauchte keine zwanzig Leute, die über seine Farm rannten, aber er liebte sein Leben und wollte möglichst vielen jungen Leuten die Vorzüge der Schafzucht nahebringen.

Meine schönste Erinnerung an Mr O'Brien war, wie er mit Fiona, seinem Border Collie, über die grünen Weiden schritt. Immer wenn er ihr das Kommando gab, trieb Fiona die Schafe in die von ihm gewünschte Richtung. Die beiden besaßen diese wirklich unglaubliche Fähigkeit, miteinander zu kommunizieren. Mrs O'Brien machte gerne Witze darüber, dass die einzige andere Frau, mit der sie ihren Mann teilen musste, Fiona war.

»Tut mir leid, das zu hören«, sagte ich. »Er war so ein guter Mensch.«

»Oh ja, das war Timmy O'Brien«, sagte Michael. Er klang, als hätte er sich mit dem Verlust schon abgefunden. Als ein anderer Gast an die Bar trat, wandte er sich ihm zu, um ihn zu bedienen. »Wink einfach, wenn du noch etwas von mir brauchst, und willkommen zurück, Chelsea.«

Ich hob mein Glas und schickte einen stillen Gruß an den Mann mit dem herzlichen Lachen, der wettergegerbten Haut und der Liebe zu Irland, die ganz tief in ihm verwurzelt war. »Gute Reise, Mr O'Brien«, sagte ich, leerte mein Glas und bestellte mir mein Abendessen, das ich mit ins Ferienhaus nehmen wollte.

Jetzt, wo ich wusste, dass Colin da war, und das auch noch auf der Farm, wurde mir klar, dass ich mein Vorhaben zu Ende bringen und ihn treffen musste. Morgen würde ich zum Hof der O'Briens rausfahren. Natürlich war ich nervös, aber ich war auch aufgeregt. Wann hatte ich das letzte Mal diese Art von Aufregung empfunden, fragte ich mich. War es das schon? Das Gefühl, nach dem ich suchte? Ich hoffte es inständig.

*

Am nächsten Morgen war ich angenehm überrascht, dass die Sonne den Himmel erhellte. Vielleicht wendete sich ja mein Blatt. Der Torf im Kamin war heruntergebrannt und das Zimmer kalt. Da ich fast am Verhungern war und dringend frühstücken wollte, hüpfte ich zum Aufwärmen schnell unter die heiße Dusche.

Für meine Make-up nahm ich mir ein wenig mehr Zeit als gewöhnlich. Schließlich wollte ich einen guten Eindruck machen. Also trug ich Mascara und Lippenstift auf. Meine Haare ließ ich offen, aber nicht weil Jason gesagt hatte, dass es sexy aussah, sondern weil es draußen kalt war und so meine Ohren warm blieben. Mit meinem dicken schwarzen Rollkragenpullover war ich für die Märzkälte gewappnet.

O'Briens Hof war nur ein paar Meilen – äh, Kilometer – entfernt und ich würde bis dorthin nicht länger als fünfzehn Minuten brauchen. Ein verlockender Gedanke, aber ich wusste, dass ich zuerst etwas essen und mich sammeln musste, was bedeutete, dass ich einen Kaffee brauchte. Als ich zum Haupthaus lief, stand die Tür offen und der Geruch von Würstchen und Speck drang aus dem Esszimmer. Der große Tisch war reichhaltig mit Essen beladen, außerdem saßen dort schon zwei andere Gäste, die beim Kaffee die Zeitung lasen.

»Morgen, Chelsea«, begrüßte mich Darby mit einem herzlichen Lächeln. Heute trug sie keine glitzernden, eng anliegenden Shorts. Stattdessen hatte sie über ihre Jeans und den Pullover eine große Schürze gebunden und hielt einen Pfannenwender in der

Hand. »Wenn es Ihnen nichts ausmacht zu warten, brate ich eben noch eine Portion Speck und Würstchen.«

»Nein, überhaupt nicht«, sagte ich. »Ich nehme mir einfach schon einmal einen Kaffee, danke.«

Darby nickte. »Das sind die Parks, Mary und Jerry, sie kommen aus Novia Scotia in Kanada.«

»Wirklich?«, sagte ich. »Meine Mutter kam aus Pocologan, New Brunswick, zog aber in die Staaten, als sie meinen Vater heiratete. Ich lebe gleich südlich von Ihnen in Massachusetts.«

»Sozusagen Nachbarn«, sagte Jerry. Sein rundes Gesicht verzog sich zu einem Lächeln.

»Schön, Sie kennenzulernen, meine Liebe«, sagte Mary. Sie hatte weiße Locken und lächelte so freundlich wie ihr Ehemann.

Jerry schob mir ein paar Seiten der *Irish Times* zu. Ich schenkte mir eine Tasse Kaffee ein und nahm Platz.

»Kommen Sie oft nach Irland?«, fragte Mary.

»Nein, erst zum zweiten Mal«, sagte ich. »Das erste Mal war ich vor sieben Jahren hier, als ich nach dem Studium für ein Jahr im Ausland gelebt und gearbeitet habe.«

»Der Versuch, das Erwachsenenleben noch ein wenig aufzuschieben?«, neckte mich Jerry.

»Genau.« Ich lächelte. »Das meiste von Europa habe ich gesehen, danach wollte ich weiter nach Asien, Afrika und Südamerika, aber das Leben hat mir einen Strich durch meine Pläne gemacht.«

»Ja, das tut es«, sagte Mary. Vermutlich lag in diesem Satz die Erfahrung eines ganzen Lebens.

»Wir wollen den Ring of Kerry entlangfahren, aber auch die Border-Collie-Vorführung auf dem O'Brien-Hof ansehen«, sagte Jerry. »Die Hunde gefielen mir schon immer und ich möchte sie gerne beim Arbeiten erleben.«

»Eine Border-Collie-Vorführung?«, fragte ich. Bei der Erwähnung der Farm wurde mir ganz warm im Gesicht. »Das klingt spannend.«

»Wenn man Hunde mag, bestimmt«, sagte Jerry.

»Wir brechen nach dem Frühstück auf. Sie können sich uns gerne anschließen«, sagte Mary. »Außer natürlich, Sie nehmen bei Darby Unterricht.

»Äh, nein«, sagte ich. »Ich glaube nicht, dass ich mich so gut verbiegen kann.«

»Wem sagen Sie das«, erwiderte Jerry mit einem Lachen.

»Aber ich mag Hunde«, sagte ich.

Nur weil ich keinen Hund hatte, hieß das ja noch nicht, dass ich sie nicht mochte. Gemeinsam mit den Parks zur Farm zu gehen, hätte durchaus Vorteile. Falls Colin mich nicht erkannte oder sich nicht an mich erinnerte oder ich die Nerven verlor, hätte ich eine gute Tarnung. Ich konnte mich einfach an die Parks halten und so tun, als wäre ich noch nie auf der O'Brien-Farm gewesen. Und selbst wenn er sich an mich erinnerte, alles andere aber seltsam und peinlich würde, wären sie mein Ausweg. Perfekt.

»Also abgemacht«, sagte Mary. »Wir fahren zusammen.«

*

Im Nachhinein war die Fahrgemeinschaft nicht unbedingt meine beste Idee. Der Weg zur Farm war steil und tückisch, aber Jerry schien keine Vorsicht auf dieser kurvenreichen Straße für geboten zu halten. Im Gegenteil, der paarundachtzigjährige Kanadier fuhr wie eine gesengte Sau.

Kaum hatte ich mich auf der Rückbank angeschnallt, trat Jerry auch schon aufs Gaspedal. *Jaysus*, wie die Einheimischen zu sagen pflegten. Als Jerry so schnell in eine Kurve raste, dass es sich anfühlte, als kippte das Auto zur Seite, rutschte mir das Herz in die Hose. Ich widerstand den Drang, mich zu bekreuzigen, nur knapp. Das Auto fuhr zum Glück kurz darauf wieder auf allen vier Rädern, und ich atmete gerade ein wenig durch, als Jerry einen Hügel erklomm und in der Ferne etwas Interessantes entdeckte. Er zeigte dorthin, und sowohl er als auch Mary schauten in die Richtung, wodurch er das Auto gefährlich zum Abhang verzog. Meinen Angstschrei unterdrückte ich, nicht dass er sich erschreckte und wir im Abgrund landeten.

Mary ihrerseits zuckte über die Fahrkünste ihres Mannes nicht einmal mit der Wimper. Egal ob scharfe Kurve oder Spitzkehren, Jerry fuhr mit gleichbleibender Geschwindigkeit und ging nicht einmal ein kleines bisschen vom Gas. Als wir endlich ankamen, bog er plötzlich mit unverminderter Geschwindigkeit in eine Parklücke zwischen einem Reisebus und einem Minivan.

Am liebsten wäre ich aus dem Auto gesprungen und hätte den Boden geküsst, aber da war es schon zu spät. Darbys üppiges Frühstück rumorte in meinem Magen, der richtig schön rebellierte. Mir brach der Schweiß aus, ich hechelte und war schätzungsweise so grün im Gesicht wie die Hügel, die uns umgaben. Ich mobilisierte all meine Kräfte, um mich nicht zu übergeben.

»Kommen Sie, Chelsea, sonst verpassen Sie die Vorführung noch!«, rief Mary mir von der Tribüne aus zu, wo sie und Jerry sich zu der Busladung Touristen gesellt hatten.

»Ich bin gleich bei Ihnen«, sagte ich. Was gelogen war. Auf der Brechreiz auslösenden Fahrt hierher war mir mein ganzer Mut abhandengekommen und jetzt steckte ich mitten in einer handfesten Existenzkrise.

Was hatte ich mir nur gedacht? Ich konnte Colin nicht einfach gegenübertreten. Das war sieben Jahre her! Er würde mich bestimmt für verrückt halten. Meine Chancen auf eine vernichtende Demütigung standen auf einem persönlichen Höchstkurs.

Ich musste den Verstand verloren haben, wenn ich glaubte, dass ich das hinbekäme. Hatte ich mir wirklich ausgemalt, wie er und ich uns über die Schafweide hinweg entdeckten und uns in die Arme fielen? Das würde niemals passieren!

Die Realität sah so aus, dass ich in klirrender Kälte an der Seite eines Hügels auf einer verdammten Schafsfarm stand und mich verzweifelt bemühte, nicht auf meine Schuhe zu kotzen. So sollten sich romantische Fantasien auf keinen Fall entwickeln! Gott, was war ich für eine Idiotin.

Und mit diesem Knacks in meiner Unverwundbarkeit wurde mir klar, dass ich das nicht konnte. Ich konnte ihm nicht gegenübertreten. Am liebsten hätte ich mich auf der Rückbank zusammengerollt und mir eine Decke über den Kopf gezogen, bis es Zeit zum Losfahren war. Inzwischen war mir sogar egal, dass Jerry uns auf der Heimfahrt wahrscheinlich umbrachte. Ich zerrte am Türgriff des Autos. Es war verschlossen. Verflixt.

In meine Panik drang das Blöken von Schafen, und als ich den Hang hinaufschaute, trippelte eine Herde, gefolgt von zwei Hunden und ihrem Trainer, aus dem Bodennebel in unsere Richtung. War das Colin? Er war zu weit weg. Ich konnte es nicht sagen. Plötzlich bekam ich feuchte Hände und atmete schneller. Ich war lächerlich aufgeregt. Entweder er erinnerte sich an mich oder nicht. Das war keine große Sache. Richtig?

Ich trat vom Auto weg. Meine Neugier verdrängte für einen Augenblick meine Nervosität und ich ging ein wenig näher zur Tribüne, um einen besseren Blick auf ihn werfen zu können. Wenn ich erst einmal wusste, ob das Colin war, sagte ich mir, konnte ich noch immer wegrennen und mich hinter dem Auto verstecken. Sehr erwachsen, ich weiß.

Auf halbem Weg zur Tribüne nahm das Unheil seinen Lauf. Ein Schaf brach von seiner Herde aus und rannte direkt auf mich zu. Anstatt wie eine vollkommen funktionstüchtige, normale Person auf die Seite zu springen, stand ich wie angewurzelt da, obwohl einer der Hunde sich von der Gruppe löste, um dem Schaf nachzusetzen, das inzwischen in höchster Not blökte, was ich absolut verstehen konnte.

Das Schaf hatte die Augen vor Angst weit aufgerissen und der schwarz-weiße Hund wirkte mit seinen gebleckten Zähnen eher wie ein Wolf, der sich seiner Beute näherte. Das Schaf streifte mich und riss mich dabei zu Boden, als wäre ich ein menschlicher Schild, der es vor dem Hund beschützte. Der Hund wäre sicher an mir vorbeigesprungen, wenn durch die Kakofonie von Aufschreien und Japsern seitens der Touristen, dem Blöken des Schafes und dem Hecheln des Hundes nicht eine gebieterische Stimme gedrungen wäre.

»Platz, Seamus, mach Platz«, befahl der Hundeführer, den ich auf dem Hang gesehen hatte, und Seamus legte sich neben mir auf den Boden. Ich funkelte ihn an, aber er zeigte keinerlei schlechtes Gewissen.

Erst da bemerkte ich, wie eine gewisse Kälte meine Hände und Knie heraufkroch. Als ich nach unten blickte, sah ich, dass ich in einer Matschpfütze gelandet war. Großartig. Ich zog meine Hände aus dem Dreck. Schlamm und Wasser tropften herunter – ich hoffte inständig, dass es Wasser war –, und dann suchte ich nach einem Stückchen Gras, damit ich mich nach oben drücken konnte. Ich wankte ein wenig, aber da packten mich zwei starke Hände unter den Armen und zogen mich hoch.

Als ich über meine Schulter schaute, verschlug es mir den Atem. Diese blauen Augen, tiefen Grübchen und den Wirbel in den dichten dunkelroten Haaren würde ich überall erkennen. Colin Donovan!

Kapitel 8

»Alles in Ordnung?«, fragte er.

Ich zog den Kopf ein und ließ meine Haare über mein Gesicht fallen. In der Nanosekunde, als sich unsere Blicke begegnet waren, hatte ich kein überraschtes Wiedererkennen ausgemacht, sondern bloß die höfliche Neugier eines Fremden, der sichergehen wollte, dass ich unverletzt war.

»Ausgezeichnet«, sagte ich. »Mir geht es ausgezeichnet.«

»Bestimmt, wenn nass, dreckig und kalt Ihre Definition von ausgezeichnet ist«, antwortete er. In seiner Stimme schwang ein Lachen mit. Das war so schmerzhaft vertraut, dass ich am liebsten meinen Kopf in den Nacken gelegt und mit ihm gelacht hätte, aber ein Anfall von Schüchternheit verhinderte das. »Thomas, bring unseren Gast zu den Toiletten und frag Mrs O'Brien, ob sie Wechselklamotten hat.

»Jawohl«, sagte Thomas.

»Das ist nicht nötig«, protestierte ich.

»Ich bestehe darauf«, sagte Colin. Da ich die ganze Zeit an meinen Knien herumschrubbte, unterhielt Colin sich mit meinem Haarschopf. Das entsprach nicht im Entferntesten meinen Vorstellungen von unserem Zusammentreffen, und der Kontrollfreak in mir bekam gerade einen Wutanfall epischen Ausmaßes. Ich fragte mich, ob ich mich unbemerkt vom Gelände schleichen konnte, um zurück zu den Ferienhäusern zu laufen.

»Hier entlang, bitte«, sagte Thomas – zumindest nahm ich an, dass er es war, ich hatte noch immer nicht aufgeschaut.

Ich kehrte Colin den Rücken und folgte der Stimme. Groß und schlank mit einem offenen Gesicht, schätzte ich Thomas auf ungefähr achtzehn Jahre. Freundlich und ohne jeden Spott lächelte er mich an, was ich ihm sehr zugutehielt.

Wir ließen die Tribüne hinter uns und da war es. Das alte weiße Farmhaus mit seinem schwarzen Gebälk und Fensterläden, Blumenkästen vor den Fenstern im Erdgeschoss und dem großen Garten an der einen Seite des Hauses, der zu dieser Jahreszeit noch nicht bestellt war. Dahinter lag die Scheune, in der ich Schafe scheren gelernt hatte, und zwischen den beiden Gebäuden die niedrige Schlafbaracke, die wie das Haupthaus weiß gestrichen war und schwarze Fensterläden hatten. Dort waren wir während unserer Zeit auf dem Hof alle untergebracht gewesen. Als ich an die langen Nächte voller Gelächter dachte, die opulenten Frühstücke und Tage draußen in den Bergen, wo wir uns um die verschiedenen Schafherden kümmerten, musste ich lächeln. Bei den Erinnerungen wurde mir ganz warm ums Herz.

Thomas führte mich in die Schlafbaracke. Dort hatte sich nicht viel verändert. Zu beiden Seiten des Raums standen noch immer dieselben zweckmäßigen Stockbetten und dazwischen eine zusammengewürfelte Kollektion an Kommoden.

»Ich laufe eben schnell ins Haus und frage nach ein paar Kleidern«, sagte Thomas.

Ich schaute nach unten. »Das ist nicht nötig. Nur meine Knie sind schmutzig. Ein Handtuch sollte reichen.«

Thomas holte eines aus dem Schrank und zeigte in Richtung des Badezimmers. Ich ging nach drinnen und hoffte, dass ich die schlimmsten Spuren beseitigen konnte. Ich nahm das Handtuch, um den trocknenden Matsch von meinen Knien zu reiben, und wusch mir Gesicht und Hände. Danach warf ich das Handtuch in den Wäschekorb.

Ich überlegte, ob ich mich hier verkriechen konnte, bis die Vorführung zu Ende war. Wahrscheinlich nicht. Sowohl Thomas als auch Colin wussten, wo ich steckte. Wenn ich nicht bald wieder auftauchte, würden sie bestimmt nach mir suchen.

Also ließ ich die Schlafbaracke hinter mir und ging den Weg wieder zurück. Als ich die Tribüne erreichte, war ich außer Atem. Die Menge applaudierte. Den größten Teil der Vorführung hatte ich wohl verpasst. Leider. Ich hätte gern gesehen, wie Colin mit den Hunden umging.

Colin stand unten auf der Wiese. Lächelnd nahm er den Applaus entgegen und wandte sich dann ab, um das Gatter zu öffnen. Die Schafe drängelten sich nervös ins Gehege.

»Hat einer Ihrer Hunde jemals ein Schaf getötet?«, fragte ein kleiner Junge. Er hatte riesige Augen und blickte besorgt drein.

Colin verschloss das Gatter und wandte sich wieder den Zuschauern zu. Seine strahlend blauen Augen wanderten über die Menschen und landeten freundlich auf dem Jungen.

»Bisher nicht, aber es wäre durchaus möglich«, antwortete Colin. Sein rhythmischer Akzent legte sich wie eine warme Wolldecke um mich. »Der Jagdinstinkt ihrer Vorfahren, der Wölfe, wohnt noch immer in ihnen, und wenn sie erst einmal ein Schaf reißen, würden sie alle töten. Deshalb lässt man sie nie mit den Schafen allein. Es würde in einem Massaker enden und das wäre nicht der Fehler des Hundes, sondern der seines Besitzers.«

Der Junge nickte. Es gab noch ein paar weitere Fragen. Jemand wollte wissen, was die roten, blauen und schwarzen Markierungen auf dem Fell der Schafe bedeuteten, und Colin erklärte, was ich bereits wusste. Die Farben verrieten, wem die Schafe gehörten, welche schon getunkt worden waren, das heißt desinfiziert, und welche Weibchen sozusagen schon bedient worden waren.

Ich war fasziniert. Diese mörderisch gut aussehenden Grübchen und das verführerische Funkeln in seinen Augen, wenn er jemanden aufzog. Dieser Mann war ein durch und durch scharfer Ire und ich war weit gereist, um ihn zu treffen. Durfte ich mich da jetzt davonstehlen? Auf keinen Fall.

Allerdings wusste ich immer noch nicht, wie ich mich Colin nähern sollte, daher beobachtete ich ihn und genoss den Augenblick. Ich erkannte die Art und Weise wieder, wie er sich mit seinen breiten Schultern aufrecht hielt und den Kopf immer ein klein wenig zur Seite neigte, als hätte er einen Schabernack im Sinn. Oh, wie ich ihn vermisst hatte.

Weit ausholend winkte er die Besucher den Kiesweg hinab zum Scherschuppen. Colin war beschäftigt. Er arbeitete. Ich wusste, dass ich diesen Mann in Ruhe lassen sollte, was ich aber nicht tat. Obwohl ich mir eher wie ein verunsichertes Vorschulkind und nicht wie eine starke Erwachsene vorkam, nahm ich meinen Mut zusammen und trat nach vorn in Sichtweite.

»Und lass dir von Seamus nichts vormachen, von wegen er bräuchte noch eine Extraportion Futter«, instruierte Colin Thomas und klopfte ihm auf die Schulter. »Wenn jeder diesen großen, traurigen Augen glaubt, wird er noch fett.«

»Jawohl, Sir, so dumm bin ich nicht, dass ich auf sein Betteln hereinfalle.« Thomas pfiff und die Hunde sprangen auf. Sie liefen ihm nach und wuselten um seine Beine.

»Sir?«, fragte ich. »Da sind wir die Leiter aber eindeutig hinaufgeklettert, Colin Donovan.«

Er drehte sich zu mir. Sein Gesicht war liebenswürdig und freundlich. »Ist alles in Ordnung mit Ihnen? Sie haben sich nicht verletzt, oder?«

Er erkannte mich nicht. Das sollte mich nicht so niederschmettern, wie es das tat. Es war sieben Jahre her. Offensichtlich war ich für Colin nicht so unvergesslich wie er für mich. Vernünftig und erwachsen wäre es gewesen, mich vorzustellen und ihm zu sagen, dass wir uns kennen, aber ich konnte mich einfach nicht dazu durchringen.

In Wahrheit hatte ich ihn in meiner Erinnerung so überhöht, dass es mich bitter enttäuschte, für ihn nicht mehr als eine Fremde zu sein. Behutsam verstaute ich meinen Stolz und meine Würde und zwang mich zu einem Lächeln.

»Nein, mir geht es gut«, sagte ich. »Ein wenig Matsch hat schließlich noch niemandem geschadet.«

Ihm rutschte das Lächeln aus dem Gesicht und er starrte mich mit leicht zusammengekniffenen Augen dermaßen intensiv an, dass ich nervös wurde. Befürchtete er, dass ich den Hof verklagte? Das würde ich nie tun. Gerade als ich ihn beruhigen wollte, wich die Skepsis in seinem Gesicht purem Erstaunen.

»Chelsea Martin, da hol mich doch der Teufel, bist du das?«, fragte er.

Er erinnerte sich! Mein Herz quoll über und mir fehlten die Worte, daher nickte ich einfach und lächelte breit. Als Nächstes kletterte er einfach die Tribüne hinauf, er machte sich erst gar nicht die Mühe, außen herumzugehen und die Treppe zu benutzen. Er sprang über das Geländer und landete vor mir.

»Ich fasse es nicht. Es ist ewig her, seit ich dich das letzte Mal gesehen habe«, sagte er. Colin packte mich an den Armen und hielt mich fest, während er mein Gesicht studierte. »Zwick mich mal. Träume ich?«

Gehorsam zwickte ich ihn in die empfindliche Haut zwischen Handschuh und Ärmel.

»Autsch!«, rief er.

»Du wolltest doch …«

»Jep, aber du nimmst immer noch alles wörtlich, meine Hübsche«, brummte er und ich wurde rot. Dann lachte er und drückte mich so fest an sich, dass ich schon befürchtete, mir würden die Rippen brechen, und hob mich hoch.

»Und du bist noch immer ein Charmeur«, sagte ich und drückte mit aller Kraft zurück. Er roch nach frischer Luft und rauchigem Torf, warmer Wolle und Sonnenschein, einfach sauber und gut. Als er mich wieder losließ, vermisste ich sofort seine Wärme.

»Du führst aber schon noch die Tour zu Ende, Colin, oder?«, rief eine Stimme von der Scheune unten am Hügel.

»Verdammt, ich muss los.« Er winkte dem Mann zu, um ihm zu signalisieren, dass er bereits auf dem Weg war, drehte sich aber noch einmal zu mir. »Wir sollten uns treffen. Wie sehen deine Pläne aus? Wo wohnst du? Wie lange bleibst du?«

Bei dem Trommelfeuer an Fragen musste ich blinzeln.

»Ich habe keine Pläne. Ich wohne in den Cottages. Ich weiß noch nicht, wie lange ich bleibe«, antwortete ich und verschwieg, dass das von ihm abhing. »Wollen wir heute Abend zusammen essen gehen?«

»Hervorragend, lass uns das machen«, sagte er. »Ich treff dich im Top of the Hill, sagen wir, um sechs?«

»Das hört sich gut an«, erwiderte ich, stellte mich spontan auf die Zehenspitzen und küsste ihn auf die Wange.

Colin lief leicht rosa an und grinste. »Wofür war das?«

»Dafür, dass du dich an mich erinnert hast«, sagte ich.

»He, dich hätte ich doch nie vergessen, Liebes«, sagte er. Er küsste mich auf die Stirn, drehte sich dann um, fasste aber nach hinten nach meiner Hand, um mich mit sich zu ziehen, als wollte er mich nicht mehr loslassen, während er den Hügel hinab zur Scheune lief. Er hielt mich so lange fest, bis er in dem Verschlag seine Vorführungen machte. Und wenn ich ehrlich war, war ich jetzt schon wieder halb verliebt in ihn.

Die Parks waren am Ende der Führung erschöpft. Bestimmt lag es daran, dass Jerry sich freiwillig gemeldet hatte, um sich im Scheren zu versuchen. Ihm wurde ein zappeliges junges Schaf gegeben, was für viel Heiterkeit sorgte.

»Hierher, mein stürmisches Mädchen«, rief Jerry, als die Schafdame ihm entwischte. Nachdem er sie wieder zu packen bekam, sah es einen Moment lang so aus, als hätte er sie unter Kontrolle, aber dann schlüpfte sie ihm durch die Beine. »Ich glaube, mit einem eingefetteten Schwein würde ich mir leichter tun!«

»Schinkenspeck wäre auf jeden Fall ein größerer Anreiz für dich«, neckte Mary ihren Ehemann.

Dann trat Colin heran, zwang das Schaf mit seiner Muskelkraft zum Stillhalten und schor es in wenigen Augenblicken. Ich sah fasziniert zu. Er hatte seinen Mantel abgelegt und unter dem eng anliegenden grauen Pullover zeichnete sich seine muskulöse Figur ab. Den schlanken Jungen, den ich gekannt hatte, gab es nicht mehr, stattdessen stand da jetzt ein stattlicher Kerl. Als er das Schaf hochhob, als würde es nichts wiegen, konnte ich mir gut vorstellen, woher diese kräftigen Schultern kamen.

Obwohl uns draußen ein kalter Wind begrüßte, hieß ich die beißende Luft willkommen, fühlte ich mich doch nach dem ganzen Morgen ein wenig überhitzt. So unwahrscheinlich es auch klang, Colin war noch attraktiver als früher, was einiges sagte, weil er damals nämlich auch schon verdammt gut aussehend gewesen war.

Ich bot den Parks an, zurück zu den Cottages zu fahren, und zu meiner Erleichterung ließ Jerry mich das nur allzu gern tun. Zum Glück, denn ich hätte einen Achtzigjährigen nur ungern zu Boden gerungen, um ihm die Schlüssel abzunehmen, aber mir wäre nichts anderes übrig geblieben. Als wir ins Auto stiegen, begegneten sich Colins und mein Blick. Lautlos formte er mit den Lippen *sechs*, und ich nickte, wobei mich ein wohliger Schauer durchlief. Das Kribbeln begann an meinem Kopf und reichte bis zu meinen Füßen. Hatte er auch vor sieben Jahren dieselbe Wirkung auf mich gehabt? Oder lag es an den jahrelang aufgestauten Gefühlen, die schlicht nach einem Ventil suchten? Schwer zu sagen.

Auf der Rückfahrt unterhielten sich Mary und Jerry über die Hunde, insbesondere über den einen namens Seamus, und sie fragten sich, ob so ein Hund nicht auch um ihr Haus in Nova Scotia rennen könnte oder ob sie dadurch zu viel Ärger mit den Bauern vor Ort bekämen. Ich hörte zu, aber meine Gedanken schweiften ab und ich überlegte, wie Colins Leben wohl außerhalb des Hofes aussah. Nun, heute Abend im Pub hätte ich Gelegenheit, ihn danach zu fragen. Als ich darüber nachdachte, welche Teile meines Körpers besonderer Aufmerksamkeit bedurften, begann mein Herz zu rasen. Finn's Hollow verfügte über keinen Schönheitssalon. Das würde ein Do-it-yourself-Projekt größeren Umfangs werden.

*

Die Zeitverschiebung und meine Nervosität überwältigten mich und ich legte mich bis zum Nachmittag schlafen und begann dann mit den Vorbereitungen für mein Date. *Es war doch ein Date?*, überlegte ich. Ich hatte gefragt und er hatte Ja gesagt.

Da ich nur das Nötigste eingepackt hatte, entschied ich mich für meinen figurbetonten roten Tunikapullover über schwarzen Jeans und meine Halbstiefel. Meine Haare stylte ich in großen, sanften Wellen und ich entschloss mich für einen Hauch mehr Make-up. War der Cat-Eyes-Look mit dem akkurat gezogenen Lidstrich noch angesagt? Ich betrachtete mein Spiegelbild kritisch. Würde ich das überhaupt hinbekommen?

Ich öffnete YouTube auf meinem Handy und schaute ein kurzes Tutorial. Das sah nicht allzu schwierig aus. Gerade als ich mit einem Auge fertig war, was ganz passabel aussah, und ich mit dem anderen anfing, klingelte mein Handy. Ich erschrak und stach mir ins Auge, was wieder einmal typisch war. Es fing an zu tränen und ich wischte mit zusammengekniffenem Auge übers Display, die Nummer konnte ich durch den Tränenschleier nicht erkennen.

»Hallo«, sagte ich möglichst munter, während ich ein Kosmetiktuch aus der Schachtel auf der Toilette herauszog und versuchte, die Tränen wegzutupfen, ohne den Eyeliner zu verschmieren und den Rest meines Make-ups zu ruinieren. Was gründlich misslang. Mein Auge tränte so sehr, dass ich aussah, als würde es schwarz auf meinem Augapfel bluten. »Verdammt noch mal.«

»Ähm, hallo ebenfalls.«

Ich schaute auf mein Handy. Jasons unerfreuliches Gesicht lächelte mir auf dem Display entgegen und schaute mich fragend an. »Was ist passiert, Martin? Hat dir jemand eine runtergehauen?«

»Haha, sehr witzig. Das ist ein Make-up-Unfall«, sagte ich. »Kann ich dich gleich zurückrufen?«

»Geht nicht, in zehn Minuten habe ich einen Konferenzanruf mit Severin Robotics, also jetzt oder nie«, sagte er.

»Na schön«, knurrte ich. Knightley hatte ein untrügliches Gespür, im unpassendsten Moment anzurufen. Ich lehnte mein Handy in ein Regal, während ich versuchte, die breiten schwarzen Spuren von meiner Wange zu wischen.

»Make-up, ja?«, fragte er. »Ich hab dich noch nie mit so viel Make-up gesehen.«

»Tja, du hast mich noch nie bei einem Date erlebt«, erklärte ich. Ich wischte das Geschmiere weg, das einmal mein Lidstrich gewesen war, und runzelte die Stirn.

»Oh, hat da jemand heute Abend eine heiße Verabredung?«,

fragte er. »Erzähl mal. Hast du am Ende des Regenbogens einen irischen Kobold aufgesammelt?«

Ich funkelte ins Handy und sagte: »Halt den Mund.« Er grinste.

Schließlich schaute ich wieder in den Spiegel und überlegte, ob ich mein anderes Auge abschminken sollte und nur Mascara auftragen oder ob sich ein neuer Cat-Eyes-Versuch lohnte.

»Martin, mir läuft die Zeit davon«, sagte er.

»Ja, ja, einen Augenblick«, sagte ich.

Er seufzte und stützte sein Kinn auf die Hand, während er mich beobachtete. Ich entschied mich für das Cat-Eye.

»Häufig ist weniger mehr«, sagte er. »Falls dir das hilft.«

»Tut es nicht«, blaffte ich ihn an. »Ich habe mir ein YouTube-Tutorial angeschaut, damit ich das hinbekomme, aber langsam glaube ich, dass meine Augen nicht zusammenpassen.«

Er betrachtete mich. »Wovon redest du?«

Ich drehte mein Gesicht zum Handy. »Ich finde, mein rechtes Auge hängt ein wenig runter.«

»Wie, so als hättest du einen Schlaganfall gehabt?«, fragte er und starrte mich intensiv an.

Ich warf ihm einen wütenden Blick zu. »Nein, Knightley, bei einem Schlaganfall hängt der Mundwinkel herunter.«

»Ich glaube, beides«, sagte er. »Und deine Augen sind vollkommen gleich. Dass eine ist einfach nur total verquollen und das andere nicht. Du hast hübsche Augen – du musst dir keinen Cat- oder Smokey- oder Glitzerlook verpassen oder was deiner Meinung nach sonst noch im Trend liegt.«

Ich zögerte. »Bist du dir sicher? Das ist nämlich eine sehr wichtige Verabredung.«

»Absolut«, sagte er. »Aber Lippenstift ist wichtig. Ich will nicht drängen, aber wähle eine gute Farbe, zum Beispiel Kirschrot.«

»Was? Warum ist Lippenstift wichtig, aber Eyeliner nicht?«

»Männer stellen sich nicht vor, deine Augen zu küssen«, sagte er. »Aber Lippen? Die bleiben einem Mann tagelang im Gedächtnis, womöglich auch wochenlang oder über Jahre hinweg.«

»Alles klar.« Ich wusch mir den Lidstrich von meinem anderen Auge und trocknete mir das Gesicht ab. »Okay, warum hast du angerufen?«

»Ich bin dein Angebot durchgegangen«, sagte er. »Es ist gut, aber die Anreize fürs Spendensammeln, die du dir für die Angestellten ausgedacht hast – du weißt schon, die Wochenendtrips, Abendessensgutscheine, kostenlose Krebsvorsorge –, sind alle sehr …«

»Was?« Ich zog meine Mascarabürste heraus und schaute ihn an. »Was wolltest du sagen?«

»Langweilig«, erwiderte er. »Kinokarten oder neue Fernseher, damit sie eine Spendenradtour oder Tombola organisieren, sind so *na ja*.«

Ich verdrehte die Augen. »Das sind alles wohlerprobte und bewährte Methoden, damit die Mitarbeiter sich engagieren, besonders wenn verschiedene Abteilungen der Firma für einen noch nicht ausgelobten, richtig fetten Preis gegeneinander antreten.«

Er antwortete nicht, und als ich zu meinem Handy hinüberschaute, gähnte er mir absichtlich herzhaft entgegen.

Ich knirschte mit den Zähnen. »Hör mal, ich möchte nicht, dass das so wie bei der Overexposure Media Group wird.«

Er zuckte zusammen. Das war das einzige Mal, dass wir zusammengearbeitet hatten, und es endete in einer kompletten Katastrophe. Wenn ich ehrlich bin, überraschte es mich immer noch, dass Aidan uns nicht gefeuert hatte, nachdem wir die Aufgabe verpatzt hatten.

»Mit der Overexposure Media Group sind wir baden gegangen,

weil wir unsere unterschiedlichen Arbeitsstile nicht koordinieren konnten«, sagte er.

»Unter anderem«, antwortete ich und weigerte mich, *den Vorfall* zu erwähnen.

»In Anbetracht dieser Tatsache habe ich mich etwas in die unterschiedlichen Arbeitstypen eingelesen.«

Oh, das könnte interessant werden. Ich schaute kurz zu meinem Handy. »Echt? Und was für ein Typ bin ich?«

»Du bist die Bewahrerin«, sagte er. »Du magst akribisch ausgearbeitete Strategiepapiere, die genauestens umgesetzt werden.«

»Weil es funktioniert«, erwiderte ich.

»Wohingegen ich der Pionier bin«, sagte er, er ging gar nicht auf mich ein. »Bei dem Typ geht es um die große Idee, um das Gerüst und weniger das Detail, dabei ist die Vorstellungskraft der Schlüssel.«

»Einverstanden«, sagte ich. »Allerdings ist deswegen das Overexposure-Media-Group-Projekt nicht gescheitert.«

Er öffnete den Mund, um etwas einzuwenden, aber ich machte unbeirrt weiter. »Es ist gescheitert, weil du dachtest, dass Videos von uns Mitarbeitern, die über Krebsvorsorge rappen, während sie eine Vorsorgeuntersuchung bekommen, eine tolle Idee ist.«

»Es war eine tolle Idee«, hielt er mir entgegen. »Die hätte viral gehen können.«

»Klar, leider hast du versäumt, mich darüber aufzuklären, was du vorhattest. Ich dachte, das Video würde ein Zusammenschnitt, bei dem ich gerade mal eine Zeile übernehmen muss, wenn ich bei dem Apparat stehe. Eilmeldung: Ich kann nicht rappen, und schon gar nicht, während ich eine Mammografie bekomme!« Also schön, in Ordnung, ich hatte *den Vorfall* zur Sprache gebracht.

»Nein, das geht wirklich nicht«, stimmte er mir zu und presste die Lippen zusammen, als unterdrückte er ein Lachen. »Zu meiner Verteidigung muss ich sagen, dass ich mir eine Mammografie wie Röntgen vorgestellt habe. Ich dachte, du rappst die Zeilen, die ich dir gegeben habe, während dein Oberkörper geröntgt wird, so wie bei Davis aus meinem Team bei der Lungenkrebsvorsorge. Ich hatte keine Ahnung, dass dabei deine, du weißt schon, zwischen zwei Glasplatten gequetscht wird.« Er wirkte gequält.

»Du musst das gar nicht verharmlosen«, sagte ich. »Kannst du dir vorstellen, wie geschockt ich war, als du hinter dem Vorhang aufgetaucht bist, während ich in einem Krankenhaushemd mit einer heraushängenden Brust dastand?«

»Ich schwöre, dass ich nichts gesehen haben.« Er blinzelte, ganz das Bild der Unschuld.

»Das hast du behauptet … mehrfach.« Ich hatte ihm nicht geglaubt. Allerdings musste ich ihm zugutehalten, dass er über *den Vorfall* nie mit jemandem gesprochen hatte und der Techniker ebenso wenig, trotzdem bekam ich noch Monate später, wenn ich Knightley nur irgendwo auf der anderen Seite eines Raums entdeckte, vor Verlegenheit einen hochroten Kopf. Ich konnte dem Mann monatelang nicht in die Augen sehen. »Also wirklich, wissen Männer nicht, was bei einer Mammografie passiert?«

»Also, jetzt schon«, sagte Knightley. Er klang erstickt, verlor die Beherrschung und fing an zu lachen. Wenn ich auf diesen unglückseligen Tag zurückblickte, konnte ich ihm wirklich keinen Vorwurf machen. Ich musste ein ziemlich schräges Bild abgegeben haben. Ich war mir nicht sicher, wer von uns entsetzter war – ich, der Techniker oder Knightley. Ich schnaubte, beinahe hätte ich gelacht, aber dann schaute ich ihn finster an.

»Wegen deiner fehlenden Planung und deiner mangelhaften Kommunikation hat uns deine große Idee fünfundzwanzigtausend Dollar gekostet. Die Videos, die du produziert hast, waren …

nicht gut.« Eigentlich müsste ich Punkte dafür bekommen, weil ich nicht gesagt hatte, dass sie absolut schrecklich waren. Was sie wirklich waren.

»Das war nur ein Testlauf. Ich glaube immer noch, dass die Overexposure Media Group womöglich doch Gefallen an der Rappvideo-Idee gefunden hätte und mitgezogen wäre«, sagte er.

»Stattdessen sind sie davongezogen.«

»Unvernünftig.«

Ich seufzte. Ich wollte ihn nicht niedermachen, wirklich nicht. Obwohl mich das Overexposure-Media-Group-Desaster noch immer sehr ärgerte. Knightley war einfallsreich und sein Team hatte sich ein paar großartige Kampagnen ausgedacht, aber Severin war zu groß, um das auf die leichte Schulter zu nehmen. Dennoch mussten wir zusammenarbeiten. Ich blickte ihm ins Gesicht und fragte: »Okay, Knightley, was würdest du tun, um bei Severin Eindruck zu machen?«

Er wurde sofort munter. »Die Stärken des Unternehmens ausspielen«, sagte er.

»Zum Beispiel?« Während ich meinen Mascara auftrug, lehnte ich mich zum Spiegel. Konzentriert tuschte ich jede Wimper und drückte dabei meine Zungenspitze an die Oberlippe.

»Sie sind ein Roboterunternehmen«, sagte er.

»Ach. Ist nicht wahr.«

»Roboterwettkämpfe«, stieß er hervor und ich stach mir mit meinem Mascarabürstchen ins Auge.

»Au!« Ich blinzelte und legte vorsichtig einen Finger unter die Wimpern, damit ich mir mein Make-up nicht wieder verschmierte. »Verdammt! Also ehrlich, Knightley! Ernsthaft?«

»Entschuldige«, sagte er. »Aber ich werde ganz aufgeregt, wenn ich darüber nachdenke. Das könnte riesig werden. Unternehmensweite Roboterwettkämpfe um die Vorherrschaft. Man könnte Geld für gute Zwecke sammeln, indem die Leute ihren Favoriten unterstützen, und wenn wir die Kämpfe mit den Robotern, die von verschiedenen Abteilungen des Unternehmens gebaut wurden, im Netz live streamen, löst das vielleicht einen Medienrummel aus.«

»Warum glaubst du das? Sind das nicht nur Technikfreaks, die Spaß an so was haben?«

Als er nicht antwortete, schaute ich wieder zu meinem Handy. Er wirkte beleidigt. »Technikfreaks? Hiermit unterrichte ich dich, dass ich an der Uni Kapitän unseres Roboterteams war.«

»Was auch sonst«, sagte ich. Und prustete.

»Und ich war cool«, behauptete er.

»Wenn du das sagst.« Ich zuckte mit den Schultern. Als ich nach meinem Lippenstift griff, der zufälligerweise tiefrot war und zu meinem Pullover passte, kein Kirschrot, aber sehr nah dran, umspielte meine Lippen ein kleines Lächeln. Ich formte meinen Mund zu einem O, verteilte die cremige Farbe erst auf meine Oberlippe und dann auf meine Unterlippe, nahm ein Papiertuch, tupfte sie ab, spitzte vor dem Spiegel meine Lippen und lächelte anschließend, um sicherzugehen, dass der Farbton mir schmeichelte, aber nicht an meinen Zähnen klebte. Er war perfekt.

Als ich mich wieder meinem Handy widmete, starrte Jason mich an, als würde er es tatsächlich genießen, mich anzuschauen. Eine Premiere. »Gute Wahl, Martin. Du siehst sehr … nett aus.«

»Nett?« Ich zog eine Augenbraue nach oben. »Danke, Knightley. Sehr nett war genau das, was ich vorhatte.«

»Du siehst gut aus, Martin, und das weißt du auch«, sagte er. »Ich werde dir bestimmt nicht sagen, dass du in Rot umwerfend aussiehst, sonst steigt dir das nur zu Kopf und man kann gar nicht mehr mit dir zusammenarbeiten.«

»Danke schön«, sagte ich. Ich merkte, wie mir bei dem Kompliment ein wenig warm im Gesicht wurde, und lächelte. Zum ersten Mal, seit ich ihn kannte, lächelte ich ihn ohne bösen Hintergedanken an.

Er blinzelte. Und runzelte dann die Stirn. »Wen genau triffst du heute Abend eigentlich?«

»Das geht dich nichts an.«

»Weiß irgendjemand, dass du verabredet bist?«

»Ja, die Person, die ich treffe.«

»Martin, du bist allein in einem fremden Land«, sagte er. »Was, wenn der Kerl ein Serienmörder ist oder ein Vergewaltiger oder ein Trunkenbold?«

Ich lachte. »Ist er nicht. Er ist ein alter Freund und wir treffen uns zum Abendessen. Es gibt also keinen Grund zur Sorge.«

»Ich bin nicht besorgt.«

»Du klingst aber so.«

»Nein, ich doch nicht«, sagte er. »Aber Aidan vielleicht, wenn ich ihm erzähle, dass du ein Date hast.«

»Aidan macht sich über nichts Sorgen«, sagte ich. »Er glaubt an die Macht des Universums. Wo wir gerade von Aidan reden, wie geht es ihm?«

»Er glaubt an die Macht des Universums«, wiederholte Jason meine Worte und ich lachte. »Es scheint ihm ganz gut zu gehen. Er hat sich für eine recht aggressive Therapie entschieden. Der schwierigste Teil wird wahrscheinlich der, wenn er seine Haare verliert.«

»Oh, armer Aidan, ich habe diese Haare sieben Jahre lang wachsen sehen«, sagte ich. »Ich kann ihn mir ohne sie gar nicht vorstellen.«

»Ich weiß, aber er hat die beste Wahl getroffen.«

»Halt mich auf dem Laufenden, ja?«

»Versprochen«, sagte er. Er zögerte kurz und fragte dann: »Hör mal, ich will dich nicht belästigen, aber weiß wirklich niemand, dass du dich verabredet hast?«

»Womit wir wieder beim Thema wären«, sagte ich.

»Ich finde nur, dass es immer gut ist, einen Notfallplan zu haben, falls beim Date irgendwas schiefläuft«, sagte er. »Wenn ich ein Date habe, überprüfen meine Freunde immer nach ein oder zwei Stunden, ob ich eine Ausrede brauche. Könnte ja sein, dass ich abhauen muss, weil meine Verabredung sich als blindwütige Psychopathin herausstellt.«

»Du bist ein schrecklicher Mensch.«

»Nein, nur realistisch. Da draußen herrscht Krieg und man braucht einen Wingman, einen Verbündeten«, sagte er. Er schaute auf seine Armbanduhr. »Weißt du was, ich rufe dich in genau zwei Stunden an, dann hast du eine Ausrede, falls du eine brauchst.«

»Das musst du nicht«, sagte ich. »Er ist wirklich ein alter Freund. Mir passiert schon nichts.«

»Ich klingele durch«, sagte er. »Und du gehst besser dran, ansonsten ruf ich die Ortspolizei an. Finn's Hollow, richtig?«

»Bist du immer so dominant?«, fragte ich. »Dann unterrichte ich dich hiermit, dass das bei mir leider nicht funktioniert.«

»Ich würde mich eher als drängelnd und anmaßend bezeichnen«, sagte er. »Und nein, so bin ich sonst nie, aber ich benötige bei der Severin-Kampagne deine Hilfe, daher liegt es in meinem Interesse, dass du nicht irgendwo in der Wildnis von Irland tot in einem Moor landest.«

»Ah, jetzt wird mir alles klar«, sagte ich. »Du brauchst mich.«

»Ich brauche nicht dich«, sagte er. »Aber ich brauche deine Hilfe, damit ich deinen unglaublich umständlichen Kampagnenvorschlag verstehe. Das ist ein Unterschied.«

»Wenn du meinst.«

»Tue ich. Und jetzt zieh los zu deinem heißen Date, aber geh später besser ans Handy«, sagte er. »Glaub mir, wenn der Typ dich überreden will, einer Druidensekte oder so etwas beizutreten, freust du dich, wenn du von mir hörst.«

»Gute Nacht, Jason«, sagte ich und hob meinen Finger, damit er wusste, dass ich gleich auflegen würde.

»Tschüss.«

Ich drückte ANRUF BEENDEN. Druidensekte? Ich lachte. Dann dachte ich über seine Roboterwettkampfidee nach. Nein, die würden wir nicht verfolgen. Ich musste Aidan anrufen, damit er die Idee im Keim erstickte. Ich hatte die kommenden drei Jahre minutiös mit möglichen Spendenaktionen für die Angestellten von Severin Robotics geplant, aber darin kamen keine Roboterwettkämpfe vor. Also wirklich, es war, als wäre Knightley, ein erwachsener Mann, im Körper eines Mittelstufenschülers gefangen.

Ich trat einen Schritt vom Spiegel zurück und überprüfte ein letztes Mal mein Aussehen. Die Haare waren ordentlich gelockt, die Wimperntusche aufgetragen und nicht verschmiert und der Lippenstift perfekt. Der Pullover war warm und betonte meine Figur, und meine Jeans und Stiefel waren lässig, aber schmeichelhaft. Ich zog meinen dicken Wollmantel über, schnappte meine Handtasche und steckte das Handy ein.

Als ich die Ferienhaustür hinter mir zuschloss, überkam mich eine schwindelerregende Mischung aus Aufregung und Nervosität, hauptsächlich Ersteres. Es war dasselbe Kribbeln, das ich gespürt hatte, als Colin mich erkannte. Das war es, wonach ich suchte, woran ich mich erinnern wollte: das Gefühl, ganz und gar lebendig zu sein.

Fühlte mein Dad sich so, wenn er Sheri anschaute? Wenn dem so war, verstand ich, was ihn ansprach. Das Gesetz der Anziehung. Dem konnte man sich nicht widersetzen. Mit dem Eindruck, dass ich die übereilte Hochzeit meines Vaters vielleicht doch nachvollziehen konnte – zumindest ein bisschen, denn seien wir mal ehrlich, ein Heiratsantrag nach zwei Wochen war noch immer durchgeknallt –, lief ich zum Pub.

Um Punkt sechs Uhr kam ich dort an, weil ich so nun einmal war. Wenn ich mich verspätete, wurde ich immer ganz hibbelig. Hoffentlich war Colin pünktlich, schließlich wollte ich nicht zu übereifrig wirken. Ich konnte mich nicht mehr daran erinnern, ob er zu den pünktlichen Menschen zählte oder nicht, und die Vorstellung, dort im Pub zu sitzen und auf ihn zu warten, während ich mich fragte, ob er überhaupt auftauchte, war fürchterlich. Ich hätte mir keine Sorgen zu machen brauchen. Als ich durch die Tür hereinkam, stürzte er sich mit einer ungestümen Umarmung auf mich.

»Da bist du ja!«, rief er. »Großartig. Ich hatte mir schon fast eingeredet, dass ich dich mir eingebildet habe.«

Ich lachte, und die kalte Luft trieb mich in den warmen Pub voller Stimmen und Gelächter, mit dem schweren Torffeuergeruch und den köstlichen Essensdüften, die aus der Küche kamen.

»Komm mit. Ich hab hinten im Nebenzimmer einen Platz für uns.« Er nahm mich an der Hand und führte mich an den Tischen vorbei.

Ganz offensichtlich waren die meisten Gäste Touristen, dazwischen saßen allerdings immer wieder ein paar Einheimische.

»He, Colin«, rief Michael vom Tresen. »Wie ich sehe, hast du unserer Chelsea gefunden.«

Ich winkte und Michael lächelte, aber dann huschte sein Blick kurz besorgt zu Colin, und ich fragte mich, warum.

»Jep, habe ich«, rief Colin zurück. Er wandte sich zu mir. »Was möchtest du trinken?«

»Was du auch trinkst oder ein Glas von diesem schwarzen Zeug.«

»Guinness heißt das. Bin gleich wieder da«, sagte er, als er mich zu der Sitzecke schob und mir dabei auf den Kopf küsste. Ich fand, das war eine wahnsinnig süße Geste, als wäre ich etwas ganz Besonderes und Kostbares.

Als er mit den Gläsern zurückkam, setzte er sich mir nicht gegenüber, sondern neben mich. Er hob sein Glas und hielt es mir entgegen und wartete darauf, dass ich es ihm gleichtat.

»Mit manchen kannst du lachen, mit manchen kannst du weinen, vielleicht findest du auch einen zum Schweben, aber die besten sind und bleiben deine Freunde fürs Leben«, sagte er. Und dann stießen wir an.

»Sláinte«, sagte ich und trank einen kräftigen Schluck Bier.

»Das hast du dir behalten!« Er schien sich zu freuen. »Welche andere Worte, die ich dir beigebracht habe, weißt du noch?«

»Nicht viel. *Dia dhuit*«, sagte ich. Ich war mir nicht ganz sicher, ob ich diese Begrüßung nach all der Zeit noch richtig aussprach. »Das ist, ehrlich gesagt, so ziemlich alles, woran ich mich noch erinnere. Na ja, das und ein paar Flüche.«

Colin lachte. Es war ein tiefes Dröhnen, das aus seinem Bauch aufstieg und ansteckend war. »Vermutlich ist das alles, was du brauchst.«

Dann schwiegen wir beide und lächelten uns an.

»Ich habe Fish and Chips für uns bestellt«, sagte er. »Das mochtest du früher am liebsten. Ich hoffe, dass du nicht zur Vegetarierin geworden bist.«

»Also, eigentlich«, sagte ich. Er wirkte beunruhigt und ich wollte ihn nicht länger aufziehen und grinste. »War nur Spaß. Fish and Chips ist nach wie vor mein Lieblingsessen.«

Colin atmete erleichtert auf. Als er mich mit seinen blauen Augen anschaute, funkelten sie noch immer so verschmitzt wie vor sieben Jahren.

»Du siehst fantastisch aus«, sagte er.

»Du auch. Du hast dich überhaupt nicht verändert und du arbeitest für Mrs O'Brien – ich will alles darüber hören«, sagte ich. »Bist du glücklich auf dem Hof? Ist dein Leben schön?«

»Es ist großartig«, sagte er. »Besser, als ich es je für möglich gehalten hätte. Ich kann mich glücklich schätzen und will dir unbedingt davon erzählen, aber du bist der Gast. Erzähl du zuerst.«

»Ich weiß gar nicht, wo ich anfangen soll«, sagte ich. Das stimmte. Ich hatte den Eindruck, als wäre in den sieben Jahren ein ganzes Leben vergangen.

Michael kam mit zwei vollgeladenen Tellern Fish and Chips zu unserem Tisch. Erst jetzt fiel mir auf, dass ich am Verhungern war, und ich griff nach der Flasche Malzessig, um meinen Fisch darin zu tränken, während ich mir die Serviette auf den Schoß legte.

»Das sieht fantastisch aus«, sagte ich zu Michael. »Es geht doch nichts über ein ordentliches Pub-Essen.«

»Da sagst du die Wahrheit«, stimmte Michael mir mit einem unbeschwerten Lächeln zu. »Kann ich euch sonst noch was bringen?«

»Noch zwei Guinness«, sagte Colin.

Michael schaute zwischen uns hin und her und ich nickte.

»Kommt sofort«, sagte Michael, drehte sich um und ging zurück zur Bar.

»Und was ist aus deiner großen Reise geworden, nachdem du Irland verlassen hast?«, fragte Colin. »Welche Länder hast du gesehen? Wen hast du kennengelernt? Aber am allerwichtigsten, warum bist nicht zurückgekommen?«

»Tja.« Ich holte tief Luft. Wo sollte ich beginnen? Sollte ich mit meiner Mutter anfangen? Nein, das war das Ende. Ich begann mit den Ländern, die ich besucht hatte, nachdem ich aus Irland abgereist war: Deutschland war wunderschön. Frankreich – das war knifflig. Ich erzählte ihm, dass ich als Kindermädchen gearbeitet hatte, erwähnte aber nicht Jean Claude. Warum, wusste ich nicht genau. Stattdessen erzählte ich von Schweden.

Colin hörte zu und stellte interessiert Fragen. Er war ein sehr guter Zuhörer, der die Zwischentöne in meiner Erzählung mitbekam. Den Rest meiner Reise fasste ich schnell zusammen, Marcellino blieb ebenfalls unerwähnt und dann kam ich zu den Neuigkeiten über meine Mutter. Als ich ihm von dem Anruf erzählte, schnürte es mir den Hals zu. Colin legte seine Hand auf meine und drückte sanft meine Finger.

»Als Mr O'Brien gestorben ist, ging es mir genauso. Er war im wahrsten Sinne des Wortes wie ein Vater für mich.«

»Das tut mir so leid«, sagte ich. »An was ist er gestorben?«

»Verfluchter Krebs«, sagte er. »Er hat sein ganzes Leben lang geraucht. Wahrscheinlich war das zu erwarten, aber es ging so schnell. Drei Monate nach der Diagnose war er tot.«

»Verfluchter Krebs, da hast du recht«, stimmte ich ihm zu. Und dann erzählte ich ihm, dass der Verlust meiner Mutter mich dazu bewegt hatte, eine Stelle bei der American Cancer Coalition anzunehmen.

»Das ist doch mal was!«, sagte er. »Schau dich nur an, du bewegst etwas in der Welt. Ich wusste immer, dass du das würdest.«

»Du wusstest nichts dergleichen, du Schmeichler«, sagte ich.

Michael kam vorbei, nahm unsere leeren Teller und brachte zwei frische Guinness. Wir prosteten einander zu, und ich spürte, wie mein altes Ich die Nase aus dem Schrank streckte, in dem ich es die letzten sieben Jahre über eingesperrt hatte. Ich empfand Zuneigung, fühlte mich angezogen und, offen gestanden, auch ein wenig erregt. Beschwingt durch das gute Essen und die noch bessere Gesellschaft legte ich meine Hand auf Colins Arm. Ich rückte ein wenig näher und wollte mich auf eine intime Art mit jemandem verbunden fühlen, eine Art, die ich schon lange nicht mehr gefühlt hatte. Mir wurde bewusst, dass ich die letzten Jahre einsam gewesen war. Jetzt jedoch wollte ich mehr.

»Du bist dran. Was hast du die letzten sieben Jahren über gemacht?«

»Nun, ich weiß gar nicht, wo ich anfangen soll«, sagte er. Er starrte mir in die Augen und ich lächelte. Ich wusste, dass er das Wiederaufflammen unserer alten Beziehung genauso spürte wie ich. Wäre es zu aufdringlich, wenn ich ihn in mein Ferienhaus einladen würde? Wahrscheinlich. War ich schon bereit dafür? Wahrscheinlich nicht. Obwohl ich es trotzdem gerne wollte.

»Jep, Colin, erzähl der jungen, hübschen Dame doch mal, was du so gemacht hast.« Vor unserer Sitzecke stand eine Frau. In ihren Armen hielt sie ein Baby, und zwei kleine Kinder, die um die drei und fünf Jahre alt sein mussten, klammerten sich an ihrem Mantelsaum fest. »Ich bin mir sicher, dass wir die Geschichte alle gern hören würden, vielleicht fängst du am besten damit an, ihr diese süßen Racker vorzustellen.«

»Ähm.« Colin war eindeutig überrascht. Er schaute von der Frau zu mir und wieder zurück.

Ich hörte, wie das Handy in meiner Tasche klingelte. Nicht jetzt! Ich nahm es heraus und schaute auf das Display. Knightley! Zwei Stunden waren vergangen, seitdem ich mit ihm gesprochen hatte, und hier war er und rief an, genau wie er es gesagt hatte. Ausgerechnet jetzt war er zuverlässig!

Ich wollte mein Handy schon stumm schalten. Doch ich zögerte. Er hatte angedroht, die Ortspolizei zu rufen, falls ich nicht dranging. Würde er? Oh Gott, vielleicht! Was so ziemlich das Einzige war, was diesen unglaublich unangenehmen Moment noch toppen könnte.

»Hallo«, sagte ich übertrieben fröhlich und munter. »Jetzt

passt es gerade ganz schlecht. Danke, dass du angerufen hast. Tschüss.«

Als ich auflegte, schaute Colin mich fragend an. War er beleidigt, weil ich abgenommen hatte? Ich formte wortlos *Entschuldigung* und schaute zurück zu der Frau. Sie kam mir bekannt vor, doch ich wusste nicht, woher. Wer immer sie auch war, ihr Gesichtsausdruck verriet mir, dass sie nicht sonderlich erfreut war.

Mein Handy klingelte erneut. Ich schaute auf das Display – Knightley! Args! Wahrscheinlich würde er wieder und wieder anrufen. Ich ging ran: »Was?«

»Maverick, hier ist Goose«, sagte er. »Wo ist dein zwanzig?«

»Mein was?«, fragte ich. »Wer ist Maverick? Moment mal, zitierst du gerade aus *Top Gun*?«

»Also, Goose ist der großartigste Wingman, den es gibt«, sagte er. »Ich dachte, das passt.«

»Nein, tut es nicht. Ich brauche keine Unterstützung«, zischte ich. »Was verstehst du nicht an: Jetzt passt es gerade ganz schlecht?«

»Ist alles in Ordnung?«, fragte er. Plötzlich klang er ganz ernst.

Ich schaute kurz zu Colin und der Frau. Nein, es war überhaupt nichts in Ordnung. Die Frau lächelte, wenn man das so nennen wollte, während Colin sich ziemlich unwohl zu fühlen schien. Und dann kapierte ich. Mir war nie in den Sinn gekommen, ihn zu fragen, ob er verheiratet war. Ich schaute auf seine Hand. Er trug keinen Ring, aber die Stimmung zwischen ihm und der Frau war definitiv angespannt.

»Colin«, sagte ich und vergaß, dass ich Jason noch immer in der Leitung hatte. »Bist du verheiratet – mit ihr?«

Kapitel 9

»Sozusagen«, antwortete er. Er musste lauter sprechen, weil sich gerade drei Musiker in einer Ecke des Pubs einspielten.

»Das ist ein Ja«, stellte die Frau klar.

»Oh Mann, dein Date ist verheiratet und hat es dir verschwiegen«, quatschte Jason mir ins Ohr. Dann krähte er: »Peinlich.«

»Halt den Mund«, sagte ich. Colin bekam ganz große Augen und ich schüttelte den Kopf. »Nicht du. Er.« Ich zeigte aufs Handy.

»Er?«, fragte Colin. »Wer ist er?«

»Ein Kollege«, sagte ich.

»Eh, ich bin mehr als das. Ich bin dein Wingman«, protestierte Jason. Ich ignorierte ihn.

»Und er ruft dich abends in Irland an?« Colin klang empört.

»Ernsthaft?«, fragte ich. »Du bist beleidigt, obwohl du versäumt hast zu erwähnen, dass eine Frau auf dich wartet … und Kinder? Das sind doch deine, nehme ich an.«

»Ich wollte dir gerade von ihnen erzählen«, sagte er. Er schaute kurz zu seiner Frau. »Wirklich.«

»Bestimmt«, sagten die Frau und ich wie aus einem Mund.

»Oooh Mann, ich möchte jetzt nicht in seiner Haut stecken«, sagte Jason. »Eine wütende Frau ist schon schlimm genug, aber zwei? Er ist dem Tode geweiht.«

»Gute Nacht, Jason«, sagte ich.

»Was? Nein!«, rief er. »Jetzt wird es doch erst interessant. Schalte auf Video um, dann kann ich zuschauen.«

»Sicherlich nicht.«

»Bitte, bitte.«

»Nein, und wenn davon ein Wort ins Büro durchdringt, bringe ich dich um«, sagte ich.

»Du klingst leidenschaftlich«, sagte er. »Das ist heiß.«

Würg. Ich legte auf. Ich würde Jason garantiert nicht weiter bei meiner herben Demütigung lauschen lassen.

»Ich wollte Chelsea gerade von euch erzählen«, beharrte Colin. Das Baby quengelte und er nahm es seiner Frau ab. »Gib ihn mal her. Erinnerst du dich noch an Aoife O'Hara, Chelsea?«

»Aoife Donovan, wenn's recht ist.« Die Frau funkelte Colin an, während er das Baby an seine Schulter lehnte und dem Kleinen, ganz der gute Vater, routiniert den Rücken tätschelte, woraufhin sich das Baby sofort an seinen kuscheligen Dad schmiegte.

Ich betrachtete das Gesicht der Frau. Aoife. Mir fiel die Kinnlade herunter. Aoife war ein paar Jahre jünger als wir anderen gewesen. Etwas molliger, lange, lockige schwarze Haare, weiche Haut und Augen so blau wie Lough Caragh. Sie war ein hübsches, junges Mädchen, aber extrem schüchtern. Die Frau, die jetzt vor mir stand, war weder rund noch schüchtern. Aoife, was *I-fah* ausgesprochen wurde, war eine wahre Schönheit geworden.

»Ich erinnere mich an dich«, sagte ich und war irgendwie stolz, dass ich sie mir wieder ins Gedächtnis rufen konnte. Ich lächelte und streckte ihr meine Hand entgegen. »Du warst ein hübsches Mädchen, aber jetzt bist du eine umwerfende Frau.«

Aoife betrachtete mich aus zusammengekniffenen Augen und versuchte zu entscheiden, ob ich irgendeinen Schwachsinn erzählte oder es ernst meinte. Doch dann schüttelte sie meine Hand und nickte einmal.

»Es überrascht mich nicht, dass du mich nicht erkannt hast. Ich habe zwölf Kilo abgenommen, nur hier habe ich etwas zugelegt«, sagte sie und zeigte auf ihre Brüste, ich prustete.

»Also wirklich, Aoife«, sagte Colin. »Ist das das richtige Gesprächsthema für einen Pub?«

»Sagt der Mann, der bekannt dafür ist, dass er nach ein paar Gläsern zu viel Bier seine Fürze anzündet.« Aoife verdrehte die Augen, während sie unwillkürlich die Arme um ihre beiden Kinder legte und sie dann wie eine Henne, die ihre Flügel über ihre Küken breitete, zu sich zog.

»Da war ich mit meinen Kumpels zusammen und es ist auch nur einmal passiert«, sagte er.

»Jep, und dabei hast du dir dann auch gleich den Hintern verbrannt.« Aoife lachte, wobei ihre Augen fröhlich blitzten.

»Frau, du bringst mich noch ins Grab«, sagte er. Colin wirkte verärgert, aber kurz darauf lächelte er.

»Das sagst du ständig und doch sitzt du hier«, entgegnete sie.

Ich spürte, wie bei ihren gutmütigen Neckereien ein Lachen in mir aufstieg. Zwischen Aoife und Colin herrschte ganz eindeutig eine große Zuneigung, was mich überraschenderweise nicht neidisch machte, sondern glücklich. Na gut, vielleicht ein winziges bisschen neidisch, aber vor allen Dingen machte es mich froh und … hoffnungsvoll.

»Glaub mir«, verkündete Colin, »dass ich meiner *guten Freundin* Chelsea gerade erzählen wollte, was für eine schöne Frau ich geheiratet habe, die mir drei großartige Kinder geschenkt hat.« Als er seine Frau und seine Kinder anschaute, leuchteten seine Augen.

»Ach, wolltest du das?«, fragte Aoife. Ihre Wangen färbten sich rot.

»Ja, wollte ich«, sagte er. »Ich habe dir eine Nachricht geschickt, damit du vorbeikommst, wenn du bei deiner Mutter fertig bist. Hast du sie nicht bekommen?«

»Natürlich habe ich das. Deshalb bin ich ja hier, aber du kannst dir sicher vorstellen, wie überrascht ich war, dich mit deiner Verflossenen so lauschig beisammensitzen zu sehen«, sagte sie.

»Oh.« Nachdenklich runzelte er die Stirn. »Aber ich bin verheiratet.«

»Was du ganz eindeutig nicht erwähnt hast«, sagte Aoife.

Colin drehte sich mit einem verlegenen Gesichtsausdruck zu mir. »He, du dachtest aber nicht, dass das ein Date ist, oder?«

»Natürlich nicht«, log ich. Ich winkte im Stil von *sei nicht albern* ab und hoffte, dass ich damit gegen die Röte ankam, die mir den Hals emporkroch. Seiner mitleidigen Miene nach glaubte er mir kein Wort. Verdammt.

Ich fragte mich, wie viele Guinness ich brauchte, um meine Schmach zu ertränken. Die Vorstellung, auf dem Nachhauseweg irgendwo vom Moor verschluckt zu werden, war gar nicht so übel. Aber warum so lange warten? Die Situation war so peinlich, dass ich ohnehin gleich auf Nimmerwiedersehen im Boden versank. Okay, das tat es auch.

»Jetzt hast du sie in Verlegenheit gebracht, du Dussel«, zischte Aoife. »Also wirklich, du machst gerade alles nur noch schlimmer.«

»Na gut«, räumte Colin ein. »Aber eigentlich ist das doch jetzt prima, weil ich euch nun einander vorstellen kann. Großartig, oder? Das hier ist unsere Älteste, Amelia.« Er zeigte auf das Mädchen auf Aoifes rechter Seite, die unglaublich große blaue Augen hatte und die dunkelroten Haare ihres Vaters. Während sie eine Plüschschildkröte an sich drückte, schaute sie mich neugierig an. »Und das ist Connor.« Colin zeigte zu dem dunkelhaarigen Jungen auf Aoifes anderer Seite. »Und das verschlafene Kerlchen hier ist Jack.«

Ich wischte meine Verlegenheit beiseite und lächelte den Kindern zu, Jack war putzigerweise bereits an der Schulter seines

Vaters eingeschlafen. »Du hast eine großartige Familie«, sagte ich. »Du bist sicher sehr stolz auf sie.«

»Das bin ich«, sagte Colin. »Der schönste Tag in meinem Leben war, als Aoife, die hübscheste Frau in ganz Irland, einwilligte, meine Frau zu werden«, sagte er. Das Lächeln, das er Aoife zuwarf, war voller verschmitztem Charme, und sie schüttelte den Kopf und seufzte.

»Du bis unverbesserlich«, sagte sie. »Aber trotzdem auch ein Dussel.«

»Einverstanden«, pflichtete er bei. Sein Lächeln wurde breiter. »Aber du liebst mich.«

»Von ganzem Herzen«, seufzte sie, lehnte sich nach vorn und küsste ihn. Und das war kein keuscher Kuss.

Ich wusste nicht, wohin ich schauen sollte, bis mein Blick schließlich auf Amelia landete. »Das machen sie die ganze Zeit«, flüsterte die Kleine, allerdings nicht wirklich leise.

Die beiden ließen voneinander ab und Aoife wuschelte ihrem Mann durch die Haare. »Also gut, mein liebster Ehemann«, sagte sie. »Du hattest deinen Spaß. Jetzt bin ich an der Reihe. Und tschüss.«

»Was?«, protestierte er.

»Die Kinder gehören ganz dir«, sagte sie. »Während ich bleibe und Chelsea neu kennenlerne. Da ist schon ewig her, sieben Jahre, oder? Da gibt es einigen Nachholbedarf.«

Oje. Ich fragte mich, ob wir uns auf den neusten Stand bringen würden oder sie mir den Arsch aufreißen wollte.

Ich schaute Hilfe suchend zu Colin, aber der zuckte resigniert mit den Schultern und schob sich aus unserer Sitzecke. Amelia und Connor ließen vergnügt ihre Mutter los und hängten sich an ihren Dad. Aoife gab Baby Jack und den beiden Kindern einen Kuss und setzte sich mir gegenüber in die Nische. Während Colin sich zu ihr lehnte und einen Kuss auf die Wange drückte, hob sie ihren Arm und winkte Michael herbei.

»Es war toll, dich wiederzusehen, Chelsea«, sagte er. »Wenn du Zeit hast, komm doch noch mal zum Hof oder noch besser zum Abendessen zu uns nach Hause.«

»Wir werden sehen«, antwortete ich. Oder, genauer gesagt, am Sankt-Nimmerleins-Tag. Etwas leiser fragte ich: »Aoife ist nicht sauer auf mich, oder?«

»Wetz schon mal die Messer«, sagte er. »Dann wird dir nichts passieren.«

Ich erschrak, aber dann fiel mir das Funkeln in seinen Augen auf und ich lachte. Ich ließ meinen Blick ein wenig länger auf seinem attraktiven Gesicht mit dem kantigen Kinn ruhen, das war wahrscheinlich das letzte Mal, dass ich ihn sah. »Es war wirklich großartig, dich zu treffen.«

Colin schaute zu seiner Frau und zwinkerte ihr vielsagend zu. »Ich warte zu Hause auf dich, Frau.«

»Sorg einfach dafür, dass es sich für mich lohnt, nach Hause zu kommen«, sagte sie schelmisch.

»Oh, es wird sich lohnen.« Er küsste sie schnell, drückte das Baby an sich und spazierte mit den Kindern aus dem Pub.

Die Musiker spielten leise in ihrer Ecke und Colin begleitete sie plötzlich in seinem kräftigen Bariton. Er sang das irische Volkslied »Whiskey in the Jar«, das ich nicht mehr gehört hatte, seitdem ich das letzte Mal auf der Grünen Insel war. Die anderen Stammgäste fielen mit ein, als Colin an ihnen vorüberlief.

Während Aoife dabei zusah, wie ihr Mann und ihre Kinder nach Hause gingen, sang sie leise mit. Sie warf ihnen einen Luftkuss zu und Colin fing ihn mit seiner freien Hand, kurz bevor er aus der Tür schlüpfte.

Michael kam mit zwei Whiskys und zwei weiteren Guinness zu

unserer Sitzecke und ich schaute ängstlich zu Aoife. Ich war mir nicht sicher, was ich von dieser schönen Irin zu erwarten hatte, also wäre es wahrscheinlich am besten, dachte ich mir, es unverblümt anzugehen.

»Ist das der Moment, in dem du das Glas zerbrichst und drohst, mir damit an die Gurgel zu gehen, weil ich hinter deinem Mann her war?«, fragte ich. Hoffentlich hörte es sich so an, als machte ich nur Spaß, weil ich das ja tat … größtenteils.

Aoife warf den Kopf in den Nacken und lachte. »Ihr Amerikaner seid so dramatisch. Ich bin dir nicht böse, Chelsea.«

»Obwohl ich mich mit Colin zum Abendessen verabredet habe?«, fragte ich. »Ich meine, ich weiß, dass das ganz schön komisch aussah.«

»Ich bin keine eifersüchtige Frau«, sagte Aoife. »Das ist so eine unnötige Emotion. Wenn Colin mich jemals betrügen sollte, dann ist er leider nicht der Mann, für den ich ihn gehalten habe, aber wenn ich eifersüchtig werde, ändert das garantiert auch nichts daran.«

»Das ist allerdings wahr.«

»Aber von seinem spitzbübischen Naturell abgesehen, ist mein Colin durch und durch ein Chorknabe, deswegen hat er mir auch die Nachricht geschickt«, sagte Aoife durchaus zufrieden. »Er hat sich gefreut, dich wiederzusehen, und hatte vielleicht auch nichts gegen einen kleinen Flirt, aber wenn du dich an ihn rangemacht hättest, hätte er schnell das Weite gesucht.«

Ich lachte. Ich wusste, dass Aoife die Wahrheit sagte. Das war eins der Dinge, die mir am besten an Colin gefallen hatten. Er war gut und freundlich und bis unter die Haarwurzeln loyal.

»Ich muss nicht um etwas kämpfen, das mir gehört«, sagte Aoife. »Er ist ein zuverlässiger Mann und ich bin dankbar dafür.«

»Ihr scheint sehr gut zusammenzupassen und glücklich miteinander zu sein«, sagte ich. »Das freut mich.«

»Danke schön«, sagte sie.

Sie hob ihren Whisky und ich tat es ihr gleich. Wir stießen an und leerten die Gläser. Meiner brannte sich einen Weg durch meine Kehle und mir tränten die Augen, während ich versuchte, nicht zu husten. Stattdessen nahm ich einen tiefen Zug von meinem Bier und spülte den Geschmack hinunter.

»Das heilt deine Sorgen«, sagte Aoife. »Zumindest einen Abend lang.«

»Oder es brennt sie gleich ganz aus mir raus«, sagte ich. Ich musterte meine Trinkgefährtin. »Wann sind Colin und du zusammengekommen?«

»Ungefähr ein Jahr, nachdem du gegangen bist«, sagte sie. »Er hat dich lange vermisst.«

»Das tut mir leid«, sagte ich und schüttelte die Vorstellung ab. »Ich musste gehen.«

»Bei mir musst du dich nicht entschuldigen«, sagte Aoife. »Den Sommer, als ich ihn kennengelernt habe, war ich noch nicht bereit für ihn, aber ein Jahr später schon, und da du nicht zurückgekommen bist, war er es auch. Natürlich habe ich mich gefragt, warum du nie zurückgekehrt bist. Du schienst so glücklich auf dem Hof.«

»Das war ich, aber ich hatte bereits andere Jobs zugesagt, und ich wusste, dass es höchstwahrscheinlich meine einzige Chance bleiben würde, etwas von der Welt zu sehen. Und dann wurde ich nach Hause gerufen, weil … meine Mutter im Sterben lag«, sagte ich. »Nachdem sie gestorben war, änderte sich alles für mich.«

»Oh, das tut mir leid«, sagte Aoife und klang aufrichtig. Sie fasste über den Tisch und legte ihre Hand auf meine. Es war tröstlich und ich ließ es gern zu. »Das muss schlimm gewesen sein.«

Ich nickte. Es war vernichtend gewesen.

Aoife war jedoch niemand, der lange in Melancholie verweilte, und ehe ich mich versah, stand sie auf und zog mich aus der Sitzecke, um einen Reel zu tanzen. Die vier Männer waren Einheimische, aber die beiden anderen Frauen waren Touristen und beim Tanzen genauso hoffnungslos verloren wie ich, wodurch es mir gleich bedeutend besser ging. Es gab verstauchte Zehen, Tänzer, die sich in die falsche Richtung bewegten und ab und zu den falschen Partner erwischten.

Als das Lied vorbei war, keuchte ich und schnappte nach Luft und spürte, wie mir an der Seite des Gesichts ein wenig Schweiß herunterrann.

»Ich bekomme keine Luft, aber auf eine gute Art und Weise«, sagte ich schnaufend. Dann lachte ich.

Aoife betrachtete mich freundlich. »Dieses Lachen. Das hat Colin am meisten vermisst. Er hat immer gesagt, dass dein Lachen ansteckend war. Er hat recht. Es ist ein schönes Lachen.«

Ich wischte mir mit einer Serviette den Schweiß vom Gesicht und lächelte Aoife an. »So habe ich schon ziemlich lange nicht mehr gelacht«, gestand ich ihr.

Sie hob ihr Glas. »Dann war's höchste Zeit. Möge Liebe und Lachen deine Tage erhellen.«

»Und dein Herz und Zuhause erwärmen«, antwortete ich und stieß mit ihr an.

Kurz vor Mitternacht tauchte ein Taxifahrer auf, wahrscheinlich der einzige, den es in Finn's Hollow und Umgebung gab. Colin hatte ihn geschickt, um seine Frau abzuholen. Aoife lachte und bestand darauf, dass der Taxifahrer erst mich bei meinem Ferienhaus absetzte, obwohl es nur ein kurzer Spaziergang gewesen wäre.

Aoife und ich umarmten uns zum Abschied wie zwei lange

verschollene Schwestern, während der Taxifahrer wartete. Als ich zu meiner Tür lief, stolperte ich über einen Pflasterstein, fing mich aber noch rechtzeitig. Ich drehte mich zu Aoife und fragte: »Wer hat den denn dorthin gelegt?«

Sie lachte und rief: »Besuch uns bald wieder, Chelsea Martin. Du hast Freunde in Finn's Hollow!«

Während ich die Tür aufschloss und in mein Ferienhäuschen trat, ertappte ich mich beim Grinsen. Irland hatte zwar in keinster Weise meinen Erwartungen entsprochen, aber mir ging es trotzdem gut. Eigentlich sogar überraschend gut. Was natürlich auch am Whisky liegen konnte.

Ich zog meinen Mantel aus und streifte meine Halbstiefel ab. Im Cottage war es kalt, daher legte ich ein Torfbrikett in den Kamin und zündete es an. Ich setzte mich an die Feuerstelle und ließ mich von den Flammen wärmen. Mein Handy tönte und ich runzelte die Stirn. Für eine Textnachricht war es ziemlich spät, außer sie kam aus den Staaten.

Ich holte mein Handy raus und öffnete die Nachrichten. Zuerst war da ein GIF von Maverick und Goose aus *Top Gun*, die sich abklatschten. Ich prustete und dann sah ich, dass er mir auch eine Nachricht geschickt hatte.

Lass mich nicht hängen, Maverick. Was ist los? Ich halte es kaum aus. Ich sterbe förmlich.

Ich kann nicht genau sagen, warum, aber ich suchte seine Nummer in meinen Kontakten, zögerte dann aber und starrte sie an. Was tat ich? Ich wollte ihn doch nicht anrufen, oder? Schockiert stellte ich fest, dass dem doch so war. Hä? Andererseits hatte er eine Telefonkonferenz mit Severin Robotics gehabt. Und ich war eindeutig neugierig, wie das gelaufen war. Ohne noch einmal darüber nachzudenken, drückte ich ANRUFEN.

Kapitel 10

»Martin, ich wollte schon einen Rettungstrupp losschicken.« Jason war nach dem zweiten Klingeln rangegangen. »Was ist passiert? Gab es einen Zickenkrieg? Wollte die Frau dich umbringen? Bist du im Krankenha us?«

»Nein, nein und nein«, antwortete ich und lachte in mich hinein. »Aoife – die Ehefrau – und ich haben Colin mit den Kindern nach Hause geschickt und hatten einen Mädelsabend.«

»Nun, das ist eine unerwartete Wendung«, sagte er. »Ich weiß gar nicht, ob ich jetzt eher erleichtert oder enttäuscht bin. Außer natürlich, ein ›Mädelsabend‹ ist ein Euphemismus für etwas Unanständiges.«

»Ist es nicht.«

»Schade!«

Ich lachte.

»Lass uns auf Video umschalten«, sagte Jason.

»Nein, ich bin müde, möglicherweise betrunken und …«

»Exakt deshalb möchte ich gern einen Blick auf dich werfen«, sagte er. »Ich glaube, ich habe dich noch nie betrunken erlebt.«

»Ich betrinke mich nicht«, sagte ich.

»Genau mein Punkt«, sagte er.

»Gut, in Ordnung«, stimmte ich zu. Obwohl ich nicht wirklich wusste, warum ich da mitmachte. Die Whiskys hatte ich definitiv nicht unbeschadet überstanden, was bedeutete, dass ich bestimmt keine klugen Entscheidungen traf. »Hallo.« Ich blinzelte in mein Handy, nachdem ich das Video eingeschaltet hatte.

»Na du!« Jason tauchte auf und ich lächelte.

Auf einmal wurde mir klar, dass ich froh war, jemanden von zu Hause zu sehen, sogar Knightley, die ständige Nervensäge. Ich schaute an ihm vorbei, entdeckte sein Bürofenster und dahinter die Skyline von Boston bei Nacht.

»Bist du noch auf der Arbeit?«

Er hielt mir einen gebundenen Papierstapel entgegen. »Severin Robotics, das Dossier.« Dann gähnte er.

»Nett, wirklich nett«, sagte ich.

»Das war wirklich keine Absicht«, sagte er. »Es war einfach ein langer Tag und, mein Gott, an den Kalkulationstabellen in diesem Teil erfreut sich wohl nur ein Finanzbuchhalter.«

Ich prustete. »Ich mag Tabellen.«

»Offensichtlich.«

»Ich habe dich ja gewarnt, dass dein Arbeitsstil und meiner nicht zusammenpassen, aber du wolltest ja nicht hören.«

»Ja, da war ich vielleicht ein wenig zu zuversichtlich«, sagte er. Er klang kleinlaut. »Nicht sauer sein.«

»Bin ich nicht. Mir gefällt, dass du das zugegeben hast.« Ich lächelte und winkte wegwerfend ab. »Außerdem hatte ich zu viele Whiskys um sauer zu sein. Mach dich gefasst – womöglich fange ich gleich an zu singen.«

»Ah, du gehörst also zu den aufgekratzten Trinkern«, sagte er. Als er meinem Blick begegnete, blitzen seine Augen.

»Stimmt eigentlich«, gab ich zu. Dann grübelte ich nach. »Da sollte man doch meinen, dass ich öfter mal was trinke.«

Jason lachte und mir fiel auf, dass seine Augen heute Abend blau wirkten. In dem darauffolgenden Schweigen griff ich auf ein sicheres Gesprächsthema zurück. Arbeit. »Wie lief die Telefonkonferenz?«

»Hervorragend. Eleanor hat mir quasi aus der Hand gefressen.«

»Eleanor Curtain?«, fragte ich. »Monobraue Eleanor?« Ich schlug mir die Hand vor den Mund.

»Du hast sie jetzt aber *nicht wirklich* so genannt«, sagte er. Sein begeistertes Lachen schallte durchs Handy.

»Ich wollte nicht ... Es ist nur ... sie ist manchmal ziemlich deutlich.«

»So wie ihre Frida-Kahlo-Augenbraue?«, fragte er.

»Bitte vergiss, dass ich das gesagt habe.«

»Oh nein, das werde ich nicht vergessen«, sagte er. »Da wir keine Videokonferenz hatten, habe ich niemanden von dem Team zu Gesicht bekommen, daher betrachte ich mich als gebührend vorgewarnt.«

Ich seufzte, hoffentlich würde diese Unterhaltung mir nicht irgendwann auf die Füße fallen. Ich wechselte das Thema. »Hast du mein Konzept inzwischen ganz durchgelesen?«

»Du hast mir eine Menge Lesestoff dagelassen«, erwiderte er. »Ehrlich gesagt, habe ich mich erst durch die Hälfte deines sehr ausführlichen Plans für eine Markteinführung gearbeitet.«

»Dir ist bestimmt aufgefallen, dass Roboterwettkämpfe fehlen«, sagte ich.

»Eindeutig ein Versehen.«

Ich lachte. Er schaute mich an und legte beim Lachen den Kopf zur Seite.

»Ich glaube, ich habe dich noch nie lachen gehört, Martin«, sagte er.

»Wahrscheinlich nicht«, räumte ich ein.

»Was wirklich schade ist, du hast nämlich ein großartiges Lachen.«

»Danke schön«, erwiderte ich. Er war schon der Zweite, der das heute Abend zu mir sagte. Ich war etwas benebelt, aber ich spürte, dass das gerade durchaus von Bedeutung war. Ich betrachtete ihn.

Seine Krawatte saß locker. Seine Haare waren zerzaust, als wäre er mit den Fingern durch sie gefahren. Er sah freundlicher aus als sonst. »Das ist einer der Gründe, warum ich nach Irland gereist bin«, vertraute ich ihm plötzlich an.

»Okay, aber ich habe den Eindruck, dass ich das nicht richtig verstehe«, sagte er. Er lehnte sich in seinen Stuhl zurück und legte die Füße auf die Ecke seines Schreibtischs. »Erklär mal.«

Ich stellte mein Handy auf den Wohnzimmertisch, damit ich es nicht in der Hand halten musste. Die Beleuchtung im Cottage war zum Glück recht schwach und das Feuer hatte ich im Rücken. Mitten in der Nacht mit Jason zu sprechen, fühlte sich merkwürdig intim an. Ich fragte mich, ob ich das morgen bereuen würde. Wahrscheinlich. Einen Augenblick lang dachte ich darüber nach und beschloss, dass mir das egal war.

»Ich weiß nicht, ob es dir schon aufgefallen ist, aber ich bin möglicherweise ein wenig ein Workaholic.«

Er verschluckte sich an einem überraschten Lachen, was ansteckend war. Das lag eindeutig am Whisky.

»Das ist die Untertreibung des Jahrhunderts, Martin«, sagte er. »Woher kommt die plötzliche Erleuchtung?«

»Jemand, der mir sehr nahesteht, hat mich darauf hingewiesen, dass ich vergessen habe, wie man glücklich ist.« Ich drehte mich um und starrte in das Torffeuer. Es strahlte eine angenehme Wärme ab und dann rekelte ich mich wie eine Katze und ließ mich bis auf die Knochen rösten.

»Das ist hart«, sagte er, wodurch er meine Aufmerksamkeit auf sich lenkte. »Aber ich verstehe noch immer nicht, warum du deshalb nach Irland musstest.«

»Mir wurde außerdem nahegelegt, dass ich mein Lachen vielleicht in meiner Vergangenheit finden könnte.«

»Deine Vergangenheit liegt in Irland?«

»Unter anderem.«

»Und hat es funktioniert?«

Seinen intensiven Blick spürte ich sogar durch das kleine Display meines Handys. Zögernd kaute ich auf meiner Unterlippe. Was sollte ich antworten?

»Ich bin zurückgekehrt, weil ich einen alten Freund gesucht habe, und ich habe ihn gefunden«, sagte ich. »Worüber ich froh bin, aber …«

»Aber er ist verheiratet?«

»Ja, ich meine, natürlich wusste ich, dass die Möglichkeit durchaus bestand«, sagte ich. »Ich dachte mir schon, dass er wenigstens eine Freundin hat, aber ich war nicht darauf gefasst.«

»Ihn mit jemand anderem glücklich zu sehen?«

»Das eigentlich weniger, eher die Erkenntnis, dass sein Leben, seit ich ihn das letzte Mal gesehen habe, in so einem Umfang vorangeschritten ist und meines nicht«, sagte ich. Ich sah Jason an. »Ich meine, er ist verheiratet und hat drei supersüße Kinder. Er ist tief in seiner Gemeinde verwurzelt. Ich kam mir vor, als hätte ich nur auf der Stelle getreten. Verstehst du, was ich meine?«

Jason nahm einen Bleistift von seinem Schreibtisch und tippte damit auf seinen Handteller. Die Geste zeigte seine Unruhe, und ich fragte mich, ob ich einen wunden Punkt getroffen hatte.

»Es ist ja nicht so, als hättest du die letzten sieben Jahre über nur Tacos gefuttert und Netflix geschaut«, sagte er. »Du hast mehrere Millionen Dollar von verschiedenen Firmen eingesammelt, damit der Kampf gegen den Krebs unterstützt werden kann.«

»Ich weiß, aber …«

»Ich bin noch nicht fertig«, sagte er. »Durch deine Anstrengungen hast du auch dafür gesorgt, dass viel mehr Menschen an Krebsvorsorge denken. Wer weiß, wie viele Frauen auf Brustkrebs untersucht wurden, einfach weil du den genialen Einfall hattest, einen Mammografie-Bus vor verschiedenen Unternehmen zu parken und freie Screenings anzubieten? Oder wie viele Leute sich Mützen aufsetzen und Sonnencreme benutzen, weil du mit deinen Grafiken und Diagrammen und Werbegeschenken aufgetaucht bist. Ich finde, du zollst dir in dem Fall nicht genügend Anerkennung, Martin.«

»Vielleicht«, sagte ich. Bei dem Wort *genial* war mir ganz warm geworden, aber das ignorierte ich. »Aber wir wissen nicht, wie viele Leben wir verändert haben, und ich frage mich einfach, ob ich nicht das Wesentliche in meinem Leben übersehe.«

Er kniff die Augen zusammen und betrachtete mich. »Entschuldige, aber tickt deine biologische Uhr oder so?«

»Nein.« Ich schaute ihn empört an. »Warum glauben Männer das immer?«

Er zuckte mit den Schultern. »Frauen in einem gewissen Alter …«

»Ich bin neunundzwanzig.«

»Die große, drohende Drei-null stürzt viele Leute in eine Krise.«

»Mich nicht«, beharrte ich. »Aber vielleicht möchte ich, dass meine Wochenenden aus mehr bestehen als stillen Auktionen, Gehmarathons und Tombolas.«

»Ich sage nur: Roboterwettkämpfe.«

Ich lachte und er auch.

»Ich verstehe das«, sagte er. »Wirklich. Was wir machen, fordert alles von einem, deshalb es ist wichtig, sich in seinem Leben Zeit für andere Dinge zu nehmen.«

»Sagt der Typ, der abends um acht noch im Büro sitzt«, erwiderte ich.

»Es ist schon fast neun«, korrigierte er mich. »Das heißt, bei dir ist es fast zwei. Du solltest ins Bett gehen, Martin.«

Ich nickte. »Das solltest du auch. Ich ruf dich morgen an, und dann können wir, wenn du willst, noch etwas über den Anruf mit Eleanor reden und ich kann dir meine Kalkulationen erklären. Ich weiß ja, dass du mehr der Ideengeber bist und nicht so sehr der Zahlentyp.«

»Das wäre hilfreich«, sagte er. »Siehst du! Wir sind ein gutes Team, Martin.«

»Meinetwegen«, sagte ich und verdrehte die Augen, aber als ich zu ihm schaute, lächelte er mich schief an, was ich nicht recht deuten konnte. »Was? Habe ich Essensreste zwischen den Zähnen?«

Er lachte in sich hinein. »Nein, ich bin nur … Das war ein angenehmes Gespräch.«

»Das war es tatsächlich, nicht wahr?« Ich blinzelte. »Weißt du was, Knightley? Du bist gar nicht so übel, wenn ein Ozean zwischen uns liegt.«

»Leider bist du nicht die erste Frau, die das sagt«, erwiderte er.

Ich lachte. »Nacht, Goose.«

Er grinste. »Nacht, Maverick.«

Ich beendete den Anruf und stöpselte mein Handy ein, damit es aufladen konnte. Der Gedanke an die superweiche Matratze, die auf mich wartete, sorgte dafür, dass ich mir zügig die Zähne putzte und meinen Kuhschlafanzug anzog. Gott sei Dank hatte ich den noch nicht an, als ich Jason anrief.

Obwohl, überlegte ich. Der Jason, der heute Abend meinen Anruf entgegengenommen hatte, war anders. Aber vielleicht war ich ja auch nur eine andere Chelsea. Ich war die Chelsea, die mehrere Whiskys und Biere getrunken hatte, wodurch ich zweifellos eine angeheitertere Version von mir war. Angesichts der Menge an Alkohol, die ich intus hatte, beschloss ich, dass ein großes Glas Wasser durchaus angebracht war.

Nachdem ich mich mit Wasser versorgt hatte, schlüpfte ich ins Bett. Ich erwartete nicht, dass ich einschlafen konnte, schließlich waren durch mein Treffen mit Colin so viele unterschiedliche Gefühle geweckt worden, die ich durchgehen wollte. Aber sobald ich mich hinlegte, überkam mich eine Müdigkeit, mit der ich nicht gerechnet hatte, und ich fiel mit meinem Gesicht in einem Daunenkissen versenkt in einen Tiefschlaf.

Die Kater-Götter hatten beschlossen, freundlich zu sein. Ich wachte nur mit einem leicht pelzigen Geschmack im Mund auf und das war's auch schon. Keine Kopfschmerzen, keine Übelkeit – dafür war ich am Verhungern. Ich schaute kurz auf die Uhr. Mir blieb gerade noch genug Zeit, mir schnell etwas anzuziehen und für Darbys irisches Frühstück zum Haupthaus zu laufen.

Ich rollte mich aus dem Bett und startete voll durch, zog mir ein paar Yogahosen und ein Sweatshirt an. Der Himmel war das erste Mal seit meiner Ankunft wolkenlos und ich blieb einen Moment lang stehen und bewunderte die saftig grünen Berge.

Die Bäume waren größtenteils noch kahl, aber die Äste voller dicker Knospen. Eine Elster sauste wie ein schwarz-weißer Blitz mit ihren langen grünen Schwanzfedern vorbei, bestimmt suchte sie etwas zum Fressen oder Klauen. Während meines Sommers in Irland hatte ich gelernt, dass hier eine Gruppe von Elstern Parlament genannt wurde. Ich fragte mich, ob es daran lag, dass sie sich immer so anhörten, als beschimpften sie sich gegenseitig. Bei dem Gedanken musste ich lächeln.

Ich stieg die Stufen zum Haupthaus hinauf. Bei dem Geruch von Würstchen und Speck lief mir das Wasser im Mund zusammen. Als ich ins Esszimmer eilte, räumte Darby gerade das Geschirr ab.

»Eben habe ich mich noch gefragt, ob wir Sie heute zu sehen bekommen, Chelsea«, sagte sie und lächelte mich herzlich an.

»Hatten Sie mit Aoife Donovan eine schöne Zeit im Top of the Hill?«

»Ich frag lieber erst gar nicht, woher Sie das wissen«, sagte ich. Sie reichte mir einen Teller und ich lud ihn mit den Resten vom Buffet voll. Als ich genug Fleisch und Kartoffeln aufgetan hatte, legte ich auf das Ganze noch eine dicke Scheibe irisches Sodabrot, das mit Kümmel und Rosinen gebacken war.

»Finn's Hollow ist ein überschaubarer Ort«, sagte Darby. Sie winkte mich zu sich in die Küche, wo ich mich auf die Küchenanrichte setzen durfte, während sie mir einen Kaffee eingoss. »Noch bevor Sie gestern Nacht zu Hause waren, wusste ich schon, dass Sie einen draufgemacht haben. Hatten Sie Spaß?«

»Wir hatten einen Riesenspaß«, sagte ich und Darby lachte.

Während sie spülte, frühstückte ich. Seit langer Zeit hatte ich den Eindruck, dass mein Tag völlig offen vor mir lag. Dieses Gefühl kannte ich von zu Hause gar nicht mehr, weil ich dort immer von einem Termin zum nächsten hetzte, meine Wochenenden mit Veranstaltungen vollgestopft waren und ich in meinem Leben permanent in Eile war oder wartete. Der einzige Punkt auf meiner heutigen Tagesordnung war, meine wenigen Habseligkeiten zu packen und loszufahren – oh, und mich bei Jason zu melden. Mit der fünfstündigen Zeitverschiebung zu meinen Gunsten blieb mir noch eine Menge Zeit.

Überraschenderweise erfüllte mich der Gedanke, ihn anzurufen, nicht mit dem üblichen Grauen, und das war doch schon mal nicht schlecht. Vielleicht war es uns gestern Nacht ja gelungen, eine Brücke zwischen unseren beiden sehr unterschiedlichen Persönlichkeiten zu bauen. Es wäre schön, wenn wir für Aidan ohne unsere üblichen Animositäten gemeinsam an dem Severin-Projekt arbeiten könnten. Sollte es mir peinlich sein, dass ich ihn im betrunkenen Zustand angerufen hatte? Nee. Ich war mir zu fünfundneunzig Prozent sicher, dass ich nichts Dummes von mir gegeben hatte.

Ich stand von meinem Platz auf und spülte meinen Teller, Darby schrubbte bereits die Küchenarbeitsplatte. Nachdem mein Teller glänzte, stellte ich ihn zu den anderen in den Geschirrständer.

»Könnten Sie mir ein paar Poledancefiguren zeigen, falls Sie heute Morgen noch Zeit dafür haben, Darby?«, fragte ich und war selbst über mich überrascht. War ich womöglich immer noch ein bisschen betrunken?

Darby drehte sich von der Küchenanrichte zu mir und sah mich prüfend an. »Was machen Sie jetzt gleich?«

»Nichts«, sagte ich.

»Dann los.« Darby ging als Erste aus der Küche und ich folgte ihr und dachte: *Was habe ich getan?*

»Suchen Sie sich eine Stange aus«, sagte Darby.

Ich entschied mich für die im hinteren Teil des Zimmers. Falls zufällig jemand vorbeikäme, wollte ich so weit wie möglich von der Tür weg sein.

»Lassen Sie uns mit den Grundlagen anfangen«, sagte Darby. »Dafür stellen Sie sich auf Ihre Zehen, strecken Ihre bevorzugte Hand weit nach oben und packen die Stange mit festem Griff.« Sie führte es vor. »Ihr Gewicht verlagern Sie nach außen, weg von der Stange, halten Sie eine Armlänge Abstand. Sonst krachen Sie gegen die Stange, was nicht besonders angenehm ist.«

»Und zeigt, wie schlecht ich in Form bin«, sagte ich. Bis jetzt hörte sich alles ganz logisch an.

»Genau. Sie nehmen drei Schritte Anlauf und mit dem vierten holen Sie Schwung und beginnen sich zu drehen.«

Darby machte es vor. Sie lief um die Stange, griff mit der anderen Hand danach, hakte sich mit dem Fuß ein und beugte das andere Bein. Sie machte zwei Umdrehungen, rutschte dabei die Stange hinab und kam gleitend zum Stehen. »Diese Figur heißt Pinwheel. Jetzt sind Sie dran.«

Ich packte die Stange. Darby korrigierte meine Haltung. Sie zählte meine Schritte, während ich um die Stange schritt, und dann griff ich mit der anderen Hand danach, holte Schwung und schlang meinen Fuß darum, während ich das zweite Bein beugte. Unerklärlicherweise nahm ich ordentlich an Fahrt auf und kreiselte zwei, drei und dann ein viertes Mal um die Stange, wobei ich immer schneller wurde. Oh Mann, wie hörte ich damit auf?

»Sie müssen lockerlassen«, sagte Darby. »Dann rutschen Sie automatisch nach unten.«

»Ich kann nicht!«, rief ich. »Das ist nicht besonders sexy! Ich komme mir wie Lauch in der Salatschleuder vor.«

Darby lachte. »Sie müssen Ihre Hände öffnen!«

Ich zwang mich, meine Finger zu entspannen, und rutschte tatsächlich die Stange hinab, bis ich schließlich auf den Boden sackte. Ich sah wie eine niedergestreckte Gazelle mit besonders ausladendem Hinterteil aus.

»Genau so geht's«, sagte Darby.

Ich schaute sie zweifelnd an.

»Das war ein hervorragender Anfang«, beharrte sie.

Der Unterricht ging weiter, bis es mir endlich gelang, um die Stange zu kreiseln und herabzugleiten, ohne dabei wie ein Stein zu Boden zu fallen. Wir machten weiter mit dem Fireman und dem Scissor Sit. Bis ich die Figuren einigermaßen beherrschte, zitterten meine Arme, ich hatte eine Blase und war schweißnass. Aber ich fühle mich großartig!

Als ich nach meiner letzten Figur zu Boden glitt, schlug ich zweimal auf den Boden und sagte atemlos: »Ich bin erledigt.«

Darby lehnte sich zu mir und fragte: »Geht es Ihnen gut?«

»Natürlich«, antwortete ich. »Sehe ich nicht so aus?«

»Ihnen wird morgen alles wehtun«, sagte sie und schaute mich vielsagend an. »Aber dafür haben Sie jetzt etwas Neues gelernt.«

Ich benutzte die Stange und zog mich daran hoch. »Es ist ein bisschen wie Fliegen.

»Deswegen habe ich mich auch darin verliebt«, sagte Darby. »Und wenn ich diesen Sport beherrsche, kann das jeder. Deswegen bringe ich ihn jetzt auch anderen bei.

»Anders ausgedrückt, Sie leben Ihren Traum«, sagte ich.

»Jep, wenn ich mir etwas vorstellen kann, bekomme ich es auch hin, daran habe ich immer geglaubt«, sagte sie. »Und bisher hat mir noch niemand das Gegenteil bewiesen.«

»Sie sind eine erstaunliche Frau, Darby O'Shea«, sagte ich. Und dann umarmte ich sie und wimmerte nur ein wenig, als ich meine Arme hob.

Kapitel 11

Als ich winkend davonfuhr, war früher Nachmittag, und ich sah dabei zu, wie das hübsche Haus und die Cottages immer kleiner wurden. Ich fuhr langsam durch Finn's Hollow und lächelte, als ich am Top of the Hill vorbeikam.

Ich war mir noch nicht sicher, wo ich heute Abend ankommen wollte. Natürlich war mir klar, dass ich nach Dublin zurückmusste, aber es bestand kein Grund zur Eile, mein Flug nach Paris ging erst morgen. Daher beschloss ich, mir Zeit zu lassen und die wunderschöne Landschaft der westlichen Grafschaften in mich aufzusaugen, da ich nicht wusste, wann ich jemals wieder hierherkäme.

Gerade hatte ich Limerick hinter mir gelassen und fuhr in die Grafschaft Clare, als das launenhafte irische Wetter beschloss, meine neue Lebenseinstellung ad absurdum zu führen. Ich hatte mich kurzfristig entschlossen, die berühmten Cliffs of Moher anzuschauen, bevor ich nach Dublin aufbrach, und war fast schon dort, als ein heftiger Sturm heranwehte und die Farben der Landschaft mit einer Decke aus unheilvollem Grau verwischte.

Mein kleines Auto wurde vom Wind gerüttelt, der Regen prasselte seitlich auf uns ein und die Scheibenwischer waren so gut wie nutzlos. Ich umklammerte das Lenkrad so fest, dass ich beinahe einen Krampf in den Händen bekam, und mein Herz schlug im Takt mit den Scheibenwischern. Ich schaute mit zusammengekniffenen Augen in das Unwetter und hoffte inständig, dass ich nicht plötzlich auf irgendeine Kuh oder ein Schaf stieß, denn der

Regen war so dicht, dass ich die Tiere wahrscheinlich erst sehen würde, wenn ich sie überfahren hätte.

Ich verfluchte mich, weil ich mich nicht nach dem Wetter erkundigt hatte. Und ein zweites Mal, weil ich Darbys entzückende Cottages verlassen hatte. Warum hatte ich es so eilig gehabt, von dort wegzukommen? Ganz einfach, ich war auf einer Suche und Colin kein Teil mehr davon.

Wenn ich mir die Mühe gemacht hätte, die Wettervorhersage anzuschauen, hätte ich mich anders entschieden, aber nun würde ich vielleicht auf irgendeiner Nebenstraße in Irland sterben. Mein Auto könnte von der Straße in das Moor gedrückt werden, wo es von der Erde verschluckt würde und erst hundert Jahre später wieder ausgegraben. Meine Leiche wäre dann nur noch ein Skelett und beschriftet mit: weiblich, erstickte an Schlammklumpen in ihrem Auto, weil sie lebensuntüchtig war.

Mir entfuhr ein Gurgeln, irgendetwas zwischen einem Jammern und einem Wimmern. Ich war irgendwo am Ende der Welt allein auf mich gestellt und fühlte mich unendlich verletzlich, mir gingen die Nerven durch.

Was, wenn ich dort draußen starb? Ich würde meinen Dad und Annabelle nie mehr wiedersehen. Ich würde mich nie wieder verlieben, aus ganzem Herzen lachen oder glücklich sein.

Mir brummte vor Panik der Schädel, meine Haut kratzte und ich bekam nur keuchend Luft. Mal raste mein Herz, dann schlug es wieder langsamer, was es schwer machte, sich auf etwas anderes zu konzentrieren als darauf, nicht ohnmächtig zu werden. Wenn ich einen Herzinfarkt erlitt, war es mit meinem großen Abenteuer, meinem Neustart und mit meiner Suche nach mir selbst ganz schnell vorbei.

Verzweifelt versuchte ich, mit dem Universum zu verhandeln. Kilometer um Kilometer verhandelte ich, flehte die Schicksalsgöttinnen an und bat die Mächte um Gnade. Dunkelheit, strömender Regen und Wind waren die einzige Antwort. Ich war überzeugt, dass mich das Universum verlassen hatte, und ich wollte gerade an den Seitenstreifen fahren und meine Rückreise planen – warum hatte ich nur gedacht, dass es eine gute Idee war, allein zu reisen? –, als ich ein schwaches Licht entdeckte. Obwohl ich halbwegs befürchtete, dass ich halluzinierte, trat ich aufs Gas.

Ich erreichte den Stadtrand von Ennis und auf meiner rechten Seite tauchte ein großes, zweistöckiges steinernes Gebäude auf. In der alles verschlingenden Dunkelheit sah ich, dass jedes einzelne Fenster erleuchtet war. Ein Schild am Straßenrand verkündete, dass hier das Bee and Thistle Inn auf Gäste wartete. Ich bog mit dem Mietauto in die Einfahrt, und es war mir egal, dass ich durch Pfützen schlingerte und der Parkplatz alarmierend voll aussah.

Meinen Regenschirm hatte ich dummerweise in meinem Gepäck hinten im Kofferraum verstaut. Ich stellte mich auf den einsamen, leeren Stellplatz ganz am Rand der Parkfläche und wusste, dass ich einen Sprint einlegen musste. Ich blickte auf meine schwarzen Lieblingsstiefel. Wenn ich schnell genug rannte, würden sie es vielleicht überleben. Dann stellte ich den Motor aus, schnappte meine Handtasche und stürzte Richtung Tür.

Aus dem Gasthaus drang laute Musik und winkte mich mit der Verheißung auf fröhliche Menschen, eine warme Mahlzeit und ein trockenes Bett herein. Ich hatte die Eingangstür fast erreicht, als meine Beine, die vom morgendlichen Training ausgelaugt waren, an einer matschigen Stelle unter mir wegrutschten. Ich ruderte unnachgiebig, aber unergiebig mit den Armen und meine Füße glitschten nach vorn. Ich landete auf meinem Allerwertesten, und der Schotter brannte so sehr, dass mir Tränen in die Augen traten. Für eine Millisekunde überlegte ich, einfach dort sitzen zu bleiben und zu heulen.

Jemand rief und plötzlich hoben mich zwei kräftige Arme aus dem Matsch und halfen mir zur Tür. Der strömende Regen durchweichte sowohl mich als auch meinen Retter, einen Mann, der ungefähr im Alter meines Vaters war. Als ich mich zu ihm drehte und mich bedankte, ging meine Stimme im Wolkenbruch unter. Sobald wir im Gasthaus standen, klapperten mir die Zähne, aber ich wollte mich nun ordentlich bei meinem Helden bedanken. Zu meiner Bestürzung steckte er in einem Smoking, und die rosafarbene Rose, die an seinem Revers steckte, war durch Wind und Regen völlig zerfleddert.

»Ich hoffe, ich habe Sie nicht beim Schwimmen gestört, mein Mädchen«, sagte er.

Ich stand ganz regungslos in der Lobby, das Wasser floss von mir herab und bildete einen kleinen, persönlichen Regenspeicher, während mein Steißbein pochte. Ich betrachtete den Mann vor mir und dann wurde mir die völlig absurde Situation bewusst und ich lachte.

»Eigentlich war das mein bester Tauchgang heute Abend«, scherzte ich zurück und er grinste. Ich zeigte auf seinen Anzug. »Das mit dem Smoking und Ihrer Blume tut mir sehr leid.«

Sein Lächeln ähnelte so sehr dem meines Vaters, dass mein Herz schmerzte. »Machen Sie sich darüber keine Sorgen. Noch ein, zwei Bier und ich spüre die Feuchtigkeit nicht einmal mehr. Kommen Sie mit. Schauen wir mal, wo wir Sie unterbringen können.«

Die Lobby war überfüllt und ich schob mich seitlich hinter meinem neuen Freund her, als wir uns zwischen kleinen Gruppen gut gekleideter Menschen hindurchschlängelten. Der Mann, dem ich folgte, grüßte jeden, an dem er vorbeikam, und ich fragte mich, was der Anlass dieser Feier war.

Als wir die Rezeption erreichten, gesellte sich ein zweiter Mann zu uns, der dem ersten auffallend ähnelte, statt einzelner grauer Strähnen waren dessen Haare aber vollkommen weiß.

»Für die Feier sind Sie ein wenig spät dran, Miss«, sagte der ältere Mann zu mir und reichte uns jeweils ein dickes, flauschiges weißes Handtuch.

Ich lächelte. »Mein Schiff hatte Verspätung. Ich musste schwimmen.« Dankbar bohrte ich meine Finger in das warme Handtuch, frottierte meine triefnassen Haare und tupfte mein Gesicht trocken.

Beide Männer lachten. Der jüngere sagte: »Ich bin Joseph Connor und das ist mein Vater Niall.«

»Freut mich, Sie beide kennenzulernen«, erwiderte ich.

Mein Retter, Joseph, drehte sich zu der Rezeption und sagte: »Elliot, mein Junge, meine neue Freundin braucht ein Zimmer.«

»Ja, Mr Connor.«

Elliot war lang und schlaksig, hatte große Ohren und ein breites Lächeln. Seine braunen Haare fielen ihm über die Stirn in die Augen und er warf seinen Kopf zurück, damit er etwas sah. Er war noch jung, Anfang zwanzig vielleicht, sein Grinsen war ansteckend, und ich merkte, wie ich zurücklächelte.

Aus dem großen Raum am anderen Ende der Lobby drang auf einmal laute Musik. Ich schaute über meine Schulter zu der ausgelassenen Feier. Eine Frau in einem bauschigen weißen Kleid tanzte mit einem Mann im Smoking. Sie hatte ihren Kopf nach hinten gelegt und lachte, und er sah sie an, als wäre er der glücklichste Mann auf Erden. Eine Hochzeit. Das erklärte die schicken Klamotten meines Retters. Höchstwahrscheinlich würde meine Suche nach einem Zimmer gleich einen schnellen, schmerzhaften Tod sterben. Verdammt.

Elliot bearbeitete die Tastatur des Computers. »Wir haben genau einen Raum frei, aber ...«

»Den nehme ich.« Mir war eiskalt, und es war mir egal, ob es ein winziges Kämmerchen war, das eingequetscht zwischen einer lauten Küche und einer muffigen Toilette lag. Ich war mir sicher, dass ich durchschlafen würde, auch wenn die Hochzeitsfeier sich bis in die frühen Morgenstunden zog. Ich reichte Elliott meine Kreditkarte.

»Ausgezeichnet.« Er tippte auf seinem Computer und ich beobachtete die Gäste. Die Musik und das Gelächter erschollen unvermindert, und ich ertappe mich dabei, wie ich zu der lebhaften Musik mit dem Fuß im Takt klopfte.

»Ich habe Sie eingebucht«, sagte Elliot. »Wir haben einen Zimmerservice, aber im Moment ist die Küche etwas beschäftigt. Ich veranlasse gern, dass man Ihnen so bald wie möglich eine Kleinigkeit nach oben bringt. Es könnte aber ein wenig dauern. Ihr Zimmer liegt im zweiten Stock. Raum zweiundzwanzig, direkt über uns. Und um Sie vorzuwarnen, es ist recht klein.«

Elliot schaute mich an, als erwartete er, dass ich mich beschwerte. Was ich nicht tat. Ich nahm die Schlüsselkarte und sagte: »Danke schön. Die Kleinigkeit kann warten. Ich denke, ich komme auch so zurecht.«

»Unsinn, Sie müssen etwas essen«, sagte Niall. Die Connors schauten sich an.

»Was halten Sie von Kuchen?«, fragte Joseph.

»Ich liebe Kuchen«, sagte ich.

»Wer tut das nicht?«, fragte Niall.

»Genau«, stimme ich ihm zu.

»Wir werden Ihnen etwas nach oben bringen lassen«, sagte Joseph. »Mit einem Whisky dazu, um Sie ein wenig aufzuwärmen.«

Ich lächelte. Die irische Gastfreundschaft war wirklich unschlagbar. »Das wäre großartig.«

Meine neuen Freunde kehrten zur Hochzeitsfeier zurück, und

ich ging nach oben und überließ Elliot nur allzu gern meine Autoschlüssel, damit er mein Gepäck für mich holte. Obwohl es mir sonst nicht leichtfiel, mir von anderen helfen zu lassen. Ich war ein Kontrollfreak! Außerdem wollte ich nicht, dass sich Leute wegen mir Umstände machten, und okay, zugegeben, wahrscheinlich dachte ich auch immer, dass sie es nicht so machen würden wie ich. Aber heute war ich so müde und mir tat alles dermaßen weh, dass es mir schlicht egal war.

Elliot hatte nicht übertrieben. Das Zimmer war winzig, eigentlich kaum größer als eine Kammer. Lediglich ein Bett, ein Nachttisch mit Lampe und ein sehr kleines Bad fanden darin Platz. Doch die beruhigenden Blau- und Grüntöne des Zimmers waren tröstlich. Ich wusste, dass ich wie ein Bär im Winterschlaf sofort wegtreten würde.

Elliot brachte mir nur wenige Minuten später mein Gepäck und ein Tablett mit einem unglaublich saftigen Stück Hochzeitskuchen, ein traditioneller irischer Früchtekuchen, der in Whisky getränkt war, hauptsächlich aus Sultaninen, Rosinen und Kirschen bestand und dick mit Buttercreme-Frosting bestrichen wurde. Das war höchstwahrscheinlich das dekadenteste Abendessen, das mir je serviert wurde, und ich hatte total Lust darauf.

Ich bedankte mich und manövrierte um einen Koffer, um das Tablett auf die kleine Kommode zu stellen. Ich setzte mich auf mein Bett und lauschte den Geräuschen der Feier. Hin und wieder hörte man ein lautes Lachen, aber die Musik war zu einem angenehmen Hintergrundgeräusch gedämpft, das den Wind und den Regen begleitete, der immer noch gegen das Fenster prasselte. Ich zog die dicke Daunendecke über mich und wollte nur kurz meine Augen ausruhen, bevor ich meinen Schlafanzug anzog.

Es war mein Handy, das mich schließlich aus einem tiefen Schlummer weckte. Ich blinzelte. Die Lampe hatte ich angelassen, daher war es hell, und trotzdem brauchte es einen Augenblick, bis ich wusste, wo ich war und wie ich hierhergelangt war.

Ich lauschte einen Moment, aber der Regen und Wind hatten aufgehört und nur die gedämpften Geräusche der Feier und mein klingelndes Handy durchbrachen die Stille. Als ich es mir schnappte, sah ich die Uhrzeit. Es war erst kurz nach elf. Und ich hatte eine Nachricht von Jason. Ich zuckte zusammen, schließlich hatte ich ihm versprochen, dass ich ihn heute zurückrufen würde, was ich aber vollkommen vergessen hatte. In einem Anfall von Schuldgefühlen meldete ich mich sofort.

»Martin«, sagte er. »Da bist du ja. Ich habe dich vorhin schon angerufen, aber du bist nicht rangegangen.«

»Entschuldige, ich wurde von einem Unwetter überrascht«, sagte ich. »Ich habe mein Handy nicht klingeln hören.«

»Alles in Ordnung bei dir?«

Die Besorgnis in seiner Stimme klang echt, und ich kam nicht umhin zu überlegen, wie seltsam es war, dass der Typ, der mich fast drei Jahre lang in den Wahnsinn getrieben hatte, sich jetzt eher wie ein Verbündeter anfühlte. Schräg. Cool, aber schräg.

Ich hörte Geräusche im Hintergrund, es klang nach einem vollen Restaurant oder einer Bar. Oh nein! Hatte ich ihn bei einem Date gestört? Wie peinlich.

»Bei dir klingt es, als wärst du nicht mehr im Büro, Knightley«, stellte ich fest. »Sag mir bitte, dass ich dich nicht bei irgendetwas störe.«

»Definiere *irgendetwas*«, sagte er.

»Ein Date beispielsweise«, antwortete ich und fuhr mir mit der Hand durch die Haare. »Jetzt mal ernsthaft, wenn es ein Date ist, solltest du einfach auflegen. Aber eigentlich, warum nimmst du überhaupt einen Anruf entgegen, wenn du dich mit jemandem triffst? Unhöflich.«

Er lachte. »Entspann dich. Ich muss schon sagen, du bist übelst neurotisch, Martin.«

Mir fiel auf, dass ich mochte, wie er durch seinen leichten Bostoner Akzent das R in meinem Namen verschluckte, es klang eher wie *Mahtin*. Ich schüttelte den Kopf. In Massachusetts sprach jeder meinen Namen so aus – herrje, auch ich betonte meinen Namen so. Das war nicht bezaubernd. Und ich war nicht verzaubert.

»Ich bin nicht neurotisch«, protestierte ich.

»Keine Sorge, ich habe kein Date. Genau genommen habe ich meine Kumpel in der Bar stehen lassen und friere mir gerade meinen Hintern auf dem Weg zur U-Bahn ab.«

»Oh, na gut, aber wenigstens telefonierst du nicht bei einem Date«, sagte ich. »Das ist das Schlimmste.«

»Notiert«, sagte er. »Und fürs Protokoll, da bin ich deiner Meinung.«

»Hast du mich vorhin angerufen, um die Kalkulation durchzugehen oder um eine Strategie für das Treffen mit Severin festzulegen?«, fragte ich.

»Beides«, sagte er. »Aber angesichts der Tatsache, dass ich nicht mehr im Büro bin und keine Unterlagen bei mir habe, muss das warten.«

»Tut mir leid«, seufzte ich. Ich ärgerte mich, dass ich seinen Anruf verpasst hatte, und kam mir wie eine Versagerin vor.

»Muss es nicht«, sagte er. »Du tust mir einen Gefallen. Daher gibt es keinen Grund, sich zu entschuldigen.«

»Außer dass ich versprochen habe, dir wegen Aidan zu helfen, und ich dir keine große Hilfe bin, wenn ich nicht ans Handy gehe«, sagte ich.

»Ernsthaft, das ist keine große Sache«, sagte er. »Wir können das morgen weiter besprechen.«

»In Ordnung. Wie geht es übrigens Aidan?«, fragte ich. Plötzlich wurde mir schmerzlich bewusst, wie sehr ich meinen Boss vermisste.

»Es geht ihm gut«, sagte Jason. »Du kennst ihn ja. Er hat vor, sich durch die ganze Behandlung zu meditieren.«

Das konnte ich mir bei Aidan tatsächlich gut vorstellen. »Schön, das zu hören. Dann lasse ich dich mal gehen …«

»Warte«, sagte er. »Ich spüre meine Füße nicht mehr. Ich nehme mir ein Taxi.«

Ich geduldete mich, bis ich eine Autotür hörte und Jason dem Fahrer seine Adresse nannte.

»Lass mich raten«, sagte ich. »Du hast deine schwarzen Converses an und es hat wahrscheinlich geschneit.«

»Woher weißt du das?«

»Weil du die immer anhast und dich ständig darüber beschwerst, dass deine Füße nass und kalt sind, sobald es schneit.«

»Was anders ausgedrückt bedeutet, dass ich dir aufgefallen bin.« Er klang amüsiert.

»Nein, was anders ausgedrückt bedeutet, dass du trotz deines Alters ein Kindskopf bist, der sich mal ein paar ordentliche Schuhe kaufen sollte«, sagte ich.

»Aber ich bin dir aufgefallen.«

Ich rieb mir über die Stirn. »Warum habe ich bei dir immer den Eindruck, als würde ich mich mit einem Vierzehnjährigen unterhalten? Ich glaube, ich mochte dich lieber, als ich betrunken war.«

»Mich mögen alle lieber, wenn sie betrunken sind«, sagte er. »Das gehört zu meinem Charme.«

Ungewollt musste ich lachen.

»Wo steckst du gerade?«

»In einem Gasthaus in Ennis«, sagte ich. »Hier wird eine Hochzeit gefeiert, daher ist es laut, aber ich habe ein Zimmer, etwas Kuchen und einen Whisky ergattert.«

»Du lebst auf großem Fuß, Martin.«

Ich lachte in mich hinein. »Genau genommen bin ich in eine Pfütze gefallen und ein reizender Mann im Smoking hat mich gerettet.«

»Nicht alle Helden tragen wehende Umhänge.«

»Allerdings.«

Er klang amüsiert bei seiner nächsten Frage. »Warum glaube ich, dass so etwas nur dir passieren kann?«

»Ich habe keine Ahnung«, sagte ich. »Ich kann dir versichern, dass mein Leben normalerweise nicht so aufregend ist.«

»Warte mal eine Sekunde. Wir sind bei mir angekommen«, sagte er.

Ich hörte, wie er den Taxifahrer bezahlte. Dann wurde eine Autotür zugeworfen, der Verkehrslärm rauschte und schließlich war es still.

»Bist du noch dran?«, fragte er.

»Jep.«

»Großartig«, sagte er. »Ich bin im Gebäude.«

»Oh, dann lege ich mal besser auf«, sagte ich. »Wir können …«

»Was?«, fragte er. »Auf gar keinen Fall. Du musst mir noch vom Rest deines Tages erzählen.«

»Warum?«, fragte ich.

»Weil sich das viel spannender anhört als die Happy Hour mit meinen Jungs«, sagte er. »Außerdem gibt es da einigen Bürotratsch, den ich eventuell weitererzählen würde, dafür musst du aber auch etwas auf den Tisch legen.«

»Hältst du mich gerade hin, Knightley?«

»Oh ja.«

»Schalte auf Video um, wenn du in deiner Wohnung bist«,

sagte ich. »Ich will dir in die Augen schauen, wenn du deine Geheimnisse ausplauderst.«

Ich hörte, wie eine Tür zufiel und irgendwo Schlüssel hingeworfen wurden, und ich stellte mir vor, wie er seine schwarzen Halbschuhe abstreifte. Ich ließ mir einen Moment Zeit, um das Tablett von der Kommode zu holen und mich mit meinem Kuchen und Whisky ans Kopfende des Bettes zu lehnen. Ich hörte, wie der Kühlschrank geöffnet und geschlossen wurde, und dann war da das typische Zischen beim Öffnen einer Bierflasche.

»Okay, Martin«, sagte er. »Ich nähere mich meinem Sofa. Lass uns auf Video umschalten.«

Ich lehnte mein Handy ans Tablett, so konnte ich mich mit ihm unterhalten und gleichzeitig von meinem Kuchen essen. Nun, wo mir endlich warm war, merkte ich, dass ich fast verhungerte. Als Knightley auf meinem Display auftauchte, hatte er es sich in einer ähnlichen Haltung auf seiner Ledercouch bequem gemacht und eine weiche Decke bis zur Brust gezogen.

Es hatte eine gewisse Intimität, wie wir beide so entspannt dasaßen und die Sorgen der Welt mit unseren Decken von uns fernhielten. Ich schaute weg. Seine dunklen Haare, die ihm in die Stirn fielen, und sein verschmitztes Lächeln zu sehen, fühlte sich auf einmal ein wenig zu persönlich an.

»So, dann erzähl mir mal von deinem Tag«, sagte er. »Was hast du gemacht? Wen hast du getroffen? Jedes Detail. Nichts auslassen.«

Ich schüttelte den Kopf und erinnerte mich daran, dass das Knightley war. Es gab keinen Grund, mich unbehaglich zu fühlen. Wir waren schließlich Kollegen.

»Also, wenn du mich schon fragst, ich habe meinen Tag mit einer anstrengenden Unterrichtsstunde Poledance begonnen«, sagte ich.

Jason trank gerade ein Schluck Bier und das Getränk sprühte aus einem Mund übers Handy.

»Mist! Warte mal.« Er sprang vom Sofa und eilte in die Küche. Als er wieder da war, wischte er sowohl sich als auch sein Handy und die Couch mit Küchenpapier trocken. Währenddessen aß ich drei große Bissen Kuchen. Zugegebenermaßen war es mir ein großes Vergnügen, Knightley geschockt zu haben.

»Poledance? Meinst du Stripper-Poledance?«

»Das ist eine Form von Konditionstraining«, antwortete ich ganz ruhig.

»Ja, klar, Konditionstraining«, sagte er und ließ sich zurück auf das Sofa fallen. Seine Augen funkelten amüsiert. »Gibt es zufälligerweise eine Aufnahme von dieser anstrengenden Stunde?«

Jetzt war ich es, die sich am Getränk verschluckte. »Zur Hölle, nein«, sagte ich. »Und selbst wenn es eine gäbe, würdest du sie nie zu sehen bekommen.«

»Spaßverderberin.«

»Wie schon gesagt, mit dir zu reden, ist, als würde man sich mit einem Vierzehnjährigen unterhalten.«

»Ja, ja, weitere Details, bitte.« Er kreiste seine Bierflasche, damit ich fortfuhr, und trank einen großen Schluck.

»Es gibt keine weiteren Details. Darauf folgte eine nervenaufreibende Fahrt zum Gasthaus, wo ich jetzt meinen Kuchen genieße«, sagte ich. Ich hielt die Kuchengabel vor mein Gesicht und aß noch ein Stück.

Einen Augenblick lang beobachtete er mich schweigend beim Kauen, dann wurden seine Augen schmal.

»Martin, ich habe mal eine konkrete Frage«, sagte er. Neugierig begegnete ich seinem Blick. »Was zur Hölle treibst du eigentlich in Irland?«

Kapitel 12

»Ich habe dir doch erzählt, dass ich alte Freunde treffe und so«, sagte ich. Mehr erfuhr er nicht, auch wenn das nicht ganz stimmte.

»Nein, genau genommen hast du das nicht«, sagte er. »Du hast mir erzählt, dass du dorthin gefahren bist, weil du ein Workaholic bist – das war mir bereits klar – und du dich auf deine Vergangenheit zurückbesinnen willst, aber ich weiß, dass da noch etwas Größeres im Gange ist, also raus damit. Hier schweigen nämlich alle. Sobald ich Aidan oder deine rechte Hand, Julia, danach frage, verlassen sie fluchtartig den Raum, als hätte ich Feuer gelegt. Warum also hast du alles so schlagartig stehen und liegen lassen und bist nach Irland abgehauen? Und irgendeinen Humbug, von wegen die Suche nach dem Glück, glaube ich dir nicht. Als du mich hier in Boston gequält hast, hast du mir einen recht glücklichen Eindruck gemacht.«

»Deswegen bereite ich dir ja auch gern Kummer«, antwortete ich. Was nicht vollständig gelogen war.

»Martin.« Seine Stimme war jetzt leise. »Rede mit mir. Erzähl mir, was du da machst.«

»Nun, morgen werde ich zu den Cliffs of Moher rausfahren«, sagte ich. Das stimmte. »Und dann fahre ich zurück nach Dublin und fliege nach Paris.«

»Frankreich?«, fragte er.

»Nun, das Paris in Texas meinte ich nicht.«

»Also bist auf dem Weg nach Frankreich. Warum?«

»Das ist der nächste Ort auf meiner Suche«, sagte ich.

Er stellte sein Bier hin und rieb seine Hände. »Aha, langsam kommen wir voran. Worin besteht deine Suche und warum hast du dich auf den Weg gemacht?«

»Ich versuche, mich selbst zu finden«, sagte ich. Abwartend schaute er mich an und dann fügte ich hinzu: »Ich versuche, mich daran zu erinnern, wic es sich angefühlt hat – oh Gott, wenn du jetzt was Blödes sagst, bringe ich dich um.«

»Keine dummen Sprüche, versprochen.« Er gab mir irgendein Pfadfinderehrenwort-Handzeichen. Oder so was Ähnliches.

Ich starrte ihn eine Sekunde lang an und sagte: »Ich versuche, mich daran zu erinnern, wie es sich angefühlt hat, verliebt zu sein.«

Zu meiner großen Erleichterung machte er sich nicht lustig. Stattdessen legte er neugierig den Kopf zur Seite. »Was meinst du mit ›versuchen, dich daran zu erinnern‹? Ist das schon so lange her? Und warum musst du dafür den Atlantik überqueren?«

Und dann, als hätte er mit einem Stock in einem brüchigen Damm herumgebohrt, schossen die Worte in einem Schwall aus mir raus, den ich nicht mehr zurückhalten konnte.

»Mein Vater will wieder heiraten«, sagte ich. »Eine Frau, die er gerade mal seit ein paar Wochen kennt, weil sie glauben, dass sie wahnsinnig ineinander verliebt sind. Sie wollen mich bei ihrer Hochzeit dabeihaben, aber ich kann nicht … ich habe nie … mir ist überhaupt nicht in den Sinn gekommen, dass mein Dad noch einmal heiraten könnte, und ich will einfach …«

Er wartete, unterbrach mich nicht und sagte mir auch nicht, was ich tun oder wie ich mich fühlen sollte. Er hörte einfach zu.

»Als mein Vater mir erzählte, dass er wieder heiraten wollte, konnte ich mich nicht für ihn freuen«, sagte ich. »Ich habe mich ständig nur gefragt, *warum*?«

»Warum was?«

»Warum will er heiraten, warum jetzt, warum sie, warum nicht einfach zusammenleben und warum will er mich dabeihaben – einfach die *ganzen* Warums, verstehst du?«, sagte ich.

»Ich schätze, das lief nicht besonders gut.«

»Wer ist denn hier jetzt der Meister der Untertreibung?«, fragte ich. »Mein Vater war verletzt, und er fragte mich, wann ich aufgehört hatte, Liebe in mein Herz lassen.«

»*Uff*, das muss hart gewesen sein«, sagte er.

Ich nickte. Als ich seinem Blick begegnete, erkannte ich das Mitgefühl darin und schaute schnell weg. »Das war es. Und natürlich findet meine jüngere Schwester, Annabelle, das alles großartig und reitet total darauf rum, warum ich mich nicht für Dad freuen kann, bla, bla, bla. Dann wurde es ein bisschen gemein, besonders als sie mich darauf hinwies, dass ich seit meinem Auslandsjahr vor sieben Jahren keine Beziehung mehr hatte.«

»Vor sieben Jahren?«, fragte er. Er schien aus allen Wolken zu fallen und schaute mich ungläubig an. So als hätte er eine fliegende Untertasse gesehen.

»Ja«, sagte ich. »Während meines Gap Years nach der Uni, bevor meine Mutter starb, habe ich mich dreimal verliebt, einmal in Colin in Irland, Jean Claude in Paris und Marcellino in Italien. Annabelle dachte, wenn ich an die Orte zurückkehre und diese Männer finde, würde ich mich vielleicht wieder daran erinnern, wie es war, sich zu verlieben, und käme damit zurecht, dass mein Dad ein zweites Mal heiratet. Das klingt verrückt, ich weiß, aber ich wusste nicht, was ich sonst tun sollte.« Ich schaufelte mir von meinem Kuchen in den Mund.

»Langsam, langsam, langsam.« Jason trank einen Schluck Bier. Als er fertig war, ließ er die Flasche sinken und schaute mich an. »Erzählst du mir gerade, dass du während eines Jahres drei verschiedene Männer hattest und seither keinen mehr?«

»Das Slut Shaming kannst du dir sparen«, sagte ich. Ich zeigte mit meiner leeren Gabel auf ihn, als wollte ich ihn damit aufspießen. »Ich war zweiundzwanzig, es war mein Auslandsjahr und ich habe jeden einzelnen geliebt.«

Er wirkte irritiert. »Was? Das würde ich nie. Drei in einem Jahr sind absolut respektabel. Es ist die siebenjährige Durststrecke, die meine Vorstellungskraft übersteigt.«

»So lange war die Durststrecke auch nicht«, sagte ich. »Es gab nur niemanden mit Beziehungspotenzial.«

»Ich weigere mich zu akzeptieren, dass es in ganz Boston keinen einzigen Mann für dich gab, der wenigstens ansatzweise vielversprechend war.«

»Gab es nicht«, beharrte ich.

»Ernsthaft?«, fragte er. »Und du tust nicht einmal so, als hättest du mich kurz in Betracht gezogen? Ich bin verletzt, Martin, wirklich verletzt.«

Ich lachte, es war klar, dass er mich aufzog, und er grinste zurück.

»Das ist also meine Geschichte und ich möchte nicht weiter darüber reden. So, welchen Bürotratsch gibt es?«, fragte ich. »Ich komme mir völlig abgeschnitten von euch allen vor.«

»Also, alles begann mit einem Riesenbohei wegen des Gemeinschaftskühlschranks«, sagte er.

»Warum das?«, fragte ich. »Aber eigentlich hatte ich echten Bürotratsch erwartet.«

»Oh, das ist besser als irgendein Tratsch«, sagte er. »Weil das nämlich alles sehr rätselhaft ist.«

»Ich bin ganz Ohr.«

»Kennst du Michelle Fernando von der Personalabteilung?«

»Jep.« Ich bemühte mich um einen möglichst neutralen Gesichtsausdruck, was mir nicht gelang.

»Wie ich sehe, kennst du sie *wirklich*«, sagte er.

Ich biss mir auf die Lippe. »Sie ist einfach ein wenig steif, weißt du. Und das von mir will etwas heißen.«

Er lachte. »Allerdings. Also, irgendjemand hat sich vor ein paar Tagen an ihrem Truthahn-Club-Sandwich zu schaffen gemacht und ein Viertel weggenommen.«

»Ein Viertel? Warum nicht das ganze?«

»Genau!«, sagte er. Er zog eine Augenbraue nach oben. »Wahrscheinlich brauche ich nicht zu erwähnen, dass die Zeichen sofort auf Sturm standen. Sie hat das ganze Büro mit Zetteln tapeziert, auf denen sie den Schuldigen anprangert, und Ersatz fordert.«

»Michelle liebt ihren Kopierer!«, sagte ich. »Lass mich raten, sie hat die Helvetica Schrift genommen.«

Jason lachte. »Stimmt – in fett. Und gestern lag ihre Pizza im Kühlschrank und wieder hat jemand ein Stück genommen oder besser gesagt ein Viertel.«

»Nee, oder?«

Ich wusste, dass ich nicht lachen sollte, aber ich tat es dennoch. Mit Michelle empfand man nicht so einfach Mitleid. Dieser Frau eilte zu Recht der Ruf als Bürodrache voraus, was sich bewahrheitet hatte, als eine meiner Mitarbeiterinnen aus meinem Team einen verlängerten Mutterschaftsurlaub eingereicht hatte und Michelle ablehnte. Wir wären deswegen beinahe aneinandergeraten, Michelles Haltung war einfach nicht nachvollziehbar. Warum verwehrte sie einer jungen Mutter, ihre angesammelten Urlaubstage an die Auszeit dranzuhängen?

Und was mich betraf, hatte sie förmlich vor Wut gezittert, als Aidan und ich die nötigen Unterlagen für meine Beurlaubung ausfüllten. Sie war eine jener Personen, denen nie irgendeine Form von Macht übertragen werden sollte. Niemals. Ich konnte denjenigen, der sich mit ihr anlegte, nur bewundern.

»Und jetzt stell dir bitte Michelle vor, wie sie mit stocksteifen Armen und zu Fäusten geballten Händen durch das Büro stampft und von jedem den Atem riechen will, um herauszufinden, wer ihre Pizza gegessen hat«, sagte er.

»Das hat sie nicht gemacht!«

»Doch, hat sie.«

»Ich lach mich schlapp«, johlte ich.

»Ich weiß. Es war zum Brüllen komisch«, sagt er. »Ich kann es kaum abwarten, was sich der Vierteldieb als Nächstes einfallen lässt.«

»Wird er so von allen genannt?«

»Im Moment.«

»Der Name gefällt mir.« Als ich ihn anschaute, entdeckte ich eine Wärme in seinen Augen, die ich so noch nicht gesehen hatte. Ich fragte mich, ob ich die letzten Jahre über zu hart mit ihm gewesen war. Vielleicht hatte Aidan ja recht und Knightley war doch nicht so schlimm.

»Morgen also Paris, ja?«, fragte er und unterbrach das Schweigen.

»*Oui*, und danach treffe ich meinen Freund Marcellino in Italien, hoffentlich zum alljährlichen Weinfest auf seinem Weingut, Castello di Luce – was natürlich davon abhängt, wie sich die Dinge in Paris entwickeln.« Weil ich Knightely so viel anvertraut hatte, fühlte ich mich verwundbar, aber ich würde mich bestimmt nicht schämen, dass er über meine Suche Bescheid wusste. Ich hatte mich entschlossen, meine Beweggründe zu teilen, und jetzt gab es kein Zurück.

»Also, jetzt bin ich eifersüchtig. Bon voyage, und dieses Mal, Martin, finde zuerst heraus, ob er verheiratet ist.«

Ich nahm mein Handy, um den Anruf zu beenden. »Das werde ich wohl noch lange zu hören bekommen, oder?«

»Jep«, sagte er.

Ich verdrehte die Augen, lächelte und legte dann auf.

*

Für die Rückgabe meines Mietautos brauchte ich länger als erwartet, was auch sonst. Auf meinem Weg von den Cliffs of Moher – die hatten sich absolut gelohnt – zurück zum Dubliner Flughafen verfuhr ich mich und landete dann auch noch am falschen Terminal mit einem riesigen alten Plakat von John F. Kennedy, der auf mich herablächelte, während ich herauszufinden versuchte, wo ich eigentlich hinmusste. Und wie nicht anders zu erwarten, klingelte in dem Moment mein Handy.

Ich schaute auf das Display. Es war Aidan. Beunruhigt, dass es sich womöglich um eine schlimme Neuigkeit handelte, ging ich ran, während ich durch das Terminal rannte und meinen Koffer hinterherzog.

»Aidan, hallo, wie geht es dir?« Ich wich einem Kleinkind aus, das ohne ersichtlichen Grund stehen geblieben war, flitzte um einen Rollstuhlfahrer herum und kam an einem Pärchen vorbei, das sich der Körpersprache nach mitten in einer tränenreichen Trennung befand. Den fehlenden Tränen auf ihrem Gesicht und seiner zitternden Unterlippe nach zu urteilen, war sie diejenige, die Schluss machte.

»Nie besser«, sagte er. Er klang munterer. »Hör mal, ich weiß, dass du beschäftigt bist, aber ich wollte dich um einen Gefallen bitten.«

»Klar, wie kann ich helfen?« Ich nahm meine Bordkarte und suchte nach der Nummer meines Gates. Ich musste zur Sechzehn. »Ich will dich ja nicht drängen, aber ich steige gleich in meinen Flieger nach Paris.«

»Ja, ich weiß«, sagte Aidan. »Jason erwähnte, dass du nach Paris und Italien willst, wohin zufälligerweise auch Robbie Severin reisen wird. Severin hat sich bei uns gemeldet, Chelsea, und er würde sich gern mit dir in der Toskana treffen. Würdest du das machen?«

»Wie bitte?« Ich stürmte zum Gate. Ich würde Jason umbringen. Warum hatte er Aidan von Paris und Italien erzählt und weshalb hatte Severin davon erfahren? Zugegeben, meine Reiseziele waren zwar kein großes Geheimnis, aber was hatte er Aidan sonst noch verraten? Und wem hatte er noch davon erzählt? Plötzlich hatte ich Jason vor Augen, der sich am Wasserspender kaputtlachte und jedem in der ACC erzählte, dass mein Verflossener in Irland verheiratet war. Args.

Ich konnte Aidan über den Flughafenlärm hinweg kaum verstehen und hielt mein Handy nun ans andere Ohr. Auf der Fluganzeigetafel hinter der Person am Schalter stand *Paris*, die korrekte Abflugzeit und Flugnummer. Puh. Ich stellte mich ans Ende der Schlange.

»Also, nächste Woche ist ja das Weinfest in der Toskana«, sagte Aidan und sprach lauter. »Kannst du Severin dort treffen?«

»Nächste Woche? Warum will er mich dort treffen?« Ich zögerte meine Antwort heraus. Marcellino war der Einzige der drei, dem ich vorher geschrieben hatte, und ich freute mich zwar schon sehr, ihn zu besuchen, aber wir hatten noch keinen festen Termin ausgemacht. Meine Reisepläne waren noch ganz offen, schließlich wandelte ich auf meinen alten Wegen und wusste nicht, was ich dabei finden würde – wie beispielsweise einen verheirateten Colin. Aber wenn ich zügig nach Italien weiterreisen musste, um Severin zu bespaßen, was komplett sonderbar war, konnte das in Paris alles verderben.

»Er will sich einfach nur treffen«, sagte Aidan.

»Aber ich habe weder meinen Laptop noch meine Unterlagen

oder sonst was bei mir«, wandte ich ein. Einige Leute reihten sich hinter mir ein und sahen genauso gehetzt aus, wie ich mich fühlte. »Ich kann dort keine Präsentation oder so etwas halten.«

»Da geht es mehr um ein geselliges Beisammensein als ums Geschäftliche«, sagte er. »Ich denke, er will einfach nur sicherstellen, dass seine Spende in kompetenten Händen landet. Kannst du das übernehmen?«

Ich hatte keine Ahnung, was in Paris mit Jean Claude passieren würde, und ich mochte nicht versprechen, dass ich in Italien wäre, wenn die Reise dorthin einfach ungelegen käme, aber es ging um Aidan. Er war mein Mentor und mein Freund und er brauchte mich. Mir blieb keine andere Wahl.

»Natürlich mache ich das«, sagte ich.

»So kenne ich meine Chelsea«, sagte Aidan. Ich konnte mir sein schiefes Lächeln hinter seinem Bart nur zu gut vorstellen.

Die Schlange rückte vorwärts. Ich war die Nächste.

»Ihren Pass und die Bordkarte, Miss«, bat mich die Angestellte der Fluggesellschaft. Stirnrunzelnd betrachtete sie meinen Koffer. »Den müssen wir hier am Gate einchecken, die Gepäckfächer im Flugzeug sind bereits voll.«

»Tut mir leid, Aidan, ich muss auflegen«, sagte ich. Ich wurde hektisch und fühlte mich gehetzt, zwei Zustände, die mich immer nervös machten. »Ich melde mich, sobald ich gelandet bin.«

Kurz bevor ich den Anruf beendete, hörte ich noch, wie Aidan sich verabschiedete, und sortierte meine Sachen. Während ich mein Gepäck vorwärtsschob und nach meinem Pass kramte, reichte ich der Airlinedame meine Bordkarte. Im Geiste hörte ich die Stimme meines Vaters, die *Verlier deinen Ausweis nicht* sagte. Ich muss ziemlich chaotisch gewirkt haben, denn nachdem die Maschine meine Bordkarte mit einem Piep registriert hatte, lächelte die Frau mir beruhigend zu und reichte sie mir.

»Ich wünsche Ihnen einen guten Flug«, sagte sie.

»Danke schön«, antwortete ich.

Ich eilte die Gangway entlang und war erleichtert, dass ich endlich loskam, nur um am Ende gleich wieder stehen zu bleiben, weil die Leute darauf warteten, ins Flugzeug zu steigen. Sich beeilen und warten, sich beeilen und warten. Das waren die Freuden des Reisens.

❀

Der Flug war glücklicherweise kurz. Kaum waren wir in der Luft, ging es auch schon wieder nach unten. Als das Flugzeug gelandet war, wollte ich mein Handy rausholen und entdeckte, dass es nicht in meiner Tasche lag. Ich schaute überall um meinen Sitz herum nach und wurde langsam panisch. Plötzlich wurde mir ganz kalt, aber dann fiel mir von einem auf den anderen Moment ein, dass ich mein Handy in die Außentasche meines Rollkoffers gesteckt hatte, während ich meinen Ausweis sorgfältig in das Reißverschlussfach meiner Handtasche verstaut hatte.

Wie eine Verrückte rannte ich zur Gepäckausgabe und beobachtete mit wachsender Bestürzung, dass mein hübscher kleiner Rollkoffer nicht auf dem Förderband auftauchte. Ich wartete noch eine halbe Stunde, und erst nachdem alles Gepäck abgeholt war, musste ich den Tatsachen ins Auge blicken. Es gab keinen Koffer für mich.

»Das tut mir sehr leid, Mademoiselle. Sie müssten mir diese Verlustmeldung ausfüllen«, sagte ein Mann mittleren Alters hinter dem Kundenbetreuungsschalter des Charles-de-Gaulle-Flughafens, dessen Namensschild verriet, dass er *Daniel* hieß.

Es handelte sich dabei um jenes Handgepäck, das laut der Fluggesellschaftsperson in den Flieger geladen werden sollte, sobald erst einmal alle Passagiere eingestiegen waren, weil es keinen

Platz mehr in den Gepäckfächern gegeben hatte. Und jetzt stand ich hier ohne Handy und Koffer. Args, was für ein Albtraum.

Es verlangte mir alles ab, dass ich keinem Nervenzusammenbruch erlitt. Wie sollte ich mich ohne mein Handy mit irgendjemandem in Verbindung setzen? Mein Vater und meine Schwester würden durchdrehen, wenn sie nichts von mir hörten. Gott sei Dank hatte ich mein Einzimmerappartement in Paris vom Bee and Thistle Inn in Ennis aus gebucht und in weiser Voraussicht oder aus purem Glück den Namen und die Adresse bereits meinem Vater geschrieben. Im schlimmsten Fall könnte er mich also über den Eigentümer ausfindig machen.

Im Moment konnte ich nur darauf hoffen, dass ich irgendwo ein Internetcafé ausfindig machen würde, um eine Mail hinterherzuschicken. Damit wäre meiner Familie erst einmal versorgt, aber was war mit den anderen Dingen, für die ich mein Handy brauchte, angefangen mit meinem Ex-Freund aus Paris, den ich stalken wollte? Wie sollte ich Jean Claude jetzt ausfindig machen?

Ich füllte die Meldung mit einem Kugelschreiber aus, den Daniel mir gegeben hatte, und war froh, dass ich mich noch an die Adresse meiner Ferienwohnung erinnerte. Ich hatte mir eine Unterkunft im selben Stadtteil, in dem ich damals gewohnt hatte, ausgesucht, daher kannte ich die Gegend recht gut, also zumindest vor sieben Jahren.

Daniel mit seinen kurz geschnittenen grauen Haaren, freundlichen Augen und seinem zauberhaften französischen Akzent versicherte mir, dass sie sich wegen meines Koffers melden würden. Als ich ihn nach Einzelheiten ausquetschte, erklärte er, dass mir mein Koffer persönlich zu meiner Wohnung zugestellt würde, sobald er wiederauftauchte. Bei ihm hörte es sich fast so an, als wäre dieser Kofferlieferservice ein ziemlicher Vorteil. Sicher, aber nicht annähernd so praktisch, wie den Koffer jetzt zur Hand zu haben.

Er konnte nichts dafür – das wusste ich. Deshalb bedankte ich mich bei ihm und wünschte ihm einen schönen Tag. Er schien erleichtert, dass ich nicht auf ihn losging, und versprach mir noch einmal, dass ich so bald wie möglich mit meinem Koffer wiedervereint würde. Als ich den Schalter verließ, hatte ich nichts bei mir außer den Kleidern, die ich trug, meiner Handtasche und dem vagen Gefühl, dass ich etwas Wichtiges vergessen hatte. Aber das hatte ich nicht, ich *vermisste* etwas Wichtiges.

Was, wenn sie meinen Koffer nie fänden? Was, wenn mein Handy für immer verloren wäre? Was, wenn es nie mehr auftauchte? Was sollte ich dann tun? Ich rief mich selber zur Ordnung. Menschen hatten Tausende von Jahren ohne Mobiltelefone gelebt, da könnte ich ja wohl ein, zwei Tage überleben, selbst wenn mir bei dem Gedanken leicht mulmig wurde.

Ein rascher Blick in meine Handtasche zeigte mir, dass dort mein Portemonnaie, Ausweis, Sonnenbrille, Bürste und ein Päckchen Minzbonbons lagen. Damit konnte ich ja wohl einen Tag lang überleben. Sofort ein wenig gelassener, machte ich mich auf die Suche nach dem Zug, der mich in die Stadt bringen würde, und hoffte, dass der unglückliche Auftakt meines Parisabenteuers kein Indikator für Schlimmeres war.

Beim Verreisen gelang es mir normalerweise, meine Erwartungen auszubremsen und in eine Art Reise-Zen herunterzuschalten. Dinge passierten, wenn sie passierten, und es gab keinen Grund, sich aufzuregen. Zugegeben gelang mir das vor allem, weil ich mich wochenlang auf alle Eventualitäten vorbereitete.

Trotzdem war das eine Einstellung, in der ich meine Kontrolle hergab, was mir normalerweise gute Dienste erwies, wenn ich mich außerhalb meiner Komfortzone befand, aber heute stellte sich diese Gefühlsregung nicht ein. Das lag natürlich daran, dass ich weder mein Handy noch meinen Kuhschlafanzug oder meine

Zahnbürste hatte. Es war leicht, sich *que será, será* zu fühlen, wenn man sich jederzeit und überall bei jemandem melden konnte. Im Moment fühlte ich mich abgeschnitten und verlassen und ich hasste das Gefühl.

Einen Vorteil hatte es aber, dass ich meinen Rollkoffer nicht bei mir hatte: Ich konnte mich ungehindert an den Leuten und ihrem Gepäck vorbeimanövrieren. Meinen Kuhschlafanzug würde ich heute Abend allerdings vermissen.

Dicht gedrängt mit anderen Reisenden wartete ich auf den Zug, und sobald alle Fahrgäste ausgestiegen waren, durfte ich hinein. Im Inneren des Abteils studierte ich den farbenfrohen Streckennetzplan, um herauszufinden, wo meine Haltestelle war. Es sah ganz so aus, als müsste ich ein paar Mal umsteigen, um an mein Ziel zu gelangen. Im Internet hatte ich eine hübsche Einzimmerwohnung über einem Café im 8. Arrondissement von Paris gefunden.

Ob die Familie, für die ich gearbeitet hatte, wohl immer noch dort wohnte? Damals lebte sie in einer protzigen Wohnung auf der Avenue Montaigne. Die Töchter, Vanessa und Alyssa, waren vier und fünf Jahre alt gewesen, und wir hatten wundervolle Herbsttage damit verbracht, durch die Stadtparks zu streifen, frisches Brot zu essen und heiße, sämige Schokolade zu trinken, während ich die Leute beobachtete und die Mädchen zwischen ihren unzähligen Tanzstunden ihre überschüssige Energie loswurden. Madame Beauchamp liebte das Ballett, und es hätte ihr überaus gefallen, wenn eins der Mädchen ihren Traum verfolgt hätte.

Monsieur Beauchamp arbeitete lange und Madame Beauchamp gehörte zur feinen Gesellschaft und war ständig auf der einen oder anderen glamourösen Veranstaltung. Ich fügte mich in die Reihe von jungen Frauen ein, die angestellt wurden, um sich um die Schwestern zu kümmern, bis sie alt genug waren, dass sie auf eine exklusive Privatschule in die Schweiz geschickt werden konnten. Als ich gegenüber der Haushälterin mein Entsetzen äußerte, weil die Mädchen nur so wenig Zeit mit ihren Eltern verbrachten, hatte Madame Bernard lediglich mit den Schultern gezuckt. So wurden die Kinder der Reichen nun einmal erzogen. Mir kam das sehr kühl und distanziert vor. Ich gab mein Bestes und gestaltete die Zeit mit den Mädchen so schön wie möglich. Jean Claude, der meine Sorge für die Mädchen entzückend fand, half mir dabei.

An einen Tag erinnere ich mich noch besonders. Damals hatten wir mit den Mädchen am Ufer der Seine gepicknickt. Die Schwestern hatten wie immer ihre identischen Kleider und Strümpfe getragen. Ich machte das nicht, weil ich das niedlich fand – obwohl es das war –, stattdessen hatte ich mir überlegt, falls ein Kind abhandenkäme, musste ich nur das andere anschauen und wusste sofort genau, wie das verlorengegangene Kind angezogen war. Gott sei Dank musste ich diesen Trick nie anwenden.

Es war früher Herbst. Die Kastanienbäume hatten sich gerade golden verfärbt und der Tag erinnerte mich an ein postimpressionistisches Gemälde Georges Seurats. Ich saß auf unserer Decke mit dem Essen und beobachtete, wie Jean Claude und die Mädchen durch das Gras liefen, während er ihnen beibrachte, Drachen steigen zu lassen, und dachte, was für einen wunderbaren Vater er abgeben würde. Er ertappte mich dabei, wie ich ihn beobachtete, und zwinkerte mir zu, als wollte er mir zu verstehen geben, dass er wusste, was ich dachte. Mir stieg die Röte dermaßen ins Gesicht, dass ich schon befürchtete, ich würde ohnmächtig werden. Das. Das war die Art von Gefühl, die ich wiederentdecken wollte.

An der Station Châtelet-Les Halles stieg ich aus dem Regionalzug und nahm die Metro, die mich in das goldene Dreieck von Paris bringen würde. Das war das Luxusviertel zwischen den Champs-Élysées, der Avenue Montaigne und der Avenue George V, sozusagen das Herzstück für Einkaufsbummler. Es war lange her, dass ich mit öffentlichen Verkehrsmitteln durch diese Stadt gefahren war, aber es kam alles ganz schnell zurück.

Als ich den Tunnel mit weißen Backsteinen an der Haltestelle Alma-Marceau verließ und die Treppen zur Straße hochlief, atmete ich tief ein. Ich war immer wieder überrascht über diesen unverwechselbaren süßen Geruch, der Paris ausmachte. Der Duft von frisch gebackenem Brot verschmolz mit dem der Sträuße der Blumenverkäufer an den Straßenecken und einem leichten Tabakrauch, was sich mit den beißenden Abgasen der Metro vermischte und dem alles überwältigenden Duft der riesengroßen Kastanien. Das gab es nur in Paris, und als ich diesen süßen Duft einatmete, ging es mir so wie mit dem salzigen Torfaroma in Irland, und ich hatte den Eindruck, als würde ich in der Zeit zurückkatapultiert werden.

Ich lief drei Straßenkreuzungen weiter in eine etwas ruhigere Gegend, wo ich die kleine Einzimmerwohnung gemietet hatte. Der Gehweg war überfüllt, aber das machte mir nichts. Obwohl ich weder Handy noch Gepäck hatte, lag etwas Magisches über der Stadt der Lichter, da konnte man einfach nicht verdrießlich sein.

Ich flanierte an einem Franprix vorbei, einer *boulangerie*, einem Tabakladen und einer *pharmacie*, die alle ihre Markisen ausgekurbelt hatten. Ich betrachtete die Schaufenster, da ich höchstwahrscheinlich noch einmal hier vorbeikommen musste, um das Allernötigste zu besorgen, schließlich war ich nicht einmal mehr im Besitz eines Deos. Endlich tauchte an der Ecke das Café Zoe auf. Von der Vermieterin wusste ich, dass ich die Schlüssel im Café abholen sollte, da Zoe Fabron sowohl das Café als auch die darüberliegenden Wohnungen gehörten.

Die runden Tische des kleinen Lokals standen bis auf den Gehweg. Dort waren sie in zwei Reihen mit Blick auf die Straße arrangiert, als würde man hier üblicherweise sein Essen zu sich nehmen, während man beobachtete, wie alle Welt an einem vorbeispazierte. Als ein Kellner mit einem vollen Tablett auf der Schulter aus der breiten Tür des Restaurants kam, duckte ich mich zur Seite. Er trug eine schwarze Hose, ein weißes Hemd und eine weinrote Schürze um die Hüfte. Die Fensterrahmen waren in derselben Spätburgunderfarbe gestrichen. Das alles wirkte sehr schön aufeinander abgestimmt.

Ein älterer Herr mit weißen Haaren und einem Spazierstock über seinem Unterarm hielt mir die Tür auf. Ich bedankte mich auf Französisch – *»Merci«*, was nicht das schwierigste Wort dieser Sprache war – und trat nach innen. Obwohl ein wenig wärmer als in Irland, war der Tag noch immer kühl und ich wusste die Wärme des Cafés zu schätzen.

Der Innenbereich war traditionell mit einem schwarz-weißen Fliesenboden und weinroten Bistrogardinen gestaltet, die kleinen silberfarbenen Kaffeetische mit den dazu passenden Stühlen mit rundem Rückenteil standen dicht an dicht. Die Wände waren mit hübschen schwarz-weißen Toile-Stoffen bespannt, auf denen wiederkehrende Szenen mit Damen in prächtigen Roben und Herren in knielangen Reithosen zu sehen waren, die unter hohen Bäumen flanierten, ausritten oder mit Welpen spielten. Hier und da hingen kunstvoll gerahmte Spiegel und ein paar alte Plakate von Paris. Die Theke befand sich am anderen Ende des Raums und wurde von zwei großen Vitrinen eingefasst. Eine war mit Croissants und Broten bestückt und die andere mit riesigen Meringues, Crèmetartes mit frischen Himbeeren und verschiedenen Schüsseln Mousse au Chocolat, die mit Schokoladenlocken garniert waren.

Mein Magen knurrte und ich legte die Hand auf meinen Bauch, hoffentlich hatte das sonst niemand gehört. Mir ging auf, dass ich nichts mehr gegessen hatte, seit ich am Morgen die westlichen Grafschaften von Irland hinter mir gelassen hatte, und das war nur ein schnelles, ziemlich durchgematschtes Sandwich von einer Tankstelle auf meinem Weg nach Dublin gewesen.

Die Frau, die die Bestellungen hinter der Theke entgegennahm, war groß und schlank. Ihre dunkle Haut stand im Kontrast zu der hellblauen Bluse, die sie mit aufgestelltem Kragen trug, ihre Ärmel hatte sie bis zu den Ellbogen zurückgerollt. Ihre schulterlangen Zöpfe wurden von einem breiten, weißen Haarband aus Lochspitze zurückgehalten, wodurch ihr herzförmiges Gesicht vorteilhaft eingerahmt wurde. Als sie einem Kunden das Wechselgeld gab und die Bestellung über ihre Schulter in die Küche rief, lächelte sie herzlich. Der Küchenchef, den man durch ein kleines Fenster gerade noch so sehen konnte, trug eine typisch weiße Kochmütze mit Falten und hob als Zeichen, dass er sie verstanden hatte, kurz die Hand.

Als ich mich näherte, beobachtete ich, wie die Frau ihren Blick über das Treiben in dem Café schweifen ließ und alles erfasste, sie umgab eine gewisse Autorität, der sich der Rest des Personals beugte. War das vielleicht Zoe?

»*Bonjour, vous désirez?*«, fragte die Frau.

»*Bonjour*«, antwortete ich und prompt ging mir das Französisch aus. Schulterzuckend fügte ich hinzu: »Ich bin Chelsea Martin. Sind Sie Zoe Fabron?«

Die Frau klatschte in die Hände und lächelte erfreut. »Das bin ich. Und Sie mein Gast für das Appartement zwei, *oui*«, sagte sie in einem entzückenden Englisch.

»Ja«, antwortete ich und zeigte auf mein windzerzaustes und zerknittertes Selbst. »Tut mir leid. Ich bin ein wenig derangiert.

Mein Koffer ist verloren gegangen und mit ihm mein Handy. Hat der Flughafen vielleicht angerufen, um mitzuteilen, dass mein Gepäck gefunden wurde? Ich habe sie gebeten, sich hier zu melden.«

»Oh, non, non.« Zoe schnalzte voller Mitgefühl mit der Zunge. »Sie haben sich nicht gemeldet, aber das werden sie sicher bald.« Sie drehte sich zu der jungen Frau, die an ihrer Seite arbeitete, und sprach schnell auf Französisch mit ihr. Ganz offensichtlich unterrichtete Zoe sie über den Flughafen und meine Tasche. Dann drehte sie sich wieder zu mir und sagte: »Folgen Sie mir, *s'il vous plaît.* Jetzt kümmern wir uns erst einmal um Sie.«

Sie öffnete eine Schublade, schnappte einen Schlüssel mit einem kleinen Anhänger, kam hinter der Theke hervor und winkte mich mit sich. Wir gingen – also, ich ging und Zoe glitt – zurück durchs Café und raus auf den Gehweg. In den gut geschnittenen Caprihosen und den schwarzen, flachen Lederschuhen mit den eingestickten hellblauen Vergissmeinnicht über den Zehen machte Zoe eine ziemlich elegante Figur, wodurch ich mir im Vergleich noch schmuddeliger vorkam, wenn das überhaupt noch möglich war.

Neben dem Café war eine knallblaue Tür. Zoe schloss auf, dahinter lag ein kleiner Vorraum mit Briefkästen. Auf der einen Seite führte eine Treppe in das obere Stockwerk. Sie winkte mich mit sich und wir erklommen die Stufen, bis wir in einem schmalen Flur standen.

Zoe drehte sich zu mir. »Auf diesem Stockwerk befand sich einmal eine sehr große Wohnung für eine Familie«, sagte sie, »aber ich habe sie in vier kleine Appartements umgewandelt. Es war zu schwierig, die große Wohnung zu vermieten, für die kleinen finde ich immer Gäste. Ich hoffe, dass Sie sich hier wohlfühlen.«

»Das werde ich ganz sicher«, sagte ich. Ich hatte keine Ahnung, ob es daran lag, dass ich endlich mein Ziel erreicht hatte, oder ob mir die Zeitverschiebung immer noch zu schaffen machte, aber plötzlich war ich so müde, dass ich mir fast sicher war, dass ich selbst auf einem Fensterbrett glücklich und zufrieden eine Nacht lang durchgeschlafen hätte.

Zoe ging an der ersten Wohnungstür vorbei und blieb vor der Wohnung Nummer zwei stehen. Sie schloss auf, trat einen Schritt zurück und ließ mir den Vortritt. Ich ging hinein und war überwältigt. Die Wohnung war bezaubernd.

Direkt gegenüber dem Eingang gelangte man durch eine zweiflügelige Glastür auf einen schmalen Balkon mit Blick auf die Straße. Auf der einen Seite des Zimmers gab es einen Kamin, vor dem eine kleine Couch und zwei Sessel standen. In die Zimmerecke war eine Küchenzeile mit dem kleinsten Kochfeld und der kleinsten Mikrowelle eingebaut, die ich je gesehen hatte. Ich kam mir vor wie in einem Mini-Haus. Das Bad erreichte man durch die Küche, es war gleichermaßen kompakt und bot Platz für eine Toilette, ein Waschbecken und eine Dusche. Die waren dermaßen dicht darin eingepasst, dass ich bestimmt alle drei gleichzeitig benutzen konnte. In der anderen Ecke stand eine breite Holzleiter, und als ich meinen Blick nach oben richtete, entdeckte ich eine eingezogene Zwischenebene, auf der ein Bett, eine kleine Kommode und eine Lampe standen.

Das Zimmer war so wie der Kamin samt Einfassung und der Stuck an der Decke in einem Cremeweiß gestrichen. Bei den Möbeln hatte Zoe sich für unterschiedliche Grautöne entschieden, was durch ein apfelgrünes Kissen und eine gleichfarbige, handgestrickte Decke, die mir sofort ins Auge sprangen, aufgelockert wurde. Ein weißer Kunstfellteppich und Glascouchtisch rundeten den Wohnbereich ab, und der einzige Essbereich, den ich entdeckte, waren die beiden Barhocker am Tresen, der die Küchenecke vom Rest der Wohnung trennte. Es war perfekt, absolut perfekt.

»Sie sehen erschöpft aus, Mademoiselle Martin«, sagte Zoe. »Soll ich Ihnen etwas zu essen vom Café heraufbringen lassen?«

»Danke, das ist wirklich unheimlich freundlich«, sagte ich. »Und nennen Sie mich doch bitte Chelsea.«

»Dann musst du mich aber auch Zoe nennen – das macht jeder«, sagte sie. »In der *toilette* stehen Shampoo, Seife und, wie heißt das noch mal, ähm, *brosse à dents*?« Sie tat so, als putzte sie ihre Zähne.

»Oh, danke schön«, sagte ich. Ich war so erleichtert, dass ich heute Abend nicht mehr rausmusste, um das Nötigste einzukaufen, dass ich am liebsten geweint hätte. »Das ist sehr zuvorkommend.«

»Sehr viele Leute vergessen, diese Sachen einzupacken. Daher stelle ich sicher, dass sie in jeder Wohnung vorhanden sind«, sagte Zoe schulterzuckend. »Fühl dich ganz wie zu Hause.«

»Merci beaucoup.« Ich war so ausgehungert, dass es buchstäblich nichts gab, was ich im Moment verschmähen würde, sogar die exotischeren französischen Gerichte wie Schnecken, Schweinefüße, Rinderzunge oder Kalbskopf – das war mir egal. Bei uns gibt es das Sprichwort, dass man *hungrig genug ist, um einen Bären zu fressen*. Also, ich war so weit.

»Bienvenue à Paris, Chelsea«, sagte Zoe. Sie küsste mich auf beide Wangen und drückte mir den Wohnungsschlüssel in die Hand. »Ich gebe dir Bescheid, sobald der Flughafen wegen deines Gepäcks anruft.«

»Danke schön«, sagte ich.

Als Zoe die Tür hinter sich zuzog, stellte ich mich ans Fenster und schaute dabei zu, wie die Sonne langsam unterging und die

Lichter der Stadt eins nach dem anderen angingen. Ich umschlang mich fest. Ich wollte wirklich unheimlich gern eine mutigere, bessere und stärkere Version meiner selbst sein, aber ohne Wechselklamotten oder frische Unterwäsche war es schwer, sich nicht wie ein trauriges, verwahrlostes Waisenkind zu fühlen. Ich spürte, wie der DJ der Mitleid-Party die Melodie von »Warum ich?« in meinem Kopf noch verstärkte. Den Mist blendete ich sofort aus.

Nachdem mir in meinen Jahren bei der ACC so viele Krebsüberlebende begegnet waren, verbot ich mir, wegen kleinerer Missgeschicke oder Unannehmlichkeiten zu jammern, denn in Wirklichkeit musste die Frage doch »Warum nicht ich?« lauten. Schlimme Dinge passierten jedem. Schluss, aus. Wichtig war, wie man damit umging. Also nahm ich die erstaunlichen Farben in mir auf, die sich am Horizont ausbreiteten, und das blaue Laserlicht, das von der Spitze des Eiffelturms über die Stadtlandschaft wanderte, und ich dachte, wenn es einen Ort gab, an dem ich mein altes Ich wiederfinden konnte, war das wahrscheinlich Paris. Zumindest hoffte ich das.

Kapitel 13

Ich erwachte mit dem Gefühl von Daunenfedern unter meiner Wange. Das Licht passte nicht zu meiner Wohnung in Boston, dort herrschte höchstens ein trübes Grau, schließlich lag mein Schlafzimmer zu einer Gasse und jegliches Sonnenlicht wurde von dem Gebäude gegenüber verschluckt. Zu Irland passt es auch nicht. Dort hing morgens meistens ein dichter Nebel in der Luft, der erst Schicht für Schicht weggeschmolzen werden musste, bis die Sonnenstrahlen auf die grünen Hügel fielen.

Das Licht war anders. Es war strahlend hell und schien auf all die Spinnweben in meinem Kopf und verscheuchte die Krabbeltiere. Wahrscheinlich war ich einfach nur unendlich müde gewesen und hatte vergessen, die Vorhänge zuzuziehen, weswegen das Licht jetzt grell in mein kleines Appartement leuchtete und mich aufweckte ... Ich suchte nach meinem Handy, um zu schauen, wie spät es war. Ach ja.

Der Geruch nach frischem Brot war der letzte Schubser, den ich brauchte, um aufzustehen und mich dem Tag zu stellen. Sicherlich hatte das Café schon geöffnet und servierte Frühstück, ganz gleich, wie spät es war. Ohne Wechselklamotten hatte ich gezwungenermaßen meine Unterwäsche ausgewaschen und sie auf den beheizten Handtuchhalter im Badezimmer zum Trocknen gelegt. Der Rest meiner Kleider abzüglich des T-Shirts, in dem ich geschlafen hatte, hatte ich zum Auslüften aufgehängt. Das hatte mich gestern Abend mein letztes bisschen Energie gekostet.

Ich kletterte von der Zwischenebene und zog meine fast trockene Unterwäsche und gestrigen Kleider an. Als ich nach unten kam, war es im Café schon sehr geschäftig. Die Leute standen Schlange, zu mir drangen Bruchstücke von extrem schnell geführten Unterhaltungen, denen ich selbst mit einem Übersetzer an meiner Seite niemals hätte folgen können, und der Duft von Zimtgebäck und Kaffee hing in der Luft wie das köstlichste Parfüm.

Hinter der Theke war keine Spur von Zoe, daher ging ich davon aus, dass sie erst später kam. Ich bestellte einen Espresso und ein *pain aux raisins*, es zerging so herrlich auf meiner Zunge, dass ich am liebsten vier weitere gegessen hätte. Ich beherrschte mich. Die Verlockungen von Paris und mein dringender Wunsch nach Wechselklamotten riefen nach mir wie die Sirenen nach einem Matrosen. Die Frau hinter der Theke – auf ihrem Namensschild stand *Annalisse* – war auch schon gestern Abend im Café gewesen, deshalb fragte ich sie, ob die Fluggesellschaft sich wegen meines vermissten Gepäcks gemeldet hatte. Annalisse schüttelte bedauernd den Kopf und schaute mich voll schmerzlichem Mitgefühl an. Zumindest hoffte ich, dass es Mitgefühl war.

Vielleicht war das ja bloß eine Reaktion auf meine armselige Erscheinung. Ich beugte unauffällig meinen Kopf, um an meinem Oberteil zu schnuppern. Mir fiel nichts auf, aber das hieß ja nicht zwangsläufig, dass dem so war. Ich hatte mal gehört, dass Leute ihrem eigenen Gestank gegenüber immun wurden. Großartig. Ich hatte vielleicht schon das gesamte Restaurant verpestet.

Glücklicherweise bot das Café den Kaffee auch zum Mitnehmen an, eine recht neue Entwicklung in Paris, daher aß ich mein süßes Teilchen auf und trank den letzten Schluck Espresso, bevor ich mir einen kochend heißen Kaffee in einem Pappbecher für meinen Tagesausflug bestellte. Obwohl die Sonne schien, war es ziemlich frisch draußen. Während ich dem goldenen Dreieck den

Rücken kehrte, die Kleiderpreise in diesem Distrikt lagen weit außerhalb meines Budgets, kuschelte ich mich tief in meinen Wollmantel. Ich hielt nach drei Dingen Ausschau: einem Internetcafé, einer Drogerie und einem bezahlbaren Modegeschäft.

Durch das hektische Treiben der Stadt lief ich bald schneller, als ich wollte, aber das war in Ordnung. Ich spazierte unheimlich gerne die Avenue George V entlang. Dort gab es mehr schöne Dinge, als man aufnehmen konnte. Männer in Anzügen, Frauen in Kleidern, Au-pairs, die mit den Kindern unterwegs zu den Stadtparks waren, Touristen, die die cremefarbenen Haussmann-Gebäude aus lutetianischem Kalkstein bestaunten, die die Straßen in diesem Teil von Paris säumten, und dann noch die unzähligen Boutiquen, Salons, Antiquitätengeschäfte und Restaurants in deren Erdgeschossen.

Ich lief um ein paar Motorroller, die in Gruppen auf den breiten Gehwegen geparkt waren, damit sie nicht auf der Straße standen, und entdeckte weiter vorn das grüne Kreuz einer *pharmacie.* Hervorragend. Dann kam die Hygiene wohl zuerst an die Reihe. Glücklicherweise verstand die Frau in dem weißen Laborkittel an der Haupttheke meine Pantomime vom Auftragen eines Deodorants. Zwar gab es keine besonders große Auswahl, aber das war in Ordnung. Ich war meinem Ziel, eine zivilisierte Person zu werden, einen Schritt näher.

Während die Frau meinen Einkauf eingab, fragte ich sie, ob sie wusste, wo ich ein Internetcafé finden konnte. Zuerst verstand sie mich nicht, aber als ich das Tippen auf einer Tastatur nachahmte, nickte sie. Anstatt es mir mühsam zu erklären, schrieb sie die Adresse auf ein Stück Papier und reichte es mir. Ich erinnerte mich daran, dass die Straße von der Rue de Rivoli abging. Das war ein ganz schönes Stück weit weg, aber so konnte ich auch gleich nach Kleidern Ausschau halten.

Ich trat in den sonnigen Tag hinaus und stopfte meine Papiertüte in meine geräumige Handtasche. Das war zwar nur eine kleine Besorgung gewesen, aber weil ich einen Punkt auf meiner Liste abgehakt hatte, fühlte ich mich gleich viel optimistischer. Wenn ich meiner Familie erst einmal eine Nachricht geschickt und mir etwas Neues zum Anziehen gekauft hätte, wäre ich gewappnet, um das Wiedersehen mit Jean Claude in Angriff zu nehmen. Das hoffte ich zumindest.

Auf meinem Spaziergang entdeckte ich zwei Boutiquen, wo ich ein paar Basics erbeutete – Hosen und Blusen, nichts davon so gemütlich wie mein kuscheliger Kuhschlafanzug, aber ich würde es überleben. Natürlich wollte ich für meine Begegnung mit Jean Claude ein Kleid, doch darum würde ich mich später kümmern.

Wenn ich Glück hatte, warteten bei meiner Rückkehr in mein kleines Appartement mein Koffer und mein Handy auf mich, aber in der Zwischenzeit wollte ich alle wissen lassen, dass ich wohlbehalten in Paris angekommen war und mir nur mein Handy fehlte.

Auf der Suche nach dem Internetcafé verlief ich mich prompt. Überraschung. Ich schaute in eine kleine Bar hinein, in der nur eine Gruppe alter Männer weiter hinten an einem Tisch saß. Ich trat an den Tresen und fragte in meinem zugegebenermaßen eingerosteten Französisch nach der Adresse, die die Frau mir in der *pharmacie* aufgeschrieben hatte.

Der kleine kahlköpfige, ziemlich bleich aussehende Mann auf der anderen Seite der Theke schaute mich mit einem verächtlich verzogenen Mund von oben bis unten an und sagte dann recht deutlich: »Nein.«

Ich blinzelte. Ernsthaft? Wollte er mir nicht wenigstens einmal in die Richtung deuten? Als ich meinen Mund öffnete, um es noch einmal zu versuchen, ließ er mich stehen. Ich durfte wegtreten.

Wie unhöflich! Als ich mich zum Gehen wandte, kam ich an einem großen Mann mit dunkelbrauner Haut und freundlichen braunen Augen vorbei, der einen Cordmantel trug und eine selbst gestrickte Mütze aufhatte. Er lächelte mich freundlich an und fragte: »Haben Sie sich verlaufen? Kann ich Ihnen helfen?«

Meine Schultern sackten vor Erleichterung nach unten. »Ja«, sagte ich. Ich zeigte ihm die Adresse, und er ging mit mir nach draußen und deutete in die Richtung, die ich einschlagen sollte.

»Bei der zweiten Ampel rechts abbiegen«, sagte er. Er hatte einen starken Akzent, aber ich verstand, was er meinte.

Ich legte meine Hand auf seinen Arm und sagte: »Danke schön. Sie sind sehr freundlich.«

Er lächelte. »Genießen Sie Ihre Zeit in Frankreich.«

»Das werde ich«, erwiderte ich.

Reflexartig fasste ich in meiner Handtasche nach meinem Handy. Ich wollte diesen Augenblick mit jemandem teilen. Mit Annabelle, meinem Vater oder vielleicht sogar Jason, der sich kaputtlachen würde, wenn ich ihm erzählte, dass es in Frankreich ebenso mürrische Persönlichkeiten wie Michelle Fernando gab. Aber als ich nichts fand, fiel mir wieder ein, warum ich überhaupt auf dem Weg zu einem Internetcafé war. Mist! Mit einem Seufzer stapfte ich weiter.

Und tatsächlich, als ich die vorgesehene Straße rechts abbog, ragte das Gebäude als zweistöckiger Klotz mit trendiger Fassade vor mir auf. Die Schilder verkündeten, dass dort vierundzwanzig Stunden am Tag Internet, Drucker und eine E-Sports-Arena zur Verfügung standen. Gut zu wissen, wo ich hinmusste, falls mich um drei Uhr in der Früh der plötzliche Drang überkam, eine Runde *Fortnite* zu spielen.

Als ich eintrat, war ich überrascht, praktisch jeden Computer besetzt zu finden. Während ich mich dem Kundenschalter näherte, nahm ich den hellen Innenraum zur Kenntnis. Wie angenehm, dass dieser Ort nicht wie irgendein finsterer, stickiger Teenagertreffpunkt wirkte, sondern clever und professionell eingerichtet war. Ich erkundigte mich nach einem Computer, an dem ich meine Mails checken konnte. Der Mann, er war wahrscheinlich in den Zwanzigern, hatte aber etwas von einem ewigen Studenten, sagte mir, dass die Benutzung einen Euro die Stunde kostete, und als ich bezahlt hatte, wurde mir ein freier Computer mit einem großen Monitor in einer Ecke auf der anderen Seite des Raums zugeteilt.

Ich richtete mich ein und öffnete meine privaten Mails. Zügig schickte ich eine Nachricht an meinen Dad und meine Schwester und erklärte ihnen, dass mein Koffer verloren gegangen war, in dem sich leider auch mein Handy befand. Falls sie irgendetwas von mir wollten, sollten sie im Café Zoe anrufen. Ich war keine große Social-Media-Nutzerin und sparte mir den Aufwand, mir diese Seiten anzuschauen.

Daher öffnete ich direkt meine Arbeitsmails. Das war ein großer Fehler. Obwohl ich eine automatische Abwesenheitsnotiz eingestellt hatte, schienen die E-Mails wie eine Flut an Hilferufen hereingeströmt zu sein. Ich scrollte sie durch, die Anzahl war überwältigend und meine Ordnungswut juckte wie ein schlimmer Ausschlag. Wenn ich eine öffnete, war ich erledigt, aber so wollte ich auf keinen Fall meine Stunde verbringen. Stattdessen schickte ich meiner Kollegin Julia eine Nachricht und bat sie, allen dasselbe mitzuteilen, was ich meiner Familie gesagt hatte. Ich hoffte, das würde jedermann beruhigen.

Nachdem das erledigt war, tauchte ich im Netz ganz tief nach Jean Claude Bisset ab. Wie von Jason vorgeschlagen, wollte ich herausfinden, ob er verheiratet, liiert oder sonst was war. Ich würde nicht noch einmal den gleichen Fehler machen. Obwohl ich in den Staaten schon ein wenig recherchiert hatte, war mir einfach nicht genug Zeit geblieben, all den Hinweisen nach Jean Claude nachzugehen. Während Colin im Netz nicht existierte, war Jean Claude allgegenwärtig. Offen gestanden, hatte mich das höllisch eingeschüchtert. Wenn ich mich dieses Mal mit einem Ex traf, wollte ich so viel wie möglich über ihn wissen, bevor ich auf seiner Türschwelle auftauchte und mich wieder zur Idiotin machte.

Meine anfängliche Suche brachte nicht viel mehr an Informationen zutage als zuvor, nämlich seitenweise Bilder von ihm mit sämtlichen Moderschöpfern Frankreichs. Jean Claude hatte seinen Traum von einer eigenen Modelinie wohl nicht verwirklichen können und war kein Designer des Modehauses Beauchamp mehr, wo ich ihn kennengelernt hatte, sondern bei Absalon. Von dem Modeschöpfer Absalon Brodeur hatte ich schon gehört. Der Begeisterung nach seiner Modeschau zu urteilen, bei der Anna Wintour ganz vorne in der Mitte gesessen hatte, war er in der Modeszene ziemlich angesagt.

Als ich durch die jüngsten Absalon-Modeschauen scrollte, entdeckte ich einige Fotos von Designern, die derzeit dort arbeiteten. Auf der Suche nach ihm überflog ich die Gesichter und plötzlich stockte mir der Atem. Da war er und schaute zur Kamera, als kenne er all die Geheimnisse der Person, die die Aufnahme machte. Mich durchlief vom Kopf bis zu den Zehen ein Schauer der Erregung. Das! Das war das Kribbeln und Prickeln, nach dem ich suchte, und er – *Jean Claude* – war genau hier im 8. Arrondissement von Paris.

Um sicherzugehen, überprüfte ich das Datum des Fotos. Es war mittlerweile April und das Foto stammte von der Pariser Fashion

Week vor einem halben Jahr. Er war hier. Mein Herz schlug plötzlich dreimal so schnell in meiner Brust, und ich konnte nicht sagen, ob vor Aufregung oder Panik. Sollte ich das machen? Sollte ich diesem umwerfenden Mann, den ich seit sieben Jahren nicht mehr gesehen hatte, wirklich nachspüren, auch wenn es unwahrscheinlich war, dass er mich erkannte?

Ich studierte das Foto. In Wahrheit war Jean Claude, umgeben von all den Models und Aristokraten, Millionären und Künstlerinnen, mehr als eine Nummer zu groß für mich, und es war absolut lächerlich, dass ich überhaupt überlegte, ihn zu kontaktieren. Gleichwohl hatte ich bisher keinen Hinweis auf eine Frau oder eine Freundin gefunden. Sollte ich also einfach davongehen und ihn nicht wiedersehen? Nein.

Ich hatte mich entschieden. Ich notierte mir die Adresse des Absalon-Modehauses auf der Avenue Montaigne und schloss die Fenster im Browser. Fest entschlossen schob ich mich vom Computer zurück, schnappte mir meine Einkaufstüten und eilte zur Tür. Ich würde das durchziehen und zu meiner Bestform auflaufen. Mit einem »*Merci*« zu dem Mann am Kundenschalter verließ ich das Internetcafé.

*

Als ich beim Café Zoe ankam, musste ich zu meiner Enttäuschung feststellen, dass mein Koffer noch immer nicht aufgetaucht war. Auch hatten weder meine Familie noch irgendjemand von der Arbeit mir eine Nachricht hinterlassen.

Ich lud meine Beute in meiner Wohnung ab und ging dann wieder nach unten, wo ich mir gestärkt von einem guten Mittagessen meine Strategie zurechtlegen wollte. Ich war eine Planerin. Ich brauchte Stichpunkte, ein Arbeitsblatt oder wenigstens einen Leitgedanken, sonst gingen mir die Nerven durch oder ich geriet in eine Abwärtsspirale aus Selbstzweifeln. Im Augenblick handelte ich zu hundert Prozent nur aus meinem Bauchgefühl heraus. Das war nicht meine Komfortzone.

Ich saß am Fenster und brütete über meinem Latte. Zoe tauchte mit dem Lachstoast, den ich bestellt hatte, an meinem Tisch auf. Er sah toll aus. Eine dicke Scheibe Brot mit Avocado und hauchdünn geschnittenem Lachs, garniert mit Kräutern und einem weich gekochten Ei, das auseinandergebrochen worden war, sodass das flüssige Eigelb über die anderen Zutaten lief.

»*Merci*«, sagte ich. »Das sieht toll aus.«

»Alles in Ordnung mit dir, Chelsea?« Zoe betrachtete mich besorgt aus zusammengekniffenen Augen. »Du wirkst … bekümmert.«

Ich schaute zu der hübschen Französin. Sie strahlte so eine Ruhe aus. Vielleicht hätte sie ja eine Idee, wie ich am besten mit dieser Situation umgehen sollte.

»Willst du wirklich meine Leidensgeschichte hören?«, fragte ich.

Zoe nickte und zog sich den Stuhl an der anderen Seite des Tischs zurück. Da fiel mir auf, dass sie einen Latte in der Hand hielt und ohnehin vorgehabt hatte, mir Gesellschaft zu leisten. Ich musste lächeln.

Ich aß einen Bissen von meinem Lachstoast und genoss einen Moment lang mein Essen, bevor ich in meine Geschichte eintauchte. Ich berichtete von der Hochzeit meines Vaters und wie meine Schwester mich zur Rede gestellt hatte. Dann erzählte ich ihr von meinem Auslandsjahr und dem peinlichen Treffen vor ein paar Tagen in Irland.

Ich wischte gerade den letzten Rest Eigelb mit meinem Brot auf, als Annalisse uns zwei frische Kaffees brachte. Wir bedankten uns bei ihr und sie nahm den leeren Teller mit.

»Also bist du hier, um einen Mann zu treffen?«, fragte Zoe.

»Das wäre die Kurzversion, ja«, sagte ich. »Aber ich bin nervös. Was, wenn er sich nicht an mich erinnert? Was, wenn er verheiratet ist oder entsetzt darüber, dass jemand aus seiner Vergangenheit aus dem Nichts auftaucht?«

Zoe klopfte mit dem Zeigefinger gegen ihr Kinn, dann schnipste sie mit den Fingern und zeigte auf mich. »Du solltest ihm in einer Verkleidung folgen. Zieh dich wie eine Kellnerin an, dann kannst du ihn beobachten und herausfinden, ob er eine zweite Chance verdient.«

»Würde ihm eine Frau, die wie eine Kellnerin gekleidet ist und ihm durch die Stadt folgt, denn nicht auffallen?«, fragte ich.

»*Non*, deshalb ist es ja auch perfekt«, antwortete Zoe. »Kellnern schenkt keiner Beachtung. In Frankreich halten wir uns zurück und versuchen, nicht weiter aufzufallen. Wir sind Teil der Kulisse und servieren das Essen.«

Durch ihren französischen Akzent bekam diese verrückte Idee durchaus etwas Vernünftiges. Ich dachte tatsächlich ernsthaft darüber nach, bis mir einfiel: »Ich habe keine passenden Kleider.«

»Die kann ich dir geben«, sagte sie. Mit einem kritischen Blick betrachtete sie meine Figur. »Ja, das bekommen wir hin.«

❀

Und so fand ich mich in einer schwarzen Hose, einer weißen Bluse und einer von Zoes weinroten Schürzen vor dem Absalon-Modehaus wieder. Ich kam mir wie eine Betrügerin vor, wie eine Schwindlerin und ein klein wenig wie eine Stalkerin. Glücklicherweise begleitete Zoe mich in identischen Kleidern. Wir gaben uns als zwei Restaurantmitarbeiterinnen aus, die im Bistro auf der gegenüberliegenden Straßenseite eine kleine Pause einlegten.

Wir saßen hinter peinlich genau in Form geschnittenen Bäumen unter einem Heizstrahler in der Ecke einer Terrasse. Durch das dichte Laub sahen wir gerade noch die Eingangstür von Absalon. Ich nippte an meinem Wein und überlegte, wie lange wir realistischerweise den Ort überwachen konnten. Zoe war ganz die Französin und benahm sich, als wäre es völlig normal, mittags einen Wein zu trinken, während man darauf wartete, einen flüchtigen Blick auf einen Mann zu werfen.

»Du kannst das gut«, sagte ich.

»Die Liebe lässt uns verrückte Dinge tun.« Sie zuckte mit den Schultern.

»Willst du damit sagen, dass du das schon einmal gemacht hast?«

Auf ihrem Gesicht breitete sich ein Lächeln aus. »Vielleicht.«

Mehr würde ich aus meiner neuen Freundin wahrscheinlich nicht herauskitzeln, vermutete ich.

»Oje«, sagte ich. »Versprich mir einfach, dass es in Paris oder sonst wo keinen Haftbefehl für dich gibt.«

Zoe warf ihren Kopf zurück und lachte, sodass ihre Zöpfe schaukelten. »*Non, non.* Aber ich habe ein, zwei Heiratsanträge bekommen.«

Ihre Augen funkelten sexy und ich war mir unsicher, ob ich ihrem Urteil trauen konnte. Ich hatte den Eindruck, als würde Zoe allen möglichen Unfug unterstützen, besonders wenn dabei Romantik eine Rolle spielte.

»*Oh, là, là*, ist er das?«, fragte Zoe. Sie setzte sich aufrecht hin und zeigte über die Straße.

Ich riss meinen Kopf herum. Als hätte mir jemand gegen das Brustbein geschlagen, blieb mein Herz einfach kurz stehen, doch dann setzte es mit einem kräftigen Schlag wieder ein, während mir alles Blut aus dem Gesicht wich. *Das war er!*

Jean Claude war noch immer so schön, wie ich ihn in Erinnerung hatte, dieselben widerspenstigen Haare, die wie in Stein gemeißelten Gesichtszüge und sein geschmeidiger Körperbau. Seine Kleider, eine legere Hose und ein schickes Hemd, passten ihm natürlich perfekt. Ihn umgab noch immer dieselbe ruhelose Energie, die er schon ausgestrahlt hatte, als ich ihn kannte. Ich hatte ständig versucht, ihn runterzuholen, seinen Weg zu erleichtern, und es kostete mich unheimlich viel Kraft, nicht loszurennen, seine Hand in meine zu nehmen und ihn wie früher mit Umarmungen und Küssen von seinem Kurs abzulenken.

»*Il est magnifique*«, seufzte Zoe.

Ich nickte und Zoe sprang auf. »Wir müssen ihm folgen.«

Da wir bereits bezahlt hatten, gingen wir zu Tür.

»Ähm ... es gibt ein kleines Problem«, sagte ich. Während Zoe sich als Erste an den Tischen vorbeischlängelte, hatte ich ihn aus den Augenwinkeln beobachtet. »Er läuft in unsere Richtung. Er kommt *hierher*!«

Wir blieben wie angewurzelt stehen und schauten einander an, als Jean Claude die Straße überquerte und auf uns zusteuerte.

»Zurück, geh zurück!«, rief Zoe.

Wir stürzten zu unseren Stühlen und schütteten beinahe den Rest unseres Weins um, als wir in unserer Hektik gegen den Tisch stießen.

Ich saß mit dem Rücken zur Terrasse, weil ich nicht von ihm entdeckt werden wollte. »Benimm dich ganz normal«, zischte ich Zoe zu, die nickte.

Sie entspannte sich auf ihrem Stuhl und war die Lässigkeit in Person. Sie hob ihr Glas und trank einen Schluck, aber ihre Augen wurden langsam größer, als beobachtete sie in Zeitlupe einen Zusammenprall. Ich hätte mich unheimlich gerne umgedreht, um zu sehen, was gerade passierte, doch ich wollte mich nicht verraten. Noch nicht.

Zoe senkte ihr Glas und formte mit ihren Lippen ein paar Worte, aber ich konnte noch nie gut von den Lippen ablesen. Ich hatte keine Ahnung, was sie sagte. Sprach sie Französisch? Ich wollte mich herumdrehen, aber Zoe griff nach meiner Hand und schüttelte den Kopf. Bedeutete das etwa – oh nein, stand er direkt hinter mir? Ich riss meine Augen auf und zeigte hinter mich. Als sie nickte, begann ich etwas zu schwitzen.

Jean Claude war hier, nur Zentimeter von mir entfernt! Ich musste pinkeln. Nein, musste ich nicht. Das waren nur die Nerven. Ich wippte mit dem Knie. Zoe starrte mich streng an. Ich hörte auf und griff nach meinem Wein. Ein Schluck Alkohol würde mich beruhigen. Als ich das Glas anhob und daran nippte, hörte ich seine Stimme.

Es war derselbe tiefe, angenehme Klang, den ich in Erinnerung hatte, es war, als würde man in warmes Karamell getaucht. Seufzend lehnte ich mich in meinem Stuhl zurück, um mehr zu hören. Nur hin und wieder schnappte ich ein Wort auf. Es klang, als bestellte er ein Glas Wein. Ich fragte mich, ob er allein war. Ich schaute zu Zoe, die sich nach vorn lehnte, da sie über den Straßenlärm und die Unterhaltung der anderen Gäste ebenfalls zu verstehen versuchte, was er sagte. Wir sahen uns frustriert an. Ich lehnte mich etwas weiter zurück und kippte ganz leicht auf die Hinterbeine meines Stuhls.

Jean Claudes Stimme klang erregt und ich sah Zoe besorgt an. Sie zuckte mit den Schultern und tat so, als hielte sie ein Handy ans Ohr, was erklärte, warum ich nur ihn hörte. Sein Tonfall wurde frustriert, und als ich Zoe einen schnellen Blick zuwarf, hatte sie konzentriert die Stirn gerunzelt. Was sagte er? Wenn ich nur ein kleines bisschen näher käme, würde ich Jean Claude sicher verstehen. Und dann kippte ich meinen Stuhl noch ein winzig kleines Stückchen weiter zurück.

Da passierte natürlich die Katastrophe. Ich verlor das Gleichgewicht, die Beine meines Stuhls rutschten weg und ich kippte nach hinten! Ich ruderte mit meinen Armen und verschüttete dabei den Wein. Zoe sprang auf und griff nach mir, aber sie war zu spät. Ich fiel nach hinten und landete mit einem Knall auf dem Beton.

Benommen und verwirrt lag ich auf dem Boden und schaute in das erschrockene Gesicht von Jean Claude.

»*Mon Dieu!*«, rief er.

Er starrte auf mich herab, als wäre ich geistesgestört. Das ließ sich im Moment nur schwer bestreiten. Mir tropfte Wein aus den Haaren und meine Bluse war voller Flecken. So hatte ich mir unser Wiedersehen nicht vorgestellt. Ich überlegte, ob ich mich vielleicht einfach auf den Bauch rollen und aus dem Bistro schleichen könnte, ohne dass es weiter auffiel. Ziemlich unwahrscheinlich.

»Chelsea!«, rief Zoe.

Sie rannte im selben Moment um den Tisch, um mir aufzuhelfen, als Jean Claude nach mir griff. Bei der Erwähnung meines Namens erstarrte er. Mit ausgestreckten Armen schaute er mich nachdenklich an und ich wurde panisch. Er durfte mich jetzt nicht wiedererkennen. Sonst würde ich sterben, einfach nur sterben!

Ich drehte mich von ihm weg, trank den letzten Schluck Wein aus meinem Glas, weil: scheiß drauf. Ich stelle das Glas auf den Tisch, wischte mir mit dem Ärmel übers Gesicht und drückte mich hoch. »*Je suis désolé*«, murmelte ich mit gesenktem Kopf.

Dann griff ich nach Zoes Hand und zog sie hinter mir her. Wir hatten es gerade durch die Tür geschafft, als Jean Claude über den schmiedeeisernen Zaun vor unsere Füße sprang.

Er starrte mich in meiner mit Rotwein bekleckerten Bluse an, in der ich wahrscheinlich aussah wie das Opfer einer Messerstecherei, und fragte: »Chelsea? Chelsea Martin?«

Ich ließ Zoe los und schlug mir die Hände vors Gesicht. Am liebsten hätte ich geweint. »Ich wollte nicht, dass du mich so siehst.« Das war alles, was ich herausbrachte, bevor er überrascht aufschrie und mich in einer stürmischen Umarmung vom Boden hob. Verwirrt hielt ich mich an seinen Schultern fest, ich war mir nicht sicher, wie ich reagieren sollte.

»Chelsea Martin!« Er ließ mich wieder los und legte seine Hände um mein Gesicht. Er küsste mich auf beide Wangen und schaute mich ungläubig an, dann küsste er meine Wangen wieder, einmal, zweimal, dreimal.

»Bist du das? Bist du das wirklich?«

Okay, so wie diese Begrüßung verlief, gab es nichts dran auszusetzen. Lachend trat ich einen Schritt zurück, um zu Atem zu kommen. »Du erinnerst dich an mich?«

»Aber natürlich«, rief er. Er starrte mich an, als würde ich ihm alles bedeuten, aber dann warf er mir einen vorwurfsvollen Blick zu. »Du hast mir mein Herz gebrochen!«

Ich weiß, das hätte mich nicht so sehr begeistern dürfen, wie es der Fall war. Ich hatte sicher nicht vorgehabt, irgendjemandem das Herz zu brechen, aber es war so eine Erleichterung, herauszufinden, dass er sich noch immer an mich erinnerte und sich freute, mich wiederzusehen. Daher konnte ich auch nicht verhindern, dass sich auf meinem Gesicht ein Lächeln ausbreitete, wodurch ich den letzten Rest an Coolness verlor.

»Das tut mir wirklich leid«, sagte ich.

Er lachte. Es stieg tief aus seiner Brust. »Du siehst kein bisschen reumütig aus, *mon chou*.«

Ich spürte wie mein Herz einen Rückwärtssalto mit dreifacher Schraube machte. Er hatte mich immer *mon chou* genannt, was so viel wie mein süßes Törtchen bedeutet und mich jedes Mal zum Erröten brachte, so wie jetzt.

Seine braunen Augen wurden ganz weich, und er strich sanft mit dem Zeigefinger meine Wange entlang, als würde er darüber staunen, dass er mich nach all den Jahren mit seinem Kosenamen noch immer in Verlegenheit brachte. »Ich war am Boden zerstört, als du Paris verlassen hast.«

»Du scheinst es überlebt zu haben«, sagte ich freundlich.

»Kaum«, versicherte er mir. »Ich konnte nicht essen. Ich konnte nicht schlafen. So sehr habe ich dich vermisst.«

»Ich habe dich auch vermisst«, sagte ich.

Jean Claude war für eine Zweiundzwanzigjährige eine Herausforderung gewesen. Und wenn ich ihn mir jetzt betrachtete, war ich mir nicht sicher, ob ich als Neunundzwanzigjährige besser mit ihm zurechtkäme. Um ehrlich zu sein, ich war von ihm besessen gewesen. Die Welt, in der er lebte, war leidenschaftlich und dramatisch, und während ich versuchte, dazuzugehören, befielen mich häufig fürchterliche Anfälle von Unsicherheit.

Ich war damals jung und ein wenig naiv. Wenn ich mit ihm zusammen war, wurde ich zu einer anderen Person, was mir nicht immer gefallen hatte. Jean Claude schien unter meiner Aufmerksamkeit aufzublühen – na gut, genauer gesagt, unter meiner Fixierung auf ihn. Während unsere Streitereien Telenovelaformat hatten, dramatisch und lächerlich, waren unsere Versöhnungen atemberaubend erotisch. Während mich Colin in Irland als eine Art Seelenverwandter zum Lachen brachte und ich mich bei ihm geborgen fühlte, lernte ich durch Jean Claude wahre Leidenschaft kennen. Bei ihm hatte ich Dinge gefühlt, für die ich noch nicht bereit war, und als meine Zeit bei den Beauchamps vorüberging, floh ich zu meinem nächsten Job auf dem Oktoberfest nach Deutschland.

»Ähem.« Jemand räusperte sich geräuschvoll. Ich schaute zu Zoe, die mit einem breiten Grinsen dastand.

»Oh, tut mir leid«, sagte ich. »Ich … Wir …«

»Schon in Ordnung«, sagte sie.

»Darf ich vorstellen. Zoe Fabron, das ist Jean Claude Bisset. Jean Claude, meine Freundin Zoe.«

»Enchanté, madmoiselle«, sagte er.

»Bonjour«, antwortete sie. Dann redete sie um meinetwillen in Englisch weiter. »Was für ein bemerkenswerter Zufall, dass wir Ihnen über den Weg gelaufen sind«, sagte sie und schaute ihn dabei ganz unschuldig an.

Jean Claude strahlte mich an. »Ich bin heute ein sehr glücklicher Mann.«

Ich lächelte ihm zu und hatte ein schlechtes Gewissen.

»Ich glaube, ihr beide habt einiges nachzuholen«, sagte Zoe. »Sehen wir uns nachher im Café, Chelsea?«

»Natürlich, ja, ich komme dann«, sagte ich. »Bis später.«

Zoe kam einen Schritt auf mich zu, küsste mich auf beide Wangen, winkte kurz und überließ uns unserem Wiedersehen.

»Ich kann nicht glauben, dass du da bist«, sagte er. Er zog mich noch einmal in eine Umarmung. »Wie lange bleibst du in Paris? Wir müssen jede Sekunde miteinander verbringen.«

Ich lachte und umarmte ihn ebenfalls. »Nächste Woche muss ich beruflich nach Italien, aber bis dahin habe ich Zeit.«

»Arbeitest du nicht hier?«, fragte er. Er zeigte auf meine schmutzige Kellnerinnen-Kleidung, und ich spürte, wie ich rot im Gesicht wurde. Ich hasste es zu lügen. Das ging nie gut für mich aus. Falls sich zwischen Jean Claude und mir irgendetwas Lohnendes entwickelte, musste ich ihm die Wahrheit sagen, beschloss ich.

»Zoe hat mir diese Kleider geliehen«, sagte ich. Er schaute mich verwirrt an. »Damit ich vor Absalon sitzen und nach dir Ausschau halten kann.«

Ich machte eine Pause und fragte mich, wie lange es durch die Sprachbarriere brauchte, bis er verstand, dass ich ihm aufgelauert hatte. Wenn er mich jetzt stehen ließ, konnte ich das vollkommen verstehen.

»Du bist keine Kellnerin?«

»Nein.«

»Musst du jetzt im Moment arbeiten?«

»Nein.«

»Dann lass uns keine Zeit verlieren«, sagte er. »Heute Abend habe ich noch einen Termin, aber morgen bin ich zu einer Party eingeladen, die *très élégant* ist. Begleitest du mich?«

»Du hast aber schon verstanden, dass ich hier draußen gesessen und nach dir Ausschau gehalten habe«, sagte ich.

»Und du hast mich gefunden.«

Okay, offensichtlich schien es ihn nicht zu kümmern, dass ich eine Stalkerin war. Tja, also gut.

»Was soll ich zu dieser sehr eleganten Party am besten anziehen?«, fragte ich. Den Bildern nach zu urteilen, die ich von ihm im Internet entdeckt hatte, würde das wohl eher eine luxuriöse Veranstaltung werden, und dafür war ich im Moment nicht ausgestattet.

»Haute Couture, natürlich«, sagte er.

»Natürlich«, wiederholte ich. Jetzt schwamm ich wirklich in fremden Gewässern und es war kein Land in Sicht. Ich kannte die Preisschilder von solchen Kleidern. Ein Paar Hosen kostete mehr als eine Monatsmiete. Auwei! Vielleicht könnte ich ihn ja überreden, mich stattdessen lieber in einem Café zu treffen.

Er schürzte die Lippen und zog die Augenbrauen nach oben. Ich glaube, er wusste genau, warum ich zögerte. Was seine Worte bestätigten. »Es ist wirklich sehr schade, dass du niemanden kennst, der ein ganzes Modehaus zur Verfügung hat, nicht wahr?«

»Das kann ich nicht annehmen«, sagte ich und schüttelte den Kopf. »Das ist zu großzügig. Und außerdem kann ich in meinem Aufzug nicht dort reingehen.

»Natürlich kannst du das«, sagte er. »Du bist mein Gast. Du kannst alles tun, was du willst.«

Er wartete meine Antwort nicht ab, sondern legte einen Arm um mich und zog mich energisch zum Modehaus, als wäre es völlig normal, eine in Wein getränkte Kellnerin in ein High-End-Atelier einzuladen.

Jean Claude lotste mich durch die Verkaufsräume in die zweite Etage, wo die Schneiderinnen in hellen, lichtdurchfluteten Zimmern zwischen unzähligen wunderschönen Stoffballen schufteten. Als wir vorbeiliefen, schaute niemand auch nur auf. Schließlich betraten wir einen Raum, der ein riesiger Schrank war, und ich starrte auf die Blusen und Hosen und Kleider und wusste, dass ich es mir wahrscheinlich nicht einmal leisten konnte, diese Luft einzuatmen, geschweige denn eins der Kleidungsstücke zu tragen.

»Jacqueline!«, rief Jean Claude, woraufhin eine in Schwarz gekleidete Frau mit silbergrauen Haaren und äußerst ausgeprägten Gesichtszügen erschien.

Jean Claude sprach so schnell mit ihr Französisch, dass ich nichts verstand. Jacqueline holte ein Maßband und nahm, während er redete, meine Maße. Sie drückte meine Arme zur Seite und legte das Band um meine Brust, meine Taille und meinen Hintern. Ich versuchte, nicht peinlich berührt zu sein. Und scheiterte.

Jacqueline debattierte ein wenig mit ihm, ich war nervös, hoffentlich überschritt Jean Claude nicht seine Kompetenzen, indem er sie um Kleider bat, aber dann drehte Jacqueline sich um und ging. Einen Moment später kehrte sie mit zwei Kleidern zurück, eines war ein hübsches blaues für den Tag und das andere ein stahlgraues Seidenkleid mit eng anliegendem Oberteil und ausgestelltem Rock, in dem ich wie ein kleines Mädchen wirken würde. Jean Claude sah zufrieden aus und wählte das stahlgraue Kleid.

»Das musst du unbedingt heute Abend anziehen, *mon chou*, und dabei an mich denken«, sagte er. Sein Blick verweilte auf meiner schmutzigen Bluse. Ich hatte den Eindruck, dass er den Gedanken nicht ertrug, wie ich darin durch Paris spazierte. »Und da ich jetzt deine Maße habe, werde ich morgen speziell für dich etwas für die Party schicken.«

»Danke schön, aber das ist zu viel«, sagte ich. Jean Claude schüttelte den Kopf und ließ meinen Protest nicht gelten.

Jacqueline führte mich zu einem mit einem Vorhang abgetrennten Bereich, und während ich in das Kleid schlüpfte, das perfekt passte und tatsächlich exquisit von Hand genäht war, fand sie ein Paar schicke schwarz-silberne Pumps in meiner Größe und eine schwarze Kaschmirstola. Als ich in den Spiegel schaute, erkannte ich mich fast nicht wieder, was eine gute Sache war.

Jacqueline brachte mich zurück zu Jean Claude, der unten in den Verkaufsräumen war. Er stand bei einer Gruppe betuchter Frauen, die ihm alle regelrecht zu Füßen lagen. Was mich störte. Dieser besitzergreifende Zug, der jahrelang in mir geschlummert hatte, war auf einmal wie durch einen plötzlichen Stromschlag als mein persönliches Frankenstein-Monster zum Leben erwacht und ich ertappe mich dabei, wie ich diese Gruppe aus Frauen beobachtete. Eigentlich hatte ich vorgehabt, etwas abseits auf ihn zu warten, aber als spürte er meine Anwesenheit, drehte Jean Claude sich zu mir um.

Als er mich entdeckte, war das Lächeln auf seinem Gesicht so strahlend, dass ich blinzeln musste. Er breitete seine Arme aus und sagte: *»Mon chou, tu es belle et innocente.«*

Schön und unschuldig? Schätzungsweise ließ mich das Kleid jünger aussehen. Vielleicht war er ja auf der Suche nach der unbeschwerten, abenteuerlustigen Frau, die er vor sieben Jahren kennengelernt hatte. Tja, da waren wir schon zu zweit.

Als ich die Wendeltreppe ins Erdgeschoss hinunterging, bat er mich mit einer Geste, stehen zu bleiben. Ich hielt mich am schmiedeeisernen Handlauf fest, posierte selbstbewusst auf den Marmorstufen und war begeistert, dass es ihm gefiel. Er hob sein Handy hoch und machte ein paar Fotos, bevor er mich weiterwinkte und überschwänglich lobte.

Die Frauen in den Verkaufsräumen lauschten ganz eindeutig unserer Unterhaltung, auch wenn sie so taten, als wäre das nicht der Fall. Immerhin besaßen sie den Anstand, vorzugeben, sie diskutierten den Stoff des Abendkleides, das sie sich gerade anschauten.

»Falls jemand nach mir fragt, Jacqueline«, sagte er, »ich bin gleich wieder zurück.«

Jacqueline nickte, als hätte sie nichts anderes erwartet. Sie reichte mir eine Papiertasche mit Seidengriffen, in der meine mit Wein besudelten Kleider lagen. *»Au revoir, madmoiselle.«*

Jean Claude nahm meiner Hand und sagte: *»Allons-y*, Chelsea, ich bringe dich nach Hause.«

Er führte mich schwungvoll zur Tür, und wir waren fast schon draußen, als mir eine wichtige Sache einfiel. Ich blieb stehen und rührte mich nicht vom Fleck.

»Warte«, sagte ich. Jetzt war es so weit. Der Augenblick der Wahrheit. »Ich habe eine Frage.«

Er sah mich erwartungsvoll an und ich ließ ihn nicht aus den Augen.

»Bist du verheiratet?«

Kapitel 14

Entsetzt riss er die Augen auf. Dann lächelte er und hielt seine linke Hand in die Höhe. Dort war kein Ring. »*Non.* Wie könnte ich geheiratet haben, wo ich doch all die Jahre auf dich gewartet habe?«

Die Damen auf der anderen Seite des Raums seufzten hörbar und ich lachte. Jean Claude war wie immer ganz der Charmeur. Es ging mir gleich besser, aber ich wollte so gründlich wie eine Wirtschaftsprüferin sein und fragte: »Verlobt?«

Er schüttelte den Kopf. »*Non.*«

»Eine Freundin?«

»*Non, non*«, sagte er. »Mein Herz gehört nur dir, *mon chou*.«

Und damit rauschte er mit mir nach draußen in einen wunderschönen goldenen Spätnachmittag. Als wir in die Champs-Élysées bogen und dort entlangspazierten, griff er nach meiner Hand. Die Menschen strömten an uns vorbei, und ich spürte, wie ich mich immer näher an ihn drückte, bis er mich losließ und seinen Arm um mich legte, wobei seine Hand auf meiner Hüfte ruhte.

»Ist das in Ordnung?«, fragte er.

Ich spürte die Wärme seines Körpers an meiner Seite und unsere Gesichter waren nur Zentimeter voneinander entfernt. Ich konnte kaum glauben, dass das real war, dass er real war. Mir ging das Herz auf und ich nickte bloß, weil ich nicht in der Lage war, die richtigen Worte dafür zu finden, wie überaus in Ordnung sich das alles anfühlte.

Ich studierte sein Profil – seine vollen Lippen, seine hervorstehenden Wangenknochen und dichten Augenbrauen. Ich konnte es wieder kaum fassen, wie schön er war. Dieser Mann raubte mir wirklich den Atem. Und in dieser Atemlosigkeit fühlte ich es. Das leichte Aufflammen nicht nur körperlicher Lust, sondern auch jener Emotionen, die so lange in mir geschlummert hatten.

Er drehte den Kopf und begegnete meinem Blick. Seine Augen schimmerten voller Zuneigung. »Morgen früh werde ich dir dein Partykleid bringen lassen und dich um *sept heures* abholen. Was sagst du dazu, Chelsea?«

»Ich sage Ja«, antwortete ich.

Er lächelte mich an, seine Zähne blitzten weiß auf, aber nur ich wusste, dass mein Ja viel mehr bedeutete als die Zusage, mit ihm zu dieser Party zu gehen. Ich sagte zu allem Ja: zu ihm, zu Paris und zu all meinen Gefühlen.

*

Mit einem Kuss auf beide Wangen und einem unfassbar verführerischen Blick verabschiedete er sich an meiner Tür.

Ich war gerade einmal fünf Minuten in meiner Wohnung, als Zoe hochkam und Einzelheiten hören wollte und gar nicht mehr aus dem Schwärmen über mein Kleid von Absalon herauskam. Als ich ihr von der Party erzählte, kreischten wir wie Schülerinnen, die zu ihrem ersten Ball eingeladen worden waren. Sie beharrte darauf, dass ich am nächsten Tag ihr Kosmetikstudio aufsuchen musste, und versprach mir, einen Termin auszumachen.

Ich wäre wahrscheinlich zu Hause geblieben und hätte den Abend damit verbracht, von ihm zu träumen, aber da ich nun schon einmal fein angezogen war, bestand Zoe darauf, dass ich mit ihr ausgehen und Paris genießen sollte. Sie überzeugte mich, mich von ihr schminken zu lassen. Den Glitzerlidschatten und kräftigen Lippenstift fand ich sehr gewagt. Sie sagte, dass es nicht gesund sei, sich so auf Jean Claude zu fixieren. Dieser Ratschlag hätte auch von Annabelle kommen können, also begleitete ich sie.

Zoe zeigte mir in einer Blitztour all die angesagten Orte. Wir tanzten unter dem kühlen Licht des Vollmonds auf einem Partyschiff auf der Seine. Wir kletterten auf das Dach eines leer stehenden Gebäudes in Marais, wo wir einen Dragqueen-Tanzclub mit DJ, Stroboskoplicht, das in die Nacht hinausstrahlte, und einer üppig ausgestatteten Bar entdeckten.

Ein gut aussehender dunkelhäutiger Mann, der sich als Marilyn Monroe verkleidet hatte, war völlig begeistert von mir, obwohl wir uns über die laute Musik hinweg kaum verstanden. Als ich mit Marilyn auf die Tanzfläche ging, feuerte Zoe mich an und gesellte sich dann mit ihrem eigenen Partner, einer sehr großen und muskulösen Greta Garbo, zu uns. Etwas angeheitert von den Cocktails, die wir getrunken hatten, machten wir uns in den frühen Morgenstunden auf den Nachhauseweg und legten einen Halt in einem unterirdischen Café ein, wo wir jede ein riesiges Sahnebaiser aßen.

Mit einer Umarmung verabschiedeten wir uns vor meiner Wohnung, da sie noch Pläne mit einem gewissen *Freund* für den Rest der Nacht hatte. Ich versuchte, sie nicht darum zu beneiden.

Mit der Musik der Dachparty im Ohr lief ich die Treppe hinauf. Als ich an mein Wiedersehen mit Jean Claude dachte und unsere Verabredung am nächsten Tag, durchlief mich ein wohliger Schauer. Ich war mir sicherer denn je, dass es das war, nach dem ich gesucht hatte: die Aufregung, wenn man verliebt war. Mir war ein wenig schwindlig.

Ich trat in den dunklen Flur und wandte mich zu meiner Wohnung. Kurz vor meiner Tür entdeckte ich ein rechteckiges Etwas.

Was zum Teufel? Ich machte einen Satz, aber dann ging mir ein Licht auf. Mein Rollkoffer!

Ich beschleunigte meinen Schritt und eilte zu meinem Gepäck. Socken, meine Lieblingshaarbürste, mein Kuhschlafanzug – oh, wie hatte ich das alles vermisst! Ich wollte mich gerade auf meinen Koffer stürzen, als mir ein Paar ausgestreckter Beine auffiel. Ich blieb abrupt stehen.

Das waren Männerbeine und sie steckten in Jeans und schwarzen Converses. Hatte der Flughafenmensch etwa auf mich gewartet? Musste ich ihn für die Zustellung bezahlen? Oder erwartete der Typ ein Trinkgeld? Vielleicht wollte er für meinen Koffer ein Lösegeld? Ich überlegte, wie viel Euro in meinem Portemonnaie steckten. Würde das reichen?

Vielleicht sollte ich meinen Koffer am besten schon einmal schnappen, nicht dass er noch damit abhaute, wenn die Transaktion nicht zu seiner Zufriedenheit verlief. Ich beugte mich hinab, legte meine Hand auf den Griff und zog leicht daran. Mit einem Aufschrei drehte der Typ sich um und umklammerte den Koffer mit beiden Armen.

»Oh nein, Finger weg!«, rief er.

Sein Gesicht war nur Zentimeter von meinem entfernt und ich blinzelte. Nicht nur sprach er englisch, ich kannte sein Gesicht. In dem schwach beleuchteten Flur konnte ich nicht sagen, ob seine Augen grau oder blau waren, aber dieser Dreitagebart war unverkennbar.

»Knightley!«, schrie ich. »Was zum Teufel tust du hier?«

Kapitel 15

»Was ich hier tue?«, fragte er. Ihm standen die Haare ab, er hatte dunkle Augenringe, und seine Kleider sahen aus, als hätte er in ihnen geschlafen. An seinem Hals pochte eine Ader und zwischen seinen Augenbrauen bildete sich eine tiefe Falte. Er wirkte irritiert. »Die angemessenere Frage wäre wohl, wo, zum Teufel, du gewesen bist, Martin?«

»Unterwegs.«

»Unterwegs?«

»Ja, unterwegs.«

Er schaute mich genau an, betrachtete meine offenen Haare, mein Make-up, einfach meine rundherum sexy Party-Girl-Erscheinung. Er wirkte schockiert.

»Du siehst heiß aus, Martin«, sagte er. Es klang wie ein Vorwurf. »Moment mal! Hattest du ein *Date*?«

»Das geht dich nichts an.«

»Na ja, seit ich vor zwei Stunden für deinen Koffer unterschrieben habe und einen Nachbarn, der nebenbei gesagt ein ganz schöner Arsch ist, bestechen musste, damit er mich vor deiner Tür warten und auf dein Zeug aufpassen lässt, doch, ab da ging es mich etwas an«, blaffte er mich an. »Also … François?«

»So heißt er nicht.« Ich verschränkte die Arme vor der Brust und weigerte mich, mich in sein Drama mit hineinziehen zu lassen. »Aber wenn du es unbedingt wissen musst, ja, ich war unterwegs – mit Freunden.«

Er ließ meinen Koffer los und stellte sich hin. Dann drückte er mit der Faust gegen seinen Rücken und streckte sich, wobei er vor Schmerz kurz zusammenzuckte. »Nun, Hauptsache, einer von uns hatte seinen Spaß«, sagte er und seine Stimme triefte vor Sarkasmus.

Ich funkelte ihn an. Es dämmerte fast und hier war er und ruinierte meinen lustigen Abend. Jegliche Zuneigung, die ich für ihn entwickelt hatte, verschwand wie ein Kiesel in der Seine.

Ich schloss auf, öffnete die Tür und schaltete das Licht an. »Du hast meine Frage noch nicht beantwortet. Was tust du hier?«

Jason folgte mir, er nahm mein Gepäck und einen zweiten, kleineren Rollkoffer, wahrscheinlich seinen eigenen, und kam in meine kleine Wohnung. Als er eintrat, betrachtete er sie von den Fenstern über den Kamin bis zur Zwischenebene. »Hübsch.«

»Bleib bei der Sache, Knightley«, sagte ich. »Warum bist du hier?«

Er schaute mich an und kniff die Augen zusammen, als versuchte er, sich zu erinnern, was er hier tat. Dann schlüpfte er aus seinen Schuhen und streifte seinen Wollmantel ab, den er über einen leeren Stuhl hängte. Er ging an mir vorbei und nahm sich die hellgrüne Decke von der Couch.

»Ich bin hier, weil du von der Bildfläche verschwunden bist und es eine kleine Planänderung gab«, sagte er.

»Was für eine Änderung?«, fragte ich. Ich starrte ihn über die Sofalehne hinweg an.

»Severin will uns in Paris treffen, im Le Cinq. Aidan war am Durchdrehen, weil wir dich nicht erreichen konnten, deshalb bin ich hier.«

»Bitte?« Ich schüttelte den Kopf. Ich konnte mich nicht entscheiden, ob ich eher verletzt oder wütend war. »Wir wollten uns nächste Woche auf dem Weinfest in Italien treffen.«

»Nun, Severin hat seine Pläne geändert, was du wissen würdest, wenn du dich mal nach dem Rechten erkundigt hättest, was du ja aber nicht getan hast, weshalb Aidan sich ziemliche Sorgen gemacht hat. Er hat gerade viel um die Ohren, Martin. Das war ziemlich uncool.«

Er streckte sich auf dem Sofa aus, das zu kurz für ihn war, und ließ seine Füße über die Lehne hängen, während er sich eins der Zierkissen unter den Kopf schob. Dann breitete er die Decke über sich, die aber nicht ganz reichte.

Ich starrte auf ihn hinab. Ich war die zuverlässigste Person unserer Abteilung. Wenn ich morgen noch immer nicht mein Handy zurückbekommen hätte, hätte ich mich vom Café aus gemeldet. Sagte ich etwas zu, dann hielt ich es auch. Wie konnte Aidan nur glauben … Moment mal. Plötzlich ergab die Tatsache, dass Knightley hier auftauchte und vorwurfsvoll den Zeigefinger hob, einen Sinn.

»Ah, so ist das«, sagte ich.

Er hatte die Augen geschlossen, öffnete aber eins und sah mich an. »Wie ist was?«

»Du hast das Ganze eingefädelt, nicht wahr?«, fragte ich.

»Weil ich gern vierundzwanzig Stunden am Stück auf meinen Schlaf verzichte?«

»Gib es zu. Du hast Severin zu diesem Abendessen in Paris überredet, weil du wusstest, dass ich mein Handy verloren habe. Das war die Gelegenheit, hier aufzutauchen, die Situation zu retten und mich bloßzustellen.«

Er verschränkte die Arme hinter seinem Kopf und schaute mich an, als hätte ich nicht alle Tassen im Schrank. »Hörst du dir eigentlich zu? Was du erzählst, ist kompletter Unsinn. Warum sollte ich das tun?«

»Weil du dich von mir bedroht fühlst«, sagte ich. »Du glaubst, dass ich dir deinen Ruhm stehle, Knightley.«

»Oh Mann, den Scheiß brauch ich echt nicht.« Er ächzte und drückte seine Handballen gegen die Augen. »Hör mal, Martin, da die Severin-Geschichte noch nicht in trockenen Tüchern ist, gibt es auch noch keinen Ruhm zu gewinnen.«

»Was beweist, dass ich recht habe«, sagte ich. »Wenn ich nächste Woche in Italien eine Zusage von Severin festmachen könnte, wie schlecht würdest du dann wohl dastehen?«

»Machst du Witze?« Er streckte seine Arme von sich und verschränkte energisch seine Finger, als müsste er sich davon abhalten, mich zu erwürgen. »Du verschwindest auf deiner Reise durch Europa auf einmal spurlos von der Bildfläche und kommst nicht einmal auf den Gedanken, dass sich deshalb jemand Sorgen macht? Und dann verdrehst du das Ganze zu irgendeiner Arbeitsgeschichte, wo ich zum Schuldigen werde, weil ich zu ehrgeizig bin?«

»Ich bin nicht spurlos verschwunden. Ich habe mein Handy verloren«, sagte ich. Mein Handy! Ich stürzte mich auf meinen Koffer und zog den Reißverschluss des Seitenfachs auf. Ich griff hinein, tastete herum und war unheimlich erleichtert, als ich ein vertrautes Rechteck spürte. Mein Handy! Gelobt seien alle Mobiltelefon-Götter – ich war wieder erreichbar. »Ich habe mein Handy aus Versehen in meinen Koffer gepackt, und als ich in Paris ankam, war mein Koffer noch auf einer Rundreise.« Ich schaute auf die Aufkleber. »Nach Griechenland, wie es aussieht. Ich bin nicht absichtlich von der Bildfläche verschwunden und außerdem habe ich das alles Julia in einer Mail erklärt.«

»Aha. Die ist allerdings schon seit drei Tagen wegen einer Grippe nicht mehr im Büro. Genau genommen ist die Hälfte der Abteilung zu Hause geblieben und Aidan konnte nicht kommen, weil die Ansteckungsgefahr zu groß ist«, sagte er. »Ich musste zu deinem Vater Kontakt aufnehmen, der von dir zum Glück eine

Nachricht erhalten hatte, bevor du aus Irland aufgebrochen bist, sodass er wusste, wo du in Paris wohnst.«

»Meinem Vater?«, fragte ich. »Du hast meinen Vater angerufen? Hat er dir nicht gesagt, dass ich ihm von hier eine Mail geschickt habe?«

»Nein, ich habe, kurz bevor ich in den Nachtflieger gesprungen bin, mit ihm telefoniert und da hatte er noch nichts von dir gehört«, sagte er.

»Du hast ihn aber nicht beunruhigt, oder?«

»Natürlich nicht«, sagte er. »Ich habe ihm erzählt, dass ich den Namen deiner Unterkunft verschusselt hätte. Wofür hältst du mich?«

»Für einen Mann, der es sich auf meiner Couch gemütlich gemacht hat«, sagte ich. »Du kannst hier nicht schlafen.« Ich zog ihm das Kissen unterm Kopf weg und wollte mir die Decke schnappen, aber er war schneller und packte eine Ecke.

»Oh doch, kann ich«, sagte er, »glaub mir. Nachdem ich die ganze Nacht über aufrecht auf meinem Platz zwischen einem Schnarcher und einem schreienden Baby eingeklemmt war, kann ich hier sehr gut schlafen. Ich bin mir ziemlich sicher, dass ich notfalls sogar auf dem spitzen Ende einer Reißzwecke schlafen könnte.«

»Nein, ich meine, dass du nicht in meiner Wohnung schlafen kannst«, sagte ich.

»Oh mein Gott, Martin, entspann dich, verdammt«, sagte er. Er schnappte sich das Kissen aus meiner Hand. »Selbst wenn ich auf deinen plötzlichen Sex-Appeal abfahren würde, fehlt mir dafür die Energie. Leg dich schlafen. Wir reden morgen weiter.«

»Aber ich ... Du ... Das.« Ich wedelte mit meinen Händen, weil ich die ganze Situation meinte. Ich war dermaßen verärgert, dass es mich überraschte, dass ich nicht an die Decke ging.

Mein Protest wurde von einem langen Atemzug unterbrochen. Jason Knightley war einfach tief und fest auf meiner Couch eingeschlafen. Ich hätte ihm am liebsten einen Tritt gegeben. Ihn an seinem Ohr geschnappt und aus der Tür gezogen. Das war meine Gelegenheit, wieder mit Jean Claude zusammenzukommen. Da konnte ich keinen Knightley gebrauchen, der mir alles vermasselte. Ich nahm mein Ladekabel und polterte die Leiter zu meiner Zwischenetage hinauf.

Jason hatte gesagt, dass wir am Morgen weiterreden würden. Na schön. Aber ich wäre diejenige, die reden würde, und er derjenige, der zusammenpackte und ging. Jetzt mal ernsthaft, wie sollte ich meine ganze Zeit und Energie investieren, um mein Glück wiederzufinden, wenn *er* mir zwischen den Füßen herumtanzte? Jason war der Fluch meines Lebens, eine Nervensäge schlechthin, und ich wusste, wenn sich ihm die Möglichkeit böte, würde er mir alles verderben!

Der Duft von frischem Kaffee weckte mich. Gab es einen großartigeren Geruch, der einen am Morgen begrüßen konnte? Nun ja, vielleicht Schokoladenkuchen, aber Kaffee stand an guter zweiter Stelle.

Die Zimmerdecke über meinem Bett war niedrig und das Licht von unten gedämpft. In der Zwischenebene gab es kein Fenster, und man hatte das Gefühl, in einem kuscheligen Kokon zu liegen. Ich wollte nicht aus meiner warmen Bettdecke kriechen, aber der verlockende Duft des Kaffees war zu stark, um ihn zu ignorieren. Wahrscheinlich hatte das Café unten schon geöffnet und sie bereiteten sich auf den Ansturm vor. Dann hörte ich ein Pfeifen.

Es war nicht sonderlich melodiös, aber es kam zweifellos von unten. Jemand war in meiner Wohnung! Panisch klammerte ich mich an meine Decke. Dann sah ich, wie jemand durch mein Wohnzimmer zu der Balkontür ging. In einer Hand hielt er einen Kaffee, mit der anderen öffnete er die Tür. Er trat nach draußen und machte es sich auf meinem Balkon bequem. Knightley!

Ich schob meine Bettdecke zur Seite, fuhr mir mit den Fingern durch die Haare und schnappte mir meinen Seidenmorgenmantel vom Fußende des Bettes. Ich zog ihn über und knotete den Gürtel ordentlich fest. Dann stieg ich eilig die Leiter hinunter, lief mit großen Schritten durch das Wohnzimmer und streckte meinen Kopf durch die Tür.

»Martin«, sagte er. »Du bist wach. Hervorragend. Ich habe uns von unten aus dem Café Gebäck und Kaffee geholt. Hast du Zoe schon getroffen, die Besitzerin? Sie ist eine Nummer für sich, nicht wahr?«

Ich blinzelte. Er hatte Kaffee und Gebäck gekauft? Meine gegenläufigen Wünsche, ihm den Arsch aufzureißen oder mir ein süßes Teil in den Mund zu schieben und es mit dem köstlichen französischen Kaffee hinunterzuspülen, bekämpften sich. Kaffee und Gebäck trugen den Sieg davon, bevor die Frontlinien überhaupt gezogen waren. Schockierend.

»Wir müssen uns unterhalten«, sagte ich. Ich zeigte auf dem Balkon. »Rühr dich nicht vom Fleck – außer du springst.«

Jason grinste. »Wie immer herzensgut, unsere Martin.«

Ich inspizierte den Inhalt der Tüte, die er auf der Arbeitsplatte liegen gelassen hatte. Er hatte Rosinenschnecken besorgt. Verdammt – die aß ich mit am liebsten. Wie sollte ich ihm die Stirn bieten, während ich mich mit süßen Teilchen vollstopfte? Ich schnappte mir den Pappbecher voller Kaffee. Er wärmte meine Hände und bei dem bitteren Aroma lief mir das Wasser im Mund zusammen. Sicherlich wäre es unhöflich, wenn ich ignorierte, was er für uns gekauft hatte.

Also nahm ich mir ein in Papier eingeschlagenes Plunderstück, gesellte mich zu ihm auf den Balkon und setzte mich auf die andere Seite des sehr kleinen Kaffeetischs, der gerade genug Platz für unsere beiden Becher bot. Der Balkon lag voll in der Sonne, und obwohl es bestimmt noch keine fünfzehn Grad waren, umschmeichelte uns die liebliche Pariser Luft sehr angenehm. Jason hatte sein Handy herausgeholt und machte ein Foto von der Straße und der oberen Hälfte des Eiffelturms, den man in der Ferne hinter den Gebäuden gerade noch erkennen konnte. Als er fertig war, drehte er sich zu mir.

»Guten Morgen«, sagte er. Seine dunklen Haare waren zerwühlt und er trug eine Jeans und über einem einfachen blauen T-Shirt ein offenes kariertes Hemd. Sein Blick wanderte über meinen Kuhschlafanzug und meinen rosafarbenen Seidenmorgenmantel. Seine Mundwinkel zuckten, aber er sagte kein Wort. Die Zurückhaltung brachte ihn wahrscheinlich um.

»Danke für den Kaffee und die Teilchen«, sagte ich. Nun wollte ich den Morgen doch nicht mehr gleich mit einer Streiterei beginnen. »Das war nett von dir.«

Auf seinen Lippen breitete sich langsam ein Lächeln aus, dann hob er seinen eigenen Becher und trank einen großen Schluck. »Das hat wehgetan, oder? Sich bei mir zu bedanken?«

»Mehr als ein gezogener Zahn, aber weniger als ein gebrochener Arm«, antwortete ich.

Er lachte. Es kam von tief unten und ich musste plötzlich kichern. Na gut, vielleicht war er ja doch nicht ganz so schlimm. Trotzdem gehörte ich zu der Art von Frau, die ihre Privatsphäre schätzte, besonders wenn sie sich auf ein wichtiges Date vorbereitete, daher musste er bis zum Nachmittag verschwunden sein, wenn ich meinen Termin bei der Kosmetikerin wahrnehmen und ein, zwei Augenblicke nur für mich haben wollte.

Ich zog mein Handy aus der Tasche des Morgenmantels, um zu schauen, wie spät es war. Dort sprangen mir etwa hundert Nachrichten von meiner Schwester und meinem Dad entgegen. Oje. Sie mussten warten. Ich hatte verschlafen. Es war bereits elf Uhr. Als Jean Claude mich gestern gesehen hatte, war ich ein Wohltätigkeitsfall gewesen, deshalb wollte ich ihn heute Abend unbedingt beeindrucken.

»Wann soll das Abendessen mit Severin stattfinden?«, fragte ich.

»Schon morgen.«

»Ich nehme an, wir gehen zusammen?«, wollte ich wissen.

»Müssen wir das jetzt besprechen?«, fragte er. »Ich habe noch nicht mal meinen Kaffee ausgetrunken.«

»Ja, müssen wir. Ich habe heute noch andere Dinge vor.«

»Zum Beispiel? Ich bin zum ersten Mal in Paris, und ich dachte, wir könnten zusammen etwas unternehmen.«

»Tut mir leid, du bist auf dich allein gestellt«, sagte ich. »Ehrlich gesagt, musst du dir auch eine eigene Bleibe suchen.«

»Kannst du dich sonst nicht richtig entfalten, Martin?«, fragte er. Er zuckte mit den Augenbrauen, aber ich hatte keine Lust, darauf einzusteigen.

Ich biss in mein Teilchen. Der blättrige, butterzarte Traum lenkte mich sofort von dem Mann in meiner Wohnung ab. Ich schloss die Augen und genoss, wie der Bissen in meinem Mund zerging, während sich auf meiner Zunge eine wahre Explosion an Zimtaromen entfaltete und die zähen Rosinen für das richtige Maß an klebriger Süße sorgten.

»Ähem.« Jason räusperte sich. »Ich möchte ja nicht deinen amourösen Moment mit deinem *pain aux raisin* unterbrechen, aber was ich noch wegen des Abendessens morgen sagen wollte: Wenn es ein Problem für dich ist, dann komme ich nicht mit.«

Ich schlug die Augen auf. Ich sah, wie er mich beobachtete, und leckte mir verlegen den Zucker von den Lippen. Jason atmete hörbar aus. Dann runzelte er die Stirn.

»Solltest du nicht deine Haare zurückgebunden haben und ein Kostüm mit bis hier oben zugeknöpftem Kragen tragen?« Er legte seine Hand an seinen Hals. »Diese zerzauste Version von dir …« Er schwieg und wedelte seine Hände in meine Richtung. »Das ist, als würde ich dich überhaupt nicht mehr kennen.«

Sein offensichtliches Unbehagen brachte mich zum Lachen und ich warf absichtlich meine Haare über die Schulter. Es war schön, zur Abwechslung mal die Lässigere zu sein. Ich schlürfte von meinem Kaffee und schaute ihn über den Rand hinweg an. Da wurde mir auf einmal klar, dass ich verstand, was unsere Kolleginnen in ihm sahen. Auf eine rebellische Art und Weise war er attraktiv, außerdem lächelte er immer. Soweit ich wusste, wurde er im Gegensatz zu vielen anderen Männern, mit denen wir arbeiteten, nie wütend oder bekam einen Tobsuchtsanfall und er beachtete die Menschen in seiner Umgebung.

Er kannte von allen die Namen, wusste, was sie gern aßen oder tranken, welchen Hobbys sie nachgingen, ob sie verheiratet waren oder Kinder hatten. Ich hatte immer geglaubt, dass er nur so tat, als wäre er nett, damit er alle für seine Zwecke manipulieren konnte, aber jetzt fragte ich mich, ob er vielleicht tatsächlich einfach nur ein netter Kerl war.

»Ich sehe kein Problem darin, wenn du mich begleitest. Und da ich noch nicht weiß, wann ich zur ACC zurückkomme, und du schon Kontakt zu Eleanor aufgenommen hast, wäre das eine ausgezeichnete Gelegenheit für dich, Severin zu treffen und dich in Stellung zu bringen, damit du das Projekt übernehmen kannst.«

»Gestern Abend hast du noch geglaubt, dass ich irgendwelche Hintergedanken habe«, sagte Jason.

»Bei näherer Betrachtung stand ich wohl ein wenig neben mir«, sagte ich. »Das tut mir leid. Der Kontrollfreak in mir hat Probleme damit, die Arbeit loszulassen. Ich denke, das ist eine tolle Gelegenheit für dich, eine Beziehung zu Severin aufzubauen, schließlich wirst du das Projekt übernehmen.«

Jason schaute mich ungläubig an. »Du kommst wirklich nicht zurück.«

Ich zuckte mit den Schultern. »Ich weiß nicht.«

»Also schön. Sollten wir irgendwelche Vorbereitungen treffen, damit wir Severin von unserer Idee begeistern?«

Ich schaute auf mein Handy. »Ich habe ein paar Stunden Zeit, in denen wir noch einmal mein Angebot durchgehen können, damit du auf dem Laufenden bist.«

»Spitze«, stimmte er zu. »Und weil ich keine schicke PowerPoint-Präsentation oder sonst etwas Schriftliches habe, erzähle ich dir einfach, was ich mir überlegt habe.«

»In Ordnung«, sagte ich. Ich aß mein Teilchen auf und nahm meinen Kaffee. »Bevor wir anfangen, muss ich aber erst noch duschen. Ich kann erst denken, wenn ich einen Kaffee hatte und geduscht bin.«

»Nachvollziehbar«, sagte er. »Wie wär's mit heute Nachmittag? Willst du ein Museum besuchen oder, noch besser, in die Katakomben hinabsteigen?«

»Da kann ich nicht«, antwortete ich. »Ich habe schon etwas vor.«

»Noch eine Verabredung?«

»Das geht dich nichts an.«

»Ach, komm schon«, wollte er mich überreden. »Mir kannst du das doch sagen.«

»Nein.«

»Wie hieß er noch einmal? Pierre?«, fragte er.

»Wenn du seinen Namen nicht behalten kannst, warum willst du ihn dann wissen?«

»Falls du wieder verloren gehst, weiß ich, wie er heißt, und kann dich aufspüren.«

»Jetzt habe ich mein Handy wieder«, sagte ich. »Ich komm allein zurecht.«

»Also hast du dich verabredet! Ist Gaston sexy?«

»So heißt er nicht und er ist Franzose – natürlich ist er sexy. Alle Franzosen sind sexy. Das liegt bestimmt an ihren Genen oder so.«

»Also, dieses Date mit Louis, wie ist es dazu gekommen?«, fragte er. »Hast du ihn aufgespürt?«

»Louis stimmt auch nicht, und noch einmal, das geht dich nichts an.«

»Richtig, das tut es nicht«, sagte er. »Aber ich bin einfach neugierig, welche Art von Mann dir gefällt.« Er schaute mich durch seine überraschend langen Wimpern an. »Komm schon, Martin. Klär mich auf.«

»Nein. Denkst du nicht, du solltest die Zeit besser nutzen, um dir eine eigene Bleibe zu suchen? Ich muss meine Familie anrufen. Lass uns in einer Stunde wieder hier treffen, ja? Prima.«

Ich stand von meinem Stuhl auf, um meine Anrufe zu erledigen, ohne seine Antwort abzuwarten. Das hielt ihn nicht davon ab, mir nachzurufen: »War es Henris Sinn für Humor, der dich verführt hat? Ich habe den Eindruck, du stehst auf Typen, die dich zum Lachen bringen.«

Seine Unermüdlichkeit war unglaublich, meine Lippen verzogen sich zu einem Lächeln, aber ich ignorierte ihn. Der heutige Abend war von großer Bedeutung, daher musste ich mich mental darauf einstellen. Auf geschäftlichen Partys war ich gut, schließlich war ich bei solchen Treffen auf einer Mission. Aber heute –

heute erwartete mich eine Party der Modebranche, bei der ich außer Jean Claude niemanden kannte und zudem die Sprache nicht besonders gut beherrschte. Das Katastrophenpotenzial war enorm, und ich wollte gedanklich gern verschiedene Szenarien durchgehen, um auf alles vorbereitet zu sein.

»Ach, Martin.« Knightley schob seinen Kopf vom Balkon in meine Wohnung. »Für dich wurde vorhin ein Paket abgegeben. Es liegt auf dem Wohnzimmertisch.«

Paket? Das musste das Kleid sein! Aufgeregt ging ich um die Couch, wo eine große weiße Schachtel mit einer dunkelblauen Schleife auf dem niedrigen Glastisch lag. Über den Deckel verlief in Kursivschrift der Name *Absalon*. Außerdem war eine winzige Karte daran befestigt. In einer kräftigen Handschrift stand dort: *Für meine chou, in Liebe.*

Ich spürte, wie das Herz in meiner Brust übermütig einen Purzelbaum schlug. Da Jason in der Tür stand und mich beobachtete, bemühte ich mich um einen möglichst neutralen Gesichtsausdruck. Ich würde die Schachtel bestimmt nicht in seinem Beisein öffnen, vielleicht hatte Jean Claude mir mit dem Kleid auch noch sexy Unterwäsche geschickt. Knightley war auch so schon schwer genug zu handhaben, da musste ich ihm nicht noch unnötig Munition liefern. Ich wedelte ihn fort. Er stieß einen theatralischen Seufzer aus und ging zur Wohnungstür.

»Spielverderberin«, sagte er.

Ich ignorierte ihn und wartete, bis die Tür hinter ihm ins Schloss fiel, bevor ich den Deckel hob. Eingeschlagen in blauweiß getupftes Seidenpapier lag das erlesenste Kleid, das ich je gesehen hatte. So vorsichtig, als wäre es aus Mondschein und Spinnweben, hob ich es aus der Schachtel. Das ärmellose Abendkleid war vorne hochgeschlossen, aber hinten extrem tief ausgeschnitten, auf der rechten Seite verlief bis zum Oberschenkel ein

Schlitz. Es leuchtete strahlend weiß und war am Dekolleté und am Saum mit winzigen Silberperlen bestickt. Vor mir lag die Art von Abendkleid, die recht zurückhaltend wirkte, bis die Trägerin sich darin bewegte, dann wurde es zu einer geschmeidigen, sexy Aufmachung, bei der die Leute stehen blieben und staunten – das zumindest würde ich tun, wenn ich eine Frau darin sähe. Ich wollte lieber gar nicht wissen, was so ein Abendkleid kostete. Genau genommen weigerte ich mich, darüber nachzudenken, und hoffte, dass es ein verworfener Entwurf der Kollektion war oder ein ausrangiertes Kleid, das niemand wollte. Andernfalls würde ich darin so nervös, dass ich Schweißflecken hinterließe.

Als ich bemerkte, wie die Zeit verrann und ich zu Hause anrufen musste, trug ich das Kleid nach oben, um es ordentlich aufzuhängen. Während ich es auf einen Kleiderbügel schob, strich ich mit den Fingern über die Perlen am Ausschnitt. Es war fantastisch und ich überwältigt. Ich würde mich heute Abend wie Cinder-freaking-ella fühlen und konnte es kaum erwarten.

*

Annabelle ging nicht ans Telefon. Was mich nicht weiter überraschte, wenn sie arbeitete, schaltete sie immer den Anrufbeantworter an. Der Anruf bei meinem Vater war noch erfolgloser, denn Sheri nahm an.

»Hallo?«, sagte sie.

Überrascht versuchte ich, meine fünf Sinne beisammenzuhalten. Was mir misslang. »Ist Glen Martin zu sprechen?«

»Leider nein«, sagte sie. »Kann ich ihm etwas ausrichten?«

Ich erstarrte, wurde panisch. Sollte ich zugeben, dass ich es war, seine Tochter Chelsea? Müsste ich dann mit ihr plaudern? Was sollte ich ihr erzählen? Ich wusste nicht einmal, wie viel ihr mein Vater über den Grund meiner Reise verraten hatte. Womöglich alles, und falls er es nicht getan hatte, dann höchstwahrscheinlich Annabelle. Meine Familie war nicht gerade ein Hort der Verschwiegenheit.

»Hallo? Sind Sie noch da?«, fragte sie.

»Ähm, ja«, sagte ich. »Ich bin's ... ähm ... ich, Chelsea.«

»Oh«, sagte sie. In dieser einen Silbe lag ein zehnbändiges unausgesprochenes Konversationslexikon. »Wie geht es dir, Chelsea?«

»Gut, wirklich gut«, sagte ich. »Ich habe nur angerufen, um Dad wissen zu lassen, dass ich mein Handy wiederhabe, er kann mich also jederzeit anrufen.«

»Ausgezeichnet, da wird er erleichtert sein«, sagte sie. Ein paar Augenblicke herrschte Schweigen, dann fuhr sie fort: »Ich hoffe, es ist in Ordnung für dich, dass ich ans Telefon gegangen bin. Wenn ich gewusst hätte, dass ...«

Sie verstummte, bestimmt wurde ihr gerade klar, was sie eben sagen wollte – wenn sie gewusst hätte, dass ich es war, wäre sie nicht rangegangen –, was uns so richtig in Verlegenheit bringen würde.

»Das ist es«, sagte ich. »Ich meine, natürlich ist es das. Schließlich wirst du ihn heiraten.«

Ja, ein winzig kleiner Teil von mir ließ die Bemerkung in der albernen Hoffnung fallen, dass sie mir mitteilen würde, sie wären zur Vernunft gekommen und hätten ihre Meinung geändert. Was sie aber nicht tat.

»Ich bin froh, dass du das verstehst«, sagte sie.

Ich hatte echt keine Ahnung, was ich darauf antworten sollte, weil ich es in Wahrheit nämlich nicht verstand. Ich verstand nichts von alledem.

»Tja also, dann will ich mal nicht weiter stören«, sagte ich. Jetzt mal im Ernst, ich konnte gar nicht schnell genug auflegen.

»Chelsea, wenn du jemals reden willst – egal über was –, ich bin eine wirklich gute Zuhörerin«, sagte sie.

Vielleicht war sie einfach nur höflich, aber ich fand, das ging zu weit. Trotzdem blieb ich ruhig.

»Danke, ich weiß das zu schätzen«, sagte ich. Dann beendete ich den Telefonanruf, bevor unsere Unterhaltung in weitere unbekannte Gefilde abdriftete.

Nachdem ich geduscht hatte und in beigefarbene Caprihosen und ein schwarzes Shirt geschlüpft war, beschloss ich, meine Haare lufttrocknen zu lassen und mich nicht zu schminken, da ich am Nachmittag ja einen Termin bei der Kosmetikerin hatte.

Hoffentlich hatte Jason ein Hotel gefunden. Ich konnte Jean Claude ja kaum zu mir einladen, wenn ein anderer Mann in meiner klitzekleinen Einzimmerwohnung wäre. Natürlich wäre es durchaus möglich, dass wir später zu Jean Claude gingen. Ich fragte mich, wo er wohl lebte, und malte mir eine schöne Wohnung voller Kunst und Bücher aus. Bei dem Gedanken musste ich lächeln.

Ich durchquerte die Wohnung, ging zum Balkon und genoss den Blick auf die geschäftige Pariser Straße. Ich hörte das Kläffen eines Hundes, und als ich über die Balkonbrüstung schaute, entdeckte ich eine Frau in einem Bleistiftrock, die einen winzig kleinen Köter spazieren führte, der jeden anbellte, an dem sie vorbeikamen. Ich lächelte. Für mich war das typisch für Paris.

»Das ist kein echter Hund«, sagte eine Männerstimme. Ich drehte mich nach rechts, wo Jason auf dem Nachbarbalkon saß und sich einen Käseteller und eine Flasche Wein schmecken ließ.

Ich runzelte die Stirn. »Was machst du da? Wie bist du dort drüben hingekommen? Wenn dich jemand erwischt …«

»Entspann dich«, sagte er. Er hob sein Glas und trank genießerisch einen Schluck Weißwein. »Die nächsten paar Tage wohne ich hier.«

»Was?« Ich blinzelte.

Er grinste. Es war ein absolut niederträchtiges Grinsen.

»Hallo, Nachbarin«, sagte er und winkte mir mit dem kleinen Finger zu.

Kapitel 16

In mir kochte eine so heftige und alles verzehrende Wut hoch, dass ich überrascht war, dass ich nicht explodierte. Ich starrte ihn an. »Du kannst da nicht wohnen.«

Er schaute sich um, als versuchte er zu begreifen, was an dem Appartement falsch war. »Warum nicht?«

»Weil ich hier wohne«, sagte ich.

Er nickte. »Ja, und hier« – er hielt inne und zeigte auf seinen Balkon – »wohne ich.«

»Aber … aber …«

»Sollten wir uns nicht langsam an die Arbeit machen?«, fragte er. »Ich habe etwas zur Stärkung mitgebracht.«

Ich war zu baff, um zu antworten. Er stand auf und reichte mir den Käseteller und die Weinflasche. Und dann sprang er so geschmeidig wie eine Katze mit zwei Gläsern in der Hand von seinem Balkon zu meinem.

»Ich hole nur noch schnell meinen Laptop«, sagte er und stellte die Gläser auf den Tisch. Daraufhin verschwand er in meiner Wohnung und kehrte mit seinem Computer zurück. Er legte den Laptop auf seinen Stuhl und nahm die Gläser. Ich stellte den Käseteller auf den Tisch und griff nach dem Glas, das er mir entgegenstreckte. Wein erschien mir plötzlich als eine sehr gute Idee.

Ich schenkte mir ein Glas ein und gab ihm die Flasche. Jason goss sich nach und nahm seinen Laptop, damit er sich hinsetzen konnte. Inzwischen war die Sonne bereits wärmer und schien mir angenehm ins Gesicht.

»Prost«, sagte er und hielt sein Glas hoch.

»Prost.« Widerwillig stieß ich mit ihm an und trank einen Schluck. Der Wein war frisch, leicht und fruchtig und passte perfekt zu dem Käseteller, auf dem ein zerlaufener Brie, ein weicher Morbier und ein halbfester Laguiole lagen.

Jason stellte sein Glas ab und schaltete seinen Laptop an. Zu meiner Überraschung löcherte er mich nicht weiter nach meinen Plänen für den Abend. Stattdessen öffnete er meinen Entwurf und ging Seite für Seite meine Kampagne durch, an der ich monatelang gearbeitet hatte. Er stellte kluge und relevante Fragen, und ich war beeindruckt, dass er das Dokument tatsächlich gelesen hatte.

Nach eineinhalb Stunden klappte er den Laptop zu. »Also gut, ich glaube, ich bin auf alles vorbereitet, womit Severin uns beim Abendessen überraschen könnte. Falls nötig, können wir es morgen noch einmal durchsprechen.«

»Glaubst du, er wird uns in die Mangel nehmen?«, fragte ich. Ich wäre darauf vorbereitet, aber ich hatte angenommen, dass es sich morgen eher um ein Kennenlerntreffen handelte als um ein geschäftliches.

»Ich weiß nicht«, sagte er. »Aufgewachsen auf einer erfolglosen Kartoffelfarm in Idaho, ist er wirklich ein Selfmademan. Und wenn die ganzen Geschichten über ihn stimmen, gehe ich davon aus, dass Severin ein … ungewöhnlicher Mann ist.«

»Das war höflich ausgedrückt.« Ich schnaubte. »Ich meine, ich habe ihn nie persönlich getroffen, aber ich habe Gerüchte über sein sprunghaftes Verhalten und das verrückte Zeug gehört, das ihn interessiert.«

»Angeblich hat er ein Unterwasserauto«, sagte er.

»Ernsthaft? Ich habe gelesen, dass er eine Originalhandschrift von Leonardo da Vinci besitzt.«

»Außerdem hat er eine kleine hawaiianische Insel gekauft.«

»Mit einer goldenen Außentoilette auf dem höchsten Punkt«, fügte ich hinzu.

Jason verschluckte sich an seinem Wein. Ein paar Tropfen landeten auf seinem Hemd und er wischte sie weg. »Das hast du dir ausgedacht«, sagte er.

Ich hob meine rechte Hand, als wollte ich einen Eid ablegen. »Das habe ich gehört.«

Er schüttelte den Kopf. »Kannst du dir vorstellen, so viel Geld zu haben? Man könnte eine Menge Krebsforschung damit betreiben. Vielen Leuten helfen. Und viele Behandlungen finanzieren. Verdammt, man könnte den Krebs wahrscheinlich sogar heilen.«

Ich betrachtete ihn. Er überraschte mich. Ich hatte mir nie wirklich Gedanken darüber gemacht, warum Jason für die ACC arbeitete. Ich hatte angenommen, dass er nach dem Erfolg seiner verrückten, viral gegangenen Chickenwing-Spendenaktion dort einfach hineingeraten war.

»Was denn?«, fragte er. »Habe ich eine Stelle übersehen?« Er schaute an seiner Brust herunter und strich sich das Hemd glatt.

»Nein«, antwortete ich. »Mir war einfach nur nicht klar, wie engagiert du Geld für die ACC eintreibst. Das ist beeindruckend.«

Er zog eine Augenbraue nach oben. »Machst du mir etwa ein Kompliment, Martin?«

»Nein, ganz bestimmt nicht«, sagte ich. »Das war lediglich eine Feststellung.«

Wir starrten uns einen Augenblick lang an. Die Geräusche von Paris schwebten über die Balkonbrüstung zu uns hinauf. Das Brummen von Motorrollern, ein gelegentliches Lachen aus dem Café, das Heulen der Martinshörner, eine Autohupe und die Unterhaltungen von der Straße. Während wir uns anblickten, schien das alles leiser zu werden.

Heute waren seine Augen blau wie das T-Shirt, das er trug. Es wirkte weich und ein wenig verschlissen und spannte leicht über seinen muskulösen Schultern und Armen. Zum ersten Mal bemerkte ich, wie fit Knightley war. Hm.

»Dann lass ich dich mal besser für dein großes Date fertig machen, oder?« Er zog fragend eine Augenbraue nach oben.

Zu meiner absoluten Beschämung errötete ich. Warum? Warum reagierte ich so? Das war bitter. Was war denn schon dabei, wenn mich der Abend mit Jean Claude nervös machte? Es gab keinen Grund, deswegen verlegen zu werden. Ich verbrachte den Abend mit einem alten Freund, das war keine große Sache, selbst wenn besagter Freund einer der heißesten Männer war, die ich kannte. Wirklich keine große Sache.

»Also schön«, sagte ich. »Ja, ich habe eine Verabredung, und ich denke, dass ich jede Minute gebrauchen kann, die ich bekomme.«

Sein Blick wanderte über mich, und ich wünschte auf einmal, dass ich mir doch meine Haare gestylt oder mich ein wenig geschminkt hätte.

»Ach was.« Jason drehte seinen Kopf und schaute raus auf die Stadt. »Ich finde, du siehst perfekt aus, so wie du bist.«

Und dann stand er auf, ging in meine Wohnung und holte seinen Rollkoffer. Dieses Mal nahm er die Wohnungstür, um in sein Appartement zu gelangen. Jason winkte kurz und dann fiel die Tür auch schon zu und er war fort.

Ich starrte ihm hinterher und fragte mich, worum es da gerade ging. War Knightley eben tatsächlich freundlich zu mir gewesen? Selbstverständlich war die Severin-Kampagne enorm wichtig, und ich vermutete, dass er für meine Hilfe wahrscheinlich dankbar war, trotzdem war das gerade echt nett von ihm, aber ich wusste einfach nicht, wie ich mich mit einem Typen versöhnen sollte, der einmal während eines Teamtreffens in Bezug auf eine

Zusammenarbeit mit mir verkündet hatte: »Das ist nicht meine Baustelle und geht mich nichts an.«

Vielleicht stimmten der Wein und der Käse und Paris den Mann oder mich ja milde. Ich beschloss, das nicht zu genau zu analysieren. Ich würde mich einfach nur darüber freuen, dass wir morgen beim Abendessen mit Severin dieselbe Einstellung teilen würden, anstatt uns fast schon reflexartig wie Geschwister zu zanken.

Mit diesem Entschluss schnappte ich mein Portemonnaie und ging nach unten ins Café. Zoe hatte gesagt, sie würde mich zu dem Kosmetiksalon begleiten. Nach einem flüchtigen Blick in den Spiegel musste ich zugeben, dass es einiges zu tun gab.

*

Als Zoe gesagt hatte, sie kannte die perfekte Kosmetikerin, hatte sie nicht übertrieben. Die Stylistin, Estelle, fixierte mich mit einem distanzierten und furchterregenden Blick, um zu entscheiden, was nötig war, um diesen amerikanischen Trampel – dafür zumindest, vermutete ich, hielt sie mich – in eine kosmopolitische Frau zu verwandeln, die ihrer Stadt würdig war.

Estelle nahm meine Verwandlung in Angriff, ohne nach meinen Vorlieben, nach meinem Stil oder meiner Persönlichkeit zu fragen, stattdessen konzentrierte sie sich lieber darauf, damit zu arbeiten, was ich zu bieten hatte, was sie eindeutig nicht übermäßig beeindruckte.

»Ihre Augen stehen zu dicht beieinander«, sagte sie. »Und Ihre Oberlippe ist nicht gleichmäßig.«

Verwundert betrachtete ich mein Spiegelbild. Diese Mängel hatte noch nie irgendjemand erwähnt. Meine Haare waren in Alufolie gewickelt, da Estelle wiederholt den Kopf über meine natürliche Haarfarbe geschüttelt hatte. Jetzt hielt sie mich am

Kinn fest, drehte mein Gesicht von einer Seite zur anderen und überlegte, wie man diese zusammengewürfelten Gesichtszüge zu einem bezaubernden Ganzen machen konnte. Ihre äußerst konzentrierte Mimik verriet, dass sie das als eine gewaltige Aufgabe betrachtete. Mein Selbstwertgefühl bröckelte.

»Sie haben eine hervorragende Haut«, sagte Estelle. Ihr Englisch war sehr klar. »Wir fangen an.«

Die Zeit hatte keine Bedeutung mehr. Ich wurde von einem Stuhl zum nächsten geführt. Cremes, Mittelchen und Gele wurden aufgetragen und entfernt. Die meiste Zeit war ich vom Spiegel weggedreht oder hatte meine Augen geschlossen und konnte meiner fortschreitenden Verwandlung nicht zuschauen. Als Estelle endlich meine Haare richtig in Form geföhnt und letzte Hand an mein Make-up gelegt hatte, fühlte ich mich wie eine Schlange, die gezwungen worden war, ihre Haut abzustreifen. Überall kribbelt es und ich nahm Teile meines Gesichts und meines Körpers wahr, die ich noch nie bemerkt hatte.

Estelle trat einen Schritt zurück und betrachtete mich kritisch. Sie streckte ihre Hand aus, zerzauste meine frisch gesträhnten und geschnittenen Haare und nickte schließlich.

»*Oui, oui*, so können Sie gehen«, verkündete sie. Und dann drehte sie den Stuhl, damit ich in den Spiegel schauen konnte. Mir fiel die Kinnlade herunter.

»Ich … oh … also … wow«, stotterte ich. Die Frau, die mir entgegenschaute, erkannte ich ungelogen nicht.

Estelle lächelte das erste Mal an diesem Tag. Es war ein kleines Lächeln – lediglich ihre Mundwinkel bewegten sich in einer Aufwärtskurve von maximal einem Zentimeter nach oben –, aber es war ein Lächeln. *»Ravissant, oui?«*, sagte sie zufrieden.

Hinreißend. Ja, das war ich. Mein Gesicht verzog sich zu einem breiten Lächeln und ich sagte: *»Merci beaucoup.«*

Anstatt mich aufzutakeln, hatte Estelle irgendwie eine Schicht an Schönheit freigelegt, die ich mit meiner minimalistischen Pflegeroutine bisher noch nicht entdeckt hatte. Sie hatte das Make-up nicht dick aufgetragen; vielmehr war sie sehr wählerisch darin, was sie wo verwendete. Sie brachte meine vorteilhaften Gesichtszüge zum Vorschein. Meine äußeren Augenwinkel waren mit braunem Eyeliner etwas nach oben verlängert worden, wodurch meine Augen nicht mehr so eng zu stehen schienen. Ein blasses Violett auf meinen Augenlidern betonte das Grün meiner Augen. Mit einem Konturstift waren meine Lippen gleichmäßig gezeichnet, die Estelle dann in einem hellen Rosa aufgefüllt hatte.

Meine Haare waren kürzer geworden und farblich dezent verändert. Ich war fasziniert davon, wie sich das Licht in den neuen gold- und kupferfarbenen Strähnchen verfing und dadurch mein natürliches Hellbraun hervorhob. Die schockierendste Veränderung war der stumpf geschnittene Pony. Ich liebte es.

Ganz euphorisch vor Dankbarkeit und Optimismus, kaufte ich alle Produkte, die Estelle benutzt hatte, um meinen Typ zu verändern, und als meine Kreditkarte nicht in Flammen aufging, nahm ich das als ein Zeichen dafür, dass das Universum meine unüberlegte Entscheidung befürwortete.

Als ich Estelle noch einmal für die Verwandlung dankte, überraschte mich die Frau, indem sie mich auf beide Wangen küsste. »Machen Sie sich keine Sorgen, *chère* – jetzt gehört er Ihnen«, sagte sie.

Ich verließ das Kosmetikstudio und fragte mich, woher die Stylistin wusste, dass mein Termin etwas mit einem Mann zu tun hatte. Dann schüttelte ich den Kopf. Logo! Natürlich hatte es etwas mit einem Mann zu tun. Warum sollte eine Frau sonst eine Monatsmiete in einem Kosmetikstudio ausgeben? Ich lachte über mich selbst, während ich meine Tüten zurück in die Wohnung schleppte. Ich hatte noch nie in meinem Leben so viel Geld ausgegeben, um die Aufmerksamkeit irgendeines Typen zu erregen. Falls Jean Claude den Aufwand nicht bemerkte und mir nicht zu Füßen fiel, konnte ich wenigstens sagen, dass ich mein Bestes gegeben hatte.

*

Wahrscheinlich hätte ich in meinem Appartement bleiben können, damit Jean Claude auf mich warten musste, bis ich mit dramatischer Verspätung auftauchte – aber so war ich nicht. Er hatte *sept heures* gesagt, sieben Uhr, und genau wie bei meinem Treffen mit Colin im Pub setzte mein Wunsch nach Nonchalance meine angeborene Pünktlichkeit nicht außer Kraft.

Um zwei Minuten vor sieben verließ ich meine Wohnung und ging nach unten. Ich nahm die Stola und eine Clutch mit, hatte die Stola aber nicht übergezogen. Stattdessen durfte die Nachtluft mit ihren kühlen Fingern meinen freien Rücken entlangstreichen, was mich auf angenehme Weise erschauern ließ. Meine Haare und mein Make-up waren perfekt, und ich war erleichtert, dass kein Lüftchen Estelles Anstrengungen in Unordnung brachte.

Das Kleid umschmeichelte meine Kurven und der Schlitz reichte bis zur Mitte des Oberschenkels. Ich hatte nicht viel Schmuck auf meine Reise mitgenommen, daher trug ich meine silbernen Irismuschelohrringe mit dem dazu passenden Armreif. Ich war mir ziemlich sicher, dass Estelle die Auswahl gebilligt hätte – okay, vielleicht doch nicht, Estelle schien nicht der Typ zu sein, der irgendetwas billigte, aber ich war mir ziemlich sicher, dass sie sich wenigstens nicht vor Ekel übergeben hätte, und das war doch schon einmal etwas.

Als ich aus der Haustür trat, spürte ich, wie die Nacht von Paris um mich herum pulsierte. In meinem Bauch kribbelte es aufgeregt, so wie das leise Schnurren eines Motors, und ich hatte den Eindruck, dass heute Nacht ein ganz neues Leben für mich beginnen würde.

Ein bewundernder Pfiff lenkte meine Aufmerksamkeit zum Café.

Jason saß an einem der Tische. Er hatte ein Buch in der Hand – ein Spionageroman – und nippte an einem Glas Wein. Sein Blick wanderte von oben bis unten über mich. Er formte tonlos ein *Wow* und ich lächelte ihm zu. Das war genau der Kick an Selbstvertrauen, den ich brauchte.

»Martin, du siehst …«

»Je te trouve belle, mon chou.«

Als ich herumwirbelte, entdeckte ich Jean Claude, der sich mit ausgestreckten Händen näherte. Als er bei mir war, küsste er mich auf beide Wangen und starrte mir in die Augen, als könnte er seinen Blick nicht lösen.

»*Ma belle*, dich in einer meiner eigenen Schöpfungen zu sehen.« Überwältigt presste er die Hände auf sein Herz.

Ich schaute an mir hinab. Mein wunderschönes Abendkleid war von Jean Claude entworfen. Ich war unheimlich gerührt, dass er mir das geschenkt hatte.

»Es ist wunderschön«, sagte ich. »Vielen Dank.«

»*Mon chou*, warte nur, was für eine Nacht vor uns liegt.«

»Wie nett. Und wo genau findet diese Nacht statt und wann hört sie auf?«

Ich schaute über meine rechte Schulter, Jason stand mit verschränkten Armen hinter mir und hatte einen Finger als Lesezeichen zwischen die Seiten geklemmt.

»Geh weg«, sagte ich. »Husch.«

»Belästigt dich dieser Mann, *mon chou*?«, fragte Jean Claude.

»Nein, schon in Ordnung«, sagte ich, weil ich keine Lust darauf hatte, eine unnötige Streiterei anzuzetteln. »Jean Claude Bisset, das ist ein Arbeitskollege von mir, Jason Knightley. Er ist hier, weil wir morgen ein Geschäftstreffen haben.«

Jean Claudes misstrauischer Gesichtsausdruck verschwand und er streckte Jason seine Hand entgegen. »Ah, ein Arbeitskollege. Es freut mich, Sie kennenzulernen.«

Jason zögerte den Bruchteil einer Sekunde, lange genug, dass ich in Betracht zog, ihn in den Hintern zu treten, aber dann schüttelte er kräftig Jean Claudes Hand.

»Mich ebenfalls«, sagte er. Es klang nicht so, als meinte er das ernst. »Chelsea hat morgen einen wichtigen Termin, absolut entscheidend, vielleicht sollten Sie daher sicherstellen, dass sie bis Mitternacht wieder zu Hause ist.«

Ich wandte Jean Claude meinen Rücken zu und knurrte durch zusammengebissen Zähne: »Halt den Mund.«

Jason sah mich unschuldig an. Dann zuckte er mit den Schultern und sagte: »Amüsiert euch, Kinder. Ich bleibe dann wohl hier und muss meinen Wein allein genießen.«

Er seufzte so herzzerreißend, dass ich mir vorkam, als würde ich einen Welpen in der Mitte des zwölfspurigen Kreisels aussetzen, der um den Arc de Triomphe verlief. Ich schüttelte das Gefühl ab. Was war nur los mit ihm?

»Gute Nacht, Jason«, sagte ich bestimmt. Ich nahm den Arm, den Jean Claude mir anbot, und mir fiel zum ersten Mal auf, wie schön sein Anzug war. Er war tadellos geschnitten und saß, als wäre er maßgeschneidert, was er sicherlich auch war.

Als Jean Claude mich zum wartenden Auto führte, einem gepflegten schwarzer Sedan, hielt ein Fahrer die Tür auf. Jean Claude lehnte sich zu mir und fragte: »Sollten wir deinen Freund fragen, ob er mitkommen will?«

»Nein!«, sagte ich. Als ich sah, wie überrascht er war, ging mir auf, dass ich vielleicht ein wenig zu heftig reagiert hatte, und ich sagte: »Ich bin mir sicher, dass Jason sich viel lieber auf morgen vorbereiten möchte.«

Auf Jean Claudes Lippen breitete sich langsam ein Lächeln aus. »Hervorragend, denn ich hätte dich wirklich nur ungern geteilt.«

Er half mir ins Auto und schob sich neben mich. Der Fahrer schloss die Tür und ging um das Auto zum Fahrersitz. Im Wagen stand ein Champagnerkühler bereit, und Jean Claude nahm die Flasche, um sie zu öffnen. Sehr gut, hoffentlich würden sich dadurch ein wenig meine Nerven beruhigen. Als die Lichter von Paris vorbeirauschten, erhaschte ich einen Blick auf den beleuchteten Eiffelturm und spürte, wie mich die Magie der Stadt ergriff und ich plötzlich alles um mich herum überdeutlich wahrnahm, insbesondere den Mann an meiner Seite.

Er roch nach einem exotischen Eau de Cologne, aber nicht zu intensiv, es umgab ihn nur ganz fein. Ich musste etwas näher rücken, um es einzuatmen, und roch zarte Noten von Bergamotte und Moschus. Der Duft passte zu ihm, er war männlich, aber nicht erdrückend. Jean Claude trug keine Krawatte zu seinem Anzug und der Hemdkragen stand so weit offen, dass man seinen Kehlkopf sehen konnte.

Er goss zwei Gläser ein, reichte mir eins und sagte: *»Une nuit inoubliable.«*

Die Worte klangen herrlich, aber ich wusste nicht, was sie bedeuteten, daher hielt ich mein Glas zurück und schaute ihn fragend an.

»Eine unvergessliche Nacht«, sagte er. Dann stieß er mit mir an, schob seinen Arm durch meinen und wir tranken mit verschlungenen Armen. Das war unheimlich romantisch.

Der Champagner war köstlich. Als er gegen meinen Gaumen perlte, weckte er sämtliche Geschmacksknospen und die herbe

Süße ließ mich meine Lippen spitzen. Jean Claude betrachtete das als Einladung, mich zu küssen, was ich begrüßte.

Er schob seinen Mund sanft gegen meinen, als wollte er meine rosafarbenen Lippen nicht verschmieren. Ich trug einen kussechten Lippenstift, was ich ihm aber nicht sagte, und genoss es, mich langsam an diese neue Stufe von Intimität zu gewöhnen.

Als er sich vorbeugte, um mich noch einmal zu küssen, kam das Auto langsam zum Stehen und unterbrach ihn. Jean Claude schien das zu bedauern, ich aber überraschenderweise nicht. Ehrlich gesagt, war ich sogar ein wenig erleichtert. Obwohl ich mich natürlich freute, Jean Claude wiederzusehen, wollte ich nichts überstürzen.

Die Tür öffnete sich und Jean Claude stieg aus. Er drehte sich um und hielt mir seine Hand entgegen. »Ich habe dir eine unvergessliche Nacht versprochen«, sagte er lächelnd, »und jetzt fängt sie an.«

Er schloss seine kräftigen Finger um meine Hand und ich ließ mich von ihm auf die Füße ziehen. Anstatt danach loszulassen, schob er seine Finger durch meine und führte mich den Gehweg entlang zu einer Villa, die hell erleuchtet vor uns lag.

Als ich kurz zurückschaute, sah ich, wie unser Fahrer sich in die Reihe von Autos schlängelte, die andere Gäste absetzten, um am hinteren Ende der langen Auffahrt zu parken. Auf dem Gehweg wimmelte es von Männern in stilvollen Anzügen und Smokings und Frauen in glamourösen Abendkleidern.

»Wo sind wir?«, fragte ich und lehnte mich an Jean Claude.

»Wir sind auf der exklusivsten Party von ganz Paris«, sagte er. »Das ist das Haus von François Moreau. Er ist ein Sammler und Investor.«

»Haus?«, fragte ich und schaute auf das wuchtige Steingebäude. Jedes seiner fünf Stockwerke hatte riesige Rundbogenfenster, die hell in die Dunkelheit strahlten. Als ich zum Dach hochblickte, fiel mir auf, dass an jeder Ecke ein Wasserspeier kauerte. Nun denn. »Was sammelt er?«

»Was immer ihm gefällt«, sagte Jean Claude. »Jeder der heutigen Gäste hofft, François' Interesse zu wecken, damit er sein geerbtes Vermögen nutzt, um dessen Träume wahr werden zu lassen.«

Mir fiel auf, dass in seiner Stimme eine gewisse Sehnsucht mitschwang. »Und hoffst du, dass er dir bei der Verwirklichung deines eigenen Modehauses hilft?«

»Du erinnerst dich an meinen Traum?«, fragte er und schien wirklich gerührt. Dann lächelte er und schaute mich unter seinen Wimpern hervor an. »Wirst du mir dabei also helfen?«

»Natürlich«, sagte ich. »Ganz gleich, was du brauchst – es wäre mir eine Ehre, dir zu helfen.«

»Ich wusste, dass ich auf dich zählen kann«, sagte er und küsste meine Finger. »Mein schönes Mädchen.«

Ich spürte, wie mein Gesicht warm wurde. Wenn mich irgendein anderer Mann »Mädchen« genannt hätte, wäre ich verärgert. Na gut, vielleicht nervte es mich doch ein wenig, aber Jean Claude besaß diesen unvergleichlichen französischen Charme, der mich bis unter die Haarwurzeln durcheinanderbrachte. Ich fühlte mich durch seine Aufmerksamkeit geschmeichelt und würde so ziemlich alles tun, um ihn zu unterstützen.

Wir erklommen die Stufen, um uns zu den anderen zu gesellen, die Party war schon im vollen Gange. Ein Butler begrüßte uns an der offenen Tür und bat uns mit einer Geste, den vorangehenden Gästen in den großen Saal zu folgen. Wir durchquerten das Foyer aus Marmor und traten durch eine der unzähligen geöffneten Flügeltüren in einen dicht mit Menschen gedrängten Raum. In einer Ecke spielte ein Jazzquintett und Kellner eilten mit Silbertabletts voller Champagner und kleinen Häppchen durch den Saal. Jean Claude schnappte sich zwei Gläser und reichte mir eins.

Die Innenausstattung der Villa enttäuschte nicht und war genauso übertrieben, wie ich es erwartet hatte. Die Decken waren in Stuckquadrate unterteilt, die jeweils mit einer Rosette und einem Zahnfries verziert waren, dadurch wurde der Blick in die Mitte gelenkt, wo eine Reihe riesiger Kronleuchter funkelnd ihr Licht im ganzen langen Saal verteilten. Die Türen auf der gegenüberliegenden Seite des Raums waren geöffnet, damit die kühle Nachtluft hereinströmen und die Gäste auf die breite Terrasse mit Blick auf die makellosen Gärten hinaustreten konnten. Diese Villa war wie aus einem Roman. Am liebsten hätte ich mich gezwickt. War das wirklich mein Leben?

Um uns herum plauderten Gruppen von Männern und Frauen. Ich beobachtete das Geschehen, ließ die schönen Kleider auf mich wirken, das ausgelassene Gelächter, die Umarmungen und Luftküsschen und in einem Fall den Flunsch, den eine Frau zog, was ihr Mann mit einem Schulterzucken erwiderte und anschließend seinen Champagner hinunterschüttete.

»Jean Claude!« Ein Mann kam auf uns zu. Er war schon älter, bestimmt in seinen Siebzigern, hatte hellblaue Augen und dichte weiße Haare. Er trug einen schwarzen Smoking, der wie Jean Claudes Anzug offensichtlich maßgeschneidert war, saß er doch perfekt um seine schmalen Schultern, seinen runden Bauch und die kurzen Beine, wie es ein Smoking von der Stange nie würde.

»François«, sagte Jean Claude. Er lächelte und sprach dann so schnell Französisch, dass ich keine Chance hatte, auch nur ein Wort zu verstehen, bis er meine Hand hob und »*Ma belle*, Chelsesa« sagte.

Ich spürte, wie François mich musterte. Er lächelte, aber es war ein kalkuliertes Lächeln, das durch seine sehr großen, sehr weißen

Zähne noch betont wurde. Ich fragte mich, ob er als Milliardär alles in Dollars und Cents abwägte, oder in seinem Fall in Euros, und wenn dem so war, versuchte er dann gerade, meinen Wert zu bestimmen? Ungeachtet dessen, was ich der ACC einbrachte, war mein Privatvermögen mittelmäßig.

Plötzlich kam ich mir wie eine Hochstaplerin vor. Ich trug ein Abendkleid, das mich höchstwahrscheinlich mehrere meiner Monatsgehälter kosten würde, und wenn ich Estelles Wunderwerk abzog, war ich normalerweise auch nicht so hübsch. Nicht einmal annähernd. Ich gehörte einfach nicht auf diese Party mit all den schönen und glamourösen Menschen.

»Mademoiselle, es freut mich, Ihre Bekanntschaft zu machen«, sagte François. »Sie sind so hübsch wie auf Ihrem Foto.«

Ich schaute zu Jean Claude. Er lächelte mich an. »Vergib mir, ich habe das Foto von gestern im Modehaus mit meinem Freund François geteilt. Ich bin einfach unglaublich glücklich, dass du wieder in meinem Leben aufgetaucht bist.«

»Schon in Ordnung«, sagte ich. Ehrlich gesagt, fühlte ich mich geschmeichelt, dass mein plötzliches Auftauchen so eine große Bedeutung für ihn hatte.

»Er kann sich sehr glücklich schätzen«, sagte François. Dann nahm er die Hand, die Jean Claude losgelassen hatte, und küsste sie. Der Mann hatte weiche, fleischige Lippen und hinterließ einen nassen Fleck auf meiner Haut. Es brauchte sämtliche gute Manieren, die meine Eltern mir eingebläut hatten, um nicht meine Hand wegzuziehen und sie an meinem Kleid abzuwischen.

»Danke schön«, sagte ich. Ich zwang mich zu einem Lächeln, obwohl all meine Instinkte rebellierten. »Die Freude ist ganz meinerseits.«

Er ließ meine Hand los und drehte sich zu Jean Claude, mit dem er abermals so schnell Französisch sprach, dass ich verloren war. Ehrlich gesagt, war ich erleichtert, dass ich nicht mehr im Mittelpunkt seiner Aufmerksamkeit stand. Was Moreau betraf, hatte ich ein seltsames Gefühl, und ich war schon genügend privilegierten Männern begegnet, um meiner inneren Stimme zu vertrauen, wenn sie mir *Gefahr* signalisierte.

Jean Claude machte kurz einen unzufriedenen Gesichtsausdruck, aber als François seinem Standpunkt Nachdruck verlieh, nickte Jean Claude. Ich fragte mich, ob sie darüber sprachen, dass François in seine Modelinie investieren würde. Wenn das der Fall war, lief es nicht besonders gut. Es tat mir leid, dass ich Zeugin seines Misserfolgs wurde, daher wandte ich mich ab und nutzte die Gelegenheit, den Saal mit seinen Türmen an frischen Blumen eingehender zu betrachten. Auf Sockeln standen Arrangements, die so groß wie kleine Autos waren, und ergossen sich in einer Explosion aus blauen und weißen Blüten des Rittersporns, der Hortensien und Maiglöckchen über große, saftig grüne Farnwedel.

Mir sprangen die funkelnden und glitzernden Diamanten, Rubine, Smaragde und Saphire an den Handgelenken, Ohren und Hälsen der anwesenden Frauen ins Auge. Ich fragte mich, wie viel Geld in diesem Raum allein an Juwelen versammelt war. Ich dachte an Jasons Empörung, als er überlegte, in welchem großen Umfang die Krebsforschung mit dem Geld finanziert werden könnte, das Severin für seine Kuriositäten ausgab. Schätzungsweise stand Moreau Severin in seinem Reichtum nicht nach.

»Chelsea, *mon chou*, bist du nicht mehr mitgekommen?«, fragte Jean Claude.

Als ich mich zu ihm drehte, beobachtete er mich. In seinem Blick lag etwas Grüblerisches, was ich nicht einordnen konnte. Ich fragte mich, wie die Unterhaltung gelaufen war, wollte aber nicht zu neugierig sein.

»Es tut mir leid«, sagte ich. »Aber ich habe das alles auf mich wirken lassen.«

Er nickte und betrachtete den Raum. Er schlürfte von seinem Champagner und sah so aus, als gäbe es keinen anderen Ort auf der Welt, an den er besser passte. Das war bewundernswert, denn ich fühlte mich wie eine Hochstaplerin. Ich war umgeben von Leuten, denen ich mich normalerweise in meinem eng geschnittenen Rock und Blazer mit einem dicken Ordner in der einen Hand und einer PowerPoint-Präsentation in der anderen näherte, um ihnen einen steuerlich absetzbaren kleinen Teil ihres Vermögens zu entlocken. Ich war keine von ihnen. Ich passte nicht dazu.

Sosehr ich Paris liebte und das Zusammensein mit Jean Claude genoss, hatte ich plötzlich eine solche Sehnsucht nach meinem Zuhause in Boston, dass ich mich beinahe entschuldigt hätte, um meine Schwester Annabelle anzurufen, nur damit ich ihre Stimme hören konnte. So unterschiedlich wir auch waren, Annabelle besaß die Fähigkeit, mich aufzuheitern, wenn ich trübsinnig wurde, und im Moment fehlte mir das sehr. Auf einmal ging mir das Bild von ihr in diesem grauenhaften glitzernden rosa Brautmädchenkleid durch den Kopf und ich musste lächeln.

»Komm, Chelsea, lass mich ein wenig die schönste Frau im Saal zur Schau stellen«, sagte Jean Claude. Er schob seinen Arm um meinen nackten Rücken und zog mich an sich.

»Gewiss. Wo ist sie?«, neckte ich ihn und sah mich um, als würde ich nach einer anderen Frau Ausschau halten.

»Schön und bescheiden«, sagte er. »Du bist wie ein Hauch frischer Luft. François war ziemlich angetan von dir, ich wusste, dass er das sein würde.«

Ich wusste nicht, was ich darauf erwidern sollte. »Verlief dein Gespräch mit ihm also gut?«

Jean Claude starrte mir in die Augen und zuckte dann mit den

Schultern. »Wir werden eine Einigung finden. Wie fandest du ihn?«

»Er kommt mir wie ein Mann vor, der das Wort *Nein* nicht allzu oft hört«, sagte ich wohlüberlegt und erwähnte nicht die verdächtigen Schwingungen, die von ihm ausgingen.

Jean Claude zog überrascht eine Augenbraue nach oben. »Könntest du Nein zu ihm sagen?«

Mein erster Impuls war, *Verdammt noch mal, ja* zu rufen – schließlich wollte ich nichts von ihm –, aber taktvoll, wie ich war, antwortete ich: »Ich schätze, das käme darauf an, was er von mir wollte.«

Jean Claude grinste, als hätte er sich meine Antwort genau so erhofft. Eigentlich sollte ich mich darüber freuen, dass ich ihn glücklich gemacht hatte, aber irgendetwas daran fühlte sich nicht in Ordnung an.

Er küsste mich auf die Wange und legte meine Hand auf seinen Ellbogen. Dann zog er mich in die Richtung eines untersetzten, kahlköpfigen Mannes, der ihm zuwinkte. Auf dem Weg dorthin spürte ich, wie sich ein Blick in meinen Rücken bohrte, und als ich kurz über meine Schulter schaute, entdeckte ich François, der uns beobachtete, oder, genauer gesagt: mich.

Diesem gierigen Gesichtsausdruck war ich schon begegnet. Er war raubtierhaft, die Art von Blick, die eine Frau zu einem Spielzeug reduzierte, einem Accessoire, einem Objekt für sein Vergnügen. Männer, die Frauen auf diese Weise betrachteten, betrachteten alle Frauen ständig so. Es hatte nichts damit zu tun, wie attraktiv eine Frau war. Als sich unsere Blicke trafen, hielt er sein Champagnerglas in die Höhe und warf mir eine Kusshand zu. Ich erschauderte, aber auf keine angenehme Art und Weise.

Da wir den stämmigen Mann erreichten, der, wie sich herausstellte, im Stadtrat von Paris saß und das 16. Arrondissement vertrat, blieb mir keine Gelegenheit mehr, Jean Claude danach zu fragen, was François' Verhalten bedeutete.

Und so schritt der Abend voran. Eine Vorstellung folgte der nächsten, wir trafen Designer, Künstler, Geschäftsleute, Musiker und sogar ein, zwei Wissenschaftler. Jeder, der im Moment in Paris einen Namen hatte, war hier, um die Gastfreundschaft von François Moreau zu genießen. Ich begegnete ihm an diesem Abend noch zweimal und mit jedem Mal ging eine gruseligere Ausstrahlung von ihm aus. Ich hatte den Eindruck, als würde er uns umkreisen, auf etwas lauern, aber auf was?

Jean Claude stellte sicher, dass ich immer etwas zu trinken hatte. Die ersten zwei Gläser Champagner trank ich mit Genuss, aber dann tat ich nur noch so und stellte die Gläser ab, wann immer sich die Gelegenheit bot und er nicht hinschaute. Ich konnte mich nicht entscheiden, ob er ein fürsorglicher Begleiter war oder mich betrunken machen wollte. Als er mir das fünfte Glas aufnötigte, wurde ich allmählich ungehalten.

»Trink aus, *mon chou*«, sagte er. »Vor uns liegt noch die ganze Nacht.«

»Nicht, wenn ich das trinke«, sagte ich und stellte das Glas ab, aber er nahm es und drückte es mir energisch in die Hand.

»Chelsea, du musst lernen, ein wenig zu leben«, tadelte er mich.

Ich war erstaunt, wofür er mich kritisierte. Eine Frau, die betrunken in einem Abendkleid herumstolperte, war garantiert überaus sexy. Ich runzelte die Stirn.

»Ich glaube, deine Definition von *leben* unterscheidet sich ziemlich von meiner«, sagte ich. Ich starrte in mein Glas und beobachtete, wie die Bläschen an die Oberfläche sprudelten.

Er fuhr sich verärgert mit der Hand durch die Haare. Dann nahm er meinen Ellbogen und führte mich in die Ecke des Saals.

Einen Moment lang starrte er mich an, aber schließlich verzogen sich seine Lippen langsam zum Lächeln eines echten Charmeurs.

»Es tut mir leid, *ma belle*«, sagte er und fuhr mit der Hand meinen nackten Arm auf und ab. »Ich möchte bloß, dass du dich amüsiert und alles genießt.«

»Das tue ich«, sagte ich. Obwohl ich Jean Claude ehrlicherweise weit weniger genoss als vor sieben Jahren. Irgendetwas stimmte mit ihm heute Abend nicht, was ich aber nicht genau festmachen konnte.

Jean Claude wandte sich ab. Er trank von seinem Champagner und ließ seinen Blick durch den Raum schweifen. In seinem Gesicht lag eine unerwartete Härte, die mir so noch nie an ihm aufgefallen war.

»Ist alles in Ordnung?«, fragte ich. Ich lehnte mich nach vorn, um seine Aufmerksamkeit zu gewinnen, und geriet ein wenig ins Wanken. Er legte eine Hand um meine Hüfte und fing mich auf, und als er dieses Mal lächelte, war sein Lächeln viel aufrichtiger.

»Ja, alles ist gut, sehr gut.« Einen Moment lang schaute er mir forschend in die Augen. »Ich habe mich gefragt, ob du mir einen kleinen Gefallen tun kannst?«

Ich war so erleichtert, ein Stück seines alten Selbst zu sehen, dass ich »Aber natürlich« sagte.

»*Mon chou*, du müsstest deinen Charme bei François spielen lassen«, sagte er. »Das würdest du doch für mich tun, *non*?«

Wie bitte? Bei einem Gefallen hatte ich daran gedacht, ihm etwas Neues zu trinken zu holen, vielleicht auch eine Kleinigkeit zu essen oder nach draußen zu gehen, um in der Nachtluft etwas abzukühlen.

Seine Hand glitt meinen nackten Rücken hinab und er ließ sie auf meinem Steißbein liegen, wo er seine Finger ein wenig unter den Rand meines Kleids schob. Ich schloss die Augen und holte tief Luft, dann drehte ich mich zu ihm und drückte seine Hand weg.

»Was genau meinst du mit ›meinen Charme bei François spielen lassen‹?«, fragte ich mit einem leisen Säuseln. Er sollte deutlicher werden, damit es keine Missverständnisse gab.

»Er ist ganz verzaubert von dir«, sagte er. »Und er hätte gerne, dass ihr beide allein ein wenig Zeit miteinander verbringt.«

Mir war ziemlich klar, was er mit *allein* meinte. Verletzt und schockiert schnürte sich mein Hals zu, aber ich machte weiter. Er sollte es aussprechen. »Allein?«

Jean Claude schaute mich vielsagend an. Dann versetzte er mir einen Doppelschlag aus Respektlosigkeit und Ernüchterung. »François will nur ein wenig Gesellschaft. Und wo ich dir dieses sehr teure Kleid gegeben habe, besitzt du doch sicher die Höflichkeit, meinem Freund gegenüber ebenso großzügig zu sein.«

»Du willst, dass ich mit ihm schlafe. Darum hast du ihm mein Foto gezeigt. Du benutzt mich, um mit ihm zu verhandeln.« Das war keine Frage und er stritt es nicht ab. Mir wurde übel und das lag nicht am Champagner. Ich mochte nicht glauben, worum Jean Claude mich bat. »Warum?«, wollte ich wissen. Ich schaute mich in dem Saal um. »In diesem Raum gibt es viel schönere Frauen als mich. Warum ich?«

»Weil du eine schöne Frau mit einer erfrischend unschuldigen Ausstrahlung bist«, sagte Jean Claude. Er trat näher an mich heran und überragte mich auf einmal auf ungute Weise bedrohlich. »Du sagtest, du würdest alles für mich tun. Meintest du das ernst?«

Plötzlich verstand ich, warum er mich mit Champagner abfüllen wollte. Er dachte wahrscheinlich, wenn er mich nur betrunken genug machte, wäre ich damit einverstanden. Garantiert nicht. So viel Champagner gab es überhaupt nicht auf der Welt, dass ich mich prostituieren würde, und Jean Claude war ganz eindeutig nicht der Mann, für den ich ihn gehalten hatte.

»Ich meinte, dass ich dir gern den Rücken streichle oder dir ein Sandwich hole«, sagte ich. »Mich deinem Freund als Hure anzubieten, stand nicht auf meiner Liste.« Ich trat einen Schritt zurück und schüttelte den Kopf. »Such dir jemand anderen.«

Seine braunen Augen wurden ganz dunkel und er griff nach meinem Ellbogen. »Du trägst mein Kleid. Denkst du, das hat keinen Preis?«

Kapitel 17

»Preis?«, wiederholte ich. Ich wurde von einem brennenden Zorn gepackt, der den Boden zu versengen drohte.

Diese Arroganz, diese Unverfrorenheit, was erlaubte dieser Typ sich! Ich spielte mit dem Gedanken, mir das Kleid vom Körper zu reißen und auf ihn zu schleudern, nur dass ich dann nahezu nackt dastünde.

Stattdessen ging mir das Bild von der Polestangen-tanzenden Darby O'Shea aus Finn's Hollow durch den Kopf und ich dachte daran, dass sie sich nicht mit weniger zufriedengegeben hatte, als sie wert war. Entschlossen, ihrem Beispiel zu folgen, trat ich einen Schritt zurück, starrte Jean Claude direkt in die Augen und schüttete ihm mit einer kurzen Handbewegung den Inhalt meines Glases ins Gesicht.

Jean Claude prustete, der Champagner tropfte von seinem fassungslosen Gesicht und die Leute um uns herum starrten uns erschrocken amüsiert an. Das war herrlich befriedigend.

»Ich will dich nie wieder sehen«, zischte ich. Und dann machte ich den dramatischsten Abgang meines Lebens. Mit hocherhobenem Kopf und durchgedrücktem Rücken stürmte ich aus dem Saal. Die Leute gingen mir schleunigst aus dem Weg und der Butler eilte herbei, um mir die Tür zu öffnen, als befürchtete er, dass ich sie sonst eintrat.

Ich verließ mit großen Schritten die Villa, ohne zu wissen, wo ich war oder wie ich nach Hause kommen sollte. Das war mir egal. Ich würde lieber die Seine entlangschwimmen, als noch einmal etwas mit Jean Claude Bisset zu tun zu haben. Für mich war er gestorben.

Ich war wütend auf ihn und auf mich mit all meinen dummen Cinderella-Träumen, die ich von uns beiden gehabt hatte. Ich kam mir wie eine komplette Idiotin vor. Mir traten Tränen in die Augen, aber ich würde sie nicht vergießen. Das war nicht einfach, doch ich hatte ein drängenderes Problem, das meine Tränen nicht lösen würden. Ich musste, verdammt noch mal, weg von hier.

»Mademoiselle«, rief eine Männerstimme, und als ich aufschaute, entdeckte ich den Fahrer, der mich hierhergebracht hatte, er rauchte unter einem Baum neben dem geparkten Auto eine Zigarette. *»Ça va?«*

Wie ging es mir? Nicht gut. Bei Weitem nicht. Aber vor mir tat sich eine Fluchtmöglichkeit auf und strahlte mir hell hingegen.

»Indisposé«, sagte ich und seufzte schwer, wobei ich mit den Fingern meine Stirn berührte und zusammenzuckte, weil ich nicht wusste, was *Kopfschmerz* auf Französisch hieß.

»Ah«, sagte der Mann, trat seine Zigarette aus und öffnete mir die Hintertür. Mit einer Geste lud er mich ein, mich zu setzen, und sagte in gestelztem Englisch: »Ich bringe Sie zurück.«

Ich schenkte ihm das strahlendste Lächeln, zu dem ich in der Lage war. *»Merci beaucoup.«*

Die Rückfahrt kam mir viel kürzer vor als der Hinweg zur Party. Ich schaute kurz auf mein Handy und stellte fest, dass es erst kurz nach neun war. Die Nacht war noch jung, aber nicht für mich. Ich würde mich lange unter die Dusche stellen und den ganzen fürchterlichen Abend abwaschen.

Direkt vor meiner Wohnung öffnete der Fahrer die Autotür. Ich war unsicher, was ich ihm schuldete. Als ich mein Portemonnaie herausholte, sagte er: *»Non, non.«*

Ich schaute auf und die Freundlichkeit in seinem Gesicht hätte mich doch noch fast zum Heulen gebracht. »Danke schön.«

Er betrachtete mich näher, und ich glaube, er wusste genau, was an meinem Abend schiefgelaufen war. Mit einem mitfühlenden Seufzer sagte er: *»Mieux vaut être seul que mal accompagné.«*

Auch wenn mein Französisch für eine präzise Übersetzung nicht ausreichte, verstand ich den Kern: Lieber allein sein als in schlechter Begleitung. Wie wahr. Ich beobachtete, wie die Rücklichter seines Autos verschwanden. Was für eine Nacht. Ich hasste es, dass sie so geendet hatte.

Spontan spazierte ich die Straße entlang. Ich stellte fest, dass ich hungrig war, und wollte etwas typisch Französisches wie Steak-Tartar, Schnecken, Enten-Confit oder Coq au Vin essen. Ich hatte den Eindruck, als wäre meine Reise nach Paris vergiftet worden und ich müsste den Zauber meiner Suche zurückgewinnen, da ich durch das anstehende Abendessen mit Severin am morgigen Tag die Stadt noch nicht verlassen konnte. Wirklich schade. Ich hätte alles gegeben, um mich in den nächsten Flieger Richtung Italien und Marcellino zu setzen.

Es schien mir fast so, als hätte mich das Schicksal die ganze Zeit nach Italien getrieben. Ich wusste nicht, ob Severin noch immer vorhatte, dorthin zu reisen, aber das würde ich beim Abendessen herausfinden, und wenn dem so war, tja, war das einfach noch ein weiterer Beweis dafür, dass das, was ich suchte, womöglich an dem letzten Ort auf mich wartete, den ich damals besucht hatte.

Weiter vorn war eine Brasserie. Mir wehte der Duft von Fleisch, Knoblauch und Rosmarin entgegen und lockte mich, als würde mich jemand an einem Angelhaken dorthin ziehen. Unter einer Reihe von Glühbirnen und mehreren Heizpilzen standen Tische und Stühle. Es gab noch einige freie Tische, und ich hoffte, dass nicht alle reserviert waren und ich einen für mich ergattern konnte. Dann sah ich einen Mann, der allein dort saß und ein Buch las. *Jason*.

Kurz überlegte ich, ob ich umdrehen und mich in meiner Wohnung verstecken sollte, aber warum? Der Abend war eine komplette Katastrophe gewesen, was allerdings nicht an mir gelegen hatte. Ehrlich gesagt, konnte ich im Moment einen Freund ganz gut gebrauchen. Und da ich keinen in dieser Stadt hatte – und in diesem Land im Übrigen auch nicht –, musste Knightley reichen.

Ich betrat die Brasserie und fand die Wirtin. Mir war aufgefallen, dass Jasons Weinglas fast leer war, also bestellte ich noch eines für ihn und schlüpfte ein paar Tische hinter ihm mit meinem eigenen Glas auf einen Stuhl und wartete.

Als die Kellnerin sein Getränk brachte, schaute Jason überrascht auf. Ich hatte Spaß daran, ihn dabei zu beobachten, wie er sich nach demjenigen umschaute, der ihm den Wein ausgegeben hatte. Die Kellnerin stellte das Glas auf den Tisch und zeigte in meine Richtung. Jason drehte sich um und ich winkte ihm mit dem kleinen Finger zu, genauso wie er es am Nachmittag von seinem Balkon aus gemacht hatte.

Seine Augen und sein Gesicht spiegelten aufrichtige Freude. Er stand auf und lud mich mit einer Geste an seinen Tisch ein. Ich verließ meinen Platz und durchquerte das Restaurant. Ich spürte seinen Blick auf mir, hatte jedoch keine Ahnung, was er dachte. Das schwache Licht machte es unmöglich, solche Feinheiten in seiner Mimik zu erkennen. Kurz vor ihm blieb ich stehen und schaute auf.

»Ich störe dich doch nicht, oder?«

»Nein, überhaupt nicht.« Er zog den Stuhl für mich heraus, und ich setzte mich, während er ihn ein wenig näher heranschob. Er nahm seinen Platz wieder ein und sagte: »Danke für den Wein.«

»Gern geschehen.« Schweigend prostete ich ihm zu und trank einen Schluck. Er tat es mir gleich.

Als ich nichts weiter sagte, lehnte sich Jason auf seinem Stuhl zurück. »Magst du darüber reden?«, fragte er.

»Nicht wirklich, nein«, erwiderte ich. »Sagen wir mal so, einige Leute sind nicht genau so, wie man sie in Erinnerung hatte.«

Jason nickte. Er sah aus, als lägen ihm eine Million Fragen auf der Zunge. Aber er sagte nur: »Das tut mir leid.«

»Das muss es nicht«, antwortete ich. »Mir geht es gut. Ich war einfach auf der Suche nach etwas zu essen und dann habe ich diese Brasserie entdeckt und dich gleich mit, und ich dachte, du könntest mir vielleicht etwas empfehlen.«

»Excusez moi.« Jason hob seinen Arm und winkte der Kellnerin, die gerade den Wein gebracht hatte. *»Elle aimerait la bouillabaisse, s'il vous plaît«*, bestellte er in perfektem Französisch.

Die Kellnerin nickte und schaute mit einem kleinen Lächeln zwischen uns hin und her.

Ich war verblüfft. »Du sprichst Französisch? Warum weiß ich das nicht?«

Er wirkte bekümmert. »Ich kann genau einen Satz auf Französisch. Das war's schon, und ich habe ihn aufpoliert, indem ich das *ich* durch ein *sie* ersetzt habe. Madame LeBlanc, meine leidgeprüfte Französischlehrerin, wäre sehr stolz auf mich. Ehrlich gesagt, war ich so erleichtert, dass diese Brasserie die einzige Speise, die ich ordentlich aussprechen kann, Bouillabaisse, auf ihrer Karte hat, dass ich mich hierhinsetzte und blieb.«

Ich lachte. »Gut ausgespielt, Knightley.«

»Ist dir Fischeintopf recht? Ich kann bezeugen, dass er köstlich ist«, sagte er und zeigte auf seine leere Schüssel.

»Das ist perfekt«, sagte ich. Was es wirklich war – etwas typisch

Französisches, genau was ich gesucht hatte. Ich nippte von meinem Wein.

Die kühle Nachtluft strich über meine Haut und ich legte meine Stola über die Schultern. Ich war überrascht, dass die Stille zwischen uns weder angespannt noch peinlich war. Sie wirkte irgendwie sogar tröstlich.

Jason trank von seinem Wein und beobachtete die Leute, die vorbeispazierten. Manche steuerten erwartungsvoll einer ausgelassenen Nacht entgegen, während andere eher aussahen, als wären sie auf ihrem Weg nach Hause. Die Kellnerin brachte mir den Eintopf mit einem warmen, frischen Brot. Ich bot Jason etwas an, aber der schüttelte den Kopf und sagte, er sei schon satt.

»Hast du heute Abend mit Aidan gesprochen?«, fragte ich.

»Ja, ich wollte ihn wissen lassen, dass du alles im Griff hast und wir uns unnötig Sorgen gemacht haben«, sagte er. »Aidan meinte nur: ›Natürlich hat sie das‹, als wäre er nicht ausgeflippt, als du dich nicht gemeldet hast. Ehrlich gesagt, glaube ich, dass er sich eher um dich Sorgen gemacht hat als um das Abendessen mit Severin.«

»Wirklich? Ist das nicht eher untypisch für jemanden, dessen Motto leben und leben lassen heißt?«

»Ein wenig schon, aber er hat mit seiner Behandlung begonnen, womöglich fühlt er sich dadurch machtloser und ängstlicher als gewöhnlich.«

»Das klingt einleuchtend. Gab es eigentlich noch irgendwelche Vorfälle mit dem Vierteldieb?«, fragte ich.

Jason informierte mich, dass der Dieb wieder zugeschlagen hatte, dieses Mal war es ein Viertel von einem Schoko-Cookie, den Michelle für sich aufgehoben hatte. Am eigenartigsten jedoch war, dass der Cookie eingewickelt in einer Serviette auf ihrem Schreibtisch im Büro gelegen hatte, das sie normalerweise zuschloss. Als sie ihren Cookie auswickelte, fehlte jedoch ein Viertel.

Ich aß mit Appetit und lauschte dem Bürotratsch. Das Fischgericht war perfekt. Der Fischfond war mit Safran und Fenchel abgeschmeckt, und als ich das Fischfleisch und die Muscheln gegessen hatte, hätte ich die restliche Brühe am liebsten ausgeschlürft. Stattdessen brach ich mir Stücke von meinem Brot ab und tunkte die Reste auf.

»Wie ist der Vierteldieb in ihr Büro gekommen?«, fragte ich.

»Das weiß niemand, aber Michelle ist am Toben. Nachdem sie sich zuerst einen eigenen Kühlschrank gekauft hat, damit sie ihr Essen in ihrem Büro aufbewahren kann, hat sie jetzt sogar noch ein zusätzliches Schloss an ihre Tür angebracht.

Ich kaute den letzten Bissen meines Brotes. »Denkst du, der Vierteldieb versucht einfach nur, sie in den Wahnsinn zu treiben?«

»Das ist eine gute Theorie, Martin«, sagte er. »Das habe ich mir auch schon überlegt.«

»Ich bin mir nicht sicher, ob ich so jemandem applaudieren soll oder nicht. Diese Art von böser Genialität verdient Respekt, und doch hätte ich Angst, so jemanden zu verärgern.«

Er lachte. »Ich bin für den Respekt. Mit ein bisschen Glück vergrault derjenige sie und ihr Personalterror hat ein Ende.«

Ich musterte ihn über den Rand meines Glases hinweg. »Du weißt, wer dahintersteckt, oder?«

Er blinzelte, ein Bild der Unschuld.

»Erzähl schon«, verlangte ich.

»Erzähl du zuerst«, sagte er.

»Aber ich weiß doch nicht, wer das ist.«

»Nicht das«, sagte er. »Erzähl mir, was heute Abend passiert ist.«

Ich lehnte mich in meinen Stuhl zurück. »Warum interessiert dich das?«

»Ich will wissen, ob ich jemanden vermöbeln muss.«

»Nein, musst du nicht«, sagte ich. »Ich kann auf mich allein aufpassen.«

»Nun, das weiß ich, Martin«, sagte er. »Und trotzdem, du bist meine Kollegin – nein, das stimmt nicht mehr. Du bist eine Freundin.« Er schaute mich an. Und sein Blick wurde auf einmal ganz ernst. »Wir sind Freunde. Und ich stehe normalerweise nicht einfach tatenlos daneben, wenn meine Freunde verletzt werden.«

»Ich wurde nicht verletzt«, sagte ich und war eigenartig berührt. Ich zupfte an meinem baumelnden Ohrring.

»Du spielst an deinem Schmuck herum, das machst du immer, wenn du durcheinander bist.«

Verlegen ließ ich meine Hand sinken. Wann war ihm das denn aufgefallen? In dem Versuch, die Situation ein wenig aufzuheitern, lächelte ich ihn an und wiederholte seine früheren Worte: »Was anders ausgedrückt bedeutet, dass ich dir aufgefallen bin.«

Sein Blick begegnete meinem unerwartet intensiv. »Ja, du bist mir aufgefallen.«

Ich schaute weg, mir wurde plötzlich ganz warm und das lag nicht am Wein. »Ehrlich, ich bin nicht durcheinander.«

Er schnaubte, was glücklicherweise die Spannung zwischen uns löste.

Erleichtert schaute ich wieder zu ihm. »Na gut, vielleicht war ich ein wenig wütend«, gab ich zu, »aber nach diesem desaströsen Abend wurden keine Tränen vergossen.«

»Desaströs? Also, jetzt musst du mir erzählen, was passiert ist«, sagte er. »Es an dieser Stelle nicht zu tun, wäre einfach nur grausam.«

»Also gut«, sagte ich. Ich holte tief Luft und gab ihm eine gekürzte Fassung des Abends wieder. Dabei versuchte ich, so emotionslos wie möglich zu bleiben, aber es fiel mir schwer, meine Abscheu zu verbergen. »Kannst du dir vorstellen, dass er tatsächlich gedacht hat, ich würde für ihn irgendeinem reichen, alten Mann die Eier kraulen? Total eklig. Warum erwisch ich immer solche Typen.«

Knightley erwiderte mein Lächeln nicht. Stattdessen sah er wütend aus. »Ich nehme nicht an, dass du die Adresse von dieser Party hast, oder?«

»Nein, warum?«

»Weil ich plötzlich das Bedürfnis verspüre, einen scheußlichen Modeschöpfer zu verprügeln.«

»Hör auf«, sagte ich. »Ich weiß nicht, was mit Jean Claude los ist, aber ich bin gegangen und mir geht es gut. Eine Prügelei ist nicht erforderlich.«

»Chelsea.« Als er meinen Vornamen sagte, traf mich das vollkommen unvorbereitet. Hatte er mich je so genannt? Ich konnte mich nicht daran erinnern. Mir gefiel, wie mein Name mit seiner tiefen Stimme klang. »Ich denke, es ist sehr wohl erforderlich, dass jemand verprügelt wird. Dieser Typ wollte dich wie Schweinebauch an diesen verdorbenen Milliardär verschachern …«

»Schweinebauch?«, unterbrach ich. »Damit vergleichst du mich?«

»Was denn?«, fragte er völlig ernst. »Daraus entsteht Speck. Das ist besser als Gold.«

Ich lachte, was er wahrscheinlich beabsichtigt hatte. »Ich würde Gold vorziehen.«

»So oder so war es eine miese Nummer und er verdient eine Unmenge an Arschtritten.«

»Vielleicht«, sagte ich. Trotzdem wollte ich auf der Sache nicht weiter herumreiten. »Können wir bitte über etwas anderes reden? Langsam komme ich mir nämlich ganz lausig und dumm vor.«

»Es gibt keinen Grund, dass du dich so fühlst. Er hingegen …« Jason machte ein finsteres Gesicht.

»Zudem musst du mir noch erzählen, wen du für den Vierteldieb hältst«, sagte ich.

»Na gut«, sagte er. »Ich glaube, es ist Bill Listrum.«

»Bill?«, fragte ich. »Aber er ist siebenundsechzig Jahre alt und der freundlichste Mann, den man sich vorstellen kann. Unmöglich.«

»Aber Michelle wurde statt ihm befördert. Er ist ihr seit drei Jahren unterstellt, was unangenehm sein muss«, sagte Jason. »Außerdem geht er bald in Rente. Er hat nichts zu verlieren.«

»Also schön, das würde durchaus Sinn machen, aber Bill?« Ich schüttelte den Kopf. Das konnte doch nicht sein. Allerdings hatte ich nicht gerade eine gute Menschenkenntnis bewiesen, nicht wahr? »Ich gebe deiner Theorie einen gutes Vielleicht.«

»Damit kann ich leben. Viel wichtiger ist aber, was wir jetzt mit deinem freien Abend anstellen?«

»Ins Bett legen und so tun, als hätte es den heutigen Tag nie gegeben.«

»Non, non«, protestierte er in einem perfekt französischen Akzent, der mich zum Lächeln brachte. »Schau dich nur an. Du siehst atemberaubend aus. Du kannst dich nicht in deinem Zimmer verstecken. Du musst wieder zurück in den Sattel.«

»Args, warum muss es immer ein Sattel sein? Im Sattel bekommt man blaue Flecken. Warum sagt man nicht: ›Du musst zurück in ein Schaumbad‹?«

Er lachte. »Ganz wie du willst, aber du und ich gehen heute noch in die Stadt hinaus.«

»Was? Aber dafür bin ich doch gar nicht …«, ich wollte gerade sagen, dass ich dafür nicht richtig angezogen war, doch das war eindeutig Blödsinn.

»Genau«, sagte er und stand auf. »Bleib sitzen und genieße deinen Wein. Ich ziehe mich noch schnell um und dann ziehen wir durch die Stadt der Lichter, Baby.«

Junge, Junge.

Kapitel 18

Wahrscheinlich war das kein französischer Anzug, aber er passte dem Mann unheimlich gut. Der dunkelblaue Stoff legte sich um seine breiten Schultern und war um seine schlanke Taille schmaler geschnitten. Darunter trug Jason ein weißes Hemd ohne Krawatte, passende blaue Hosen und dunkelbraune elegante Schuhe – keine Converse-Sneakers. Schockierend! Andererseits war er ja nach Paris gehastet, um meinen Platz beim Abendessen mit Severin einzunehmen, daher war es logisch, dass er seine professionellste Kleidung mitgebracht hatte.

Der Mann sah wirklich göttlich aus. Wahrscheinlich hatte er schon immer so gut ausgesehen, sogar damals, als ich ihn noch verabscheute, aber jetzt hatte ich ihn außerhalb der Arbeit kennengelernt und ich wusste es zu schätzen, dass an Jason Knightley mehr dran war, als ich gedacht hatte.

Ich beobachtete, wie er über die Terrasse zu mir kam, und meine Laune wurde sofort besser. Ich war in Paris und hatte einen gut aussehenden, aber noch weit wichtiger, einen netten Mann an meiner Seite, der mich in die Stadt begleitete. Mal ernsthaft, was sonst konnte sich eine Frau wünschen?

Na ja, vielleicht, dass ich mich nicht zur Vollidiotin gemacht hätte, aber wenigstens war ich rechtzeitig verschwunden, bevor ich mich in einer unmöglichen Lage wiedergefunden hätte. Und mir blieb die große Genugtuung, dass ich Jean Claude den Champagner übergegossen hatte. Das half.

»Also eben hast du noch gelächelt und dann plötzlich ganz

finster geschaut. Was ist in der Zeit passiert, als ich dort drüben stand, bis ich bei dir ankam?«, fragte er.

»Nichts«, sagte ich.

»Bitte.« Er schüttelte den Kopf. »Deine Was-zum-Teufel-Falte ist so tief« – er hielt kurz inne und stupste sacht auf die Stelle zwischen meinen Augenbrauen –, »dass ich mich darin abseilen könnte.«

Ich hörte sofort auf, die Stirn zu runzeln. »Besser?«

»Viel besser«, sagte er. Er streckte mir seine Hand entgegen und zog mich auf die Füße. »Los geht's – uns läuft die Zeit davon.

»Ich dachte, wir haben die ganze Nacht«, sagte ich.

»Nicht für unseren ersten Programmpunkt«, sagte er. »Das könnte sogar sehr, sehr knapp werden.«

Er hatte bereits gezahlt und wir eilten aus der Brasserie, wobei Jason immer noch meine Hand festhielt. An der Straße führte er seine freie Hand zum Mund und stieß einen durchdringenden Pfiff aus. Wie aus dem Nichts fuhr ein Taxi heran. Jason öffnet die Tür und schob mich nicht gerade sanft hinein.

»Eiffelturm, *s'il vous plaît*«, sagte er.

»Oh, das ist eine tolle Idee«, sagte ich. »Aber wir brauchen Eintrittskarten, um dort raufzukommen, und ich bezweifle, dass es noch welche gibt.«

Er zog zwei Karten aus seiner Anzugtasche. Ich bekam ganz große Augen. »Was?«

»Das Pärchen, das die Wohnung vor mir hatte, musste Paris unerwartet verlassen. Sie haben die Karten Zoe gegeben, und als ich die Ferienwohnung gemietet habe, hat Zoe sie mir angeboten, also habe ich sie gekauft. Ich dachte, ich würde allein gehen, aber dann bist du aufgetaucht.« Er schaute auf die zeitgebundenen Karten. »Außerdem bekommen wir oben in der Bar auch noch einen Champagner.«

»Betrunken auf dem Eiffelturm«, sagte ich. »Die Nacht wird immer besser.«

»Braves Mädchen«, sagte er. Er schaute aus dem Fenster und verfolgte, wie gut wir vorankamen.

Ich sah den Eiffelturm schon in der Ferne, wir kamen näher. Allerdings spürte ich, wie ich zunehmend nervös wurde. Ich war noch nie gut darin, knapp zu einem Termin zu erscheinen. Was, wenn wir es nicht schafften? Das wäre eine Verschwendung der Eintrittskarten. Wir würden alles versäumen. Ich hatte mir noch nie so sehr gewünscht, auf der Spitze des Eiffelturms zu sein und einen Champagner zu trinken, wie in diesem Moment.

»Hey.« Jason nahm meine Hand und drückte sie. »Keine Sorge, wir schaffen das.«

Da war er wieder. Der Typ, der sich nie über etwas Sorgen machte und kein Problem damit hatte, zu improvisieren. Er ging immer davon aus, dass alles schon irgendwie gut werden würde, und selbst wenn dem nicht so war, kam er damit zurecht. Das war das vollkommene Gegenteil davon, wie ich mein Leben führte. Aber ausnahmsweise, und nur dieses eine Mal, würde ich mich entspannen. Wenn es uns vorbestimmt war, auf den Turm zu gehen, würden wir das tun, und wenn nicht, dann eben nicht.

Als unser Taxifahrer in der Nähe des Eiffelturms anhielt, zahlte Jason, während ich aus dem Auto stieg. Draußen war es inzwischen kalt und ich wünschte, ich hätte daran gedacht, meinen Mantel mitzunehmen. Ich würde mir dort oben den Hintern abfrieren. Nun denn, was sagten die Franzosen? *C'est la vie.* Es würde sich bestimmt total lohnen.

»Vorwärts.« Jason griff wieder nach meiner Hand. »Wir müssen einen Sprint einlegen!«

Ich trug zwar nicht gerade Laufschuhe, aber immerhin auch keine Stilettos. Ich ließ mich von ihm durch die Menge an einem

Karussell vorbei über die Straße Richtung Eingang ziehen. Wir flitzten in den Park und sausten in der Dunkelheit an Krimskramsverkäufern vorüber, die auf ihren Decken winzige, bunt blinkende Eiffeltürme anboten.

Mit unserer zeitgebundenen Eintrittskarte konnten wir in die Expressschlange und ließen die Sicherheitsleute und ihre Metalldetektoren zügig hinter uns. Und schon ging es die Stufen hoch, wo wir nur anhielten, um dem Mann am Schalter unsere Eintrittskarten zu zeigen. Er winkte uns weiter und wir stellten uns hinter einer Reihe anderer, übertrieben herausgeputzter Leute in die Schlange vor den Aufzügen, die uns zur zweiten Etage bringen würden. Der Aufzug kam schnell und Jason schob mich in die Kabine. Mir fiel auf, dass er noch immer meine Hand festhielt. Normalerweise hätte ich sie weggezogen, aber ich hatte kalte Finger und seine waren angenehm warm.

Auf der zweiten Etage stiegen wir aus, aber uns blieb keine Zeit, die Aussicht zu genießen, wir mussten den Fahrstuhl zur Spitze erwischen. Also noch ein paar Stufen hinauf und in die Schlange eingereiht, die sich die Plattform entlangwand. Die Leute rückten schnell vorwärts, da sich das Ende des Abends näherte, und wir traten in einen schmalen Gang zu den Aufzügen.

Insgesamt waren vier Fahrstühle in Betrieb, zwei rote und zwei gelbe, sie fuhren immer paarweise und hielten sich gegenseitig im Gleichgewicht. Als eine Kabine sich leerte, schob Jason mich hinein. Ich wurde gegen die Glaswand gedrückt, aber er stand hinter mir und schirmte mich mit seinem Körper von der Menschentraube ab, die sich zu uns in den Aufzug drängte.

Selbst wenn sie mich zerquetscht hätten, wäre mir das egal gewesen. Jetzt, nach all diesen Jahren, verstand ich, warum Paris die Stadt der Lichter genannt wurde. Es lag nicht nur an dem Bekanntheitsgrad im Zeitalter der Aufklärung. Während wir langsam in den Himmel glitten, starrte ich durch die ausgeklügelte Eisenkonstruktion auf die wunderschönen goldenen Lichter der Stadt, die sich vor mir erstreckten. Es war atemberaubend.

»Wow, ist das schön«, flüsterte Jason in mein Ohr.

Als ich mich umdrehte, starrte er mich an, unsere Gesichter waren nur Zentimeter voneinander entfernt. Ich betrachtete seine langen Wimpern, seine hübschen Augen und sein kantiges Kinn mit dem Dreitagebart in der perfekten Länge. »Ja, stimmt«, sagte ich.

Wir verstanden einander ohne große Worte, und er lächelte mich an, bevor er wieder zurück auf die Stadt blickte. »Wenn wir die dritte Etage erreichen, müssen wir nur noch ein paar Minuten bis zur Lichtshow warten. Ich habe gelesen, dass die Spitze des Turms zu Beginn jeder Stunde fünf Minuten lang mit funkelnden Lichtern illuminiert wird.«

»Gutes Timing«, sagte ich. Meine Worte klangen steif, inzwischen war ich mir des Mannes, der hinter mir stand, doch erschreckend bewusst. Am liebsten hätte ich mich nach hinten in seine Wärme gelehnt, aber das wäre ziemlich seltsam, nicht wahr? Ich hatte den Abend mit einem Date begonnen, und jetzt war ich mit einem Typen, den ich bis vor Kurzem noch mit jeder Faser meines Körpers verabscheut hatte, hier, an dem romantischsten Ort der Welt. Die ganze Situation war einfach nur verrückt – oder lag es an Paris? Ich hatte keine Ahnung.

Der Fahrstuhl hielt und wir stiegen aus. Wir befanden uns in dem verglasten Teil des Turms. Es war sehr voll, aber Jason nahm meine Hand und führte mich über eine schmale Treppe nach draußen. Der Wind blies mir direkt ins Gesicht und ich zitterte. Meine Stola war vollkommen nutzlos. Wortlos schlüpfte Jason aus seinem Jackett, legte es mir über die Schultern und zog mich an sich, wobei er die Arme locker schützend um mich legte. Tja, da staunte ich. Knightley war ein Gentleman.

Wir genossen die Aussicht: den blauen Strahl, der von der Spitze leuchtete, die hellen Lichter der Stadt, die sich bis zum Horizont erstreckten, und direkt unter uns die Ausflugsboote und Dinner-Kreuzfahrten auf der Seine. Es war überwältigend. Jason entschuldigte sich und ging zu dem kleinen Fenster der Bar à Champagne, um unsere Getränke zu holen. Als er mit den zwei Gläsern wiederkam, lächelte er breit.

»Was ist so lustig?«, fragte ich.

»Aidan wäre sicher sehr stolz auf uns, dass wir so unsere Zeit miteinander verbringen. Wir haben uns noch nicht einmal gestritten.«

»Ich glaube, er wäre eher schockiert«, sagte ich.

»Auf Aidan«, sagte Jason. Er hob sein Glas und ich stieß mit ihm an.

»Auf Aidan.«

Wir tranken beide einen ordentlichen Schluck. Ich wusste nicht, ob ich meine Nerven beruhigen wollte, schließlich war ich fast dreihundert Meter hoch in der Luft und der Wind peitschte um mich, oder hoffte, dass der Alkohol mich aufwärmte. Ich wusste nur, dass dieser Champagner der leckerste war, den ich je getrunken hatte. Vielleicht lag es an der Höhe, womöglich an der Begleitung. Das Einzige, was ich mit Sicherheit wusste, war, dass ich mich irrsinnig wohl fühlte. Menschen gingen um uns herum, aber wir gaben unseren kleinen, eigenen Platz nicht auf.

Jason fröstelte. Ganz offensichtlich wurde ihm in seinem Hemd kalt. Ich trat näher an ihn, schob meinen Arm um seinen Rücken und drückte mich an seine Seite. Als er überrascht zu mir sah, sagte ich: »Körperwärme.«

Er atmete hörbar ein und zog mich näher. »Du überraschst mich immer wieder, Martin.«

»Tue ich das?«, fragte ich. Ich wusste, dass ich mich darüber vermutlich nicht freuen sollte, aber ich stellte fest, dass es mir gefiel, wenn ich ihn überraschen konnte. Und mich selbst zu überraschen, war, ehrlich gesagt, auch schön.

»Ja, auf die allerbeste Art und Weise.« Seine Stimme klang rau, er leerte seinen Champagner, wartete darauf, dass ich ebenfalls austrank, und brachte die Gläser zurück zur Bar. Danach holte er sein Handy und die kabellosen AirPods aus seiner Tasche. »Sag mal, Martin, hast du jemals oben auf dem Eiffelturm getanzt?«

»Nein, das kann ich nicht von mir behaupten«, sagte ich.

»Klasse.«

Er reichte mir einen seiner Ohrstöpsel und ich drückte ihn mir ins Ohr. Er macht es genauso und tippte auf das Display seines Handys, bevor er es zurück in seine Hosentasche schob. Er öffnete seine Arme, und als der unverkennbare orchestrale Einstieg von »La vie en rose« begann, schlüpfte ich in seine Umarmung, während Edith Piaf ihre Zeilen schmetterte und mit ihrer Stimme einen Zauber über uns ausbreitete.

Viel Platz zum Tanzen hatten wir nicht, aber das hinderte Jason nicht daran, mich in einem engen Kreis zu führen und dann in seinen Armen herumzuwirbeln, sodass mein Kleid sich ausbreitete. Ich fühlte mich wie ein Filmstar aus den 1940ern, wunderschön, glamourös und ach so sexy. Das war Balsam für meine gebeutelte Seele.

Während der Wind an unseren Kleidern zerrte und die Unterhaltungen der Leute verstummten, bewegten wir uns gemeinsam weiter. Jason zog mich eng an sich, und ich spürte, wie sich die Wärme seines Körpers so stark um mich legte wie seine Arme.

Sein Geruch ließ mein Herz schneller schlagen, eine leise Note von Ambra mit einem Hauch von Kardamom und Minze erfüllte meine Sinne. Ich wollte mich in diesem Geruch zusammenrollen, wie in meinem geliebten Kuhschlafanzug. Es war ein tröstlicher Geruch und ich fühlte mich wie … zu Hause.

Als ich mich nach hinten lehnte, um in sein Gesicht zu schauen, sang Edith gerade einen lieblich hohen Ton. Durch meine Absätze war ich fünf Zentimeter größer als sonst, mein Blick fiel auf seinen Mund, und ich kam nicht umhin, seine schön geformten Lippen zu bemerken.

»He, Blick nach oben, Martin«, neckte er mich.

Ich schaute nach oben und das Lachen in seinen Augen brachte mich zum Lächeln, aber das Feuer darin verschlug mir den Atem. Dieser Blick. Das war einer von der Art, die einer Frau zu Kopf stieg und sie glauben ließ, dass ein Mann sich nach ihr verzehrte. Gegen diesen Blick war man machtlos. Ich warf meinen gesunden Menschenverstand und meine Vernunft wie Konfetti vom Eiffelturm, schlang meine Arme um seinen Hals und zog ihn zu mir, damit ich ihn küssen konnte.

Als mein Mund auf seine warmen Lippen traf und ich dort den Champagner schmeckte, hatte ich nur einen Gedanken im Kopf: *Mehr*. Ich öffnete meine Lippen und küsste ihn intensiver. Vage nahm ich wahr, wie Jason eine Hand unter sein Jackett auf meinen nackten Rücken schob, während er die andere um meinen Hinterkopf legte und meinen Kuss ebenso leidenschaftlich erwiderte.

Das Gefühl von seinen Lippen auf meinen war vollkommen. Er saugte meine Unterlippe ein, fuhr mit der Zunge über meine Oberlippe und drückte meinen Mund sanft mit seinem auf. Seine rauen, kurzen Bartstoppeln rieben angenehm kribbelnd über meine Haut. Sein Kuss war warm, weich, feucht und köstlich und mir drehte sich dadurch stärker der Kopf als durch den Champagner. Ich hatte den Eindruck, als würde ich kopfüber in ein unersättliches Verlangen fallen, sodass mein ganzer Körper vor Lust zitterte.

Ich klammerte mich an ihn, versuchte, ihm näher zu kommen. Ich vergrub meine Hände in seinen Haaren und verschmolz regelrecht mit ihm, als er mich besinnungslos küsste. Seine Küsse raubten mir den Verstand, seine Hände streichelten mein Urteilsvermögen einfach weg. Ich war ihm ausgeliefert und hatte überhaupt nichts dagegen.

Durch den Schleier der Leidenschaft drangen Ooohs und Aaahs, was mir in Anbetracht der Wirkung seines Kusses durchaus angemessen erschien. Ich schob mich zurück und blinzelte, weil ich erwartete, dass die Welt sich verändert hatte. Ich wurde nicht enttäuscht. Um uns herum funkelten überall helle Lichter, während über die ganze Länge der Metallstruktur des Eiffelturms Lichtkegel wanderten. Das Wahrzeichen war ohnehin schon wunderschön, aber jetzt fühlte es sich an, als wohnte ihm ein zarter Zauber inne. Ich schaute zu Jason, der mit großen Augen das Spektakel verfolgte. Zauber, wahrhaftig.

Während wir dort standen und der fünfminütigen Lichtshow zusahen, zog Jason mich mit dem Rücken an seine Brust und schlang die Arme um mich. Einige Menschen filmten, aber die meisten ließen das Ganze einfach nur auf sich wirken, weil sie erkannten, dass sie höchstwahrscheinlich nie mehr in solch einem außergewöhnlichen Moment auf der Spitze des Eiffelturms stehen würden. Mich durchströmte echtes, pures Glück.

Das war die Schönheit von Paris. Wenn irgendetwas nicht so lief wie erwartet, gab es immer irgendetwas anderes zu sehen, zu tun, zu schmecken oder fühlen. Ich war, verdammt noch mal, auf der Spitze des Eiffelturms! Was sollte das noch toppen? Ich schaute nach hinten zu Jason, der der Lichtershow zusah. Er drehte den Kopf zu mir, als hätte er meinen Blick gespürt. Und seine Augen wurden von demselben Staunen erfüllt.

»Wie schon gesagt, du überraschst mich immer wieder«, sagte er. Dann küsste er mich schnell, schlang seine Arme noch fester um mich und legte sein Kinn auf meine Schulter, während wir die Show zu Ende anschauten.

Die ganze Fahrt über nach unten ließ er meine Hand nicht los. Als ich ihm sein Jackett zurückgeben wollte, schüttelte er den Kopf. Er schob den Arm um meine Taille und zog mich zu sich. Wir liefen zu einem Taxistand gleich vor dem Turm. Da der Eiffelturm nun geschlossen hatte, war die Schlange glücklicherweise kurz und wir mussten nicht lange warten.

Jason half mir auf den Rücksitz und beugte sich dann nach vorne, um dem Fahrer unser Ziel zu nennen. Die Adresse war nicht die unserer Wohnungen über dem Café. Als er sich zurücklehnte, schaute ich ihn fragend an.

»Wir müssen auf dem Rückweg noch einen kleinen Abstecher einlegen«, sagte er. »Bist du dabei?«

Eine bislang unbekannte, lächerlich verspielte Frau in mir hüpfte auf und ab und klatschte in die Hände. Ich weigerte mich, sie herauszulassen, zuckte stattdessen nur unbekümmert mit den Schultern, was Teil des französischen Vokabulars zu sein schien, und sagte: *»Mais oui.«*

»Hervorragend.« Er ließ sich in seinen Sitz sinken und zog mich an sich, als wäre das das Natürlichste auf der Welt. Ich ließ es zu. Als hätten wir eine stillschweigende Übereinkunft, sprachen wir nicht über den Kuss auf dem Eiffelturm. Wahrscheinlich war das ein wenig so wie mit den Küssen in der Silvesternacht. Die Sorglosigkeit des Moments hatte alles andere beherrscht und wir uns geküsst. Keine große Sache. Ehrlich. Nur weil es der unvergleichlichste Kuss meines Lebens war, gab es wirklich keinen Grund, darauf herumzureiten.

Die Lichter der Stadt wischten am Autofenster vorbei und ich legte meinen Kopf an seine Schulter. Es fühlte sich an, als wären wir in unserem eigenen, persönlichen Versteck, wo es warm und ruhig und sicher war. Wenn mir vor ein paar Wochen jemand erzählt hätte, dass ich mich so fühlen würde, nur weil ich in Paris ein Taxi mit Knightley teile, hätte ich ihn für verrückt erklärt. Ich hätte vermutet, dass ich auf einer Fahrt mit Knightley fieberhaft nach dem richtigen Zeitpunkt suchen würde, um vor ihm zu fliehen und stuntmäßig aus dem langsamer werdenden Taxi zu springen. Ich lächelte.

Das Taxi hielt viel zu früh an und wir stiegen wieder aus. Die Gegend war ruhig. Es gab keine Menschenmassen, nur ein kleines Geschäft mit ausgekurbelter Markise und einer Handvoll Gäste, die drinnen an schmalen Tischen saßen.

»Was ist das für ein Ort?«, fragte ich.

»Le Chocolat de Lucille. Mir wurde gesagt, dass das der einzige Ort in Paris ist, wo man *chocolat chaud à l'ancienne* bekommt«, sagte er.

»Heiße Schokolade nach traditioneller Art?«, fragte ich. »Ja, bitte.«

Jason grinste und führte mich in das winzige Café. Wir wählten einen kleinen Tisch am Fenster und dann ging er zur Theke und bestellte zwei heiße Schokoladen. Ich beobachtete, wie die dunkelhaarige Frau, die in ihren Zwanzigern sein musste, seine Bestellung aufnahm und mit ihm flirtete. Jason schienen die klimpernden Wimpern und das verführerische Lächeln überhaupt nicht aufzufallen.

Okay, das war schon sehr charmant, wenngleich es keine Rolle spielen sollte, ob er sie bemerkte oder nicht, schließlich waren wir kein Paar. Wir hatten uns geküsst. Und er war noch immer Knightley und ich war noch immer Martin – das hieß, wie Öl und Wasser oder Hund und Katz. So oder so keine gute Mischung. Unsere Lippen kannten jetzt einfach nur die Form und den Geschmack des anderen … aufs Engste. Solche Sachen passierten. Zugegeben, mir waren sie noch nie passiert, aber ich wusste aus sicherer Quelle – Annabelle –, dass sie manchen Menschen manchmal passierten.

Jason kam mit einem Tablett zurück. Darauf standen zwei Becher mit der dicksten heißen Schokolade, die ich je gesehen hatte. Außerdem warteten dort auch noch zwei Teller, auf denen jeweils ein rosafarbenes und ein grünes Macaron lag. Entzückt schaute ich zu Jason.

»Ich möchte nicht, dass dir das zu Kopf steigt«, sagte ich. »Aber mit dem Tablett bist du im Moment der vollkommenste Mann, der jemals gelebt hat.«

Er lachte und stellte das Tablett auf den Tisch, um die Becher und Teller zu servieren. »Ich bemühe mich, mein Ego nicht zu sehr anschwellen zu lassen, besonders weil mich der leise Verdacht beschleicht, dass jeder Mann mit einem Tablett heißer Schokolade und Rosen- und Pistazien-Macarons für den Titel infrage käme.«

»Das würde sich sicherlich zu seinen Gunsten auswirken«, stimmte ich zu. Ich legte meine Hände um den Becher und ließ die Wärme in meine kalten Finger dringen.

Ich beobachtete, wie Jason seinen Löffel in die kunstvoll aufgetürmte frische Schlagsahne steckte, die mit Schokoladenlocken garniert war. Ihm gelang es, auch ein wenig heiße Schokolade auf den Löffel zu laden. Als er probierte, schloss er die Augen, als genösse er jede einzelne Nuance des Geschmacks. Vermutlich wäre er als Liebhaber genauso – er würde jeden Moment auskosten.

Uff. Mein Gesicht wurde heiß, bei der Vorstellung stieg meine Körpertemperatur an. Das war gar nicht gut. So sollte ich nicht über einen Kollegen denken. Und was das betraf, hätte ich einen Arbeitskollegen auch nicht küssen dürfen. Michelle von der Personalabteilung würde einen Wutanfall bekommen, wenn sie das herausfände.

Keine Beziehungen zwischen Angestellten, das war eine Regel, die sie genüsslich durchsetzte. Bei dem Gedanken geriet ich ein wenig in Panik. Wir waren in Paris, beruhigte ich mich, das war ein Versehen. Ja, meine Lippen waren aus Versehen auf seinen gelandet. So etwas passierte ständig. Pfui.

Ich musste dringend Grenzen ziehen. Ich versuchte, mich an all die Dinge zu erinnern, die mich an Knightley in den Wahnsinn trieben. Nur fiel mir gerade leider nichts ein. Verdammt!

Überhitzt ließ ich meinen Becher los, streifte sein Jackett ab und drapierte es sorgsam über meinen Stuhl. Als ich nach oben blickte, schaute er mich intensiv an. Er zeigte auf meinen Becher.

»Du musst das probieren. Das ist ... Also, es schmeckt garantiert nicht wie der Pulverkakao von deiner Großmutter.«

Ich nahm meinen Löffel. Die heiße Schokolade unter dem Klacks Schlagsahne glänzte dunkelbraun. Als ich meinen Löffel hineinsteckte, war es fast, als würde ich ihn in eine dunkle Schokoladenmousse eintauchen. Ich löffelte ein wenig dunkle Flüssigkeit, Schlagsahne und ein paar Schokoladenflocken auf.

Als ich den Löffel zu meinen Lippen führte, merkte ich, wie Jason meinen Mund anstarrte. Das machte mich verlegen, deshalb hielt ich meinen Blick gesenkt, ich wollte mich nicht durcheinanderbringen lassen und heiße Schokolade auf mein weißes Kleid klecksen. Ich schloss meine Lippen um den Löffel und vergaß sofort, verlegen oder sittsam zu sein – verdammt, ich vergaß sogar meinen Namen.

»Ohmaingohd«, sagte ich, als die seidenweiche Textur der Schokolade und der Schlagsahne in der köstlichsten Explosion von bitter und süß über meine Zunge in meine Kehle glitt. Ich hatte den Eindruck, als wären Geschmacksknospen, die mein ganzes Leben lang geschlummert hatten, plötzlich zum Leben erwacht und schrien nach mehr.

Ich schaute zu Jason und sagte: »Ich glaube, ich hatte eben ein Erweckungserlebnis.«

Er lachte und löffelte von seiner *chocolat chaud*. »Ich weiß. Ich liebe das Getränk so sehr, dass ich mir überlege, ob ich es heiraten soll.«

Ich schlürfte noch ein wenig von meiner Schokolade und beschloss dann, dass ich für ein Macaron bereit war. Ich schob einen Teller zu ihm und fragte: »Zusammen?«

»Einverstanden. Pistazie zuerst?«

Ich nickte und wir griffen nach dem blassgrünen gefüllten Baisergebäck. Wir bissen gleichzeitig ab. Es war göttlich. Das knusprig weiche Baiser mit der cremigen Mitte schmolz in meinem Mund und hinterließ einen herrlich delikaten Pistaziennachgeschmack.

»So gut«, sagte er. »Ich muss mir vielleicht eine Schachtel davon mitnehmen.«

»Führ mich nicht in Versuchung«, sagte ich. »Ich mag gar nicht daran denken, wie viele Kalorien wir gerade zu uns nehmen.«

»Wir sind in Paris – hier zählen keine Kalorien.« Er betrachtete mich nachdenklich. »Ich hätte nie gedacht, dass du eine Vorliebe für Süßes hast, Martin.«

»Oh, das habe ich auch nicht«, sagte ich. »Ich habe viele.« Und dann lächelte ich breit.

»Also, deine Zurückhaltung im Büro ist beispiellos«, sagte er.

»Ganz gleich, wann die Freitagsdonuts gebracht werden, dich habe ich noch nie schwach werden sehen. Du nimmst nicht einmal einen.«

»Wenn ich das täte, würde ich gleich fünf essen«, sagte ich. »Wenn man mich in Versuchung führt, bin ich eine schwache, schwache Frau.«

»Tatsächlich?«, fragte er. Und plötzlich unterhielten wir uns nicht mehr über Donuts.

Ich begegnete seinem Blick und spürte, wie sich ein neu erwachtes Bewusstsein zwischen uns ausbreitete, ganz ähnlich einer kleinen Welle auf der köstlichen Schokolade in meinem Becher. Es ließ sich weder ignorieren noch leugnen, aber ich wusste auch nicht, wie ich damit umgehen sollte. War diese Anziehung real oder eine Auswirkung von meiner herben Enttäuschung durch Jean Claude? Oder war sie einfach nur durch den Zauber von Paris entstanden und entbehrte jeder Grundlage? Vielleicht würde ich Jason morgen ja anschauen und die übliche Abneigung empfinden.

Ein Mann mit Schürze kam in den Speiseraum und stellte die Stühle hoch, der besondere Moment war vorbei. Er schaute zu uns und begann zu singen. Ich kannte das Lied nicht, aber er hatte eine schöne Stimme und die Melodie brachte mich zum Lächeln. Immer wieder schaute er zu uns, wackelte mit seinen dichten Augenbrauen, lächelte und sang weiter.

»Denkst du, er will ein Trinkgeld?«, fragte Jason. »Ehrlich gesagt, habe ich keine Ahnung, wovon er singt. Du?«

»Keinen blassen Schimmer«, sagte ich. »Aber es macht ihm sichtlich Spaß.«

Das Ständchen ging weiter, und als die hübsche Dunkelhaarige von der Theke mit der Rechnung zu unserem Tisch kam, schaute sie Jason an und fragte: »Kennen Sie dieses Lied?«

»Nein«, sagte er.

Die Frau warf ihm unter ihren Wimpern einen Blick zu und sagte: »Es heißt ›Donnons-nous cette chance‹. Wie sagt man noch gleich – gib uns eine Chance.«

Die Einladung hätte nicht offensichtlicher sein können, wenn sie nackt vor ihm gestanden und ihn mit dem Finger zu sich gelockt hätte. Knightley verstand den Wink nicht.

»Er hat eine sehr schöne Singstimme«, sagte er und drehte sich zu mir. »Findest du nicht auch?«

»Auf jeden Fall«, stimmte ich zu.

Ich sah mich im Café um und stellte fest, dass wir die letzten Gäste waren. Jason und ich warfen uns einen amüsierten Blick zu und machten uns schnell über die letzten Macarons und den Rest unserer Schokolade her.

Draußen in der Nacht stand unser Taxi noch immer an der Straße. Während Jason mir auf den Rücksitz half, erklärte er: »Ich dachte, ihn warten zu lassen wäre schlauer, als erst noch ein Taxi zu suchen, wenn wir gehen wollen.«

Die Gegend war recht ruhig dafür, dass wir mitten in der Stadt waren, und ich nickte. »Guter Plan.«

Auf unserem Weg durch Paris zurück zu unseren Appartements schwiegen wir. Ich versuchte, nicht darüber nachzudenken, was passieren würde, wenn wir ankamen. Ich wusste, dass mir der schreckliche Abend mit Jean Claude noch immer in den Knochen steckte, aber die Stunden mit Jason hatten mich abgelenkt und dafür wäre ich ihm für immer dankbar. Doch bedeutete das, dass da noch mehr war? Ich wusste es nicht. Und selbst wenn dem so war, hätte eine Büro-Romanze schwerwiegende Folgen, und allein bei dem Gedanken wurde mir unwohl.

Das Taxi hielt vor unserer Tür, Jason half mir beim Aussteigen und zahlte die Rechnung. Ich wartete solange auf dem Gehweg und fror trotz seines Jacketts, während ich überlegte, ob ich einfach in meine Wohnung verschwinden sollte, bevor er etwas bemerkte. Klar, das wäre ein richtig reifes Verhalten.

Jason und der Taxifahrer verabschiedeten sich. Bevor er in der Nacht verschwand, grinste er uns noch frech an. Als Jason sich zu mir drehte, blitzte kurz ein Anflug von Unsicherheit in seinen Augen auf. Jetzt kam es bestimmt – entweder würde er unseren Kuss auf dem Eiffelturm als Bagatelle abtun, oder er würde ihn als grünes Licht verstehen und versuchen, mich ins Bett zu kriegen. Männer waren so vorhersehbar …

Aber Knightley tat nichts von beidem.

Während ich frierend auf dem Gehweg stand, kam er zu mir und sah aus wie eine Raubkatze, die sich an ihre Beute heranpirscht. Er schob die Hände unter seine Jacke und hielt mich an den Hüften, seiner Handflächen wärmten meine Haut. Er neigte seine Stirn zu meiner, unser Atem mischte sich. »Ich will dich küssen – nur küssen –, und das ein paar Stunden lang oder auch ein paar Tage«, sagte er.

Durch meinen Körper schoss ein heißer Blitz und ich lachte überrascht auf. Ich lehnte mich zurück und musterte sein Gesicht. In seinem weichen Blick lag ein schwelendes Verlangen. Unwiderstehlich. Zum Kuckuck mit Arbeits- und anderen veralteten Vorschriften. Sich zu küssen, war nun wirklich kein schwerwiegendes Vergehen.

»Ich denke, das wäre in Ordnung«, sagte ich.

Er grinste und zog mich zu sich. Als sein Mund auf meinen traf, tat er das ungestüm vor Verlangen. Er küsste mich mit einer Härte, die mich aufkeuchen ließ. Es fühlte sich so an, als bekäme er nicht genug von mir, und mir ging es genauso.

Es war berauschend, stärker als jeder Champagner. Ich wollte wissen, wie seine Zunge schmeckte, mit der er meine umspielte, wollte seinen durchtrainierter Körper unter meinen Fingerspitzen fühlen und den Geruch seiner Haare und Haut einatmen. Ich wollte herausfinden, was ihn zum Seufzen und Stöhnen brachte und was zum Fluchen und Ächzen, ich wollte herausfinden, wie er aussah, wenn er um den Verstand gebracht wurde. Plötzlich wollte ich Knightley. Unbedingt.

Wir ließen voneinander ab und atmeten beide schwer, und er strich mir mit zitternden Fingern eine Haarsträhne hinters Ohr. Bei der Geste schmolz ich innerlich dahin, aber ohne seine Wärme ließ mich die kalte Nachtluft frösteln.

»Gehen wir – damit wir dich aufwärmen können«, sagte er.

Er nahm meine Hand und zog mich zu der knallblauen Tür. Er schloss mit seinem Schlüssel auf und führte mich hinein. Hinter uns zog er die Tür zu. Ich drehte mich um, ging zwei Schritte und blieb stehen. Auf dem Boden unter den Briefkästen saß Jean Claude.

Kapitel 19

Jean Claude sah schrecklich aus. Und roch noch schlimmer. Der saure Gestank von abgestandenem Zigarettenrauch und Alkohol umgab ihn wie eine Dunstglocke. Ich wurde ganz blass und legte mir die Hand vor den Mund.

»Jean Claude, was machst du hier?«, fragte ich.

»Mon chou!«, schluchzte er. Er drückte sich hoch. Jean Claude trug noch immer denselben Anzug wie auf der Party, aber er war zerknittert und sein Hemd hing heraus. Seine Haare waren unordentlich und sein leichter Bartschatten hatte sich vertieft.

Als er nach mir griff, hielt ich abwehrend meine Hände nach vorn. Ich spürte, wie Jason hinter mich trat. Er legte seine Hände auf meine Taille und zog mich an seine Brust. Ich musste mich nicht umdrehen, um zu wissen, dass er Jean Claude finster anfunkelte. Die Anspannung, die von ihm ausging, war greifbar.

Jean Claude starrte finster zurück. Dann schaute er mich stirnrunzelnd an und fragte: »Was bedeutet das? Bist du jetzt mit ihm zusammen?«

»Nein«, sagte ich gleichzeitig mit Jasons »Ja«.

Wir sahen uns überrascht an.

»Was meinst du mit ›nein‹?«, fragte Jason.

»Was meinst du mit ›ja‹?«, hielt ich ihm entgegen.

»Wir haben uns gerade geküsst, als hingen unsere Leben davon ab. Da dachte ich irgendwie, das impliziert, dass wir jetzt ein Paar sind«, sagte er.

Jean Claude rang nach Luft und warf empört seine Arme von

sich. »Du hast ihn geküsst? Diesen, wie sagt man noch, *tête de nœud*!«

Ich keuchte. »Es gibt keinen Grund für diese Art von Sprache.«

»Wie hat er mich genannt?«, fragte Jason. Er wollte um mich herumgehen, aber ich schob mich in den Weg und hielt ihn auf.

»Wörtlich übersetzt heißt das ›Knotenkopf‹«, sagte ich.

»Na schön, da bin ich schon schlimmer beschimpft worden.« Jason beruhigte sich sichtlich.

»Aber die eigentliche Bedeutung geht eher Richtung ›Schwachkopf‹«, klärte ich ihn auf.

Jason stürzte sich auf Jean Claude, der ihm auf halbem Weg entgegenkam. Beide Männer fletschten die Zähne und ballten die Fäuste und sahen aus, als wollten sie sich zerfleischen. Sie umrundeten einander und suchten nach der Schwachstelle des Gegners. Erst tänzelten sie in eine Richtung, dann in die andere und wieder zurück. Es war wie in einer sehr schlechten Folge von *Let's Dance*.

Ich schüttelte den Kopf. Warum waren Männer so dumm? Sollte mir das etwa schmeicheln? Das tat es nicht.

»Also gut, ihr zwei, benehmt euch nicht wie Idioten«, sagte ich. Ich ging durch den Flur und öffnete die Tür zur Straße. »Jean Claude, ich glaube, du gehst jetzt am besten.«

»Non, non«, sagte er. Er kehrte Jason den Rücken und näherte sich mir. »Ich bin gekommen, um dir das mit François zu erklären.«

Ich zeigte unmissverständlich zur Tür, aber er ignorierte mich.

»Das war bloß ein Missverständnis, *mon chou*«, sagte er. »Ich habe mich nur nicht gut ausgedrückt. Ich würde dich nie darum bitten, etwas zu tun, was du nicht willst.«

Ich lehnte mich mit verschränkten Armen gegen die geöffnete Tür. »Aber das hast du, und weißt du, was noch schlimmer ist? Du hast so getan, als stünde ich für dieses Kleid in deiner Schuld.« Ich schaute ihn mit all der Enttäuschung an, die ich empfand. »Du bist nicht der Mann, für den ich dich gehalten habe, Jean Claude.«

Er stand da wie ein begossener Pudel. Dann griff er nach meiner Hand und umklammerte meine Finger viel zu fest, ich konnte nicht flüchten. Er drückte meine Fingerrücken gegen seine Lippen und sagte: »Ich hätte nie zugelassen, dass dir etwas zustößt. Du musst mir glauben.«

Ich betrachtete diesen schönen Mann vor mir mit starrem Blick. Vor ein paar Tagen noch – verdammt, sogar noch vor ein paar Stunden – hätte mir seine Aufmerksamkeit alles bedeutet, aber inzwischen wusste ich, dass es für ihn nur eine Liebe gab, die größer war als alle anderen, und die galt ausschließlich ihm.

Ich zog die Finger aus seiner Hand. »Es tut mir leid, Jean Claude, aber wir sind hier fertig.«

»Du hast sie gehört.« Jason trat nach vorn und packte Jean Claude am Arm. »Zeit für dich zu gehen.«

»Kümmere dich um deine eigenen Angelegenheiten«, blaffte Jean Claude ihn an. Die beiden standen sich Auge in Auge gegenüber, mir fiel auf, dass Jason ein paar Zentimeter größer und viel muskulöser war als Jean Claude.

»Sie ist meine Angelegenheit«, sagte Jason. Und dann schob er ihn aus der Tür.

»Lass los!«, verlangte Jean Claude. Er versuchte, Jason abzuschütteln, aber der Mann klebte an ihm wie eine Klette. *»Ta mère est tellement petite que sa tête pue des pieds!«*

Jason machte ein böses Gesicht. Er schaute zu mir und fragte: »Was hat er gesagt?«

»Ich bin mir nicht sicher«, sagte ich. »Aber es hörte sich so an wie ›deine Mutter stinkt nach Käsefüßen‹.«

Jason schnappte empört nach Luft. Er packte Jean Claude am Hemd und knurrte: »Hast du gerade meine Mutter beleidigt? Ich mach dich fertig, du Arschloch.«

Er stieß Jean Claude durch die Tür und sie stolperten auf den Gehweg. Es war dunkel und außer mir gab es keine Zeugen, als die beiden Männer verbissen miteinander kämpften und wütend nach dem anderen schlugen, während sie sich gegenseitig Beleidigungen an die Köpfe warfen, was absolut lächerlich war, weil schätzungsweise keiner ein Wort verstand, aber ich denke mal, für sie war die Bedeutung klar.

Ich klatschte in die Hände. Ich pfiff. Ich stampfte mit dem Fuß auf. Nichts. Durch den Krawall drang ein helles Motorgeräusch und neben mir tauchte eine mintgrüne Vespa auf dem Gehweg auf. Ich befürchtete schon die französische Polizei, aber als die Fahrerin den Helm abnahm, fielen ihr volle dicke Zöpfe über den Rücken. Zoe.

»*Mon Dieu!*«, rief sie.

»Das kannst du laut sagen«, pflichtete ich ihr bei.

»Du verdienst sie nicht!«, verkündete Jean Claude.

»Vielleicht nicht, aber ich versuche sie wenigstens nicht an den Meistbietenden zu verkaufen«, wetterte Jason.

Jean Claude fluchte und zielte mit der Faust auf Jasons Kopf. Jason duckte sich weg und tauchte zwischen Jean Claudes Armen auf, wo seine Faust kräftig auf Jean Claudes Nase landete. Ich hörte, wie seine Nase brach, und dann schoss das Blut heraus. Zoe und ich zuckten zurück.

»Du Hurensohn!«, fauchte Jean Claude.

Er revanchierte sich mit einem rechten Haken, mit dem er Jason unter dem linken Auge traf. Jason torkelte rückwärts und Jean Claude stürzte sich auf ihn und riss ihn auf den harten Gehweg. Die beiden Männer wälzten sich fluchend und ächzend umher, während sie versuchten, den anderen mit Fäusten oder Füßen zu erwischen.

»Ich bin extra früh gekommen, um mit dem Brot anzufangen«, sagte Zoe. »Den Anblick hatte ich nicht erwartet.«

»Sie benehmen sich wie Idioten«, sagte ich.

Zoe nickte. »Ich schau mal, ob ich etwas finde, um sie abzukühlen.« Sie eilte zu ihrem verschlossenen Café und überließ es mir, die Schwachköpfe im Auge zu behalten.

Sie rauften sich und ächzten, und ich hörte, wie Stoff riss.

»Halt! Hört sofort auf damit!«, verlangte ich.

»Hier.« Als ich mich umdrehte, kam mir Zoe mit einem gefüllten Wasserkrug entgegen. Ich schnappte ihn und goss den Inhalt über die beiden Männer. Als sie prustend, tropfend und fluchend voneinander abließen, sprang ich zurück.

Jason stieß Jean Claude angewidert von sich, rollte sich zur Seite und stand auf. Er war dreckig. Sein Hemd war zerrissen und sein Auge schwoll zu. Jean Claude kam torkelnd auf die Füße. Er war voller Blut und Schmutz.

In Anbetracht dessen, was er am Abend mit mir vorgehabt hatte, bemitleidete ich ihn kein Stück. Jason allerdings auch nicht. Er hatte kein Recht, Jean Claude dermaßen anzugreifen. Ich brauchte ihn nicht, um mich zu verteidigen.

Ich stellte mich vor Jean Claude. »Geh nach Hause, Jean Claude. Ich habe dir nichts mehr zu sagen, weder jetzt noch in Zukunft.«

»Aber, *mon chou* …«, protestierte er, ich streckte ihm abwehrend meine Handfläche entgegen.

»Lebe wohl«, sagte ich.

Einen Moment lang starrte er mich an, dann drehte er sich weg und wirkte am Boden zerstört.

»Auf Nimmerwiedersehen«, fügte Jason hinzu.

Ich packte ihn am Arm und riss ihn zu mir. »Was hast du dir

eigentlich dabei gedacht, dich in eine Schlägerei verwickeln zu lassen, wenn in den nächsten Stunden das wichtigste Treffen unserer Karriere ansteht?«

»Er hat es nicht anders verdient«, protestierte Jason. Ich hätte mich noch weiter mit ihm gestritten, aber Zoe kam mit einem Tuch voller Eis.

»Am besten geht ihr nach oben«, sagte sie und schaute Jason mitfühlend an. »Blut auf dem Gehweg ist schlecht fürs Geschäft.«

»Danke. Und Entschuldigung«, sagte er. Als er das Eis auf sein Auge legte, verzog er das Gesicht.

»Was will man tun, wenn das Herz verwickelt ist und die Leidenschaft geweckt?«, sagte Zoe mit einem Schulterzucken.

Ich spürte, wie mein Gesicht heiß wurde. Der introvertierte Teil in mir hasste diesen öffentlichen Streit, außerdem war er vollkommen unnötig, und ein Herz war auch nicht darin verwickelt gewesen, sondern reine Dummheit.

»Schlüssel«, sagte ich und streckte meine Hand aus.

Jason nahm seinen Wohnungsschlüssel aus der Tasche und gab ihn mir. Ich lief voraus ins Gebäude und dann die Treppe hoch. Meine Wohnung ließ ich links liegen und schloss seine Tür auf. Sein Appartement war genauso geschnitten wie meins, daher steuerte ich das winzige Badezimmer an, während er sich auf die Couch legte.

Ich schnappte mir ein kleines Gästehandtuch, weichte es in heißes Wasser ein und gab ein wenig Seife darauf. Als ich zurück ins Wohnzimmer kam, hatte Jason seinen Kopf nach hinten auf die Couch gelehnt und das Eis gegen sein Auge gepresst. Seine Knöchel waren aufgesprungen und sein Hemd blutverspritzt; das konnte er vergessen.

Ohne ein Wort kümmerte ich mich um seine Hände. Als ich das Blut erst einmal abgewischt hatte, wurde klar, dass er doch nicht so schlimm verletzt war wie befürchtet. Was aber nicht dazu beitrug, dass ich mich beruhigte. Ich war so sauer auf ihn, weil er sich geprügelt hatte, dass ich vor Wut regelrecht kochte.

Jason musterte mich aus seinem heilen Auge. »Was frisst dich auf, Martin?«

»Nichts.« Meine Stimme klang wie ein Peitschenknall.

»Klar, wenn eine Frau in dem Tonfall ›nichts‹ sagt, ist es nie ›nichts‹«, sagte er. »Spuck's aus.«

Ich war wie ein Luftballon, den er anstach, meine Ruhe war dahin und ich platzte. »Von all deinen dummen, schwachsinnigen und lächerlichen Demonstrationen an Blödheit, die ich die letzten Jahre über mitbekommen habe, war die Episode dort unten am grenzwertigsten. Was zum Teufel hast du dir dabei gedacht?«

»Ähm, ich dachte, dass der Kerl versucht hat, dich zu benutzen, und ich ihm dafür die Fresse poliere«, sagte er.

»Hm«, schnaufte ich. Ich fühlte mich weder geschmeichelt noch war ich beeindruckt. Ich war geladen. Ich stürmte aus dem Wohnzimmer, um das Handtuch auszuwaschen. Kurze Zeit später kehrte ich zurück und nahm das Eis von seinem Auge, weil ich schauen wollte, wie übel zugerichtet es war, um mich dann um die Schrammen in seinem Gesicht zu kümmern.

»Niemand hat dich gebeten, mich zu verteidigen«, sagte ich. »Du hattest kein Recht dazu.«

»Dieses Arschloch Jean Claude«, er sprach den Namen höhnisch mit einem französischen Akzent aus, »hat genau das bekommen, was er verdient. Im Grunde hätte er noch viel mehr verdient. Ich wünschte, ich hätte doppelt so fest zugeschlagen.«

»Wenn irgendjemand das Recht hatte, ihn ins Gesicht zu schlagen, dann ja wohl ich. Du hast dich wie ein Brutalo verhalten. Das werde ich nicht tolerieren«, sagte ich. Ich hatte die Schrammen in seinem Gesicht versorgt und legte das Eis zurück auf sein Auge.

»Ich kann mein Leben sehr gut allein regeln, vielen Dank auch. Und jetzt gehe ich zu mir.«

Ich ließ das Gästehandtuch auf dem Waschbecken liegen, wusch mir die Hände und wollte zur Tür. Dort lehnte Jason mit verschränkten Armen.

»Martin, du laberst nur Scheiße«, sagte er.

Ich zog eine Augenbraue hoch und stemmte meine Hände in die Hüften. »Wie bitte?«

»Dir ist es egal, dass ich Jean Claude verprügelt habe. Du benutzt das nur, um Abstand zwischen uns zu bringen.« Er zeigte auf mich und dann auf sich. »Weil du wegen dem, was zwischen uns passiert ist, am Ausflippen bist.«

»Pff«, sagte ich höhnisch. »Ganz bestimmt! Und nur damit das klar ist, zwischen uns ist nichts passiert.«

»Schwachsinn«, sagte er.

Mir blieb vor Empörung der Mund offen stehen.

»Doch«, sagte er. »Ich meine, verdammt, war ich während unserer Knutscherei allein? Nein. Ich erinnere mich ganz deutlich, dass du mitgemacht hast.«

»Das beweist noch lange nichts.« Ich schob mein Kinn abweisend in die Höhe. »Wir waren auf dem Eiffelturm – auf diesem Turm ist alles romantisch, besonders mit Champagner. Und was den zweiten Kuss betrifft, wir sind in Paris und es ist April. Solche Dinge passieren.«

Jason schaute mich an, als wäre ich komplett durchgeknallt. Ich verlor meine Fassung. Ich fuchtelte mit den Händen und streckte sie zum Fenster, als würde ich einen Preis in einer Spieleshow präsentieren. »Paris im April, von dieser lächerlich romantischen Kulisse hast du doch sicherlich schon gehört? Paris im April, da wird jeder ein wenig verrückt, aber das hat nichts zu bedeuten.«

»Bitte? Natürlich bedeutet das etwas«, widersprach er. »Genau genommen bedeutet es vielleicht sogar zehnmal mehr, denn der Zauber auf dem Eiffelturm passiert nicht ohne Grund.«

Zauber? Ich wusste nicht, was ich antworten sollte. Wenn ich behauptete, dass unsere Küsse nichts davon waren, wusste er, dass ich log, aber wenn ich es zugab, würde er unsere Auseinandersetzung gewinnen, was ich aus verschiedenen Gründen nicht zulassen konnte.

Ich meine, vor mir stand Knightley. Wir waren Rivalen. Zugegeben, wir hatten uns sehr gut verstanden, aber was würde passieren, wenn wir das weiterlaufen ließen? Was wäre, wenn wir nach Boston zurückkehrten? Wir waren für eine zehn Millionen Dollar schwere Anfrage verantwortlich. Wir sollten uns nicht aufeinander einlassen. Args!

Jason rieb sich übers Gesicht, als er versehentlich sein Auge berührte, zuckte er zusammen. »Hör mal, ich verstehe, dass das alles recht unerwartet kam.«

»Was für ein ›das‹?« Ich sperrte mich. Ja, ich war immer noch in Panik. »Es gibt kein ›das‹.«

»Doch, gibt es«, beharrte er. »Und ich weiß, dass du das nicht auf deiner Agenda hattest, und ich weiß, wie sehr du so etwas hasst, aber es ist da und es ist real, und du kannst nicht so tun, als wäre es das nicht.«

»Doch, kann ich«, sagte ich. Als er seine unverletzte Augenbraue hochzog, wusste ich, dass ich in die Falle getappt war. »Ich meine, was zwischen uns passiert ist, hat nichts zu bedeuten.«

»Schwachsinn.«

»Hör auf, das zu sagen!«

»Gut«, sagte er. »Blödsinn. Wie wär's damit? Besser?«

»Du bist unmöglich.«

»Und du machst dir etwas vor«, sagte er. »Glaubst du wirklich, dass das, was heute Abend zwischen uns passiert ist, nur an der Geografie lag?«

»Ja.« Ich reckte trotzig mein Kinn.

Jason kam einen Schritt auf mich zu und überragte mich. Es war ein Machtspiel und es war mir zuwider. Trotzdem wich ich nicht zurück.

»Du belügst dich selbst. Du bist so beschäftigt damit, eine Version von dir selbst zu finden, die es nicht mehr gibt, dass du verpasst, was vor deiner Nase liegt.«

»Du weißt nicht, wovon du redest«, blaffte ich ihn an.

»Die Chelsea, die sich vor sieben Jahren eine Auszeit genommen hat, existiert nicht mehr, und es ist zwecklos, nach ihr zu suchen«, sagte er. Seine Stimme klang jetzt ganz freundlich, als überbrachte er mir nur ungern solche unliebsamen Neuigkeiten. Ich biss die Zähne zusammen. »Mit einem deiner Verflossenen wirst du die Liebe nicht finden. Du musst jemanden suchen, der zu dir passt, so wie du heute bist.«

»So wie du?«, fragte ich beißend.

»Ja«, sagte er. Er streckte seine Hand aus und zog mich zu sich. »Genau so jemand wie ich.« Dann küsste er mich. Seine Lippen waren warm und fest und passten perfekt zu meinen. Er umwarb mich und hoffte, dass ich auf ihn und die Chemie zwischen uns reagierte. Er spreizte seine Finger auf meinem Steißbein aus und zog mich eng zu sich nach oben, unsere Körper schoben sich wie zwei Puzzlestücke ineinander. Er kitzelte mit der Zunge meine Lippen, bis ich sie öffnete, und dann küsste er mich intensiver und vergrub seine Hand in meinen Haaren, um mir Halt zu geben, und dann trieb er mich mit seinen Lippen in den Wahnsinn, ganz eindeutig in den Wahnsinn.

Der Kuss war so verzaubert wie auf dem Eiffelturm, vielleicht sogar noch stärker, denn egal ob ich es mir eingestehen wollte oder nicht, Jason bedeutete mir inzwischen etwas. Er war mehr als ein Arbeitskollege, er war ganz bestimmt ein Freund und vielleicht – nein. Ich unterband den Gedanken.

Jason war nicht derjenige, den ich wollte. Er gehörte in mein aktuelles Leben in Boston. Er kannte nur die kalte, einsame, arbeitsbesessene Person, die ich nicht länger sein wollte. Ich wollte die alte Chelsea zurück, die großzügige, staunende Chelsea.

Ich brauchte jedes Fitzelchen meiner inneren Stärke, um mich aus dem Kuss und von ihm zu lösen, aber es gelang mir. Ich drängte aus seiner Umarmung und brachte etwas Abstand zwischen uns. Ich war außer Atem und mein Puls ging unregelmäßig. Ich kam mir vor, als wäre ich gerade den Boston Marathon gelaufen und bräuchte einen Eimer voller Eis oder einen Fächer, um meine Körpertemperatur runterzuholen.

»Du verstehst das nicht«, keuchte ich. »Vor sieben Jahren habe ich einen Menschen, der mir sehr lieb war, an den Krebs verloren. Und danach habe ich mich in meiner Trauer selbst verloren.« Ich spürte die warmen Tränen, die meine Wange hinabrannen. »Wenn man diese Art von Schmerz nicht kennt, kann man nicht verstehen, wie sich das anfühlt. Es verändert dich. Aber ich möchte wieder diese Chelsea sein. Ich möchte die optimistische, fröhliche, abenteuerlustige Frau sein, die ich einmal war. Ich will nicht der emotionslose Zombie sein, zu dem ich geworden bin.«

Erstaunt sah er mich an. »In meiner Gegenwart warst du nie emotionslos.«

»Wut zählt nicht.«

»Ist das wirklich alles, was du in meiner Nähe fühlst?«

»Nein«, gab ich zu und bemühte mich, eine neue Bezeichnung für unsere Beziehung mit eingebauten Schranken zu finden. »Ich denke, wir sind zu … Freunden geworden.«

»Zu Freunden?«, fragte er und lachte bitter. Er schüttelte den Kopf. Dann starrte er an mir vorbei aus dem Fenster und sah mich schließlich wieder an. »Ist das alles, was wir sind?«

Die Verwirrung und Enttäuschung in seinem Gesicht schnürten mir die Kehle zu. Warum war auf einmal alles nur so kompliziert?

Ich begegnete seinem Blick und hielt ihn fest. »Das ist alles, was ich dir im Moment bieten kann«, sagte ich. Er sah so verletzt und verwirrt aus, dass ich doch wegschaute. »Hör mal, wir müssen einfach nur noch gemeinsam dieses Abendessen mit Severin durchstehen und dann werden wir getrennte Wege gehen. Du fliegst zurück nach Boston und ich reise nach Italien weiter.«

»So muss es aber nicht sein«, erwiderte er. Er streckte seine Arme mit gespreizten Händen weit von sich, als wollte er sagen: *Gib mir eine Chance.* »Du kannst mit mir nach Hause kommen, wo wir dann herausfinden, was das zwischen uns ist.«

»Nein, kann ich nicht«, sagte ich. »Ich muss unbedingt nach Italien. Wenn ich das nicht tue, werde ich mich ständig fragen, was hätte sein können, und damit möchte ich nicht leben. Davon abgesehen, hat Severin, soviel ich weiß, noch immer vor, mich auf dem Weinfest dort zu treffen, und ich habe schon Pläne geschmiedet.«

»Mit dem Typ in Italien?«

Ich nickte.

»Das heißt, du bist bereit, etwas Wundervolles, wenngleich auch Unerwartetes, für eine Erinnerung wegzuwerfen, die womöglich nicht deinen Erwartungen entspricht?«, fragte er.

»Ich muss«, sagte ich. »Selbst wenn ich meine Reise nicht bis zum Ende fortführen wollte, muss ich mich trotzdem noch mit Severin treffen. Ich habe es Aidan versprochen.«

»Er könnte jemand anderen schicken.«

Ich starrte ihn an. Das Flackern in seinem Blick verriet mir, dass er selbst wusste, dass das nicht stimmte.«

»Du weißt, wie viel von diesem Spendengesuch abhängt«, sagte ich. »Ich muss dorthin. Und davon abgesehen, kennst du die Firmenpolitik bezüglich privater Beziehungen zwischen Mitarbeitern. Michelle würde uns beide wegen des Regelverstoßes bestimmt nur allzu gern feuern. Du weißt das. Und das hier« – ich hielt inne und zeigte zwischen uns hin und her – »gefährdet alles.«

»Wir können uns dagegen wehren«, sagte er. »Regeln sind da, um gebrochen zu werden.«

»Jason.« Er wusste genauso gut wie ich, dass ich so nicht tickte.

Er drehte sich zur Wand und betrachtete sie einen Moment lang. Ich wartete und fragte mich, ob er gleich schreien würde oder mit mir streiten oder versuchen, mich zu überreden. Ich war mir nicht sicher, ob ich seinem Charme widerstehen konnte, aber er tat nichts dergleichen. Stattdessen nickte er.

»In Ordnung«, sagte er. Als er sich wieder zu mir drehte und ich seinem Blick begegnete, schaute er mich so distanziert an wie noch nie. Selbst als wir uns nicht gemocht hatten, hatte nicht so ein Abstand zwischen uns gelegen. Ich wusste, dass er sich davor schützte, verletzt zu werden, und ich konnte ihm das nicht vorwerfen, trotzdem vermisste ich sofort die Nähe, die wir eben geteilt hatten. »Mir gefällt es nicht, aber ich kann es verstehen.«

Ich nickte. Doch obwohl ich diese Runde gewonnen hatte, fühlte es sich so an, als hätte ich etwas Kostbares und Einzigartiges verloren.

Kapitel 20

Ich hatte keine Ahnung, was mich erwarten würde, als ich am nächsten Tag bei unserer gemeinsamen Taxifahrt zum Vier-Jahreszeiten-Hotel George V für unser Abendessen mit Robbie Severin auf Jason traf. Würde er mich überreden wollen, meine Meinung zu ändern? Würden wir streiten? Oder bliebe er distanziert? Ich wusste nicht, wovor ich mich am meisten fürchtete.

Statt meines weißen Abendkleides mit den silbernen Perlenrändern – das hatte ich zusammen mit dem anderen Kleid, das Jean Claude mir gegeben hatte, reinigen lassen und ihm zurückgeschickt – trug ich mein übliches kleines Schwarzes, das ich auf Reisen immer einpackte. Ich drehte meinen Zopf ein und steckte ihn nach oben und zog tiefschwarze Ohrringe und ein Armband an. Um meinen Look abzurunden, entschied ich mich für die schwarze Clutch und meine schwarzen Riemchen-High-Heels.

Durch das Drama vom Vorabend war ich erst spät eingeschlafen, und wenn ich ehrlich war, vermied ich Jason. Die meiste Zeit des Nachmittags hatte ich in meiner Ferienwohnung verbracht, war mein Manuskript für die Severin-Kampagne durchgegangen und hielt mental mein katastrophales Privatleben in Schach. Erst als ich mich umzog, vergoss ich ein paar Tränen der Enttäuschung, wodurch mein Gesicht einem erhitzten Durcheinander von geröteten Augen, fleckigen Wangen und einer roten Nase glich. Ich war keine hübsche Weinende. Ich beschloss, mir mit meinem Eyeliner Smokey-Eyes zu schminken, um die roten Ränder zu verdecken, und trug den kirschroten Lippenstift auf. Hoffentlich würde das von meinem roten Gesicht ablenken, das ich außerdem noch mit Puder bearbeitete. Als ich Jason zur vereinbarten Zeit im Vorraum traf, sah er mich kaum an.

»Das Taxi wartet schon.« Er nickte mir knapp zu, öffnete die Tür und ließ mir mit einer Handbewegung den Vortritt.

Als ich an ihm vorbeiging, fiel mir auf, wie gut er in dem dunkelgrauen Anzug, hellgrauen Hemd und der weinroten Krawatte aussah, obwohl das Weinrot die violetten Stellen seines dunkelblauen Blutergusses unter dem linken Auge hervorhob, das noch immer leicht geschwollen war.

»Schöner Anzug«, sagte ich.

»Zoe hat mir heute Morgen geholfen, einen Ersatz zu finden, meiner war nach gestern Nacht nicht mehr zu gebrauchen.«

»Ah.« Ich wusste nicht, was ich sonst sagen sollte. Er hatte seinen Anzug beim Kampf mit Jean Claude ruiniert. Ich wusste, dass das nicht meine Schuld war. Niemand hatte ihn darum gebeten, meinen Kampf aufzutragen – ich jedenfalls bestimmt nicht –, trotzdem bekam ich den Anflug eines schlechten Gewissens.

»Das tut mir leid«, sagte ich.

Jetzt schaute er mich an. Sein Blick war ganz ruhig. »Das muss es nicht. Es war meine Entscheidung und ich würde jederzeit wieder genauso handeln.«

Da war sie wieder. Knightleys altbekannte Großtuerei, die ich verabscheute. Ich seufzte. Ich fühlte mich nach Boston in unser Büro zurückversetzt, wo wir um die Position des erfolgreichsten Spendeneintreibers wetteiferten. Was bewies, dass ich recht hatte. Ein paar Küsse hatten nichts geändert.

Er hielt mir die Tür des Taxis auf und ich stieg zuerst ein. Er kam nach und nannte dem Fahrer unser Ziel, das berühmte Le-Cinq-Restaurant. Sobald sich das Taxi in den verrückten Pariser

Verkehr eingefädelt hatte, sank ich auf meinem Sitz zurück und drehte mich zu ihm.

»Möchtest du über unsere Strategie für den heutigen Abend mit Severin sprechen?«, fragte ich. »Beziehungsweise, was wirst du ihm wegen deines Auges erzählen?«

Jason starrte aus dem Fenster und ich folgte seinem Blick. Er schaute auf den Eiffelturm, der für eine weitere festliche Nacht hell erleuchtet war. Bei dem Anblick wurde mir ganz schwer ums Herz. War es wirklich noch keine vierundzwanzig Stunden her, dass ich mit ihm dort oben gewesen war, Champagner getrunken, zu Edith Piaf einen Stehblues getanzt und mit ihm den Kuss meines Lebens geteilt hatte? Wie viel sich doch innerhalb eines Tages ändern konnte.

»Ich denke nicht, dass wir das noch einmal durchsprechen müssen«, sagte er. »Wir sind Profis. Wir wissen, wie wir einen potenziellen Spender bequatschen müssen. Und was mein Auge betrifft, wird er wahrscheinlich gar nicht danach fragen.«

Sein Tonfall war schroff, und ich war überrascht, wie sehr mich das traf. Ich vermisste das gute Verhältnis, das sich gerade erst entwickelt hatte, das Frotzeln, das Lachen und die Freundschaft.

»In Ordnung«, sagte ich und stieß keine weitere Unterhaltung an. Hoffentlich würde er sich beim Abendessen mit Severin etwas mehr entspannen, damit wir den Anschein von Eintracht erweckten. Es wäre für unser Anliegen nicht hilfreich, wenn Severin glaubte, dass wir uns uneins waren. Ich wurde zunehmend unruhig.

Eine Methode, wie ich vor wichtigen Treffen meine Nerven beruhigte, war, dass ich in Gedanken verschiedene Szenarien durchspielte. Angefangen von der Begrüßung über den zwanglosen Small Talk bis zu dem Angebot, das ich unterbreiten wollte, stellte ich mir alles vor. Manchmal genügte ein Durchlauf, dann aber, so wie jetzt, ging ich das Treffen wieder und wieder durch und betrachtete es aus allen Blickwinkeln, wobei ich nach möglichen Katastrophen Ausschau hielt.

Ich schloss die Augen und arbeitete mich durch meine erste Begrüßung mit Severin. Ich stellte mir den Handschlag vor, was ich sagte, wie ich den Blickkontakt hielt und welche persönliche Frage ich stellen konnte, die tiefgehender war als eine nach dem Wetter, aber auch nicht zu privat. Wahrscheinlich würde ich mich erkundigen, wie ihm Paris gefiel. Ich kam gerade zu dem Punkt, an dem ich etwas Geistreiches von mir gab, als eine tiefe Stimme meine Meditation unterbrach.

»Was tust du da, Martin?«, fragte Jason.

Ich seufzte und öffnete die Augen.

»Ich gehe alle möglichen Szenarien durch, die heute Abend passieren könnten, und übe, wie ich darauf reagiere.«

Er zog eine Augenbraue hoch und musterte mich. »Machst du das vor jedem Treffen?«

Ich spürte, wie mein Gesicht vor Verlegenheit ganz heiß wurde. »Nein«, sagte ich und klang ziemlich defensiv. »Nur vor wirklich wichtigen.«

»Hm.«

Ich hatte keine Ahnung, was er damit meinte. War er beeindruckt? Vermutlich nicht. Dachte er, dass ich nicht richtig tickte? Vermutlich schon. Was ich ihm nicht verübeln konnte. Bei allem, was gerade geschah, fragte ich mich selbst allmählich, ob ich noch richtig tickte.

Bevor ich mich tiefer in meinen Selbstzweifeln suhlen konnte, fuhr das Auto an den Gehweg, und der Empfangsportier des Vier Jahreszeiten, der einen langen dunklen Umhang und Mütze mit schmaler Krempe trug, öffnete die Tür. Ich stieg aus, während Jason mit der Firmenkreditkarte das Taxi zahlte. Ich wartete auf ihn und gemeinsam betraten wir das Hotel durch die Drehtür.

Blumen. Das war mein erster Eindruck von dem noblen Art-déco-Hotel. Durchsichtige Glasvasen in allen möglichen Größen und Formen standen in der Mitte und an den Rändern der Lobby und waren prall gefüllt mit Schwertlilien. Ich staunte mit aufgerissenen Augen, denn der Lüster über uns beleuchtete die violetten Blumen äußerst vorteilhaft. Ich hatte den Eindruck, dass sie sehr bewusst genau an ihrer jeweiligen Stelle unter dem Licht arrangiert worden waren, denn jeder Strauß schien von innen heraus zu schimmern. Das war wirklich atemberaubend schön.

Wir trafen Robbie Severin im Le Cinq, dem protzigen Restaurant, das für seine drei Michelin-Sterne und die französische Küche des Küchenchefs bekannt war. Zusammen liefen wir durch das schöne Hotel, bogen nach rechts in einen Flur, der an der Seite des Innenhofs vorbeiführte, von wo aus man den Eingang des Restaurants erreichte. Aidan hatte gesagt, wir sollten Severin wie einen König behandeln. Und in Anbetracht der Tatsache, dass er eine Spende von zehn Millionen Dollar erwog, war er für mich tatsächlich so etwas wie ein König, und ich hätte auch kein Problem damit, mich vor ihm zu verbeugen.

Am Eingang zum Restaurant blieb Jason stehen. Er sah sich um und suchte nach Robbie Severin, dessen Gesicht uns genauso vertraut war wie das anderer prominenter Milliardäre wie Jeff Bezos, Bill Gates oder Mark Zuckerberg. Aber er ließ sich nicht blicken. Jason schaute auf die Uhr.

»Wir sind fünf Minuten zu früh«, sagte er. »Ich frage nur eben beim Oberkellner nach.«

»Mach das.« Ich beobachtete ihn beim Weggehen. Seine Schultern wirkten verkrampft und ich spürte die Anspannung, die von ihm ausging. Lag das daran, dass wir uns uneins waren? Oder machte ihn das Treffen mit Severin nervös oder beides? Wie dem auch sei, es stand schlecht um das Abendessen. Ich drehte mich um und schaute auf den marmornen Innenhof mit seinen perfekt in Form geschnittenen Sträuchern und dem einsamen schwarzen Springbrunnen.

»Chelsea Martin.« Jemand rief meinen Namen, und als ich mich umwandte, kam ein Mann, der etwa im gleichen Alter wie mein Vater war, mit einer Frau an seiner Seite auf mich zu. Er war tadellos in einen dunkelblauen Anzug gekleidet, und seine Begleiterin, die ähnlich alt war wie er, trug ein purpurfarbenes Kleid, das ich von meinem kurzen Besuch im Absalon-Modehaus wiedererkannte. Ob Jean Claude es wohl entworfen hatte? Oh, diese Ironie. Dann schaute ich in ihr Gesicht und sah die Frida-Kahlo-Monobraue. Eleanor!

Severin war durchschnittlich groß und von kräftiger Statur. Seine grauen Haare hatte er kurz geschnitten, allerdings rahmten Koteletten sein kantiges Gesicht ein. Unterdessen lief die zierliche Eleanor mit energischen Schritten neben ihm her, ihre breiten Absätze klapperten auf dem Marmorboden.

»Mr Severin, wie schön, Sie kennenzulernen«, sagte ich und streckte ihm meine Hand entgegen. Severin schaute darauf und schüttelte den Kopf. Er schob Eleanor nach vorn. Sie schüttelte meine Hand für beide. Ich ließ mir nichts anmerken. »Ms Curtain, es ist schön, Sie wiederzusehen.«

»Ebenfalls, Ms Martin«, sagte sie. Sie hatte einen kräftigen Händedruck und ließ meine schließlich los.

»Nennen Sie mich doch bitte Chelsea«, sagte ich.

»Robbie.« Severin zeigte auf sich.

»Eleanor«, stimmte Ms Curtain mit ein. Ihre dunklen Haare waren zu einem runden Knoten am Oberkopf zusammengenommen und auf ihrem Nasenrücken saß eine rechteckige Brille. Sie erinnerte mich an einen neugierigen kleinen Vogel, der eine sehr dicke Braue über seinen Augen hatte. Ich versuchte, nicht daraufzustarren – ich wandte sogar meinen Kopf ab, damit ich das nicht tat, aber es war wirklich so, als hätte jemand die arme Frau mit einem Edding attackiert und ihr einen dicken Strich auf die Stirn gemalt. Wow, einfach nur wow.

»Hervorragend«, sagte ich. So weit, so gut. Ich versuchte, nicht darüber nachzudenken, dass er meine Hand ausgeschlagen hatte. Jetzt erinnerte ich mich wieder, dass Severin eine Keimphobie hatte. Wie konnte ich das nur vergessen! Wusste Jason davon? Ich überlegte, wie ich Jason unauffällig signalisieren könnte, dass er ihm nicht die Hand reichen sollte. Mein Magen verkrampfte sich. Alles, woran ich denken konnte, war, dass uns die zehn Millionen Dollar flöten gingen, wenn wir das vermasselten.

»Mein Kollege Jason Knightley kümmert sich gerade um unseren Tisch. Sollen wir uns ihm anschließen?«, fragte ich.

Robbie gab mir mit einer Geste zu verstehen, dass ich vorausgehen sollte, also tat ich das, drückte meinen Rücken durch und hoffte, dass ich nicht so nervös aussah, wie ich mich fühlte. Ich wusste, dass es keinen Grund dafür gab, nicht wirklich. Wenn überhaupt, war ich zu sehr vorbereitet. Aber ich musste den ganzen Zahlenzirkus noch nie mit einem Arbeitskollegen aufführen, der ziemlich unzufrieden mit mir war, einem Arbeitskollegen, der meinen Blick nicht länger als absolut notwendig erwiderte, seit wir unsere Ferienwohnungen verlassen hatten. Vielleicht hätte ich mit ihm schlafen sollen. Ich riss mich zusammen. Nein, wenn überhaupt, wäre alles nur noch schlimmer geworden, viel schlimmer.

Als wir zu Jason kamen, stand er beim Oberkellner. Er sagte etwas zu ihm und der Mann nickte.

»Da ist er ja«, sagte ich, drehte mich zu ihm, riss die Augen auf und drehte sie nach oben, um ihn wegen der Monobraue vorzuwarnen. Aber er schaute mich gar nicht an, sondern Severin.

Ich trat an Jasons Seite und stellte alle einander vor. Robbie bestand wieder auf den Vornamen, und ich war erleichtert, weil Jasons Hand nicht einmal zuckte.

Stattdessen bedeutete er Robbie, der Empfangsdame zu folgen, die mit dem Oberkellner über den Tisch beratschlagt hatte, und wir ließen uns hinter Robbie und Eleanor zurückfallen. Wir kamen an einem Flügel vorbei, an dem ein Mann leise spielte. Das Instrument war von weiteren hohen Vasen mit violetten Schwertlilien umgeben.

»Woher wusstest du das?«, flüsterte ich.

Jason drehte sich zu mir und sah mich an. »Was?«

»Dass er keine Hände schüttelt.« Ich lehnte mich zu ihm und sprach leise.

Seine vollen Lippen verzogen sich zu einem kleinen Lächeln. Mit seinem unverletzten Auge zwinkerte er mir zu. »Recherchearbeit, Martin. Du hast doch sicherlich auch gewusst, dass er seit zehn Jahren niemandem mehr die Hand schüttelt.«

»Natürlich wusste ich das«, log ich. »Ich war einfach nur überrascht, dass dir das ebenfalls bekannt war.«

»Das glaube ich dir aufs Wort.« Sein leises Lachen jagte mir einen Schauer über den Rücken.

Was ich selbstverständlich ignorierte.

Das Speisezimmer war wunderschön in Gold, Cremeweiß und Mauve gehalten, die makellosen weißen Tischdecken reichten bis zum Boden, die Stühle hatten runde, gepolsterte Rückenlehnen und Armstützen und in dem dicken Teppich mit floralen Mustern versank man regelrecht.

Echte Palmen in riesigen Töpfen, Spiegel mit vergoldeten Rahmen und eine Reihe glitzernder Kronleuchter wetteiferten um meine Aufmerksamkeit. Als Jason meinen Stuhl an unserem Tisch neben einem großen Fenster hervorzog, glitt ich darauf und fühlte mich von meiner Umgebung überwältigt. Was ich nach Möglichkeit nicht zeigen wollte. Jason dagegen wirkte völlig entspannt, so als würde er jeden Tag in einem Drei-Sterne-Restaurant essen. Worum ich ihn beneidete.

Als ich wegschaute, entdeckte ich, dass Eleanor mich nachdenklich betrachtete. Ich überlegte, ob sie die Spannung zwischen Jason und mir spürte. Ich zwang mich zu einem Lächeln, obwohl es sich so wertlos wie ein gebrochenes Versprechen anfühlte. Sie erwiderte es und schaute weg. Ich bezweifelte, dass ich ihr etwas vormachen konnte.

Der Kellner begrüßte uns und erklärte die Speisekarte, aber da Severin La Balade Gourmande verlangte, bei der jedem am Tisch dieselben acht Gänge serviert wurden, stellten wir unsere Wünsche zurück.

»Das ist perfekt«, sagte Robbie. »Dann muss ich nicht darüber nachdenken, ob jemand anderes etwas Besseres bestellt hat.«

Hoffentlich explodierte meine Firmenkreditkarte nicht, wenn ich später bei 350 Euro pro Person das Abendessen beglich. Ich schaute zu Jason, aber er war noch immer ganz ungezwungen. Total nervig.

Der Sommelier und Severin unterhielten sich über Wein. Das Le Cinq war für seinen fünfzigtausend Flaschen umfassenden Weinkeller bekannt, daher gab es einiges zu diskutieren.

»Darf ich etwas empfehlen?«, fragte Jason. Ich drehte meinen Kopf und sah ihn an, als hätte er den Verstand verloren. Ich hatte immer angenommen, er wäre ein Biertrinker. Was dachte er sich nur? »Ich glaube, der 2011er Pauillac, Château Pichon-Longueville, wäre für den Anfang eine gute Wahl.«

Robbie schaute eindeutig beeindruckt zu ihm und nickte. Der

Sommelier richtete sich auf und sagte: »Ausgezeichnete Entscheidung, Sir.«

Ich warf Jason einen überraschten Blick zu. Bluffte er? Oder kannte er sich tatsächlich mit Wein aus? Was wusste ich noch alles nicht von ihm?

Nachdem die Flasche geöffnet war und Robbie und Jason den Geschmack befürworteten, stießen wir an.

»Auf neue Freunde und darauf, für diejenigen, die nicht so viel Glück haben, einen Unterschied in der Welt zu machen«, sagte Jason. Eleanor schien ganz angetan von seiner Bescheidenheit, und ich fühlte mich von diesem neuen harmonischen Verhältnis irgendwie ausgeschlossen, insbesondere weil Jason noch nicht einmal in meine Richtung geschaut hatte.

Ich beschloss, die Unterhaltung auf den Zweck unseres Abendessens zu richten. »Bevor wir vom Essen abgelenkt werden, das, wie ich gehört habe, unglaublich sein soll, gibt es irgendwelche Fragen an Jason oder mich zu unserem ACC-Vorschlag?«, fragte ich.

»Ich bin froh, dass du fragst«, sagte Robbie. Er lehnte sich nach vorne und verschränkte die Arme. Er hielt meinem Blick stand und fragte: »Was denkst du über den Mars?«

»Mars?«, fragte ich. »So wie der Rote Planet?«

Robbie nickte begeistert. Ich blinzelte. Durch meine Recherchen wusste ich, dass er sich sehr für den Mars interessierte, aber ich hatte keine Ahnung, was das mit der ACC oder unserer Anfrage zu tun hatte. Jason sprang mutig für mich in die Bresche.

»Ich denke, dass er sehr wahrscheinlich bewohnbar ist«, sagte er. »Ich wette, dass wir es noch erleben werden, wenn dort Kolonien entstehen.«

Robbie grinste. »Recht hast du.«

Ich warf Eleanor einen kurzen Blick zu, weil ich wissen wollte, was sie von der Wendung unseres Gesprächs hielt. Sie nippte ganz entspannt an ihrem Wein.

Ich drehte meinen Kopf, um Jason anzuschauen. Okay, hauptsächlich warf ich ihm tödliche Blicke zu, aber da er mich noch nicht einmal ansah, ging das an ihm vorbei. Na gut. Wenn der Junge spielen wollte, ich war dabei. Niemand wusste so viel über Severin wie ich. Nicht einmal Knightley.

Ich setzte ein freundliches Gesicht auf und wandte mich wieder zu Severin. »Mit den Fortschritten in der konstanten Beschleunigungstechnologie, wie beispielsweise dem Ionenantrieb oder Photonensegel, sollten die neun Monate, die es jetzt noch braucht, um den Mars zu erreichen, auf ein paar Wochen reduziert werden können. Ich kann hier natürlich für niemanden sonst sprechen, aber wenn das Standard würde, würde mit dem Leben auf dem Roten Planeten ein Traum wahr werden.«

Endlich sah Jason mich an. Es hatte den Anschein, als könnte er nicht glauben, dass ich so weit gegangen war, aber er wirkte auch amüsiert, was meine Laune besserte. Ich drehte mich wieder zu Severin.

Er schenkte mir ein breites Lächeln, was überraschend ansteckend war, wenn man bedachte, dass wir uns über das Leben auf dem Mars unterhielten. »Dann erzähl mir doch mal, wie du dich dort oben beschäftigen würdest?«

Oh Mist. Mein Bluff war zu weit gegangen. Ich zermarterte mir mein Gehirn nach einer realistischen Aufgabe. Schätzungsweise gab es im Weltall nicht wirklich viele Jobs im Bereich karitativer Spenden. Übrigens erschreckte mich allein diese Vorstellung, aber das pikante Detail behielt ich schön für mich.

»Angesichts des Neulandcharakters dieses Ortes würde ich wahrscheinlich eine Karriere in der Landwirtschaft anstreben«, sagte ich. Meine Stimme ging am Ende des Satzes hoch, als wäre er eine Frage. Args, ansteigende Intonation. Ich geriet ins Schwimmen, aber hey, ich hatte den Film *Der Marsianer* gesehen.

»Also willst du auf dem Mars eine … Kartoffelbäuerin werden«, sagte Jason ganz trocken. Er sah so aus, als verkniffe er sich ein Lachen. Offensichtlich kannte er den Film auch.

Ich schaute ihm in die Augen, heute leuchteten sie in einem weichen Flanellgrau und blitzten belustigt auf. Die Kartoffel musste er natürlich ansprechen. Uns beiden war bekannt, dass Severin stolz auf seine Wurzeln in dem Kartoffelanbaugebiet von Idaho war. Wir hatten also beide unsere Hausaufgaben gemacht.

»Kartoffeln – faszinierende Pflanzen, diese Kartoffeln«, sagte Severin. Er schaute zwischen uns beiden hin und her, als wollte er uns herausfordern. »Wusstest du, Eleanor, dass der Amerikaner pro Kopf durchschnittlich sechsundfünfzig Kilogramm Kartoffeln pro Jahr verspeist und die Letten doppelt zu viel?«

»Nein, das wusste ich nicht«, sagte sie. Sie drehte sich zu ihm, schob ihre Brille die Nase hoch und musterte ihn mit großem Interesse.

»Ich habe einmal gelesen, dass die Kartoffel zu ungefähr achtzig Prozent aus Wasser besteht und nur zu zwanzig Prozent aus Feststoffen«, schaltete Jason sich ein. Severins rechte Augenbraue zuckte nach oben. Er war beeindruckt.

»Faszinierend«, sagte Eleanor. Genauso wie Severin schaute sie Jason anerkennend an. Ich durfte keinen Mist bauen. Nicht jetzt. So verrückt es auch klang, hatte ich den Eindruck, als hinge unsere Zehn-Millionen-Dollar-Anfrage von dieser Unterhaltung ab.

»Die größte Kartoffel, die jemals geerntet wurde, ist laut Guinnessbuch der Rekorde vier Kilo und achtundneunzig Gramm schwer«, sagte ich. Da ich Severins Lebensweg kannte, hatte ich kürzlich Fakten über Kartoffeln nachgelesen. Knightley anscheinend auch. Er schaute mich an.

»Wusstet ihr, dass die Inkas Kartoffeln benutzten, um Verletzungen zu heilen, und glaubten, dass Kartoffeln die Entbindung erleichtern?«, fragte er und neigte sein Kinn ganz leicht.

Jetzt hatte er mir eindeutig den Fehdehandschuh zum Kartoffelquiz hingeworfen. Und los ging's. Ich drehte mich in meinem Stuhl und blickte ihn direkt an.

»Kartoffeln haben mehr Vitamin C als Orangen, mehr Kalium als Bananen und mehr Ballaststoffe als Äpfel«, sagte ich. Nimm das!

»Es gibt über hundert Kartoffelsorten«, schoss er zurück.

Eleanor and Severin betrachteten uns, als spielten wir ein Tischtennisspiel in Kartoffelwissen, aber das war mir egal.

»Kartoffeln werden in allen fünfzig Staaten der USA angebaut, die größten Produzenten sind Washington und Idaho«, fuhr er fort.

Oh, du gerissener Fuchs, dachte ich, einfach mal auf Severins Heimatbundesstaat anspielen. Wenn ich den Sieg noch einfahren wollte, musste ich mich anstrengen.

»Ach, wirklich?« Ich lächelte, der Punkt ging an ihn. Da holte ich zum großen Schlag irrelevanter Fakten aus, die unsere gesamte Unterhaltung verknüpfen würde. »Interessanterweise hatten die NASA und die Universität in Wisconsin schon 1995 erfolgreich das erste Gemüse im Weltall kultiviert, und zwar im Raumschiff *Columbia*, und das war … na, ratet mal … eine Kartoffel.«

Severin grinste und zeigte mit seiner Gabel auf mich. »Da habt ihr es. Die Knolle könnte deine Zukunft werden.«

»Wer weiß«, sagte ich. Von wegen, nicht in diesem Leben.

»Alle Achtung, Martin. Ich sehe dich schon regelrecht als Marsianische Kartoffelkönigin vor mir«, foppte Knightely mich. Seine Augen glitzerten, und es ärgerte mich, dass er so hinreißend war, obwohl er auf meine Kosten Witze riss.

»Keine Sorge«, erwiderte ich. »Ich sehe eine glänzende Zukunft für dich als mein Hofnarr voraus.«

Robbie und Eleanor beobachteten uns. Jason grinste. Ich warf ihm einen gespielt finsteren Blick zu. Jasons Tüchtigkeit beeindruckte mich wirklich immens. Ich hatte bisher noch keinen Kollegen gehabt, der es mit mir aufnehmen konnte, wenn es um eine erschöpfende Recherche über das Leben und die Interessen eines Spenders ging.

»Tut mir leid – das hat sich ein wenig verselbstständigt«, sagte ich zu Robbie. »Aber solange wir hier sind, gibt es irgendetwas, das du uns über die ACC fragen möchtest?«

Robbie schaute zwischen uns hin und her. Er betrachtete uns nachdenklich und sagte: »Ehrlich gesagt, interessiert mich im Moment vor allem, ob du ihm das blaue Auge verpasst hast.«

Oh, oh. Severin klang, als scherzte er, größtenteils. In meiner Brust machte sich Panik breit, sicherlich spürte er, dass zwischen Jason und mir eine gewisse Spannung herrschte. Da, bitte schön! Deswegen sollte man sich nicht mit einem Kollegen einlassen.

Ich warf Jason einen Blick zu. Er wirkte nicht halb so entsetzt wie ich. Zu meiner Überraschung lachte er. Es klang echt, und ich zwang mich zu einem Schmunzeln, während ich inständig hoffte und betete, dass der Mann einen Plan hatte.

»Ich bin sicher, dass ich ihr einige Gründe gegeben habe, weshalb sie mir gerne eins verpasst hätte, aber nein, das« – er zeigte auf sein Auge – »ist eine Rugbyverletzung.«

»Rugby? Das habe ich früher auch gespielt. Bist du in einer Liga?« Robbie wirkte hocherfreut.

Severins Biografie hatte mir verraten, dass er im College gespielt hatte. In mir machte sich Erleichterung breit. Eins musste ich Knightley lassen: Der Junge hatte einen flinken Verstand.

»Ja, ich spiele in der Regionalliga von Boston«, sagte Jason.

»Das ist vom Training. Ich habe den Fuß eines Mitspielers mit meinem Gesicht gestoppt.« Er zuckte mit den Schultern. »So etwas passiert.«

Severin lachte. »Ich kenne Rugby. Auf welcher Position spielst du?«

Ich ballte meine Hände in meinem Schoß zu Fäusten. Spielte Jason wirklich Rugby? Ich wusste es nicht. Hatte er das erfunden, weil er über Severins Biografie ebenfalls im Bilde war? Was, wenn er sich nicht mit den Positionen auskannte? Was, wenn er sich da nicht rausmogeln konnte? Andererseits hatte er sich hervorragend auf Kartoffeln vorbereitet. Ich musste einfach darauf vertrauen, dass er beim Thema Rugby ebenso gründlich vorgegangen war.

»Verbindungshalb«, sagte Jason gelassen. »Und du?«

»Hakler«, sagte Robbie.

Ich schaute zu Eleanor. Gab es die Positionen wirklich? Ich wusste nichts über Rugby. Diese Bezeichnungen hörten sich ausgedacht an. Mir wurde warm.

»Sag mal, Jason.« Robbie lehnte sich zu ihm und musterte ihn ebenso prüfend wie mich bei der Frage über den Mars. »Glaubst du wirklich, dass du ein blaues Auge hast?«

»Also, es fühlt sich an wie ein blaues Auge und es sieht aus wie ein blaues Auge, daher glaube ich auch, dass es ein blaues Auge ist, oder, wenn wir es ganz genau nehmen wollen, vielleicht ein violettes Auge.«

Ich schaute zur Seite, weil ich befürchtete, dass ich gleich loslachte. Ich wusste genau, wie sehr ihn diese Frage verwirrte. Ich war schon sehr gespannt, womit Severin ihn als Nächstes löchern würde. Er enttäuschte mich nicht.

»Aber was, wenn es das nicht ist?«, beharrte Severin. »Was, wenn es sich nur um eine Simulation handelt?«

»Eine Simulation?«, wiederholte Jason. Er kämpfte um einen möglichst neutralen Gesichtsausdruck. »Ich fürchte, ich kann nicht ganz folgen.«

»Was, wenn das, das alles hier« – Robbie zeigte auf das Restaurant, in dem wir saßen – »nur eine Simulation ist, eine Schöpfung von einem höheren Wesen, und wir sind nur die Spielfiguren?«

Jason und ich saßen sprachlos da. Vom Mars über Kartoffeln zu Simulationen. Das waren nicht die Gesprächsthemen für ein Abendessen, die ich erwartet hatte. Genau genommen hatte ich in keinem Artikel über Severin irgendetwas über Simulationen gelesen. Das musste ein neues Interessensgebiet sein. Oje.

Glücklicherweise kamen in dem Moment die Kellner und servierten den ersten Gang, gratinierte Zwiebeln. Die kleinen, mit Parmesan und Trüffel aromatisierten Zwiebeln waren mit einer Flüssigkeit gefüllt, die mich an französische Zwiebelsuppe erinnerte. Die kunstvolle Präsentation der Nouvelle Cuisine war eine Augenweide. Das Essen sah wie ein Kunstwerk aus und roch köstlich.

Das flinke Auftragen der Teller gab Jason und mir eine Sekunde, um uns zu sammeln. Er lehnte sich zu mir und flüsterte: »Hilf mir.«

Seine Stimme klang so leidend, dass ich beinahe laut aufgelacht hätte. Stattdessen griff ich zwischen unseren beiden Stühlen nach seiner Hand und drückte sie kurz. Wir waren zwei intelligente Menschen, also konnten wir doch sicher auch mit dieser Situation umgehen. Das zumindest versuchte ich ihm zu vermitteln. Als Jason mit seinen warmen Fingern zurückdrückte, nahm ich das als Zeichen von *Botschaft angekommen* und ließ los. Er nicht. Stattdessen strich er mit dem Daumen über meinen Handrücken, mein Atem stockte. Ich zog meinen Arm zurück und der Moment war vorbei.

In dem Versuch, die Kontrolle über die Situation wiederzuerlangen, warf ich ihm ein Seitenblick zu und sagte: »Ich wusste gar nicht, dass du Rugby spielst.«

Als Jason mich dieses Mal anschaute, wirkte sein Blick nachdenklich. Sanft erwiderte er: »Ich könnte mir vorstellen, dass es eine Menge gibt, das du bislang noch nicht über mich weißt …«

Bislang? Was meinte er damit? Und warum, oh warum nur, klopfte mein Herz bei diesem Gedanken schneller? Wollte er mir damit zu verstehen geben, dass es zwischen uns noch nicht vorbei war? Dass er warten würde, bis ich zurück nach Boston käme? Dass wir zumindest Freunde bleiben würden? Die Fragen brannten regelrecht in meinem Inneren wie heiße Lava. Ich sagte nichts. Jetzt war nicht der richtige Augenblick dafür.

Als die Kellner gingen, lehnte Robbie sich wieder zu Jason und sagte: »Wenn die Simulationstheorie stimmt, dann ist dein blaues Auge so real wie ein Einhorn.«

Jason nickte. Er lehnte sich nach vorn und fragte: »Glaubst du, dass wir in einer Simulation leben, Robbie?«

Zu meiner Überraschung lachte Robbie. Es war ein tiefes, herzhaftes Lachen, das mich lächeln ließ. Er nahm sein Weinglas und trank einen Schluck. Dann erwiderte er Jasons Blick und sagte: »Vielleicht. Auf jeden Fall vielleicht.«

»Warum glaubst du das?«, fragte ich. Die Worte waren mir schon entschlüpft, bevor ich über sie nachgedacht hatte. Verdammt. Ich wollte nicht, dass er glaubte, dass ich anderer Meinung war, ich war einfach nur neugierig. Wenn man glaubte, dass alles um uns herum vorgetäuscht war, erzeugt, so als lebten wir in dem Film *Matrix*, war das, nun ja, eigenartig.

»Weil die Dinge, die mich in meinem Leben verletzt haben, der Schmerz, den ich gefühlt habe, dadurch erträglicher wird«, sagte Robbie.

Eleanor fasste schockierenderweise über den Tisch und tätschelte seine Hand.

»Wie der Verlust deines Vaters?«, fragte Jason.

Ich verschluckte mich an meiner Zwiebel. Oh mein Gott. Er hatte das Thema angesprochen. In Gegenwart von Severin. Beim Abendessen. Ich würgte ein wenig Wein hinunter, um meine Kehle freizubekommen.

Severin schaute von seinem Teller auf, auf dem er sein Essen herumschob. Er begegnete Jasons Blick und sagte: »Ja.«

Die beiden tauschten einen Blick, in dem ein stilles Verständnis lag, dann senkte Jason seinen Kopf und nickte. »Das ist für mich vollkommen nachvollziehbar.«

Danach entspannte Severin sich erstaunlicherweise. Zwischen uns vieren wurde es ganz harmonisch, aber ich wusste verflixt noch mal nicht, wie es dazu gekommen war. Den Rest des Essens verbrachten wir plaudernd bei allen möglichen Themen. Severin beantwortete nur selten direkte Fragen, dafür feuerte er Ideen und Meinungen ab, die scheinbar nichts mit dem laufenden Gespräch zu tun hatten. Wir kamen vom Wetter am Nordpol zu seinem Geständnis, dass er immer in Hotels wohnte und nie in einem der vielen Wohnhäuser, die ihm gehörten. So viel dazu, wenn jemand auf einem goldenen Thron saß. Von diesem Thema gelangten wir zu seiner Abneigung gegenüber materiellem Besitz und seiner Sammlung Oldtimer, die in einer Garage in Los Angeles stand. Er besaß vierundsechzig Luxuskarossen, betrachtete sie aber nicht als Besitz. Logisch? Nein. Es war sehr anstrengend, seinen Gedankengängen zu folgen.

»Die Spende an eure Organisation ist die größte, die wir jemals in Betracht gezogen haben«, sagte Robbie am Ende unseres Essens, als wir unser Birnensorbet genossen. »Ich möchte ganz deutlich betonen, dass wir die Sichtbarkeit unserer Firma an Universitäten erhöhen wollen, um uns in Zukunft für die hellsten Köpfe der Technik als potenzieller Arbeitgeber zu positionieren, daher interessiert mich, was ihr als erfolgversprechendsten Weg seht, um Studierende an uns zu binden?«

Aha, endlich! Fachsimpelei. Das war genau mein Ding. Ich signalisierte Jason mit einem Blick, dass ich ab hier übernahm. Dann legte ich sorgsam meinen Löffel ab, obwohl mein Sorbet so hartnäckig nach mir rief, dass ich das nur schwer ignorieren konnte. Ich strich die Tischdecke glatt und konzentrierte mich darauf, seine Frage bestmöglich zu beantworten. Ich griff auf meine altbewährte Methode zurück und würde die Zahlen sprechen lassen.

Als ich Statistiken und demografische Angaben wiedergab, die für eine optimale Reichweite der Kampagne sorgen würden, hörte Robbie mir zu und nickte, aber ich gewann den Eindruck, dass ich ihn verlor. Durch meine Anspannung redete ich immer schneller. Ich führte aus, dass der Name Severin Robotics auf jedem Werbeprospekt auftauchen würde, den wir verteilten. Das zündete auch nicht. Er sah relativ unbeeindruckt aus. Ich kam mir vor, als würde ich die Liegestühle auf der Titanic neu anordnen, während das Schiff langsam im eiskalten Nordatlantik versank. Ich musste ihn für die Idee begeistern, dass die ACC eine Partnerschaft mit Severin Robotics dafür nutzen konnte, um Spendengelder für den Kampf gegen Krebs zu sammeln, und seine Firma im Gegenzug die große Publicity bekäme, die er sich wünschte.

»Nun, du hast mir eine Menge zum Nachdenken mitgegeben«, sagte Robbie.

»Chelsea ist sehr bescheiden, was unsere Ziele betrifft«, sagte Jason.

Ich schaute ihn an und schüttelte leicht mit dem Kopf. Er würde doch nicht …

»Und sie hat die Roboterwettkämpfe ausgelassen.« Doch, er tat es.

Ich würde ihn umbringen. Wir hatten darüber gesprochen. Wir wollten seine schwachsinnige Roboteridee nicht vorbringen.

»Roboterwettkämpfe?«, fragte Robbie. Er tupfte sich mit der Serviette den Mund ab und lehnte sich nach vorn. *Nach vorn.*

»Ja«, antwortete Jason. »Ursprünglich dachten wir, das wäre eine Idee, um die Mitarbeiter der Firma einzubinden, aber ich glaube, das könnte viel größer werden. Stell dir Folgendes vor: Jeder Unicampus, der teilnimmt, ist für einen Roboter verantwortlich …«

»Was in gewisser Weise der Gemeinschaft dient«, unterbrach ich. Jason schaute mich verwirrt an. So ein Pech. Wenn er diesen Wahnsinn schon vorschlug, würde ich daraus eine erwachsene Version mit einer gemeinschaftlichen Beteiligung machen statt eines Kampfes auf Leben und Tod zwischen zwei aufgebockten alten Toastern.

»In welcher Weise?«, fragte Eleanor.

Jason zuckte mit den Schultern. Er sah so aus, als ränge er mit meinem Konzept, aber dann sagte er: »Das hängt von den Universitäten ab, aber die Uni mit dem krassesten – äh, genialsten – Roboter gewinnt den begehrten Turnierpokal.«

»Es gibt einen Pokal?«, fragte Robbie.

»Sicher. So wie der Stanley-Cup für Eishockey, nur eben für Robotertechnik. Der Wettkampf wird zu einem jährlichen Ereignis und der Name des Gewinnerteams wird jeweils eingraviert, der Pokal darf dann bis zum kommenden Turnier von der Universität ausgestellt werden.«

Robbie rieb sich mit dem Handrücken übers Kinn. »Und ihr denkt, dass dadurch der Bekanntheitsgrad von Severin Robotics als Top-Arbeitgeber für Automatisierungstechniker wächst?«

»Ja«, sagte ich. »Am Anfang wollen wir sie dazu bringen, über die Heilung von Krebs und die Bedürfnisse der Gesellschaft nachzudenken – beispielsweise, dass eine Drohne Medikamente an Patienten ausliefert, die zu krank sind, um selber zu fahren, ein Robotergefährte, der die ans Haus gefesselten Menschen besucht und ihnen Gesellschaft leistet, oder vielleicht ein Pflegeroboter, der deren Vitalwerte misst – die Studierenden engagieren sich dafür, im Namen der Krebsbekämpfung einen Unterschied im Leben anderer zu machen. Zudem wird der innovativste Roboter zum Sieger erklärt, wodurch die Fakultät und die Studierenden zu bemerkenswertem Ruhm gelangen und Severin Robotics den ersten Zugriff auf die Technik hat.«

Jason warf mir einen prüfenden Blick zu. Ich wusste, dass ich ihn mit der Abwandlung seiner Idee überrascht hatte, weshalb ich mich übrigens großartig fühlte, besonders weil sie mir gerade eben erst eingefallen war. Und doch konnte ich Robbies unmittelbares Interesse an diesem für ihn offensichtlich sehr attraktiven Vorschlag nicht leugnen.

»Die Idee gefällt mir«, verkündete Robbie. »Sie ist klug und einfallsreich. Gut gemacht, ihr zwei.«

»Danke schön«, sagten Jason und ich.

Als ich auf meinen Teller blickte, lächelte ich. Zum ersten Mal an diesem Abend hatte ich den Eindruck, als könnte ich dieses exquisite Essen genießen. Christian Le Squer, der Chefkoch, war ganz eindeutig ein Genie.

»Ich würde das gerne noch vertiefen«, sagte Robbie. »Gilt unsere Verabredung für das Weinfest nächste Woche in Italien noch?«

»Ja«, sagte ich. »Mein Freund Marcellino DeCapio freut sich schon, euch sein Weingut, Castelleo di Luce, zu zeigen. Sie haben sich auf Chianti spezialisiert.«

»Hervorragend«, sagte Robbie. »Jason, du kommst natürlich mit uns, oder?«

»Genau genommen bin ich …« Jason zögerte. Er schaute zu mir und dann zu Robbie. »Höchst erfreut darüber.«

Wie bitte? Was erzählte er da? Jason kam nach Italien? Mit mir? Während ich mich mit Marcellino wiedertraf? Am liebsten hätte ich in meine Serviette gebrüllt. Stattdessen drehte ich mich zu Jason.

»Es wäre großartig, wenn du kommen könntest«, sagte ich. »Aber ich dachte, du darfst den anderen Geschäftstermin in Boston nicht verpassen.«

Ich starrte direkt in seine hübschen Augen und versuchte, ihm meinen Unmut über seine Planänderung zu zeigen. Jason sah seine persönliche Sicherheit eindeutig nicht in Gefahr, denn er trank beiläufig einen Schluck Wein, lehnte sich in seinen Stuhl zurück und sagte: »Ich denke, das lässt sich umplanen.«

»Hervorragend«, sagte Robbie. Er wirkte begeistert. »Ruft Eleanor morgen an, dann besprechen wir die letzten Details.«

Ich musste mich sehr zusammenreißen, um mir meine Bestürzung nicht anmerken zu lassen. Stattdessen lächelte ich Severin an und sagte: »Großartig, ich freue mich schon sehr.«

Ich hatte den Eindruck, dass mein Lächeln zu aufgesetzt war und womöglich so wie das des Jokers leicht irre wirkte, was wahrscheinlich daran lag, dass ich den Impuls unterdrücken musste, das Messer zu nehmen und Knightley abzustechen.

Er durfte *nicht* mit mir nach Italien. Ich wollte Leute treffen – Marcellino! – und Dinge herausfinden, beispielsweise wo sich all die Jahre über mein Glück versteckt hatte. Vielleicht unter einer Rebe in der Toskana? Gut möglich. Wie sollte ich meinen Kopf von Knightley und seinen Küssen freibekommen, wenn er in meiner unmittelbaren Nähe war? Args! Das war ein Albtraum.

In meinem verwirrten und panischen Zustand und mit dem Gefühl, dass meine Suche nach meinem alten Ich gerade von einem Mann gekapert wurde, der glaubte, meine Zukunft läge darin, Kartoffeln im Weltall anzubauen, überlegte ich, ob es nicht am besten wäre, wenn ich meinen Job ein für alle Mal kündigte.

Kapitel 21

Wir tranken Kaffee und unsere Unterhaltung sprang von Lieblingsfernsehsendungen zu künstlicher Intelligenz bis zu der Frage, welche Superkraft wir gerne besäßen – so wie Gespräche mit Severin nun einmal verliefen –, und als wir schließlich das Restaurant verließen, war ich erleichtert, mich einen Moment lang mental etwas zurücknehmen zu können. Als wir uns an den Tischen vorbeischlängelten, lief ich zum Glück neben Eleanor.

»Eure Präsentation war sehr intelligent aufgebaut«, sagte sie. »Sie hatte all die überwältigenden und beeindruckenden Fakten und Zahlen, aber es mit dem zu verknüpfen, womit die Firma tatsächlich ihr Geld verdient – Robotertechnik –, war ein guter Abschluss.«

»Ich wünschte, das wäre mein Verdienst«, sagte ich. »Der Robotertechnikteil geht ganz auf Jason zurück.«

»Ich glaube, du bist zu bescheiden«, sagte sie.

»Das bin ich nicht«, erwiderte ich. »Der Roboter-Nerd alias Jason wollte die Roboterwettkämpfe. Mein einziger Input war, sie gemeinschaftsorientiert auszurichten.«

»Ein brillanter Vorschlag«, sagte sie.

»Danke schön, aber ohne die ursprüngliche Idee gäbe es ihn nicht.

»Vielleicht. Mr Severin wäre dennoch an einer Partnerschaft mit der ACC interessiert gewesen.«

»Da bin ich mir nicht so sicher.«

»Ich schon«, sagte sie. »Mr Severin hat der Verlust seines Vaters schwer getroffen, vor allem weil er glaubt, dass er vermeidbar gewesen wäre. Er ist ein echter Fürsprecher für frühe Vorsorgeuntersuchungen. Dein Name ist bei verschiedenen Treffen gefallen, du bist die Person, der er so eine große Spende anvertrauen würde, und ich bin ziemlich sicher, dass unser heutiges Abendessen ihn darin bestätigt hat.«

Sie lächelte mich an, was sie schätzungsweise nur selten tat. Es war, als bekäme man einen Yeti oder eine Meerjungfrau zu Gesicht, und die Monobraue, die über dem Rand ihrer Brille lugte, wurde dadurch viel weicher. Ich hatte den Eindruck, als würde ich von einer Welle Optimismus überrollt. Dafür hatte ich die letzten sieben Jahre über gelebt: Ich wollte für den guten Kampf sensibilisieren und genügend Geld aufbringen. Es fühlte sich wundervoll an, selbst wenn ich mir eingestehen musste, dass ich vielleicht nicht mehr mitmischen würde.

Wir blieben in der Lobby stehen und wünschten uns eine gute Nacht. Severin schüttelte weder mir noch Jason die Hand. Stattdessen schaute er uns an und sagte: »Wenn es euch möglich ist, seid immer ihr selbst, außer ihr könnt Batman sein, dann seid immer Batman.«

Damit machte er auf dem Absatz kehrt und lief zum Aufzug. Eleanor nickte uns einmal zu und eilte ihm nach.

Jason und ich gingen durch die Drehtür und traten auf den Gehweg. Er zog mich an seine Seite und krümmte sich. Ich beugte mich hinab, um in sein Gesicht zu schauen. War er krank? Erstickte er? Erlitt er einen Nervenzusammenbruch?

»He, alles in Ordnung?«, fragte ich.

»Seid Batman«, keuchte er. Da wurde mir klar, dass er lachte. Meine Lippen verzogen sich zu einem Lächeln, weil, na ja.

Ich gluckste und fügte hinzu: »Oder noch besser ein Kartoffelbauer im Weltall.«

Er lachte stärker und ich mit ihm. »Versteh mich nicht falsch«, sagte er. »Ich mag Severin – das tue ich wirklich –, aber, oh Mann, er ist …«

»Schillernd!«, sagte ich und tat so, als hätte in der Ferne etwas Glitzerndes meine Aufmerksamkeit erregt.

»Stimmt.« Jason richtete sich auf und legte mir einen Arm um die Schultern. »Ich kann mich nicht erinnern, dass ich schon mal so eine Unterhaltung geführt habe. Das war …«

»Wie eine Achterbahnfahrt?«, schlug ich vor.

Er grinste. »Ich dachte eher an eine rasante Schleuderfahrt in Tassen bei der verrückten Teeparty.« Er rieb sich mit der freien Hand übers Gesicht. »Mein Hirn raucht.«

»Komm«, sagte ich. »Gehen wir nach Hause.«

Es war fast zehn Uhr und ich war erschöpft. Der Portier führte uns sofort zu einem wartenden Taxi und wir stiegen ein.

Während ich durchrutschte, nannte Jason dem Fahrer unsere Adresse. Sobald die Tür geschlossen war, ließ er sich in den Sitz sinken. »Wir haben es geschafft! Das ist unglaublich, oder? Eine Spende in Höhe von zehn Millionen Dollar und wir haben sie eingetütet.«

»Noch haben wir das Geld nicht«, gab ich zu bedenken. Ich wollte keine Spielverderberin sein, aber trotz Eleanors Enthusiasmus wollte ich mich nicht zu früh freuen, falls Severin doch noch seine Meinung änderte, wäre das sonst eine herbe Enttäuschung.

»Oh nein, die gehört uns«, sagte er. »Robbie hat mir eben noch gesagt, dass er bei dem Treffen nächste Woche in der Toskana die Spende unter Dach und Fach bringen will.«

»Ist das dein Ernst?«, fragte ich. »Ich dachte, dass wir unsere Idee noch dem Vorstand präsentieren müssen.«

»*Jahaaa,* das ist mein Ernst. Die Präsentation vor dem Vorstand ist reine Formsache. Die zehn Millionen gehören uns. Severin ist zwar exzentrisch, aber ich glaube nicht, dass er eine Zusage zurücknimmt.«

Ein, zwei Herzschläge lang schaute ich ihn ungläubig an. Dann drückte ich mir die Hände auf den Mund. Wir hatten es geschafft! Ich war so überwältigt, dass ich mich auf ihn warf und an mich drückte, bis er keine Luft mehr bekam.

»Sorry, sorry«, rief ich. Ich ließ ihn los und lachte, mich durchflutete eine große Erleichterung und Freude, ich sperrte meine Zweifel aus und schob einen dicken fetten Riegel vor die Tür. »Ich dachte einfach ... Ich kann gar nicht glauben ... Aidan.«

Dann begann ich zu weinen. Als ich daran dachte, wie viel Aidan das bedeuten würde, verlor ich die Beherrschung. Ich vergrub mein Gesicht in meinen Händen und schluchzte vor Glück.

»He, he, Chelsea, geht es dir gut?« Jason legte einen Arm um mich und zog mich zu sich. Ich drückte mein Gesicht gegen sein Jackett und ließ mich von seiner Wärme einhüllen.

»Alles in Ordnung«, sagte ich. Ich schniefte und holte langsam Luft. »Ich habe mir das nur so sehr für Aidan gewünscht, besonders jetzt.«

»Ja, ich weiß, was du meinst.« Er ließ mich los und strich mir stattdessen mit der Hand über den Rücken. »Wenn wir in der Ferienwohnung sind, sollten wir ihn anrufen. Wahrscheinlich ist er noch im Büro.«

»Das wäre toll«, sagte ich. Meine Lippen zitterten und ich presste sie aufeinander. Der Anruf wäre meine Chance zu kündigen, und jetzt, wo Severin sich unserem Anliegen verpflichtet fühlte, war das der perfekte Moment. Ich durfte nicht zulassen, dass ich mich auf Kosten meiner Suche nach mir selbst wieder von meinem Beruf vereinnahmen ließe. Es mussten Entscheidungen getroffen werden.

»Weißt du was, es war eine verdammt gute Sache, dass du dein Handy verloren hast und ich nach Paris geflogen bin. Wir sind ein verflucht gutes Team, Martin. Diese Kampagne wird riesig. Sie könnte sogar noch größer werden als die Hot-Wings-Challenge. Es gibt unendlich viele Möglichkeiten, das voranzutreiben. Das wird unglaublich.«

»Ich denke, du wirst das hervorragend machen«, sagte ich.

Er schaute mich stirnrunzelnd an. »Du wolltest *wir* sagen, oder?«

»Nein.« Ich schüttelte den Kopf. »Wenn wir Aidan wegen Severin anrufen, werde ich kündigen.«

Er schaute mich aus großen Augen ungläubig an.

Das Taxi hielt vor dem Café Zoe und Jason stieg aus und streckte mir seine Hand entgegen. Seine Finger waren unheimlich warm, während meine sich eiskalt anfühlten. Während Jason den Fahrer bezahlte, ließ er sie nicht los und zwang mich zu warten. Ich wusste, dass er zu meiner Kündigung noch mehr zu sagen hatte und bestimmt nicht wollte, dass ich abhaute. Da sorgte er sich unnötig. Bevor ich Aidan anrief, wollte ich reinen Tisch machen.

Als das Taxi davonfuhr, drehte er sich zu mir und ich schaute zu ihm hoch.

»Kündigst du wegen letzter Nacht?«, fragte er.

»Nein.« Ich schüttelte den Kopf. »Ich kündige, weil du mich für diese Aufgabe nicht mehr brauchst«, sagte ich. »Aber es gibt Dinge, die ich tun muss, Dinge, bei denen es nicht um die ACC geht … oder um dich.«

»Liegt es daran«, sagte er und fuhr sich verzweifelt durch die Haare, »dass ich den Blödmann vermöbelt habe?«

»Nein, tut es nicht«, beharrte ich. »Es geht darum, dass ich mich auf eine Reise begeben habe, um mir über ein paar Sachen klar zu werden und um mein Leben wieder in den Griff zu bekommen, ich aber nicht dazu komme, weil ich ein durchgeknallter Workaholic bin, der immer noch arbeitet, obwohl ich eine Auszeit genommen habe.«

»Du hast für die ACC gerade einen riesigen Fisch an Land gezogen. Wo musst du da dein Leben in den Griff bekommen?«

»Oh, da gibt es einiges«, sagte ich. Ich fröstelte in der kalten Abendluft. Jason ließ sofort meine Hand los, schlüpfte aus seinem Jackett und legt es mir über die Schultern. »Was mich daran erinnert: Warum verdammt noch mal hast du Severin erzählt, dass du ihn mit mir in Italien triffst? Du weißt, dass ich Pläne habe.«

»Machst du Witze?«, fragte er. »Für eine Zehn-Millionen-Dollar-Zuwendung würde ich auch einwilligen, ihn in einem Bastrock oder eingerieben mit einem Brandbeschleuniger in der Hölle zu treffen oder meinetwegen auch auf einer Kartoffelfarm auf dem Mars.«

Bei der Vorstellung versuchte ich, nicht zu lachen, was mir fast gelang. »Du hattest kein Recht dazu«, protestierte ich.

»Wahrscheinlich nicht«, sagte er. »Aber wenn das den Ausschlag gibt, ob wir den Auftrag bekommen oder nicht, würde ich es wieder tun.«

Bevor ich antworten konnte, nahm er meinen Ellbogen und begleitete mich in das Gebäude und die Treppen hinauf. Er wartete vor meiner Wohnungstür, während ich in meiner Clutch nach dem Schlüssel suchte. Als ich ihn mit meinen kalten Fingern gefunden hatte, nahm er ihn mir ab und schloss die Tür auf.

»Hör mal, du musst nicht kündigen«, sagte er leise. »Wir können überlegen, wie wir die Arbeit von deiner … Suche trennen.«

Ich schüttelte den Kopf. »Du weißt, dass unserer Branche so

nicht funktioniert. Sie fordert alles von dir. Ich muss einen klaren Schnitt machen.«

Wir schauten uns an. Er hatte den Kopf zur Seite gelegt und die Hände auf seine typische nachlässige Art in die Taschen gesteckt. Dann ging ein Mundwinkel nach oben.

»Chelsea, du *kannst* mich nicht verlassen«, sagte er.

Das erinnerte mich so sehr an die Unterhaltung in meinem Büro vor ein paar Wochen, dass ich lächelte. Bestimmt hatte er das absichtlich gesagt, denn jetzt zuckten seine Lippen. »Dazu stehe ich noch immer. Mehr denn je.«

»Ich muss«, sagte ich und fasste nach meinem Ohrring, aber er nahm meine Hand und schob seine Finger zwischen meine. Stimmt, ihm war ja aufgefallen, dass ich das immer tat, wenn mich etwas beunruhigte. Aber ich würde meinen Plan verfolgen und mich nicht von ihm einwickeln lassen.

»Weißt du, es gibt keine Garantie, dass du die alte Chelsea in Italien finden wirst«, sagte er. »Der Typ, den du treffen willst, könnte verheiratet sein und Kinder haben.«

»Ist er nicht.«

»Oder im Gefängnis sitzen.«

»Nein.«

»Oder schwul sein.«

»Bestimmt nicht schwul«, sagte ich.

Jason wirkte etwas unglücklich, weil ich mir in diesem Punkt so sicher war.

»Ich verstehe ja, dass du das tun musst, Chelsea«, sagte er. Ich schaute ihn skeptisch an. »Das tue ich wirklich«, bekräftigte er, »aber ich glaube, wir können einen Kompromiss finden.«

Ich zog meine Augenbrauen nach oben. Ich war bereit, mir das anzuhören.

»Fünf Tage«, sagte er.

Ich schüttelte den Kopf, weil ich nicht verstand.

»Nimm dir fünf Tage in Italien ganz für dich allein«, sagte er. »Wenn du dort die wahre Liebe findest, dein Lachen oder die glückliche, sorglose Chelsea, die du einmal warst, wird dir das innerhalb von fünf Tagen gelingen.«

»Die Zeitspanne ist recht willkürlich festgelegt«, sagte ich. »Woher willst du wissen, dass fünf Tage genügen?«

»Weil sich sowohl Irland als auch Paris innerhalb von zwei Tagen für dich geklärt hat«, sagte er. »Egal ob gut oder schlecht, ich wette, dass du für die Toskana nicht länger brauchst.«

Ich öffnete den Mund, um zu protestieren.

»Wenn du mehr Zeit brauchst, können wir das arrangieren«, sagte er. »Ich halte Severin hin oder, ach verdammt, bringe ihn sogar zu einem falschen Weingut. Nur kündige nicht, nicht jetzt, nicht, wenn du noch nicht weißt, wie sich alles entwickeln wird.«

»Was wirst du tun, während ich in Italien bin?«, fragte ich.

»Ich werde zurück nach Boston fliegen und kümmere mich dort um den Papierkram und die Verträge für Severins Spende«, sagte Jason. »Und ich sehe nach Aidan.«

Damit hatte er mich geködert, was er auch wusste.

Ich drehte den Türknauf und öffnete. »In Ordnung, Knightley, ich werde heute Nacht nicht kündigen, aber ich nehme mir das Recht heraus, meine Meinung zu ändern.«

Er strahlte regelrecht. »Also bist du immer noch mit dabei?«

»*Allora*, ich schätze schon«, sagte ich und benutzte das italienische Wort für »also«. Ich schüttelte den Kopf, ich musste verrückt geworden sein. »Wir sehen uns in Italien.«

Er sah so aus, als wollte er mich in den Arm nehmen, aber das durfte ich nicht zulassen. Wenn das geschah, verließen mich mein gesunder Menschenverstand oder sonstige Schutzmechanismen. Nur ordentliche Grenzen hielten mich im Gleichgewicht. Ich schlüpfte nach drinnen, winkte mit meinem kleinen Finger und schloss die Tür, während er mir wissend zuzwinkerte. Unverbesserlich.

*

Ach, Firenze. Als ich das letzte Mal vor sieben Jahren dort war, verbrachte ich meine letzten Stunden vor dem Abflug zusammengerollt auf dem Flughafen, während ich auf meinen Flug wartete und mich an das kleine Gebetbuch mit dem Titel *Ovunque proteggini* klammerte, was *Beschütze mich überall* bedeutet. Es war nicht größer als ein Streichholzbrief, auf der einen Seite war ein Bild vom heiligen Franz von Assisi eingeprägt und auf der anderen Seite sein Friedensgebet auf Italienisch. Ich umklammerte es damals wie einen Talisman, der mich so schnell wie möglich nach Hause zu meiner Mutter bringen sollte. Das Gebetbuch besaß ich noch. Es lag zu Hause in der obersten Schublade meines Nachttischs.

Als ich nach dem quälend langen Flug in Boston ankam, fiel mir die Ironie auf, dass ich den Anruf über meine Mutter ausgerechnet in der Stadt und dem Land bekommen hatte, die so sehr die Rolle der Frau als Mutter verehrten. Die Bilder von Maria mit ihrem Kind waren in der Stadt die meistverbreiteten Motive, und irgendwann entwickelte ich eine Zuneigung zu ihnen, als würden sie immer über mich wachen.

Die schönsten Bilder waren für mich diejenigen, auf denen die Mutter zärtlich verzweifelt auf ihr Kind blickte, das in diesen Szenen meist als Kleinkind dargestellt wurde. Wenn ich an meine Zeit in Italien dachte, fiel mir immer die allgegenwärtige Madonna mit ihrem Kind ein.

Ich hatte mir ein Zimmer in einem kleinen Hotel in der Nähe des Bahnhofs reserviert, wo ich am folgenden Morgen den Bus zum Castello di Luce nehmen wollte, dem Weingut, auf dem ich mit Marcellino gearbeitet hatte. Es lag ungefähr dreißig Kilometer außerhalb der Stadt und schmiegte sich in die sanfte Hügellandschaft der Toskana. An das Weingut grenzte ein kleiner Ort, und ich freute mich schon darauf, herauszufinden, was sich dort, wenn überhaupt, in den letzten Jahren verändert hatte.

Im Moment saß ich an einem schmiedeeisernen Tischchen im Innenhof des Hotels und brütete über meinem Espresso, während ich die gewaltige Kathedrale, Il Duomo, in der Ferne bewunderte, die sich am Horizont der Stadt abhob. Ich wünschte, ich hätte genug Energie, um durch die Läden auf der Ponte Vecchio zu schlendern, eine Brücke über den Arno im Herzen der Stadt, aber ich hatte nicht gut geschlafen und war erschöpft. Ich wusste, dass es nichts gab, was ich kaufen konnte, um mich von meinem gegenwärtigen Anfall an Selbstzweifeln abzulenken.

Ich atmete die süße Luft und versuchte, ganz im Jetzt zu sein und den Moment zu genießen, anstatt mir tausend Gedanken über Unbekanntes zu machen. Das fiel mir nicht leicht, aber ich konzentrierte mich auf meine Umgebung. Die Wände waren mit wunderschönen Tonfliesenmosaiken verziert, die natürlich Maria und ihr Kind darstellten, und am Rand des Innenhofes standen kleine Orangenbäumchen in riesengroßen Terrakottatöpfen. Jeder Tisch war mit einer blauen Glasflasche mit einer Handvoll Gänseblümchen dekoriert, ein fröhlicher Farbtupfer auf der schwarzen Tischdecke.

Mehrere andere Gäste genossen ebenfalls den warmen Frühlingstag und unterhielten sich über ihren Kaffee oder in einigen Fällen über ihren Wein hinweg. Plötzlich fühlte ich mich ganz einsam und konnte das Gefühl auch nicht mehr abschütteln. Ich hatte nur ein paar Tage mit Jason als meinem steten Begleiter verbracht und dennoch war es jetzt eigenartig ohne ihn.

Ich schaute bereits zum x-ten Mal auf mein Handy. Ich hatte keine Ahnung, was ich erwartete. Der Kerl war aus Paris abgereist und hatte nicht mal mehr ein »Bis später, Martin« über die Lippen gebracht.

Zoe war diejenige, die mir die Neuigkeit mitteilte. Als ich für einen Kaffee und Gebäck bei ihr im Café vorbeischaute, informierte sie mich, dass er gegangen war. Ich versuchte, nicht verletzt zu sein, weil er sich weder verabschiedet, mir eine Nachricht geschickt oder wenigstens eine kleine Notiz hinterlassen hatte. Ich fragte mich, ob das irgendetwas zu bedeuten hatte oder er lediglich meine Grenzen respektierte. Natürlich wusste ich, dass es scheinheilig war, wenn man einerseits mehr Raum für sich einforderte und sich dann beschwerte, wenn man ihn bekam. Trotzdem.

Ich bemühte mich, nicht länger darüber nachzudenken, warum ich so enttäuscht war. Ich machte meinen Schlafmangel dafür verantwortlich. Dort am Tisch schaute ich die Textnachrichten durch. Und wieder. Nichts. Ich hörte meine Voicemail ab. Dort war auch nichts. Dann wurde ich wütend auf mich, weil ich andauernd nachschaute, und dann schaute ich doch wieder nach. Args. Ich verlor den Verstand. Ich schüttelte den Kopf. Nein, ich war bloß übermüdet. Wenn ich müde war, verarbeitete ich Dinge immer schlecht. Ich brauchte eine Stimme der Vernunft.

Ich öffnete meine Kontakte und drückte auf den ersten Namen, der erschien.

Annabelle nahm nach dem zweiten Klingeln ab. »Chels, wo steckst du? Bist du in Italien? Hast du Marcellino schon gesehen? Wie war es in Paris? Und wie war Jean Claude? Hast du dich mit Severin getroffen? Was ist los?«

Ich lächelte. Vielleicht lag es ja an den vielen Kilometern, die zwischen uns lagen, aber plötzlich vermisste ich meine Schwester und ihre überschwängliche Ausgelassenheit wie schon seit Jahren nicht mehr. Und dann kamen mir einfach so die Tränen.

»Hallo, Schwesterherz«, sagte ich.

»Oh nein! Weinst du? Oh mein Gott, warum weinst du? *Ah!* Warte! Bei dir gibt es ein Männerdrama, oder? Halleluja! Bei dir gibt es sonst nie Männerdramen«, sagte Annabelle.

Mein Schniefen wurde zu einem Schnauben. »Bei mir gibt es kein Männerdrama.«

»Ja, klar, warum weinst du denn sonst?«, fragte sie. »Dann bring mich mal auf den neuesten Stand. Was ist passiert?«

Was ich zu meiner Überraschung auch tat. Ich musste Annabelle zugutehalten, dass sie bei der Colin-Aoife-Blamage nur ein wenig lachte, bei der Jean-Claude-Katastrophe vor Wut schäumte und fluchte und ganz still wurde, als ich meine Zeit mit Jason beschrieb – ja, ich erzählte ihr sogar von dem Kuss, aber nur von dem auf dem Eiffelturm.

»Oh, wow«, sagte sie. »Ich muss schon sagen, das hätte ich nicht erwartet.«

»Das sind wir schon zwei«, sagte ich.

»Wieso hast du *ihn* überhaupt geküsst?«, fragte sie. »Ich meine, du hasst den Typen.« Sie hatte sich schon einiges Gezeter über meine Arbeit anhören müssen.

»*Hassen* würde ich es vielleicht nicht nennen«, sagte ich. »Und wenn ich ganz ehrlich bin, war ich in der Vergangenheit vielleicht ein wenig zu hart mit ihm.«

»Ah-ha.« Mehr sagte sie nicht. Und ich hatte keine Ahnung, wie ich das interpretieren sollte. War das Ah-ha ihre Antwort, weil sie glaubte, dass ich Blödsinn erzählte, oder war es eine nuancierte Reaktion, weil sie verstand, was ich sagte?

»Du bist diejenige mit der Männererfahrung, Annabelle. Was soll ich tun?«, fragte ich.

Meine Schwester schwieg einen Augenblick. Ich begrüßte es, dass sie gebührend über die Frage nachdachte. Normalerweise antwortete sie immer sehr spontan und nicht unbedingt qualifiziert. »Also«, sagte sie, »ich denke, die Tatsache, dass du in Italien bist, beantwortet deine Frage. Du musst weitermachen und Marcellino treffen, ganz gleich, was du für Jason empfindest.«

»Mach mal halblang, ich habe nie gesagt, dass ich etwas für Jason empfinde«, sagte ich.

»Tatsächlich?«, fragte sie.

»Freundschaft«, sagte ich. »Mehr nicht.«

»Freunde küssen sich nicht auf dem Eiffelturm.«.

»Das war ein Versehen.«

»Oh ja, meine Lippen kleben ständig an denen meiner männlichen Freunde«, sagte sie. »Das ist aber auch ungeschickt, ungefähr so, wie wenn ich meine Jacke in der Autotür einklemme oder die Spülmaschine zweimal laufen lasse.«

»Bist du fertig?«, fragte ich. »Weil mir das nämlich nicht weiterhilft. Vergiss Jason – was, wenn mein Treffen mit Marcellino oder mein Aufenthalt hier in Italien mich meinem alten Ich nicht näherbringt? Was, wenn sich die ganze Reise als Flop herausstellt?«

»Wie kann sie ein Flop sein, wenn es dir gelungen ist, zehn Millionen Dollar für die ACC einzufahren?«

»Das ist nur Arbeit«, sagte ich.

»Entschuldigung, aber wer bist du und was hast du mit meiner Schwester angestellt?«

»Ich meine es ernst. Ich will mehr von meinem Leben.«

»Du bist in *Italien*, meine Liebe«, sagte Annabelle mit einem Hauch von Verzweiflung. »Natürlich könnte es sein, dass sich die Dinge mit Marcellino nicht so entwickeln wie erhofft. Womöglich ist er mehr wie Jean Claude und nicht wie der Mann, an den du dich erinnerst. Aber das ist einerlei. Bei dir gibt es Gelato und das kann alles heilen.«

Ich lachte, was sie bestimmt beabsichtigt hatte.

»Vergiss nicht, Chels, dass du nicht auf der Suche nach einem Mann oder einer Beziehung bist. Du bist auf der Reise, um dich daran zu erinnern …«

»Wie es sich anfühlt, sorglos und glücklich und offen für die Liebe zu sein. Ja, ja, ich weiß.« Ich trank von meinem Kaffee. »Aber das alles liegt sieben Jahre zurück. Was, wenn mein neues Workaholic-Selbst sich einen richtig dicken Panzer zugelegt hat, den ich nicht loswerde?«

»Dann wärst du nicht in Italien«, sagte Annabelle. »Du schaffst das.«

»Hoffentlich.« Ich atmete tief durch, dann fragte ich: »Wie geht es Dad?«

»Macht sich Sorgen um dich«, sagte sie. »Aber nicht so sehr, dass er nicht noch Zeit für Tortenverkostungen, Floristen und eine große Hochzeitsausstellung gefunden hätte.«

»Wirklich?«

»Jep. Selbst in meinen wildesten Träumen hätte ich es nicht für möglich gehalten, dass unser Mathematiker-Vater und ich einmal eine eingehende Diskussion über Tüll führen«, erzählte Annabelle. »Irgendwie verquer.«

»Das kann ich mir vorstellen, aber es ist auch gut«, sagte ich.

»Findest du?«, fragte sie. »Bei seinen Hochzeitsplänen ist er wirklich mit Volldampf unterwegs. Nur noch zwei Monate bis zum großen Tag.«

Mich überkam Panik. Der Grund, warum ich hier war, bestand ja darin, die alte Chelsea wiederzufinden, die an Liebe auf den ersten Blick und glücklich bis ans Ende ihrer Tage glaubte. Ansatzweise hatte ich sie in Irland und Frankreich wiederentdeckt, aber ich musste mich rechtzeitig in sie verwandeln, damit ich begeistert und überglücklich an der Hochzeit meines Vaters teilnehmen konnte, ganz gleich, mit welchem Kleid ich ausstaffiert werden würde.

»Ja, ich meine, es ist gut, dass Dad dich hat«, sagte ich und versuchte, nicht zu verloren zu klingen. »Du bist die Tochter, die er gerade braucht.«

»Das sind wir beide«, sagte sie. »Du wirst auch noch dorthin kommen. Die Chelsea, nach der du suchst, wartet dort draußen irgendwo auf dich. Bestimmt.«

»Also schön.« Ich verdrängte das Bild von meinem Vater, der Sheri heiratete, trank meinen Espresso aus und sagte mir, dass ich das packen würde. Wirklich.

*

Als der Bus am Eingang zum Weingut Castello di Luce hielt, war später Vormittag. Ich stieg die Stufen hinab, zog meinen Koffer hinter mir her und ignorierte meine Nervosität, so gut es ging, aber ehrlich gesagt, klopfte mir das Herz bis zum Hals, und ich befürchtete, daran zu ersticken. Schließlich waren sieben Jahre seit meinem letzten Aufenthalt vergangen.

Seit ich mich dazu entschieden hatte, die Stationen meines Auslandsjahres aufzusuchen, hatten Marcellino und ich uns E-Mails und Nachrichten geschickt und einmal miteinander telefoniert, was wegen der Zeitverschiebung gar nicht so einfach gewesen war. Auch wenn ich meinem Treffen mit ihm zuversichtlich entgegenblickte, bestand noch immer die Möglichkeit, dass ich falschlag. Das war mir schon einmal passiert – siehe Jean Claude.

Das Weingut war auf dem Gelände einer Burg entstanden, daher der Name, und als ich dort stand und zu dem riesigen, beigefarbenen Steinbau hochschaute, der aus dem Jahr 1173 stammte, erfüllte mich dieselbe Ehrfurcht wie das erste Mal, als ich staunend das Weingut betreten hatte. Die rechteckigen Befestigungsmauern und hohen Wachtürme ragten noch genauso wie vor fast tausend Jahren über die Landschaft, als sie von der Familie erbaut wurden, die in diesem Gebiet mehr als vier Jahrhunderte geherrscht hatte, bevor sie von der Medici-Familie um ihren Reichtum und Besitz gebracht worden war.

Ich blickte zum Steinwall, der so aussah, als würde von dort jeden Moment ein Pfeilhagel oder heißes Öl auf die nichts ahnenden Menschen regnen. Wie immer ließ mich die blutige Vergangenheit von Castello di Luce erschaudern. Sorgfältig restauriert, hatte die Burg damals während meines Auslandsjahres der Familie DeNicola gehört.

Sie lebten in den oberen Stockwerken der Burg, während die Erzeugnisse der Weinberge mit ihren Olivenbäumen im Erdgeschoss angeboten wurden. Als ich mir die Webseite angeschaut hatte, wurde dort Marcellino DeCapio als Eigentümer des Weinguts, aufgeführt. Was mich kein bisschen überraschte. Er hatte eine besondere Gabe, wie er mit den Weinstöcken auf den Hügeln hinter der Burg umging. Mr DeNicola hatte oft gesagt, dass Marcellino die Reben überreden konnte, mehr Trauben als jemals zuvor anzusetzen. Das war kein leeres Lob. Marcellinos natürliche Affinität zu der Winzerei hatte mich immer erstaunt.

Auf dem Weingut gab es einen Geschenkeladen und geführte Touren, die ich während meiner Zeit dort übernommen hatte. Die Burg war eine beliebte Zwischenstation für Touristen, und als ich an den Reisebussen auf dem kleinen Parkplatz vorbeilief, kam es mir fast so vor, als müsste ich mein Castello-di-Luce-Mitarbeiterhemd anziehen und mich darauf vorbereiten, eine Gruppe Besucher über die Ländereien, durch die Burg und das Weingut zu führen.

Statt den anderen Touristen in den Burghof zu folgen, lief ich an die Seite des Gebäudes, wo früher der Rosengarten von Mrs DeNicola lag. Sobald ich durch den Torbogen trat, lockte mich der Duft der Rosen weiter. Den Garten gab es noch, und während die meisten Rosensträucher noch nicht blühten, strotzte die unschlagbare Don-Juan-Kletterrose voller duftender, weinroter Blüten.

Ich ließ meinen Koffer bei einer Steinbank stehen und schlenderte an einem Brunnen in der Mitte des Gartens vorbei durch den anderen Torbogen auf der gegenüberliegenden Seite, um den sich ein üppiger Blauregen rankte. Ich blieb stehen und schaute über die sanften Hügel. Zwischen den Reihen mit Rebstöcken, die gerade austrieben, blühte zu meiner Freude der Klatschmohn. Es war, würden die Italiener sagen, *una bella giornata*, ein schöner Tag.

Ich saugte die Schönheit der Landschaft in mich auf und die süße Luft füllte meine Lunge. Dann schloss ich die Augen, legte meinen Kopf in den Nacken und ließ die warme Sonne auf mich scheinen, während ein leichter Wind durch meine Haare strich. Die Erinnerungen an diesen Ort während dieser magischen Monate April und Mai, als die Vormittage von den Touristen bestimmt wurden und ich an den Nachmittagen auf dem Lenker von Marcellinos Fahrrad saß, während wir auf ein Eis in den Ort fuhren, waren so greifbar und lebendig, dass ich den Eindruck hatte, ich wäre in der Vergangenheit gelandet.

»Chelsea?« Ein Mann rief meinen Namen. »Chelsea Martin?«

Kapitel 22

Ich öffnete die Augen. Die Sonne schien hell, und ich blinzelte gegen den roten Schleier, während ich versuchte, den Mann zu erkennen, der mit großen Schritten auf mich zulief. Er kam den schmalen Feldweg durch das kleine Wäldchen mit den silbergrünen Olivenbäumen entlang, wo mehrere Arbeiter an verschiedenen Stellen die Zweige schnitten. Der Mann trug einen breitkrempigen braunen Hut, der seine Gesichtszüge verschattete, aber diesen Gang würde ich überall erkennen. Marcellino!

Ich wollte schreien. Ich wollte etwas sagen, ganz gleich, was, aber ich konnte nur nicken – energisch. Mehr brauchte es nicht. Marcellino rannte los. Ihm wehte der Hut vom Kopf und die Sonne ließ die kupferfarbenen Strähnen in seinem dunklen Haar aufleuchten. Sein Lächeln war so breit wie der Horizont, und seine Augen – oh, wie hatte ich nur diese wunderschönen Augen vergessen können – strahlten, als er zur mir preschte.

Ich mochte nicht warten, bis er bei mir war, und rannte ebenfalls los. Über den unebenen Boden sauste ich zu ihm. Die Situation hatte etwas von einem Film, einer Liebesgeschichte. Mein Herz wurde ganz weit. Alles um ihn herum verblasste: die hohen Zypressen, die in langen Reihen gepflanzt waren, um die kostbaren Reben zu schützen, die zwitschernden Rauch- und Mehlschwalben, die mit Ästen in ihren Schnäbeln vorbeiflatterten, um Nester zu bauen, und die Leute, die das Weingut besichtigten und nichts von diesem unglaublichen Moment mitbekamen, der sich vor ihnen abspielte.

In meiner Brust baute sich ein unbekümmertes Lachen auf. War es das, wonach ich gesucht hatte? Dieser Ort, diese Gefühle? Ich wollte es gerne glauben. Ich wollte das sogar so sehr glauben, dass ich weder stehen blieb noch langsamer wurde, stattdessen warf ich mich auf ihn, sobald ich nahe genug war.

Marcellino war groß und von den langen Arbeitstagen auf dem Weingut muskulös, und er fing mich auf, als wäre ich nicht schwerer als ein Wildblumenstrauß. Er nahm meinen Schwung auf und drehte mich mit hochgestreckten Armen im Kreis. Dann wurde er langsamer und drückte mich an sich.

Nachdem meine Füße wieder auf dem Boden standen, legte er seine Hände um mein Gesicht und musterte mich, als versuchte er sich zu überzeugen, dass ich echt war. »Ich habe deine Nachricht erhalten und wusste, dass du heute ankommst, trotzdem kann ich nicht glauben, dass du hier bist.«

»Hallo«, sagte ich und fühlte mich eigenartig schüchtern.

Er schüttelte den Kopf, als versuchte er noch immer zu fassen, dass ich tatsächlich vor ihm stand. Was ich nachvollziehen konnte. Sicherlich starrte ich ihn ganz ähnlich an. Er küsste meine Wangen und drückte mich wieder.

»Wie oft habe ich mir vorgestellt, dass du wie vor so vielen Jahren genau dort stehst und auf mich wartest, und jetzt bist du da«, sagte er. Seine tiefe Stimme mit dem italienischen Akzent legte sich wie eine Umarmung um mich. »Ich war so glücklich, als du dich gemeldet hast, *dolcezza*.«

Als er mich auf Italienisch Süße nannte, genau wie damals, als wir zusammen waren, seufzte ich. »Oh, Marcellino, es ist so schön, dich zu sehen.«

Ich trat zurück, um sein Gesicht zu betrachten, und war erfreut, dass er noch genauso aussah, wie ich ihn in Erinnerung hatte. Natürlich waren in seinen Augenwinkeln ein paar kleine

Fältchen dazugekommen und sein Gesicht wirkte markanter, was ihn aber nur noch attraktiver machte. Mir gefiel es, dass er in dem Weingut, das er so liebte, eine wichtige Rolle spielte. Ich überlegte, was sich sonst noch in seinem Leben verändert hatte, aber ich war mir nicht sicher, wie ich danach fragen sollte.

»Komm, bringen wir dich erst einmal unter«, sagte er. Er nahm meine Hand und verschränkte seine Finger mit meinen. Er starrte mich an, als befürchtete er, ich könnte wieder verschwinden. »Wie lange wirst du hierbleiben? Wo sind deine Freunde? Du erwähntest, dass du Freunde zum Weinfest mitbringst.«

»Die kommen erst in ein paar Tagen«, sagte ich. Ich lehnte mich auf eine für mich *völlig untypische* Art kokett an ihn – nun ja, zumindest gemessen daran, wie ich mich in den letzten Jahren verhalten hatte, aber vielleicht entsprach das der Person, die ich vor sieben Jahren war? War das mein Ich von damals? Oder mein jetziges Ich? Seltsamerweise konnte ich mir ohne Probleme vorstellen, mich an Knightley zu lehnen. Als mir klar wurde, dass ich ihn vermisste, erstarb mein Lächeln. Ich schüttelte den Kopf und versuchte, mich auf den Augenblick zu konzentrieren. Das war der Moment, auf den ich hingearbeitet hatte.

Falls Marcellino auffiel, dass ich gerade direkt vor seinen Augen am Durchdrehen war, erwähnte er es nicht. »Wir müssen … wie sagt man noch … viel nachholen, *sì*?«

»*Sì*«, erwiderte ich lachend. »Sehr gern.«

»*Bene*«, sagte er. »Aber iss erst mal mit mir zu Mittag.«

Er grinste mich an und legte die Hand auf mein Kreuz. Gemeinsam gingen wir über den Hof. Marcellino trug meinen Koffer, als bestünde er aus Luft. Wir betraten die Burg durch die Tür, die nur die Angestellten benutzten. Statt mich in den Aufenthaltsraum der Mitarbeiter im Erdgeschoss zu lotsen, wo wir früher viel Zeit miteinander verbracht hatten, öffnete Marcellino eine Tür auf der rechten Seite. Dahinter führte eine Wendeltreppe in die Wohnetage.

Ich sah ihn überrascht an. »Wir gehen hinauf? Wohnen dort nicht die Besitzer? Oh, warte. Wohnst du …?«

»Ja, als ich das Weingut übernahm, kaufte ich auch die Burg«, sagte er. Als ich bedröppelt die Hand vor mein Gesicht schlug, grinste er. Natürlich wusste ich, dass er das Weingut gekauft hatte, aber irgendwie hatte ich nie wirklich darüber nachgedacht, dass die Burg ein Teil davon war.

»Das ist der Wahnsinn. Ich habe mich immer gefragt, wie es im ersten Stock wohl aussieht.« Der vorherige Besitzer war sehr zurückhaltend gewesen.

»Ich hoffe, es gefällt dir, *dolcezza*«, sagte er. An meiner Meinung schien ihm viel gelegen, was mich nervös machte, allerdings war ich mir sicher, dass ich da zu viel hineininterpretierte. Nun, selbst wenn ich es abscheulich fände, würde ich so tun, als wäre ich begeistert, schließlich wollte ich höflich sein. Nicht wahr?

Am Ende der Treppe traten wir durch eine Tür in die Küche. Mit den Arbeitsplatten aus Granit, Kupfertöpfen und den neuesten Küchengeräten war sie äußerst modern eingerichtet. Da musste ich ihm ganz sicher nichts vorspielen.

»Wow, die ist ja schön«, sagte ich.

Die Innenwände der mittelalterlichen Burg bestanden aus demselben rötlichen Stein wie die Außenwände, aber durch die deckenhohen Bogenfenster, durch die man einen Blick auf die Weinberge hatte, und die riesigen, weiß gekalkten Kamine wirkten sie nicht kalt und dunkel, außerdem beleuchteten Lampen an einem Schienensystem die tragenden, dunklen Deckenbalken.

»Wie wäre es mit einem Glas Chianti?«, fragte er. Er öffnete einen kleinen Weinkühlschrank, wo der Chianti auf den optimalen sechzehn Grad gehalten wurde, und holte eine Flasche heraus.

»Wenn wir gegessen haben, führe ich dich herum. Was hältst du von der Idee?«

Sie gefiel mir gut. Sie gefiel mir sogar unheimlich gut, aber zuerst musste ich ein paar Informationen einholen.

»Das wäre großartig«, sagte ich. »Aber hat deine Frau oder Freundin nichts dagegen, dass du mit deiner früheren Freundin einen Rundgang durch das Haus und übers Gelände machst?« Ja, ich war ganz der Inbegriff an Geschmeidigkeit und hatte tatsächlich so direkt gefragt.

Er lächelte. Dann schüttelte er den Kopf. »Ich habe weder eine Frau noch eine Freundin. *Sono single*.«

»Wie kann das denn sein?«, fragte ich. »Ich meine, schau dich doch an. Du siehst großartig aus und du bist so etwas wie der Rebenflüsterer der Weinberge und dann lebst auch noch in einer verdammten Burg. Sie die Frauen hier in der Gegend blind?«

Marcellino lachte, und die tiefen Grübchen, die mich so sehr fasziniert hatten, als ich ihm das erste Mal begegnet war, rahmten seine geschwungenen Lippen ein. Am liebsten hätte ich mit meinen Daumen dagegengedrückt.

»Das ist meine Chelsea«, sagte er. »So lebendig … und voller Fragen.« Er schob mir eine Haarsträhne hinters Ohr und sein Blick wanderte über mein Gesicht. »Offen gestanden, ist der Weinberg meine Frau, meine Geliebte, meine wahre Liebe. Ich bin nicht mehr der unbekümmerte junge Mann, den du einmal kanntest.«

»Ich bin auch nicht mehr, wie ich einmal war. Ich habe mich ziemlich verändert«, gestand ich.

»So wie wir es nun einmal tun«, stimmte er zu.

Die Aussage war perfekt. Spontan warf ich meine Arme um ihn und drückte ihn fest. Oh, wie hatte ich Marcellino vermisst. Er drückte mich zurück. »Wir werden Zeit miteinander verbringen, ja?«, sagte er. »Und dann werden wir uns über diese Veränderungen unterhalten, aber zuerst essen wir.«

Wir plünderten den Kühlschrank, der für einen Junggesellen erstaunlich gut gefüllt war. Marcellino belegte uns Brote mit dicken Scheiben Käse und Fleisch und frischem Gemüse. Er dekorierte das Ganze mit Oliven und eingelegtem Spargel und reichte mir einen Teller und ein Glas Chianti. Dann führte er mich auf eine sonnenüberflutete Terrasse, die man über das Esszimmer erreichte.

Wir traten durch die Balkontür und gingen zu einem hohen Bistrotisch mit zwei Hockern. Dort saßen wir wie zwei Wasserspeier, die auf die Touristen herabblickten, als sie aus den Weinbergen zum Keller unter uns liefen, wo der Chianti in Fässern lagerte.

Marcellino beobachtete einen Moment lang das Treiben und schaute dann zu mir. Er lächelte, als genösse er, mich dort zu sehen. Dann nahm er sich eine Olive von seinem Teller und steckte sie sich in den Mund. Mir fiel auf, wie natürlich er sich benahm, genau wie es ein Burgherr in seinen eigenen vier Wänden sollte.

Ich trank einen Schluck Wein und kostete den kräftigen Geschmack mit der feinen Note von Sauerkirsche, indem ich ihn am Gaumen entlangrollen ließ.

»*Dolcezza*, warum hast du so lange gewartet, bis du zurückgekommen bist?«, sagte er.

Ich verschluckte mich. Ich legte die Hand auf meinen Mund, damit ich den Chianti nicht ausspuckte. Bestimmt waren meine tränenden Augen und die laufende Nase ein hübscher Anblick für einen Kerl, der mich sieben Jahre lang nicht gesehen hatte.

»Entschuldigung«, sagte er, sprang von seinem Hocker und klopfte mir sanft, aber bestimmt den Rücken, bis ich meinen Hustenanfall unter Kontrolle hatte.

»Nein, schon in Ordnung«, sagte ich. »Du hast mich einfach nur ein wenig überrumpelt. Ich dachte nicht, dass wir als Erstes darüber sprechen.«

»Ich musste so oft an den Morgen denken, an dem du abgereist bist«, sagte er. Er schaute eine Weile auf die Weinberge, bevor er sich wieder zu mir drehte. »Das Letzte, was du zu mir sagtest, war: ›Ich liebe dich.‹ Es war das erste Mal, dass du das zu mir gesagt hast, und mein Herz war an diesem Tag so voll von dir, dass ich kaum arbeiten konnte. Ich wollte einfach nur mit dir zusammen sein, aber als ich zurückkam, warst du verschwunden. Dann habe ich deine Nachricht erhalten, dass deine Mutter krank war, und als sie starb, wusste ich, dass du Zeit brauchtest. Und doch fragte ich mich all die Jahre über, warum du nicht zurückgekommen bist.«

Ich zupfte an der breiten Brotkruste auf meinem Teller. Ich wusste nicht, was ich antworten sollte. Marcellino hatte mich immer wieder eingeladen, nach Italien zu kommen, und ich wusste, dass er das ehrlich meinte, aber ich hatte mich gesträubt.

Meinen letzten Tag hatte ich noch lebhaft in Erinnerung. Mein Vater hatte angerufen, als ich gerade in dem Geschenkeladen arbeitete. Als er mir von meiner Mutter erzählte, ließ ich alles stehen und liegen. Ich wusste, dass die Zeit knapp werden konnte, daher rannte ich zu dem Mädchenschlafsaal auf dem Gelände des Weinguts, packte meine Tasche und sprang in den nächsten Bus nach Florenz, damit ich den erstbesten Flug nach Hause nehmen konnte. Ich hatte Marcellino eine Nachricht hinterlassen, aber als ich zu Hause war, drehten sich meine Gedanken fast ausschließlich um meine Mutter, und als sie dann starb, tja, da war mir gar nichts mehr wichtig. Ich schrieb nur selten und in großen Abständen Briefe und E-Mails und schließlich nur noch einmal im Jahr.

»Als meine Mutter gestorben ist, habe ich einfach …« Ich verstummte. Ich wusste nicht, was ich sagen sollte.

»Aufgehört zu leben?«, vermutete er.

»Ja, genau.« Mir wurde ganz eng in der Kehle. Ich trank noch ein Schluck Wein, zupfte an meinem Brot, schaute dann aber auf und zwang mich zu einem traurigen Lächeln. »Ich wünschte, ich hätte mich häufiger bei dir gemeldet. Ich wünschte, ich wäre früher zurückgekommen.«

»Jetzt bist du hier. Das ist das Einzige, was zählt.« Marcellino fasste über den Tisch und nahm meine Hand. *»Mi dispiace per la perdita di tua madre.«*

»Grazie«, sagte ich. Seine Anteilnahme am Tod meiner Mutter bewegte mich. Vielleicht lag es daran, die Worte auf Italienisch zu hören. Ich meine, ich müsste schon aus Stein sein, um nicht darauf zu reagieren. Mit einer Hand drückte ich seine Finger und mit der anderen wischte ich mir die Tränen aus dem Gesicht. Ich wollte mich nicht in der Vergangenheit suhlen. Ich wollte im Jetzt leben. *»Basta. Mangia.«*

Marcellino lächelte mir zu und ließ meine Hand los. Sein erleichterter Blick verriet mir, dass er nicht wusste, was er sonst noch zu dem Verlust meiner Mutter sagen sollte.

Nachdem meine Mutter gestorben war, wurde ich sehr gut darin, die Menschen und ihre Gefühle in Bezug auf Trauer zu lesen. Diejenigen, die erleichtert waren, wenn das Thema fallen gelassen wurde, hatten meistens noch keinen nahestehenden und geliebten Menschen verloren und wussten nicht, was sie sagen sollten. In Gegenwart einer trauernden Person fühlten sie sich unwohl und versuchten diesen Zustand zu vermeiden, als wäre er ansteckend.

Was ich Marcellino nicht vorwarf. Früher war ich eifersüchtig auf die Menschen, die noch nicht erfahren hatten, wie es war, wenn einem das Herz herausgerissen wurde, und ich fragte mich, warum es mich getroffen hatte und nicht sie. Aber die letzten sieben Jahre über, in denen ich mit Leuten arbeitete, die täglich um ihr Leben kämpften, war ich reifer geworden. Ich wurde Zeugin ihrer Verluste, trug an meinem und wünschte dieses Leid niemandem.

»Auf deine Rückkehr«, sagte er. Er hob sein Glas und ich stieß mit ihm an.

Ich lächelte. Ich war überglücklich, hier zu sein – wirklich. Und falls ein winzig kleiner Teil von mir Jason vermisste und sich fragte, was er von alldem hier halten würde – ich konnte mir lebhaft vorstellen, wie er die Burg in Augenschein nahm –, dann schob ich den zur Seite. Ich war hier, um mich wiederzuentdecken. Davon abgesehen, kam Jason bereits in fünf Tagen – na gut, in viereinhalb Tagen –, aber wer zählte die schon? Ich nicht.

*

Die nächsten beiden Tage waren wie aus einem Traum. Marcellino war aufmerksam und freundlich, aber zurückhaltend, so als wollte er mich nicht zu etwas drängen, wozu ich nicht bereit war.

Wir unternahmen lange Spaziergänge in der toskanischen Landschaft voller Wildblumen, die bald ihr Blütenkleid entfalten würden. Er zeigte mir die Verbesserungen, die er am Weingut vorgenommen hatte, wir aßen jede Mahlzeit zusammen und wanderten an den Abenden durch den kleinen Ort, saßen zusammen auf der Couch im Wohnzimmer der Burg oder genossen die schönen Frühlingsabende bei einem Wein einfach auf der Terrasse und bewunderten die Sterne. Während Paris in so ziemlich jeder erdenklichen Hinsicht gründlich schiefgelaufen war, war Marcellino das perfekte Gegenmittel.

Jeden Morgen warteten beim Aufwachen ein selbst gepflückter Wildblumenstrauß und eine frische Kanne Kaffee vor der Tür des kleinen Ferienhäuschens, in dem ich untergebracht war, auf mich. Am zweiten Tag sorgte Marcellino sich wegen meiner blassen Bürohaut und kaufte mir einen breitkrempigen, leuchtend blauen Sonnenhut, an dem ein Strauß Seidengänseblümchen steckte.

Er bereitete all unsere Mahlzeiten zu und kochte das Essen nach meinem Geschmack. Er wusste, dass ich Bücher liebte, und gab mir einen Stapel englischer Romane, dem ich mich widmen konnte, während er sich um den Winzerbetrieb kümmerte. Als ein Nachbar mit einen Wurf Welpen vorbeikam und ich vor Entzücken quietschte, weil sie so tapsig waren und immer wieder hinfielen, fragte Marcellino mich, ob ich einen wollte, wenn sie alt genug waren, um von ihrer Mutter getrennt zu werden. Ich wurde aus dem Vorschlag nicht recht schlau und ging nicht auf die Frage ein. Dachte er, ich würde lange genug bleiben, um einen Hund zu bekommen? Ich versuchte, nicht in Panik zu geraten. Das war es doch, was ich wollte, oder nicht?

Inzwischen waren von den fünf Tagen, die Jason mir gegeben hatte, zweieinhalb vergangen und ich wurde unruhig. Während ich meine Zeit mit Marcellino ungeheuer genoss, war ich mir unsicher, ob ich Gefühle für ihn hatte oder ob das einfach nur meine Freude darüber war, wieder auf dem Weingut zu sein. Ich vermutete, dass ich das erst mit Sicherheit wusste, wenn wir das Händchenhaltestadium überwanden, allerdings war ich mir noch nicht darüber im Klaren, wie wir dorthin gelangen sollten.

Meine Chance ergab sich, als Marcellino mich am Abend zu einem Spaziergang durch das Olivenwäldchen einlud. Er wollte den Beschnitt ansehen und überprüfen, wie weit die Arbeiter gekommen waren, und fragte mich, ob ich mich ihm anschließen wollte. Hoffentlich war das seine Art, um uns in die nächste Phase zu führen. Ich war bereit.

Die Dämmerung über den Weinbergen hatte etwas Magisches an sich, über den Hügeln ging der Vollmond auf und ließ die silbernen Blätter der Olivenbäume ätherisch leuchten. Das war zweifellos eine tolle Kulisse, um sich zu verlieben. *Komm schon, Marcellino*, feuerte ich ihn gedanklich an.

Wie jeder Moment der letzten paar Tage war alles perfekt. Eine perfekte Aussicht, die ich an einem perfekten Ort mit einem perfekten Mann teilte. Es war fast perfekter, als mir lieb war. Und dennoch machte er keinerlei Anstalten. Verdammt.

Ich fragte mich, ob Jason doch recht hatte, womöglich war Marcellino schwul. Nicht dass er mit mir zusammen sein musste, um das Gegenteil zu beweisen. Oh nein, vielleicht knisterte es einfach nicht mehr zwischen uns. Jetzt, wo ich da war, stand er nicht so sehr auf mich. Args, gerade jetzt spürte ich, wie sich ein Gefühl in mir regte, allerdings kein positives. Wartete etwa eine weitere Blamage mit einem Verflossenen auf mich?

Nein! Ich würde mich nicht geschlagen geben. Marcellino war die letzten beiden Tage über ein perfekter Gentleman gewesen. Das bedeutete nicht, dass er nichts von mir wollte, er war einfach nur rücksichtsvoll. War das nicht genau das, was sich jede Frau heutzutage wünschte? Einen Mann, der sie gut behandelte? Mir ging es gleich ein wenig besser, und ich beschloss, dass ich genau hier, auf diesem Weinberg, aufs Ganze gehen würde. Ich drehte mich zu ihm.

»Danke schön, Marcellino«, sagte ich und trat ein wenig näher.

»Wofür?« Er neigte den Kopf und sah mich an. Ich nahm es als gutes Zeichen, dass er nicht zurückwich.

»Dafür, dass du bist, wie du bist.« Und dann machte ich den nächsten Schritt. Ich schob meine Hände seine Arme hoch und drückte mich an ihn. Ich begegnete seinem Blick und versuchte, ihn dadurch dazu zu bewegen, sich zu mir herabzubeugen und mich zu küssen. Er zögerte und legte seine Hände auf meine Hüften, so als wäre er sich noch nicht sicher, ob er mich näher zu sich ziehen sollte oder lieber auf Abstand halten.

In den Sträuchern raschelte es, erschrocken sprang ich zurück und ließ ihn los. Als ich mich umdrehte, entdeckte ich einen Hasen, der zwischen den Bäumen davonsauste. Ich lachte und legte meine Hand über mein klopfendes Herz. Ich versuchte, nicht zu lange darüber nachzudenken, dass mein Herz durch den Schreck stärker klopfte als während Marcellinos Umarmung.

Ein Motorengeräusch zerriss die Stille. Im Licht des Mondes erkannte ich ein Motorrad, das über den Schotterweg zur Burg knirschte und eine Staubwolke hinter sich herzog. Wahrscheinlich war es einer der Angestellten, der von seinem Abend in der Stadt zurückkehrte, aber dann bemerkte ich, dass Marcellino die Stirn runzelte. Das war wohl doch niemand, der hier arbeitete.

Er nahm meine Hand und wir verließen das Wäldchen und eilten den Hügel hinauf zum Parkplatz der Burg. Der Mann bog vor uns ein und blieb neben den Autos von Marcellino und den Mitarbeitern, die auf dem Weingut wohnten, stehen. Er stellte den Motor aus und hievte sein Motorrad auf die Seitenständer, dann nahm er den dunkelblauen Helm vom Kopf. Ich blinzelte zweimal und rang nach Luft. *Jason?!*

Kapitel 23

»Was zum Teufel machst *du* denn hier, Knightley?«, fragte ich.

»Du kennst diesen Mann?«, wollte Marcellino wissen und schaute gleich etwas freundlicher.

»Ja, wir … ähm … arbeiten zusammen«, sagte ich. »Das dauert bestimmt nur eine Minute.«

Ich ließ seine Hand los und stapfte davon. Ich kochte. Er war zwei Tage zu früh! Was fiel ihm ein, hier ohne Vorwarnung aufzutauchen?

Jason schwang sein Bein über das Motorrad und legte seinen Helm auf den Sitz. Als er mich mit funkelnden Augen anschaute, bebte ich innerlich. Das war nur meine Wut, sagte ich mir.

»Nun?«, fragte ich und verschränkte die Arme vor meiner Brust, um ihm deutlich zu zeigen, dass er hier überhaupt nicht willkommen war. Hoffentlich tat ihm sein Hintern von der langen Fahrt auf dem Motorrad schon ordentlich weh, denn ich beabsichtigte, ihn wieder fortzuschicken, und hoffte, dass sein Allerwertester zu dem Zeitpunkt, an dem er heute Nacht weit weg von hier irgendwo landete, wund gescheuert war.

»Es gab eine Planänderung«, sagt er. »Außerdem ist mir eingefallen, dass ich dein Wingman bin. Du brauchst mich, Maverick.«

»Nein, tue ich nicht.« Ich funkelte ihn an.

»Natürlich tust du das.« Er schaute an mir vorbei. »Ist das der Typ?«

»Das geht dich nichts an.« Ich war so wütend, dass ich dachte, mein Kopf würde platzen. Als ich sprach, flogen meine Worte wie Geschosse aus meinem Mund. »Warum. Bist. Du. Hier?«

Er legte eine Hand an den Hinterkopf und streckte sich. »Severin hat seine Reise nach Mailand verkürzt«, sagte er. »Sie sind schon auf dem Weg hierher, genau genommen kommen sie bereits morgen an.«

»Was? Aber du hast doch gesagt, dass du sie aufhalten willst«, protestierte ich.

»Das habe ich versucht.« Er zuckte mit den Schultern. »Aber Severin ist eine Naturgewalt.«

»Was soll ich denn jetzt machen?«, murmelte ich durch zusammengebissene Zähne. Ich sagte das nicht laut, besonders nicht in Gegenwart von Jason, nur war der Kussversuch mit Marcellino leider ganz schön in die Hose gegangen. Allerdings war ich mir nicht sicher, ob ich es mit der gleichen Verve wie früher versucht hatte. Aber jetzt, wo Jason hier war und Severin bald auftauchen würde, fühlte ich mich ziemlich unter Druck.

»Stell mich doch mal deinem Lover vor«, sagte er und wackelte anzüglich mit den Augenbrauen. »Übrigens mag ich dein Kleid. Sexy.«

Ich schaute auf mein dunkelblaues Sommerkleid. Für meinen Gemütszustand war es sicher nicht hilfreich, dass ich mich gerade daran erinnerte, wie ich es in einer Boutique im Ort gekauft und mir dabei gedacht hatte, dass es perfekt zu Jasons Augen passen würde, wenn sie besonders blau waren. Ich hatte mich sofort ausgescholten, weil mir so lächerliche Gedanken kamen, das Kleid aber dennoch gekauft. Und jetzt war er hier, als hätte ich ihn heraufbeschworen. Args!

»Du musst wieder gehen«, sagte ich. »Ganz gleich, welche Ausrede du parat hast, steig wieder auf dein Motorrad und fahre im Mondlicht davon und lasse mir die beiden Tage, die du mir versprochen hast. Triff dich mit Severin auf einem anderen Weingut.«

»Tja, das geht leider nicht«, sagte er. Entschuldigend hob er die Hände, aber ich war mir ziemlich sicher, dass es ihm überhaupt nicht leidtat.

Warum überraschte mich das überhaupt? Wir sprachen hier von Knightley! Seit seinem ersten Tag in der ACC war er der Dorn in meinem Fleisch. Und plötzlich spukte mir *der Vorfall* durch den Kopf und ich war wieder außer mir vor Wut.

»Das ist so typisch«, blaffte ich ihn an. »Ich hätte mir denken können, dass du einfach machst, was du willst, genau wie bei der Overexposure Media Group.«

Jason verdrehte die Augen. »Ich dachte, wir hätten unseren Frieden damit geschlossen.«

»Und ich dachte, du hättest über unterschiedliche Arbeitstypen gelesen und wüsstest, dass ich die Bewahrerin bin und du der Pionier«, sagte ich. »Und doch stehen wir hier und du änderst einfach mal die Pläne, ohne mich vorher zu fragen. So arbeiten Bewahrer nicht.« Verzweifelt warf ich die Hände in die Luft.

»Würde es helfen, wenn ich mich wegen des Debakels mit der Overexposure Media Group entschuldige?«, fragte er. »Die Katastrophe war zu einhundert Prozent mein Fehler und das tut mir wirklich leid.«

Das nahm mir etwas den Wind aus den Segeln. Ein zerknirschter Knightley war aber auch ein herrlicher Anblick. Ich schüttelte das Gefühl ab. Das half mir in der Situation nun überhaupt nicht weiter.

»Entschuldigung angenommen«, sagte ich. »Aber ich kann das im Moment nicht machen. Ich bin gerade dabei, meine eigenen Sachen zu regeln.«

»Das bedaure ich«, sagte er. Als er mein Gesicht im Mondschein musterte, war sein Blick ganz weich. »Das tue ich wirklich, aber Severin ist schon auf den Weg. Ich habe die ganzen Unterlagen dabei.« Er klopfte auf die Tasche an seinem Motorrad. »Wir machen das zusammen. Es tut mir leid, dass sein Auftauchen deinen Zeitplan durcheinanderbringt – ungelogen –, aber laut Eleanor bist du die Einzige, der Severin vertraut, daher ist es zwingend erforderlich, dass du dabei bist, bis wir alles unter Dach und Fach haben. Davon abgesehen, hatte ich angenommen, dass du die Papiere gerne noch einmal durchschauen willst.«

Eleanor hatte in Paris derlei schon angedeutet. Und Jason hatte einen berechtigten Einwand vorgebracht. Ich hatte bei dieser Anfrage die ganze Vorarbeit geleistet. Sie bedeutete mir viel.

»Wenn du das deinem Freund erklärst, wird er das sicher verstehen«, sagte er. Irgendetwas an seinem Tonfall war eigenartig. Ich runzelte die Stirn.

»Er ist nicht mein …«, begann ich, aber da unterbrach mich Marcellino.

»Ist alles in Ordnung, *dolcezza*?«, fragte er.

Ich seufzte. Als ich in Jasons Gesicht schaute, wusste ich, dass er auf keinen Fall nachgeben würde. Da in dieser Angelegenheit die Spende für den Kampf gegen den Krebs praktisch schon auf dem Tisch lag, wäre ich an seiner Stelle genauso hartnäckig.

»Ja, entschuldige«, sagte ich. Meine Stimme klang angespannt, daher zwang ich mich zu einem Lächeln. »Marcellino DeCapio, das ist mein Kollege Jason Knightley.«

Marcellino streckte Jason ohne zu zögern die Hand entgegen. »*Piacere di conoscerti*«, sagte er.

»Ganz meinerseits«, sagte Jason.

»Sprichst du Italienisch?«, fragte Marcellino erfreut.

Jason zuckte mit den Schultern. »Es reicht, um einen Wein zu bestellen und nach den Toiletten zu fragen.«

Marcellino lachte. »Was braucht man mehr im Leben?«

Ich schaute zwischen den beiden Männern hin und her. Beide waren attraktiv, klug und charmant, und ich hatte den Eindruck, als würden meine Welten aufeinanderprallen. Das war unerfreulich.

»Ich wüsste es sehr zu schätzen, wenn du mir sagen könntest, in welche Richtung ich fahren muss, um eine Unterkunft zu finden«, sagte Jason. Dabei schaute er Marcellino mit seinem einnehmendsten Lächeln an.

»Kein Problem, aber jeder Freund von Chelsea ist auch hier herzlich willkommen«, sagte Marcellino. »Du musst eins von den Ferienhäusern nehmen.«

»Nein!«, rief ich gleichzeitig mit Jasons »Danke«.

Marcellino schaute von einem zum anderen, als wäre er sich nicht sicher, auf wen er hören sollte. Am liebsten hätte ich eingefordert, dass er auf mich hörte und Jason ermutigte, eine Unterkunft im Städtchen zu suchen. Ich konnte mir überhaupt nicht vorstellen, wie ich mir im Beisein von Jason über meine Gefühle für Marcellino im Klaren werden sollte, aber dann schaute ich in Jasons Gesicht und bemerkte die dunklen Augenringe. Sicherlich war er bereits den ganzen Tag unterwegs und am Rande der Erschöpfung. Na schön, sollte er bleiben, aber nur, weil Severin schon auf dem Weg war. Verflixt aber auch.

»Tut mir leid«, sagte ich. »Stimmt, Jason, du musst unbedingt eins der Ferienhäuser nehmen.«

Er zog eine Augenbraue nach oben und sah mich skeptisch an. »Bist du dir sicher?«

»Absolut«, sagte ich. Ich blickte zu Marcellino, der meine Entscheidung begrüßte. »Sollen wir ihn hinunterführen?«

»Natürlich«, sagte er.

Wir warteten, bis Jason sein kleines Handgepäck vom Motorrad geschnallt hatte. Er lief neben mir und passte sich meiner Schrittlänge an. »Und wo wohnst du?«, fragte er und sah mich an.

»In einem anderen Ferienhaus«, antwortete ich. »Sie sind frei, weil sie umgebaut werden sollen. Zwei weitere sind für Severin und Eleanor reserviert.«

»Und du lebst auch auf dem Weingut, Marcellino?«

Marcellino öffnete den Mund, um zu antworten, aber ich war schneller.

»Er wohnt in der Burg«, sagte ich.

Jason gab einen erstickten Laut von sich.

»Alles in Ordnung mit dir, Jason?«, fragte Marcellino besorgt.

»Ja, mir geht es gut«, sagte er. »Ich habe einen Käfer verschluckt.« Er warf Marcellino einen Seitenblick zu und zeigte auf das große steinerne Gebäude, das über uns aufragte. »Burg, was?«

»Ja«, sagte ich. »Ihm gehören die Burg und die Weinberge sowie der weitläufige Olivenhain.«

Jason betrachtete Marcellino, als würde er ihn neu einsortieren. »Beeindruckend.«

Marcellino zog bescheiden den Kopf ein und sagte: »Nicht wirklich. Die Herstellung von Chianti und Olivenöl ist das Einzige, was ich beherrsche.«

»Aber dir gehört eine Burg«, sagte Jason.

Marcellino zuckte mit den Schultern, als wäre das nicht der Rede wert. Er ging voraus, um die Tür des Ferienhäuschens zu öffnen, und schaltete drinnen das Licht an.

Jason schaute mich an und fragte: »Ist dieser Typ echt?«

»Ja«, sagte ich. »Sehr sogar.«

»Verflixt.« Er lächelte mich müde an. »Pass besser gut auf ihn auf, ich überlege mir gerade, ob ich mich selbst an ihn ranmachen soll.«

Ich lachte überrascht auf und Jasons Augen wanderten voller

Wärme und Zuneigung über mein Gesicht. Da fiel mir auf, wie ich das vermisst hatte. Ich hatte ihn vermisst. Mir lag praktisch schon auf der Zunge, ihm zu sagen, wie sehr ich mich freute, dass er hier war, aber da rief Marcellino von der Tür.

»Komm, *dolcezza.* Geben wir ihm Zeit, sich einzurichten. Ich hoffe, du fühlst dich hier wohl, Jason«, sagte er.

Jason drehte sich von mir weg und betrat das entzückende Ferienhaus. Es war genauso wie meines aufgebaut, hatte ein kleines Schlafzimmer, ein Vollbad, eine Kombination aus schmuckem Wohnzimmer und Küchenzeile und eine kleine Veranda mit Blick auf die Weinberge. Mit seinen blassen Blautönen, der Holzbalkendecke und den modernen Möbeln erinnerte es mich an eine Miniaturausgabe der Burg.

»Ich bin so müde, dass ich wahrscheinlich auch draußen auf dem Feld schlafen könnte«, sagte Jason. »Aber das hier ist natürlich um ein Vielfaches besser. Danke schön.«

Er streckte Marcellino seine Hand entgegen, die der schüttelte. Dieser Handschlag unterschied sich von ihrem ersten. Dieses Mal fühlte es sich so an, als würde Jason aufrichtig seinen Respekt zollen und Marcellino ihn annehmen. An einem anderen Ort und zu einer anderen Zeit könnten diese Männer wahrscheinlich Freunde sein.

»Wir lassen dich ausruhen«, sagte Marcellino. »Bitte gib mir Bescheid, wenn du während deines Aufenthaltes etwas brauchst.«

»Das werde ich«, sagte Jason. Er stand in der Mitte des Raums und schaute mir nach, als ich Marcellino nach draußen folgte. An der Tür sagte ich: »Gute Nacht.«

»Nacht, Martin.« Dann winkte er mir mit seinem kleinen Finger zu und lächelte.

Ich schüttelte amüsiert den Kopf und schloss die Tür.

»Ist alles in Ordnung?«, fragte Marcellino.

»Ja, absolut«, sagte ich.

»Gibt es irgendetwas, was du mir über Jason erzählen willst?«, fragte er.

»Wie beispielsweise was?«, fragte ich. Ich spürte, wie mein Gesicht warm wurde, und war dankbar, dass die Dunkelheit das verbarg.

»Zwischen euch beiden herrscht eine gewisse Anspannung. War er einmal dein Freund?«, fragte er.

»Nein«, sagte ich. »Nichts dergleichen. Wir waren Konkurrenten am Arbeitsplatz, aber jetzt kümmern wir uns gerade gemeinsam um eine sehr große Firmenzuwendung, die größte, die ich je einholen wollte, was für uns beide eine Herausforderung ist.«

Marcellino betrachtete mich einen Augenblick, bevor er zum Mond hinaufschaute, und dann lächelte er mich an, als verstünde er etwas, was in meinen Worten mitschwang. Ich wollte protestieren oder die Situation besser erklären, aber die Dinge zwischen uns waren noch so neu, dass ich das nicht vermasseln wollte, indem ich etwas Falsches sagte. Schweigend liefen wir zu meinem Ferienhaus, das zwei Häuser weiter von Jasons lag. An der Tür küsste Marcellino mich zum Abschied auf die Stirn, als wäre ich seine Schwester. Hm.

*

Ich genoss gerade mein Frühstück auf der Terrasse der Burg, als ich spürte, wie mich jemand beobachtete. Als ich hochschaute, lehnte Jason in der Tür. Er sah gut aus, über seiner Jeans trug er ein hellgelbes Hemd, bei dem er die Ärmel bis zum Ellbogen aufgekrempelt hatte. Sicher hatte er gerade erst geduscht, seine Haare waren noch feucht, und er verströmte den Duft der vor Ort hergestellten Zitronen-Verbenen-Seife, mit der Marcellino alle Badezimmer auf dem Weingut bestückte.

Ich sah ihn über den Rand meiner Kaffeetasse hinweg an. Marcellino war vor Kurzem gegangen, um sich mit dem Kellermeister zu treffen. Sie planten einige Fässer Chianti Riserva, der viel länger reifen musste als der erschwinglichere klassische Chianti.

»Das ist ein atemberaubender Anblick«, sagte Jason.

Ich schaute über die Schulter auf das Weingut. Die Hügel waren wie auf einer Patchworkdecke in Rechtecke aus bunt gemischten Grüntönen unterteilt. Der Tag war bereits sonnenwarm und das Summen der Insekten, das Gezwitscher der Vögel und die gedämpften Stimmen der Touristen auf dem Gelände unter uns sorgten für ein sommerlich träges Gefühl.

»Da hast du recht«, stimmte ich ihm zu. Dann drehte ich mich um und begegnete seinem Blick.

»Ich meinte dich, wie du hier sitzt«, sagte er. »Du siehst hübsch aus in der italienischen Sonne.«

Ich spürte, wie mein Gesicht heiß wurde. »Danke, aber das ist …«

»Unpassend?«, riet er.

»Ja«, sagte ich und weigerte mich, auch nur das leiseste Flattern in meinem Bauch zuzulassen.

»Wodurch es aber nicht falsch wird, Martin«, sagte er. »Ich bin unten gerade Marcellino über den Weg gelaufen. Er hat mich zu dir geschickt. Er meinte, dass du mich hier vielleicht ein wenig herumführen willst.«

»Sollten wir uns nicht auf Severins Ankunft vorbereiten?«, fragte ich.

»Die kommen doch erst später«, sagte er. »Wir haben noch eine Menge Zeit.«

»Definiere ›später‹.«

»Später am Tag oder vielleicht sogar erst morgen«, sagte er. »Robbie sagte, er würde sich melden.«

Ich kaute auf meiner Unterlippe und runzelte die Stirn. »Von Mailand braucht man dreieinhalb Stunden bis hierher. Fahren sie? Oder kommt Severin mit einem fliegenden goldenen Auto hier an?«

»Das wäre ein denkwürdiger Auftritt«, erwiderte Jason lachend. Er setzte sich mir gegenüber auf den Stuhl. »Entspann dich, Martin. Ich habe alle notwendigen Unterlagen. Wir traben mit Severin durch die Weinberge, schenken ihm auf dem Fest ein paar Flaschen Wein und alles wird gut.«

Ich starrte ihn an und spürte, wie eine Flut von unterschiedlichen Szenarien durch mein Hirn rauschte. Ich stemmte mich mit aller Macht dagegen. Jason war hier. Er hatte genauso viele Aktien in der Sache wie ich. Wir würden das nicht vermasseln und außerdem musste ich mich gerade auf andere Dinge konzentrieren. Als da wären: Marcellino dazu zu bringen, mich zu küssen, damit ich herausbekommen konnte, ob da noch irgendetwas schlummerte.

»Kaffee?«, bot ich ihm an.

»Heißt das, dass wir wieder Freunde sind?«

»Nein.«

»Ach, komm schon«, bettelte er. »Freust du dich kein bisschen, mich wiederzusehen?«

»Nein, tue ich nicht«, sagte ich, nahm eine frische Tasse und schenkte ihm Kaffee ein. Anschließend schob ich sie ihm über den Tisch.

»Nicht mal so viel?« Mit Daumen und Zeigefinger zeigte er den Abstand.

»Vielleicht ein klitzekleines bisschen. Oder gibt es noch etwas Kleineres als das?«

»Einen Tropfen«, schlug er vor.

»Die Größe könnte passen«, sagte ich. Ich schob einen Teller mit süßem Brot und ein Glas Nutella zu ihm. »Brioche?«

»Danke«, sagte er. Als er sein rundes Brötchen mit der Schokoladen-Haselnuss-Creme bestrich, schaute ich weg. In mir stieg die Erinnerung auf, als seine Hände beim Tanzen auf meinem nackten Rücken gelegen hatten. In Paris hatten wir Grenzen überschritten – ganz zweifellos –, aber im Moment durfte ich mich nicht davon beeinflussen lassen.

»Jason, wegen Paris …«, begann ich, aber er schüttelte den Kopf.

»Wir müssen nicht darüber reden.«

»Doch, müssen wir«, sagte ich. »Ich muss mich darauf verlassen können, dass wir im Augenblick ausschließlich auf beruflicher Ebene miteinander umgehen.«

Er schaute von seinem Teller hoch. »Weil?«, ermunterte er mich, fortzufahren. Er wirkte, als wollte er jedes meiner Worte bewerten. Da ich keine Lust auf eine Diskussion hatte, versuchte ich, es ihm mit meiner pragmatischen Hier-kommt-eine-PowerPoint-Präsentation-warum-wir-nicht-zusammen-sein-sollten-Stimme zu erklären.

»Ich bin eine Planerin«, sagte ich. Er zog die Augenbrauen nach oben. Das war nicht wirklich neu für ihn. Also erklärte ich: »Als ich nach Europa aufbrach, hast du eindeutig nicht zu meinem Plan gehört, und nach Jean Claude ging einiges durcheinander, und als wir uns küssten, haben wir eine Grenze überschritten und ich konnte nur schwer damit umgehen, so wie ich es nun mal tue, wenn meine Pläne durchkreuzt werden.«

Jason stand die Verwunderung ins Gesicht geschrieben und dann lachte er schallend. »Das war ich für dich? Eine Beeinträchtigung deiner Pläne?«

Ich begegnete seinem Blick. Ich dachte an Marcellino und wie perfekt er war und wie sehr ich wieder die Chelsea von früher sein wollte. Daher sagte ich: »Ja.«

»Verstehe.«

»Tatsächlich?«

»Ja, du glaubst, Marcellino ist die Schlüsselfigur, um dich wiederzufinden, nicht wahr?«

»Zumindest eine wichtigere Schlüsselfigur als die anderen beiden.«

»Weil ihm eine Burg gehört?«

»Hältst du mich wirklich für so oberflächlich, Knightley?«

»Wir reden hier von einer Burg, Martin«, sagte er. »Ich wäre enttäuscht, wenn du nicht so oberflächlich wärst.«

Auf die Veranda flog ein Spatz, mit seinen funkelnden Augen behielt er Jason die ganze Zeit im Blick und hüpfte seitwärts zu ihm, als wüsste er, dass Jason der Hüter des Brotes war. Er hatte einen braunen Rücken und eine weiße Brust. Er ähnelte unseren Spatzen zu Hause, aber das Braun war etwas rötlicher, fast rostfarben. Gedankenverloren brach Jason ein bisschen von der Kruste ab und warf sie in die Luft. Der Spatz machte einen Satz, fing das Stück mit dem Schnabel und flog davon.

»Ich bin nicht hier, weil ihm eine Burg gehört«, sagte ich. Ich hatte den Eindruck, als müsste ich diesen Punkt noch einmal betonen.

»Ich weiß«, räumte er ein. »Ist er noch zu haben?«

»Sieht so aus.«

»Keine durchgeknallte Ex-Freundin?«

»Nicht, dass ich wüsste.«

»Und du bist dir sicher, dass er nicht schwul ist?«

»Ja, bin ich.«

Er schaute mich beunruhigt an. »Wie sicher?«

»Ziemlich sicher.«

Er entspannte sich ein wenig und biss in seine Brioche, und ich beobachtete, wie er mit Appetit aß. Jason strahlte eine gewisse archaische Männlichkeit aus, die ich zugegebenermaßen attraktiv fand. Er warf nicht mal eben das Handtuch, und wenn er etwas ins Auge gefasst hatte, hängte er sich vollkommen hinein. Deshalb war er auch so gut in seinem Beruf.

»Es gibt ein paar Neuigkeiten aus dem Büro«, sagte er, als er den Rest seines Brötchens mit einem Schluck Kaffee hinuntergespült hatte.

Ich spürte, wie sich meine Brust zusammenzog. »Aidan?«

»Ihm geht es gut«, sagte er. »Keine Sorge. Wenn es von ihm irgendwelche Neuigkeiten gäbe, hätte ich sie dir sofort erzählt. So etwas würde ich dir nie vorenthalten.«

»Danke.«

»Also, diese Neuigkeiten betreffen den Vierteldieb«, sagte er.

Ich setzte mich gerade. »Haben sie ihn gefasst?«

»Ja, aber nur, weil er es zugelassen hat«, sagte er.

»Wer ist es?«, wollte ich wissen.

»Gary Welch.« Er wartete, bis ich den Namen zuordnen konnte. Ich blinzelte.

»Der Sicherheitsmann?«, fragte ich. »Der, der letztes Jahr einen vierfachen Bypass bekommen hat?«

»Genau der«, sagte er.

»Warum? Wie?«

»Während seiner Abschiedsfeier in den Ruhestand – zu der Zeit waren wir in Paris – hat er anscheinend ein Viertel aus seinem Kuchen geschnitten, hochgehoben und auf Michelles Kopf fallen lassen.«

Mir stand der Mund offen. »Oh mein Gott. Aber warum?«

»Anscheinend hatte Michelle es letztes Jahr zu ihrem persönlichen Ziel erklärt, seine Genesungszeit um ein Viertel zu kürzen«, sagte er. »Sie suchte seine Ärzte auf, und obwohl die einen weiteren Monat Reha empfahlen, bestand sie darauf, dass Gary nach drei Monaten zurückkam, ansonsten würde sie ein Schreiben zu seinen Akten legen, versicherte sie ihm, das sich auf seine Bewerbung um die Aufsichtsposition in der Firma auswirken würde.

»Sie ist böse«, sagte ich.

»Ja, und als das alles herauskam, hat Aidan sie gefeuert«, sagte Jason.

»Was? Ich dachte, sie wäre unantastbar.«

»Anscheinend hat diese Aktion von ihr das Fass endgültig zum Überlaufen gebracht. Aidan ist in das Büro vom Vizepräsidenten gestürmt, mit dem sie befreundet ist, und hat sich lautstark mit ihm unterhalten. Keiner hat mitbekommen, was gesagt wurde, aber sobald Michelle den Großteil des Kuchens aus ihrem Haar geklaubt hatte, wurde ihr mitgeteilt, dass sie ihr Büro räumen sollte, und dann wurde sie aus dem Gebäude eskortiert.«

»Das ist mal erstklassiger, richtig schöner Bürotratsch«, sagte ich. »Unglaublich, dass mir Julia gestern nichts davon erzählt hat, als ich mich bei ihr gemeldet habe.«

»Ich hatte sie darum gebeten, weil ich dich hier ja treffen wollte und so«, sagte er.

»Oh.« Und auf einmal herrschte eine eigenartige Stimmung.

Ich war mir nicht sicher, was ich sagen sollte, also trank ich meinen Kaffee aus und tat so, als würde ich das Kommen und Gehen auf dem Weingut beobachten, obwohl mir der Mann auf der anderen Seite des Tischs nur allzu bewusst war. Ich war so auf ihn eingestimmt, dass ich seinen Herzschlag vermutlich in einem Raum voller tickender Uhren heraushören würde.

Ich fragte mich, ob es ihm genauso ging. Als sich unsere Blicke trafen, schaute er weg, und ich wusste, dass er ebenfalls Mühe hatte, sich in unserer Beziehung zurechtzufinden. Wir waren Kollegen, wir waren Freunde und wir hatten kurz miteinander geflirtet. Zwischen uns war einiges durcheinandergeraten, aber wenn ich die Grenzen aufrechterhielt, würden wir uns rasch wieder zurechtfinden. Und sobald Severin die Papiere unterzeichnet hatte, würden wir getrennte Wege gehen. Wir würden das hinbekommen.

Wenn ich die Nacht in Paris wiederholen könnte ... Nein, ganz egal, wie die Dinge jetzt standen, auf die Erinnerung an unseren Kuss auf dem Eiffelturm wollte ich nicht verzichten. Wenn ich einmal alt wäre und in meinem Schaukelstuhl säße, würde ich die Erinnerung an diesen Abend in seinen Armen hervorkramen, »La vie en rose« summen und lächeln.

Als wir mit dem Frühstück fertig waren, stand ich auf, stapelte unser Geschirr und brachte es in die Küche. Jason half, er nahm die Kaffeekanne und ein Tablett mit den Essensresten. Ich räumte lediglich das Essen an seinen Platz, denn Marcellino hatte eine Haushälterin, die sehr deutlich gemacht hatte, dass das Aufräumen zu ihren Aufgaben gehörte und ich es bitte lassen sollte. Das war zugegebenermaßen ein unerwarteter Vorteil des Burglebens, an das ich mich durchaus gewöhnen könnte.

»Komm mit, ich zeig dir das Weingut von der Rebe bis zur Flasche«, sagte ich.

Wir gingen gemeinsam die Wendeltreppe nach unten durch die Tür, die mit *Privat* gekennzeichnet war. Ich führte Jason durch die Seitentür auf den kleinen Pfad, der direkt in die Weinberge führte, wo die Reben gerade austrieben. Die alten Weinstöcke hatten sich knorrig aus dem schweren Boden geschoben, als würden sie sich der Sonne, der Luft und dem Regen entgegenstrecken, die dort auf sie warteten.

Jason blieb bei einer Pflanze stehen. Er betrachtete die Blätter und schaute dann auf die sanften Hügel. Bis zum Horizont erstreckten sich die Reihen mit den Weinreben. »Das sind eine Menge Trauben.«

Ich lächelte. »Ein Chianti muss zu wenigstens achtzig Prozent aus Sangiovesetrauben bestehen.«

»Sangiovese?«, fragte er. »Nicht direkt ein Carbernet Sauvignon oder ein Chardonnay aus Kalifornien, oder?«

»Nein. Der Name kommt vom lateinischen *sanguis Jovis*, was ›das Blut des Jupiter‹ heißt.«

Er schaute mich an. »Verdammt, Martin, du kennst ja lauter Weingeschichten.«

»Während meines Auslandsjahres habe ich hier einige Monate lang Führungen gemacht«, sagte ich. »Ich habe eine Menge gelernt.«

»Genug, um davon zu leben?«

Ich zuckte mit den Schultern. »Vielleicht.«

Als ich zu ihm schaute, verriet mir sein Gesichtsausdruck nichts. Falls er sich noch Hoffnung machte, wollte ich ihn nicht verletzen – ganz bestimmt nicht. Die letzte Nacht über hatte ich mich die meiste Zeit im Bett hin und her gewälzt und darüber nachgedacht, wie es wäre, mir ein Leben in Italien aufzubauen, falls sich die Chance dazu böte, was ich mir, ehrlich gesagt, ziemlich gut vorstellen konnte. Das alles war zwar noch ein bisschen krisselig und unscharf wie in einem alten Film, aber vielleicht gehörte ich ja nach all der Zeit wirklich hierher, zu Marcellino.

Es war doch so: Marcellino war freundlich, lustig, klug und, ehrlich gesagt, auch ziemlich heiß, und wenn ich mit ihm zusammen war, schimmerte die alte Chelsea in mir durch, die Chelsea, für die der tiefe Schmerz durch einen großen Verlust noch fremd war, und mir gefiel das. Mir gefiel sie und ich wollte sie noch nicht aufgeben.

*

Die Sonne war bereits warm, eigentlich sogar schon heiß, daher suchten Jason und ich Schutz im Olivenhain. Wir spazierten die mittlere Baumreihe entlang, und von den Vögeln abgesehen, waren wir völlig allein. Jason blieb stehen, um die mächtigen Äste, die sich über uns ausbreiteten, auf sich wirken zu lassen, und dann ließ er sich mit der locker entspannten Begeisterung eines Golden Retrievers ins Gras fallen.

»Was machst du da?«, fragte ich.

»Den Tag genießen«, sagte er. »Wann hast du zum letzten Mal an einem Werktag in einem Olivenhain in der Toskana gesessen?«

»Eigentlich nie.«

»Eben«, sagte er. »Setz dich hin, Martin. Lass für einen Moment einfach alles los.«

Ich stieß ein Seufzen aus und ließ mich ins Gras sinken. Solange Knightley nicht bereit war, würde ich ihn nicht von hier wegbekommen. Der Wind strich leicht durch die Blätter, das Gras unter meinen Fingerspitzen war kühl. Es ließ sich nicht leugnen, es war schön, kurz innezuhalten, um das auf sich wirken zu lassen.

Er drehte den Kopf und musterte mich, bis ich mich gezwungen sah, nachzufragen: »Was?«

Er öffnete gerade seinen Mund, um etwas zu sagen, da klingelte sein Handy. Ein plötzliches Scheppern mitten im Paradies. Seufzend fasste er in seine Tasche und zog das Handy heraus. Als Startbildschirm hatte er das Red-Sox-Logo der Bostoner Baseballmannschaft – was mich nicht überraschte –, als er aber seine PIN eingab, erschien das Bild von einem Jungen und einem Mädchen. Also, ich hatte wirklich nicht versucht, seine PIN auszuspähen, Pfadfinderehrenwort, aber vielleicht sollte er sich besser etwas Schwierigeres aussuchen als einen absteigenden sechsstelligen Code, der mit der Zahl neun begann. Mal ehrlich, hatte der Mann keinen Sinn für Sicherheit?

Er wischte über den Bildschirm, um den Text zu öffnen, der gerade reingekommen war. Er las ihn schnell, antwortete aber nicht. Offensichtlich zufrieden, schloss er die App und warf sein Handy ins Gras.

Ich schaute auf die beiden Kinder, die so um die zehn Jahre alt sein mussten und Grimassen in die Kamera schnitten. Hinreißend! Der Junge schielte und streckte die Zunge raus, während das Mädchen ihre Daumen in die Ohren gesteckt hatte und die anderen Finger wie Antennen ausstreckte, ihren Mund hängen ließ und die Augen aufriss. Sie sahen zum Schießen aus und ich musste lachen.

Waren das Knightleys Kinder? Oder vielleicht seine Nichte und sein Neffe? Mir fiel auf, dass ich nicht viel über Knightleys Privatleben wusste, was eigenartig war, irgendwie hatte ich den Eindruck, dass ich mehr wissen sollte. Ich meine, ich hatte diesen Typ geküsst. Drei Mal! Sollte ich da nicht wissen, ob es in seinem Leben Kinder gab?

In Gedanken ging ich alles durch, was ich neben seinem vordergründig schönen Gesicht und seiner – wenn er das wollte – einnehmenden Persönlichkeit von ihm wusste. Er kam jeden Tag ein paar Minuten zu spät ins Büro, alle begrüßten ihn, als wäre er ihr bester Freund, und er begegnete ihnen genauso. Egal, ob jemand in der Firma irgendeinen Schabernack plante, Tippgemeinschaften gegründet wurden oder Happy Hours oder Feiertagspartys anstanden, er war immer mit dabei. Soweit ich wusste, lebte er allein – zumindest hatte er das an dem Abend gesagt, als ich ihn im Boston anrief und er seine ›Kumpel‹ in der Bar zurückließ.

Ich suchte weiter. Ein paar Mal hatte er auf der Arbeit seine Eltern erwähnt. Ich hatte nicht wirklich zugehört, weil ich ihn damals noch für einen nutzlosen Schnösel und Rivalen gehalten hatte. Es hatte mich schlicht nicht interessiert. Wenn ich jetzt darüber nachdachte, war ich mir ziemlich sicher, dass er im Herzen von Massachusetts aufgewachsen war.

Ich war entsetzt, wie wenig ich über ihn wusste, und beschloss, dass es an der Zeit war, ein wenig nachzubohren. Ich nahm sein Handy. »Niedliche Kinder.«

Auf seinen Lippen breitete sich langsam ein Lächeln aus, was meine Aufmerksamkeit auf seinen Mund lenkte. »Was versuchst du mich zu fragen, Martin?«

»Nichts.« Ich zuckte mit den Schultern. »Das ist einfach nur eine Feststellung.«

»Also findest du mich niedlich.«

»Dich?« Ich schaute wieder auf das Handy, aber der Bildschirm war schwarz. Als ich darauftippte, sollte ich den Sicherheitscode eingeben. Ich streckte ihm das Handy fragend entgegen und er gab die Zahlen ein. Ich bemühte mich, nicht hinzuschauen, aber ernsthaft, so machte man es jedem leicht, der einen hacken wollte. Ich verkniff mir einen Kommentar. Sein Handy, seine Sache.

Stattdessen schaute ich auf das Foto. Ich betrachtete das Bild von ihm als Junge näher. Dann schaute ich zu dem Mädchen. Sie war wie eine weibliche Ausgabe von ihm. Sie hatte dasselbe verschmitzte Funkeln in den Augen, seine widerspenstigen dunklen Haare und das unerschütterliche Grinsen.

»Jep, das bin ich mit meiner Zwillingsschwester.« Seine Stimme klang heiser, er legte den Kopf in den Nacken und schaute mit zusammengekniffenen Augen durch die Blätter auf die Bruchstücke des blauen Himmels, als wollte er die Teile wieder zu einem kompletten Blau zusammenzufügen. »Sie ist an Leukämie gestorben.« Er räusperte sich. »Als wir zwölf Jahre alt waren.«

Kapitel 24

Ich spürte, dass ich ganz blass im Gesicht wurde. Vor lauter Scham klopfte mir das Herz, und ich fürchtete, dass mir gleich schlecht wurde. Angesichts seiner Schnösel- und Alles-ist-Party-Persönlichkeit war ich immer davon ausgegangen, dass er ein Kommunikationsexperte war, der in seinen Beruf bei der ACC mal eben hineingestolpert war. Ich wusste, dass er seine Karriere in der Öffentlichkeitsarbeit begonnen hatte, wo er Veranstaltungen und andere Dinge organisierte, bis seine verrückte Hot-Wings-Challenge viral gegangen war und er plötzlich ein Büro ein Stück weiter von meinem den Flur entlang bezogen hatte. Ich hatte keine Ahnung gehabt, dass er so einen schrecklichen persönlichen Verlust erlitten hatte.

Er hatte eine Zwillingsschwester? Und sie an den Krebs verloren? Und da hatte ich die ganze Zeit geglaubt, dass er zu den glücklichen Menschen zählte, deren perfektes Leben nicht einmal von einem winzigen Regentropfen getrübt wurde. Ich war so eine Idiotin.

»Das tut mir sehr leid«, sagte ich. Und das tat es mir wirklich, mehr, als er sich vorstellen konnte. Kurzerhand drückte ich mich vom Boden hoch und nahm ihn in die Arme. Im ersten Moment wurde er ganz steif, anscheinend hatte er nicht damit gerechnet, vielleicht war er aber auch einfach kein Umarmer. Auf jeden Fall ließ ich nicht los, bis er sich entspannte und meine Umarmung erwiderte.

»Ist das etwa schon unangenehm?«, zog ich ihn auf.

Er lachte leise. »Ich denke, wir haben von unangenehm zu freundschaftlich gewechselt, aber es könnte sehr schnell auch zu etwas anderem werden.«

Ich lehnte mich gerade so weit zurück, dass ich ihm ins Gesicht schauen konnte. Sein Lächeln war ein wenig schief, seine Lippen bogen sich an der einen Seite weiter nach oben, so als wüsste er, dass die Kehrseite vom Glück Traurigkeit war, und dieses Wissen es ihm unmöglich machte, aus vollem Herzen zu lachen, weil hinter jedem Witz eine bittere Wahrheit lauerte. Warum war mir das noch nie aufgefallen? Ich gab ihm sein Handy zurück.

»Erzähl mir von ihr«, bat ich. Ich wollte nicht in seinem Kummer herumstochern, aber ich hatte den Eindruck, dass er über seine Schwester sprechen wollte.

»Sie war meine erste und beste Freundin«, sagte er. Er verlagerte sein Gewicht und lehnte sich an einen Olivenbaum. »Wir waren immer zusammen. Eigentlich waren wir so unzertrennlich, dass unsere Namen zu einem verschmolzen. Alle aus der Familie riefen uns JasonJess, eine Verkürzung von Jason-und-Jess. Sie war immer nur Jess, nie Jessica oder Jessie, einfach Jess.«

Er schaute zu mir und seine Stimme war schwer vor lauter Erinnerungen. »Sie kam fünf Minuten vor mir zur Welt und ließ mich das nie vergessen. Wir wuchsen in Charlton auf, einer kleinen Stadt in Massachusetts. Jess kletterte höher auf unseren Lieblingsbaum als ich, sie war die bessere Anglerin und bezwang jeden Hügel mit dem Schlitten. Sie genoss das Leben und hatte gern das Sagen.«

Ich bekam einen Kloß im Hals. In jedem von Jasons Worten schwang die Liebe zu seiner Schwester mit, und der Kummer, der seine Augen umwölkte, war mit den Händen greifbar. Das machte ihn so sehr aus wie seine schnelle Auffassungsgabe oder sein ausgeprägtes Kinn.

»Als wir zehn waren, lieferten wir uns mit den Davidson-Jungs von gegenüber eine Wasserschlacht mit Nerf Guns, sie fiel vom Baum und brach sich den Arm. Die Jungs waren die totalen Dumpfbacken. Heute würde ich sagen, dass Pete Davidson vielleicht ein wenig in Jess verknallt war. Sie hatte seine Aufmerksamkeit erregt, als sie ihm eine aufs Maul gegeben hatte, nachdem er sich ungefragt ihr Skateboard genommen hatte.«

Bei der Erinnerung lächelte er und ich auch.

»Das war dann wohl Liebe auf den ersten Schlag, oder?«, fragte ich. »Und ich nehme an, dass sie nicht in ihn verknallt war.«

»Richtig, und nein, Jess war ein Vollblutwildfang und hatte keinerlei Interesse am Küssen oder dem anderen ekligen Kram. Armer Pete, er hatte keine Chance.«

Jason nahm das Handy hoch und betrachtete das Bild. Ich schaute auch darauf. Jetzt, wo ich es wusste, war der Junge eindeutig eine jüngere Ausgabe von Jason. Ich schaute mir Jess genauer an. Sie sah wie ein Frechdachs aus. Und ich konnte mir ziemlich gut vorstellen, was die beiden als Kinder alles angestellt hatten.

»Bei meiner Mutter hängt dieses Bild gerahmt im Wohnzimmer. Es wurde einige Wochen vor Jess' Sturz aufgenommen«, sagte er. Das Display wurde dunkel und er schob sein Handy zurück in die Tasche. »Wir hatten keine Ahnung, dass etwas mit ihr nicht stimmte. Sie war immer so wild und schaltete nie einen Gang zurück, aber dann wollte ihr Arm nicht heilen.«

Ihm brach die Stimme weg und er holte langsam Luft. Gerade durchlebte er bestimmt den Moment, als ihm der Boden unter den Füßen weggerissen wurde. Ich hätte ihn gern getröstet, aber ich wartete, weil ich ihn nicht unterbrechen wollte.

»Als die Ärzte verschiedene Tests durchführten, fanden sie heraus, dass sie Leukämie hatte«, sagte er. »Ich verstand das damals nicht. Ich dachte, es wäre so ähnlich wie eine Erkältung oder die Grippe und sie würde das einfach wieder abschütteln. Ich meine, sie war Jess – sie ließ sich nicht so einfach aufhalten. Aber sie wurde immer schwächer und schwächer. Ich dachte, sie nutzte das aus, um nicht zur Schule zu müssen. Ich musste ohne sie dorthin, was ätzend war, aber mir war nicht klar, was los war und wie ernst die Dinge standen, bis ich meine Mutter eines Nachmittags in der Küche fand. Sie saß zusammengekauert vor dem Geschirrschrank auf dem Boden und schluchzte in ein Küchenhandtuch.«

Er schluckte laut. Und blinzelte. Und dann fuhr er fort. »Sie war zwei Jahre lang in Behandlung, aber der Krebs war aggressiv, sodass die Ärzte sie nicht retten konnten.« Seine Stimme klang rau und er rieb sich mit der Hand übers Gesicht. Ich schaute ihm kurz in die Augen, aber da drehte er sich schon weg, er sah so gebrochen aus.

»Sie war der Mensch in meinem Leben, den ich am meisten geliebt habe«, sagte er gepresst. Seine Augen wurden feucht. »Ich wollte mit ihr sterben, weil ich immer geglaubt hatte, dass wir alles zusammen tun würden. Wir waren ein Team, zwei Teile eines Ganzen, und ich verstand nicht, wie sie mich verlassen konnte.«

Ich nickte. Ich kannte diesen Schmerz. Mir lief eine Träne die Wange hinab und ich wischte sie weg. Dieses Mal streckte ich meine Hand nach ihm aus. Ich nahm seine freie Hand in meine und drückte sie leicht. Gerade als ich loslassen wollte, drehte er seiner Handflächen nach oben und schob seine Finger zwischen meine, als wollte er diese tröstliche Berührung noch nicht aufgeben.

»Ich wusste nicht, wie ich ohne sie weitermachen sollte«, sagte er. »Ich weigerte mich sogar jahrelang, meinen Geburtstag zu feiern, weil es schließlich *unser* Geburtstag war. Als die großen

Momente in meinem Leben anstanden, machte ich nicht mit. Zeugnisvergaben, Schulbälle, meinen Führerschein – weil bei all den Ereignissen für mich etwas fehlte, oder besser gesagt, jemand. Jess. Ich kam nicht darüber hinweg.«

Ich wusste genau, wovon er sprach. Trauer. Mich hatte damals am meisten überrascht, wie abgrundtief sie sein konnte. Immer wenn ich dachte, dass dieser Verlust nicht schlimmer werden konnte, stand ein Geburtstag an oder ein Feiertag oder ein anderer besonderer Anlass, und die Tatsache, dass meine Mutter kein Teil mehr davon war, ließ mich noch tiefer in meiner Trauer versinken.

Als meine Mutter starb, war ich zweiundzwanzig. Und ich war mir immer viel zu jung für so einen großen Verlust vorgekommen, aber Jason war erst zwölf, als er seine Schwester verloren hatte. Wenn ich schon kämpfen musste, und das hatte ich, konnte ich mir nur zu gut vorstellen, wie schwer der Trauerprozess für ihn gewesen sein musste.

»Nach ein paar schlimmen Vorfällen musste ich in Behandlung«, sagte er. Er schaute mich kläglich an. »Wenig überraschend kam ich mit all meinen Gefühlen, meiner Trauer und Schuld und Wut nicht zurecht und versuchte, diese Schmerzen zu lindern, indem ich mich selbst verletzte. Mit kleinen Dingen nur, ein Schnitt hier und eine Brandwunde dort. Als meine Mutter eine Narbe auf meinem Arm entdeckte, flippte sie aus. Sie würde nicht noch ein Kind verlieren.« Er hielt inne und sein Mundwinkel hob sich an der einen Seite ein ganz klein wenig nach oben. »Ich fing sofort mit den Sitzungen an, und mein Therapeut half mir dabei, das Überlebensschuld-Syndrom zu verstehen. Ich brauchte eine gewisse Zeit, bis ich akzeptieren konnte, dass es nicht meine Schuld war, dass ich lebte und Jess nicht. Sogar eine ziemlich lange Zeit, und manchmal frage ich mich noch heute …«

»Ob sie stattdessen nicht lieber am Leben sein sollte?« Meine Stimme war kaum lauter als ein Flüstern.

»Ja«, brachte er mühsam hervor und rieb sich mit den Handballen die Augen.

Ich wusste nicht, was ich sagen sollte. Aber ich wusste, was ich sagen wollte. Dass die Welt ihn brauchte, dass ich ihn brauchte, aber davon sagte ich kein Wort. Stattdessen holte ich tief Luft und fragte: »Und was hätte Jess gesagt, wenn sie gewusst hätte, dass du so denkst?«

Er lachte überrascht auf. »Sie hätte gar nichts gesagt. Sondern mir einen Arschtritt verpasst.«

Vorsichtig lächelnd drehte er sich zu mir. Ich lächelte zurück.

»Das tut mir so leid«, sagte ich. Meine Stimme klang ganz gepresst. Ich räusperte mich, weil ich für ihn stark sein wollte. »Das muss wirklich schlimm gewesen sein.«

»Ja, das war es«, sagte er. »Aber ich habe gelernt, weiterzumachen, selbst als ich das nicht wollte.«

Ich nickte. Eine Weile schwiegen wir, genossen das gesprenkelte Sonnenlicht, den leichten Wind und die wohltuende Stille.

»Okay, Martin, jetzt bist du in der Reihe«, sagte er.

»Was meinst du?«

»Jetzt weißt du, warum *ich* bei der ACC arbeite, aber was ist mit dir? Wie sieht deine Entstehungsgeschichte aus?«

Ich schnaubte. Das war wieder mal typisch Jason, eine Vorgeschichte fast wie die Reise eines Superhelden klingen zu lassen, aber dann wiederum war es das ja vielleicht auch. Ich zupfte einen Grashalm aus und betrachtete ihn.

»Ich hab dir ja schon erzählt, dass mein Vater wieder heiratet«, sagte ich. »Aber ich weiß nicht, ob ich erwähnt habe, dass er Witwer ist.«

»Oh, Mist, Chelsea, das tut mir leid«, sagte er.

»Ja, der herbe Verlust, den ich in Paris erwähnt habe. Das war meine Mom. Vor sieben Jahren«, sagte ich. »Bauchspeicheldrüsenkrebs. Als ich den Anruf bekam, war ich gerade hier und habe auf dem Weingut gearbeitet.«

Als sich unsere Blicke begegneten und ich das Verständnis in seinen Augen sah, so als wüsste er genau, wie vernichtend der Anruf für mich gewesen sein musste, hätte ich beinahe die Fassung verloren. Ich hatte schon lange nicht mehr wegen des Verlusts meiner Mutter geweint, aber seine unaufdringliche Anteilnahme ließ die Tränen in mir aufsteigen. Ich schüttelte den Kopf, warf den Grashalm in die Luft und schaute dabei zu, wie er zurück zum Boden kreiselte.

»Weißt du, was seltsam war? Als ich zurückkam, schien es ihr gut zu gehen«, sagte ich. »Sie und Dad haben mich am Flughafen abgeholt. Meine Schwester war auf dem College, aber kurz nachdem ich wieder da war, kam sie auch nach Hause und wir setzten uns zusammen und sprachen über die neuen Umstände. Am besten erinnere ich mich noch daran, wie ich dachte, dass das alles nur ein großes Missverständnis sein konnte, weil sie so vollkommen normal aussah.«

Jason sagte nichts. Er hörte einfach zu. Wenn ich auf den Verlust meiner Mutter zu sprechen kam, wechselten die meisten Leute gern das Thema, daher war seine Anteilnahme eine wohltuende Abwechslung.

»Ihr Zustand verschlechterte sich aber sehr schnell«, sagte ich. »Sie hatte bereits Stadium vier. Als der Krebs bei ihr entdeckt wurde, waren schon wichtige Organe befallen, man konnte nicht mehr operieren, aber sie hielt länger durch, als wir das erwartet hätten. Sie konnte ziemlich stur sein.«

»Wie lange?«, fragte er.

»Nach meiner Heimkehr blieben uns ein wenig mehr als drei

Monate, bis sie starb«, sagte ich. »Wir versuchten, das Beste daraus zu machen.«

Er nickte, und ich wusste, dass er verstand, wie anders man auf einmal die Zeit maß, wenn die Sandkörner im Stundenglas plötzlich schneller und schneller rieselten und man nichts dagegen unternehmen konnte.

»Meine Mutter war meine beste Freundin. Das hört sich wahrscheinlich komisch an, aber wir hatten einen besonderen Draht zueinander. Meine jüngere Schwester, Annabelle, ist ein Papakind. Wenn er zum Beispiel die Toilette reparierte, war sie immer sofort zur Stelle, um ihm den Schraubenschlüssel zu reichen. Aber für mich hieß es die ganze Zeit nur Mom. Ich war ihr Schatten. Samstags haben wir immer gebacken. Wir liebten es, zu allen möglichen Anlässen außergewöhnliche Kuchen zu backen. Ich erinnere mich noch an ein Weihnachten, da machten wir einen Kuchen, in dessen Mitte beim Anschneiden ein Weihnachtsbaum sichtbar wurde. Einmal backten wir einen Erdnusskuchen. Und nachdem unser Golden Retriever Sally sich stundenlang zusammengerissen hatte, sprang sie auf die Arbeitsplatte und biss in den Kuchen.« Bei der Erinnerung musste ich lachen. »Sally stürmte mit dem halben Kuchen im Maul aus der Tür und meine Mutter rannte ihr hinterher. Ich habe keine Ahnung, was sie in dem Moment vorhatte.

Sally schaffte es, beim Rennen ein riesiges Stück vom Kuchen zu verschlingen, während meine Mom mit wehender Schürze hinter ihr herjagte. Es brauchte Jahre, bis die Nachbarn das vergaßen. Ich habe mich immer gefragt, warum sie den Hund verfolgte. Sie dachte ja bestimmt nicht, dass der Kuchen noch zu retten war. Als Sally am Abend den Kuchen erbrach, sagte Mom ihr, das geschehe ihr ganz recht, aber dann schlief sie die ganze Nacht bei Sally auf dem Boden und rieb ihr den Bauch.«

Ich lächelte und Jason erwiderte mein Lächeln, so wie ich es mir erhofft hatte. Es tat weh, ihn so verletzt zu sehen. Ich fühlte mich geehrt, dass er mir von Jess erzählt hatte, und es hatte mir gutgetan, ihm von meiner Mutter zu erzählen. Es gab nur wenige Menschen, die das wirklich verstanden, und ich wusste nun, dass er dazugehörte. Zwischen uns gab es eine emotionale Verbundenheit, die ich bisher noch zu niemandem außerhalb meiner Familie empfunden hatte. Vielleicht lag es daran, dass wir beide einen so herben Verlust überlebt hatten, oder vielleicht weil wir uns um diese riesige Spende kümmerten, womöglich war es aber auch eine Kombination aus beidem. Jedenfalls sah ich Knightley jetzt anders, und ich wusste, dass ich ihn nie mehr als gut aussehenden Schmeichler abtun konnte.

»Weißt du, was für mich am schwierigsten war, abgesehen davon natürlich, Jess zu verlieren?«, fragte er.

Ich schüttelte den Kopf. Alles war schwer, trostlos, schrecklich, grausam, mühsam. Ich hatte mir über eine Hierarchie des Schmerzes nie wirklich Gedanken gemacht.

»Ihr dabei zuzusehen, wie sie immer weniger wurde«, sagte er ganz leise. »Wenn sie schlief, bin ich immer zu ihr ins Zimmer geschlichen und habe meine Finger um ihr Handgelenk gelegt, weil ich wissen wollte, ob sie abgenommen hat. An manchen Tagen redete ich mir ein, dass dem nicht so war, aber an anderen Tagen konnte ich mir nichts vormachen, und ich wusste, dass sie in sich zusammenfiel und vor meinen Augen verschwand, und es gab absolut nicht, was ich tun konnte, um zu verhindern, dass der Krebs die unbändige, laute Jess, die ich kannte, auslaugte und stattdessen einen zerbrechlichen kleinen Vogel zurückließ.«

Ja, ich erinnerte mich. Meine Mutter hatte immer weibliche Kurven gehabt, was durchaus auch an ihrer Liebe zum Kuchen lag, aber als sie krank wurde, purzelten die Pfunde nur so, bis ihre

Haut schlaff herunterhing und ihre Augen tief in ihren kahlen Kopf versanken. Auch wenn meine Mutter nicht eitel war, machte ihr das zu schaffen, sie hatte sich in ihrer Weiblichkeit immer wohlgefühlt. Doch die hatte diese Krankheit ihr genommen. Bei der Erinnerung an ihre letzten Tage schnürte sich mir die Kehle zu. Obwohl ich wusste, dass der Tod ihr die Schmerzen nehmen würde, wollte ich sie einfach nicht gehen lassen.

»Entschuldigung«, sagte ich erstickt. Ich wedelte mit der Hand, als könnte ich dadurch die Gefühle verscheuchen, die mir die Luft zum Atmen nahmen. Schließlich legte ich meinen Kopf auf meine Arme und versuchte, ruhig zu atmen.

»Ach was, das ist okay«, sagte er. »Ich verstehe das schon.« Er legte seine Hand auf meinen Rücken und streichelte tröstend rauf und runter.

»Meine Erinnerungen an Jess sind bittersüß«, sagte er. »Bitter, weil sie nicht mehr da ist, und süß, weil ich sie in meinem Herzen und meinen Gedanken lebendig und in Ehren halten kann, auch wenn es wehtut.«

Genauso war es. In all meinen Jahren, in denen ich für die ACC arbeitete, war mir noch nie jemand begegnet, der exakt ausdrückte, was ich fühlte. Ich hätte nicht im Traum daran gedacht, dass die Person, die mich so gut verstand, ausgerechnet Jason Knightley sein könnte.

Ich hob den Kopf und drehte mich zu ihm. Er hatte sich nicht gerührt, daher lehnte ich mich nach vorn und legte meine Arme um ihn. Wir hatten gerade so viel Trauer und Kummer geteilt, dass ich ganz dringend etwas oder jemanden brauchte, an dem ich mich festhalten konnte. Ich brauchte jemanden, der mir half, von diesem Felsvorsprung aus Trauer zurückzutreten, von dem ich mich am liebsten hinabgestürzt hätte, damit ich von der Dunkelheit verschluckt wurde.

Als ich mich zusammennehmen wollte, zitterte ich am ganzen Körper. Jason zog mich an sich und hielt mich fest. Wir drängten uns aneinander, wie Überlebende nach einem schweren Sturm, die versuchten, die Schäden einzuschätzen, und sich neu orientierten. Ich spürte, dass sein Herz im gleichen Takt mit meinem schlug und sich unser Atem vermischte. Sein harziger Duft legte sich wie ein unsichtbares Band um mich. Gern wäre ich für immer so geblieben, aber ich konnte nicht.

Ich zog mich zurück und zwang mich, ihn loszulassen. Er war ein Arbeitskollege. Und wir mussten in den nächsten Stunden eine wichtige Aufgabe erledigen. Es gab Grenzen, die nicht überschritten werden durften.

»Entschuldigung«, sagte ich. Ich ballte meine Hände zu Fäusten und zog sie an meine Brust, damit ich sie nicht wieder nach ihm ausstreckte.

»Hey, das ist in Ordnung. Wir haben uns gerade ziemlich ernstes Zeug erzählt. Da ist es normal, sich einen Moment lang zu vergessen.«

Ich drehte mich von ihm weg, zog meine Knie hoch und wurde zu einem kleinen Ball aus Selbstbeherrschung. Ich schaffte das. Ich würde dem Drang widerstehen, mich an ihn zu klammern, mein Gesicht in seiner Halsbeuge zu vergraben, sein Hemd vollzuheulen und meinen Mund auf seinen zu drücken. Doch, das würde ich.

»Also ist es eine normale Reaktion, wenn Frauen dich fast zerquetschen, sobald du ihnen von deiner Schwester erzählst?«, sagte ich scherzhaft, um die Spannung zwischen uns zu lösen.

Er lehnte sich zurück. Als er mich ansah, waren seine Augen so blau und klar wie der Himmel über uns. »Ich weiß nicht«, sagte er. »Ich habe noch nie jemandem von Jess erzählt, nicht einmal Aidan.«

Oh. Ich hatte keine Ahnung, was ich darauf erwidern sollte, also sagte ich nichts.

Er stand auf und streckte mir seine Hand hin. »Komm, wahrscheinlich ist Severin bald hier«, sagte er.

Als wir zurück zur Burg liefen und ich meine Führung fortsetzte, wichen wir einer Busladung Besucher aus, die sich gerade für einen Vortrag um einen Mitarbeiter des Weinguts versammelten. Wir blieben einen Moment stehen und hörten zu.

»Darf ich dich etwas fragen?«, erkundigte Jason sich, als er mir in den Weinkeller folgte, der ein mit Weinfässern vollgestopfter ehemaliger Kerker war.

»Klar«, sagte ich.

»Liebst du ihn?«, fragte er.

Ich atmete laut aus. Natürlich könnte ich lügen und Ja sagen und das Ganze zwischen uns beenden, aber nachdem er mir vertraut und von seiner Schwester erzählt hatte, wollte ich ihm das nicht antun.

»Früher habe ich das«, sagte ich. »Und ich glaube, dass ich es vielleicht wieder könnte.«

»Du glaubst? Vielleicht?«

»Wir haben noch nicht viel Zeit miteinander verbracht.« Ich schaute ihn vielsagend an, aber statt verlegen zu werden, grinste er. Typisch Knightley. Ich versuchte, mich nicht von ihm einwickeln zu lassen.

»Ist es dir jemals in den Sinn gekommen, Martin, dass du in deinem Auslandsjahr ein völlig anderer Mensch warst und Männer geliebt hast, die der Mensch, der du heute bist, niemals mehr lieben könnte?«

»Nein, ist es nicht«, sagte ich. »Denn der ganze Zweck meiner Reise besteht ja darin, mich daran zu erinnern, wie ich einmal war, und diese Chelsea war sehr in Marcellino DeCapio verliebt. Darüber hinaus mag ich sie. Sie war witzig und abenteuerlustig und hatte ein großes Herz.« Ich rieb mit den Fingerknöcheln über meine Brust. »Ich vermisse sie.«

»Also, dazu kann ich nichts sagen, schließlich kannte ich dich damals noch nicht«, sagte er. Er legte eine Hand in den Nacken und musterte mich durch seine Wimpern. »Aber eins weiß ich mit Sicherheit, die Chelsea Martin, die hier vor mir steht, mag ich. Und ich finde, dass du etwas ganz Besonderes bist.«

Und dann drehte er sich um und schlenderte davon, und ich stand da und starrte ihm hinterher, als er an den riesigen Weinfässern, die bis unter die Decke gestapelt waren, vorbeilief. Er mochte mich. Warum machte mich das so nervös, als wäre mir etwas Seltenes und Kostbares zuteilgeworden?

Ich meine, wir sprachen hier von Knightley. Er mochte jeden. Aber ich verstand zum ersten Mal, dass er mich als Mensch mochte, und das bedeutete mir etwas – das bedeutete mir sogar sehr viel, besonders jetzt, wo ich wusste, dass seine Vergangenheit meiner eigenen so sehr ähnelte. Uns verband etwas, und mir wurde klar, dass er mir wichtig war. Er war mir sogar sehr wichtig. Ich hatte keine Ahnung, wie ich mit diesen Gefühlen umgehen sollte, aber ich würde nicht so tun, als gäbe es sie nicht. Das wäre uns beiden gegenüber nicht fair.

Anstatt mich bei dieser verblüffenden Erkenntnis aufzuhalten, beeilte ich mich, ihn einzuholen. Meine Gedanken würde ich für mich behalten, bis ich mir über meine Gefühle hundertprozentig im Klaren war. Ich zeigte Jason den Rest des Kellers, den Bereich, wo die Weinfässer gelagert wurden, und auch meinen Lieblingsraum, in dem der Wein abgefüllt wurde. Dort gab es eine große Stahlmaschine, die den Wein in Flaschen füllte, verkorkte und etikettierte. Ich hatte immer sehr gerne dabei zugesehen, wenn die Flaschen eine nach der anderen dort herauskamen, und oft genug freiwillig geholfen, sie in Kisten zu verpacken. Viele davon wurden in dem Geschenkeladen verkauft, aber der Großteil wurde zu Geschäften und Restaurants in ganz Italien verschickt.

Jason nahm eine Flasche und betrachtete sie. Marcellino verwendete nicht die traditionelle Chianti fiasco, eine dickbauchige Flasche, die mit Stroh ummantelt war. Er benutzte vielmehr ganz schlichte dunkelgrüne Flaschen mit einem cremeweißen Etikett. In einer stilisierten Handschrift stand dort *Castello di Luce Chianti* und daneben das in Hellbraun und Rosa gehaltene Bild der Burg, wofür sich der Künstler an den Farben der Steinmauern orientiert hatte.

»Taugt der was?«, fragte er.

»Der beste in der Region«, sagte ich und verspürte einen gewissen Stolz. In dem Frühling vor so vielen Jahren hatte ich total gern hier gearbeitet, und ich glaubte wirklich, dass der Wein der beste war.

»Grazie, dolcezza.« Marcellino kam durch die Tür. »Dein Vertrauen in unseren Wein wärmt mir das Herz.«

Ich spürte, wie ich rot wurde. Ich hatte keine Ahnung, warum ich verlegen wurde. Weil Marcellino mich vor Jason gelobt hatte? Oder lag es daran, dass Marcellino mich allein mit Jason angetroffen hatte? Nein, das konnte es nicht sein. Er hatte schließlich vorgeschlagen, dass ich Jason herumführen sollte.

»Dein Weingut ist großartig«, sagte Jason zu Marcellino.

»Danke schön.« Marcellino stellte sich neben mich und nahm meine Hand. »Chelsea, ich habe dich gesucht, weil ich wissen wollte, ob du den Riserva mit uns verkosten willst?«

Ich schaute zu Jason. »Der Riserva ist ein Chianti, der mindestens drei Jahre lang reifen muss«, erklärte ich.

»Schließ dich uns an, Jason«, sagte Marcellino. »Das wird dir gefallen.«

Jason wirkte fast ein wenig verärgert über Marcellinos Freundlichkeit, aber er zwang sich zu einem Lächeln. »Das wäre toll. Danke.«

Als wir zurück durch den schmalen Gang liefen, mussten wir hintereinandergehen, Marcellino schritt vorweg und nach mir bildete Jason das Schlusslicht. Ich spürte ihn überdeutlich hinter mir, versuchte das aber auszublenden. Was zu einem Ding der Unmöglichkeit wurde, als er sich zu mir lehnte und »Das ist wirklich der perfekte Mann, nicht wahr?« ins Ohr flüsterte.

Ich schaute über meine Schulter zu ihm und begegnete seinem Blick. Ich wusste nicht, was ich darauf antworten sollte. Ich war davon überzeugt, dass es einen bestimmten Grund gab, warum ich all diese Leute während meines Auslandsjahres kennengelernt hatte. Nur hatte ich keine Ahnung, welcher Grund das sein könnte, aber dass Marcellino ein toller Typ war, stimmte auf jeden Fall.

»Er sieht gut aus, ist erfolgreich und wirklich unheimlich nett«, sagte Jason. Seine Stimme war ganz leise. »Wie soll da irgendein Kerl mithalten?«, war kaum noch zu hören.

Und wieder wusste ich nicht, was ich darauf erwidern sollte.

Kapitel 25

Der folgende Morgen war der erste Tag des einwöchigen Weinfests, das mit einer *infiorata* begann, einem Blumenfest mitten im Ort. Als ich aus dem Fenster meines Ferienhauses schaute, war das Wetter so perfekt, als wäre es extra dafür bestellt. Die Sonne schien warm, und es wehte ein kühler Wind, der aber so leicht war, dass die aus Blütenblättern gestalteten Kunstwerke nicht zerstört wurden, wenn er als sanfter Lufthauch durch die engen Kopfsteinpflasterstraßen des Städtchens strich.

Ich zog ein hellrosa Sommerkleid an und einen breitkrempigen Strohhut, der mit faustgroßen Seidenpfingstrosen verziert war. Ich schminkte mich nur leicht und ließ meine Haare offen. Da mir Marcellino gesagt hatte, dass wir sehr viel zu Fuß gehen würden, entschied ich mich für bequeme braune Sandalen.

Als Besitzer der Burg und Arbeitgeber für einen Großteil des Ortes wurde von Marcellino erwartet, dass er das Fest besuchte, die florale Bildkunst bewunderte und sich mit den Einwohnern unterhielt. Im Grunde sollte er den wohlwollenden Burgherrn ihres bescheidenen Städtchens spielen. Und von mir als seiner Begleiterin wurde dasselbe erwartet.

Ich war während der letzten paar Tage zwar öfter im Örtchen gewesen, aber nie als Marcellinos Freundin; in dieser Eigenschaft in der Öffentlichkeit aufzutreten, war für mich daher eine ziemlich große Sache und ich war äußerst nervös. Was, wenn die Einheimischen mich ablehnten? Ich fragte mich, ob es noch zu früh für ein Glas Wein war.

Als ich aus meinem Ferienhäuschen trat, wartete Marcellino bereits auf der Terrasse. In seinem fliederfarbenen Hemd, seiner grauen Hose, den lässigen Schuhen und mit seinen zurückgekämmten dichten Haaren sah er umwerfend gut aus. Das Lächeln, mit dem er mich begrüßte, zeigte mir, dass sich meine Bemühungen ebenfalls gelohnt hatten.

»Ist das in Ordnung?«, fragte ich.

»*Bellissima*«, sagte er. »Das ist mehr als in Ordnung. Du bist perfekt.«

Ich spürte, wie mir bei dem Kompliment die Wärme ins Gesicht kroch. Sehr charmant.

Der gestrige Tag war mit Vorbereitungen für die Ankunft von Severin vergangen. Leider schrieb Robbie Jason erst spät am Abend, dass er und Eleanor durch einen unerwarteten Geschäftstermin aufgehalten wurden. Daher sollten wir uns keine Hoffnung machen, dass sie es heute noch schafften, aber sie würden uns auf dem Laufenden halten. Ich zügelte meine Ungeduld und versuchte, einfach nur daran zu denken, was für ein unglaublicher Segen ihre Spende für die ACC wäre.

Mit Jason unter den Füßen blieb Marcellino und mir logischerweise keine Zeit für uns allein. Mein Wunsch, dass er mich küsste, wurde wiederholt vereitelt, was mir allmählich etwas die Laune verdarb.

Ich schaute mich schnell auf der Terrasse um. Im Moment war außer uns niemand hier. Ich schob all meine Bedenken beiseite, die mir entgegenbrüllten, dass das überhaupt keine gute Idee war – *Was, wenn er dich nicht küssen will? Was, wenn es schrecklich wird? Was, wenn kein Funke überspringt?* –, trat einen Schritt näher zu Marcellino und schaute zu ihm hoch. Ich versuchte ihm deutlich zu signalisieren, was ich wollte, aber er rührte sich trotzdem nicht.

Da beschloss ich, die Initiative zu ergreifen. Ich schob meine Hände seine Arme hoch und verschränkte sie in seinem Nacken, stellte mich auf die Zehenspitzen und zog gleichzeitig seinen Kopf zu mir. Ich legte meine Lippen auf seine und versuchte, unsere Münder so aufeinanderzuschieben, wie ich es in Erinnerung hatte. Da legte er schließlich zögernd seine Hände um mich. Und dann küssten wir uns doch endlich richtig und es war … *fad*.

Als wir uns lösten, lehnte er sich mit einem fragenden Gesichtsausdruck zurück, als würde er den feineren Nuancen eines Weins nachschmecken und könnte sie noch nicht ganz zuordnen. Seine Verwirrung spiegelte haargenau meinen Gefühlszustand und ich musste lachen. Zu meiner großen Freude tat er das auch.

»Das war …«, ich war perplex und suchte nach Worten.

»*Noioso*«, sagte er.

»Langweilig?«, rief ich. Und dann lachte ich noch mehr, weil es das wirklich war. Mal abgesehen von der Tatsache, dass meine potenzielle romantische Beziehung mit Marcellino sich gerade in Luft auflöste, war dieser Augenblick so irre, dass ich mich einfach nur darüber amüsierte. Aber am schönsten fand ich, dass ich im Moment genauso reagierte, wie es die alte Chelsea getan hätte. Sie hätte keine Angst gehabt oder wäre bestürzt gewesen, sondern hätte einfach nur aus vollem Herzen über diese absurde Situation gelacht.

Marcellino fand die Situation auch lustig, was mich nur noch mehr zum Lachen brachte. Wir bekamen einen regelrechten Lachanfall, steckten uns immer wieder gegenseitig an und konnten nicht aufhören. Sobald wir uns anschauten, prusteten wir wieder los.

»*Allora, dolcezza*, ich denke, dass wir vielleicht einfach nur Freunde sein sollten«, sagte er beim Luftholen.

»Die allerbesten Freude«, stimmte ich ihm zu. Grinsend umarmte ich ihn herzlich und er hob mich hoch und drückte fest zurück.

»Hey, Martin, lass uns mal mit Feiern anfangen!«, rief Jason, als er um die Ecke bog.

Als er sah, wie Marcellino mich wieder sanft auf dem Boden absetzte, blieb er abrupt stehen. Marcellino richtete meinen Hut und sagte leise: »Aber der dort, ich glaube nicht, dass er nur freundschaftliche Gefühle für dich hegt.«

Marcellino drehte sich in dem Moment von mir weg, als ich protestieren wollte, und begrüßte Jason. »*Buongiorno*, Jason. Warst du schon einmal auf einem Blumenfest?«

»Nein, das ist mein erstes«, sagte er. Sein Blick huschte zwischen mir und Marcellino hin und her, als versuchte er die Stimmung zwischen uns zu erfassen.

»Ich denke, es wird dir gefallen. Die Künstler haben komplizierte Porträts und Landschaften gelegt, und das nur mit Blütenblättern«, erklärte Marcellino. »Und natürlich gibt es Musik und Essen und man tanzt mit hübschen Frauen.«

»Und Wein«, sagte ich und lächelte Marcellino an. »Vergiss nicht den Wein.«

Gespielt erschrocken klatschte er mit der Hand gegen seine Stirn. »Wie konnte ich nur?«

Als Marcellino auf dem Pfad vorausging, liefen wir neben ihm her. Ich warf Jason aus den Augenwinkeln einen Blick zu und mir fiel auf, dass er wie ein Italiener gekleidet war: beige Stoffhosen, weißes Hemd und statt seiner halbhohen Converseschuhe braune Stoffslipper. Abgerundet wurde das Outfit durch einen Strohtrilby mit einem dunkelbraunen Hutband. Er sah gut aus und ganz weltgewandt, so wie Cary Grant, und die in mir verborgene Audrey Hepburn geriet gerade ziemlich ins Schwärmen. Als hätte er mein Interesse gespürt, drehte er sich zu mir und lächelte mich an, und mir wurde buchstäblich schwindlig.

Ich fragte mich, ob Marcellino recht hatte. Wollte Jason noch immer mehr für mich sein als nur ein Arbeitskollege? Es schien fast so – zumindest flirtete er ziemlich und war sehr charmant –, aber er hatte die von mir gezogenen Grenzen akzeptiert und seit Paris nichts Konkretes mehr gesagt und hielt sich strikt ans Geschäftliche.

Was sollte er sonst auch anderes tun? Ich hatte die Flamme im Keim erstickt. Aber selbst falls er interessiert wäre, blieben einige Fragen. Schließlich arbeiteten wir zusammen. Wie würde das aussehen? Selbst ohne Michelle im Personalbereich waren Beziehungen am Arbeitsplatz noch immer untersagt. Müsste dann einer von uns die ACC verlassen? War ich bereit, das für eine Beziehung aufzugeben?

Es war eine Sache, die ACC zu verlassen, weil ich in ein Weingut in der Toskana zog. Aber eine vollkommen andere, meine Karriere in der Stadt an den Nagel zu hängen, in die ich wieder zurückkehrte. Ich hatte so sehr dafür gearbeitet, um dorthin zu gelangen, wo ich jetzt war, und da sich meine Suche nach meinem alten Ich gerade als Pleite herausstellte, war meine Karriere das Einzige, was mir blieb. Bei dem bloßen Gedanken, dass ich sie für eine Beziehung aufgeben sollte, die vielleicht funktionierte, vielleicht aber eben auch nicht, brannten mir fast die Sicherungen durch.

Als wir das Festival erreichten, wurde Marcellino von jedem, dem wir begegneten, begrüßt und er stellte Jason und mich als seine Gäste vor. Es war ganz offensichtlich, dass er sehr geschätzt wurde, was mich überhaupt nicht überraschte. Er war ein guter Mann. Mir fiel auf, dass ein paar der Einwohner nicht wussten, in was für einer Beziehung ich zu Marcellino stand und wie Jason in die Gleichung passte. Ich wusste genau, wie es ihnen ging. Denn auch ich hatte keine Ahnung, wie Jason in meine Gleichung passte.

Die erste *infiorata* gleich am Eingang des Festes war eine aufwendige Darstellung von Castello di Luce. Der dicke Blumenteppich war mit Blütenblättern, Samen und Gräsern in Pastelltönen gelegt. Es war unglaublich, mit welcher Sorgfalt dort gearbeitet worden war. Jeder einzelne Stein der Burg war bis ins kleinste Detail wiedergegeben. Ich wusste, dass die Künstler tagelang daran arbeiteten und am Ende des Festivals wieder alles verschwinden würde.

»Questo è magnifico!«, sagte Marcellino.

»Es ist unglaublich«, sagte ich.

»Das ist hammermäßig.« Jason nickte.

Ein kleines, ungefähr vierjähriges Mädchen in einem niedlichen weißen Kleid und mit einem Blumenkranz aus blauem Rittersporn und Schleierkraut in ihren honigblonden Locken, von dem hinten blaue und weiße Bänder herabhingen, näherte sich mir mit einer Blume. Es war eine Rose, eine einzelne perfekte, rosafarbene Rose. Schüchtern übergab das Mädchen sie mir und versteckte sich dann schnell wieder hinter dem Rock ihrer Mutter. Ich schnupperte an der Blume und rief: *»Grazie, bambina.«*

Bei jedem Halt, den wir machten, um die kunstvollen Blumenbilder mitten auf der Straße zu bewundern, kamen kleine Kinder zu uns und schenkten mir eine Blume. Ich war bezaubert, und als wir endlich den Ortskern erreichten, der durch einen großen Brunnen gekennzeichnet wurde, hatte ich die Arme voller wunderschöner Blumen.

Die kleine Stadt bestand aus dreigeschossigen Steinhäusern, unten befanden sich die Ladenlokale und darüber lagen die Wohnungen. Es gab all die üblichen Geschäfte – Krämerladen, Bäcker,

Metzger, Lederwaren, Apotheke, Haushaltswaren – und versteckt in einem Eckgebäude sogar eine kleine Leihbücherei. Am anderen Ende der Hauptstraße thronte eine riesige Kirche mit einem angrenzenden Friedhof. Als ich an einem der Tage den Friedhof besucht hatte, war ich tief beeindruckt von den jahrhundertealten Grabsteinen, deren Inschriften schon verblassten und von Flechten überzogen waren.

Wir drei probierten alles aus, was es zu essen gab, von *arancini di riso*, das waren frittierte Reisbällchen, bis *zeppole*, eine Art Donut ohne Loch. Wir tranken natürlich auch reichlich Chianti, schauten den Leuten zu, die vor den Straßenmusikern tanzten, und genossen die Auftritte der Künstler mit ihren Sketchen, Jonglagen und Pantomimen. Es war ein schöner, perfekter, ganz erstaunlicher Tag, der in einen großartigen Abend überging.

Nach unserer letzten Runde durch die Stadt legten wir an dem Brunnen im Ortskern eine Pause ein. Er war beleuchtet, wodurch verschiedene Teile der menschengroßen Skulptur hervorgehoben wurden. Dort oben stand ein Paar in einer leidenschaftlichen Umarmung, um das kunstvoll ein Tuch drapiert war, das die sehr sorgfältig gearbeiteten geschlechtsspezifischen Merkmale aber nicht verdeckte. Die beiden schauten sich intensiv in die Augen, und es sah so aus, als wollten sie sich jeden Augenblick küssen, doch die Frau hielt, hinter ihrem Rücken versteckt, einen tödlich aussehenden Dolch.

»*La tragica luna di miele*, die tragischen Flitterwochen«, sagte Marcellino, als wir die Skulptur betrachteten.

»Also kein glücklich und zufrieden bis an ihr Lebensende?«, fragte Jason.

»Nein. Die Geschichte geht folgendermaßen: Dante verliebt sich in Francesca, und obwohl sie ihm sagt, dass sie ihn nicht heiraten will, geht er zu ihrem Vater und bekommt gegen ein

Brautgeld von einer Herde Schafe trotzdem die Erlaubnis. In ihrer Hochzeitsnacht schwört sie, Dante und sich lieber umzubringen, als sich einem Mann zu unterwerfen, den sie nicht liebt.«

»Das scheint mir etwas zu viel des Guten«, sagte Jason. »Als Mann würde ich sagen, ein Einfaches ›Ich steh einfach nicht so auf dich‹ hätte gereicht, also kein Grund, jemanden zu erstechen.«

Marcellino lachte und schlug Jason auf die Schulter, sodass er beinahe in den Brunnen fiel. »Ganz deiner Meinung, mein Freund, erstechen war nicht erforderlich.«

Da ich die einzige anwesende Frau war, hoffte ich, dass sie mir dadurch nicht indirekt etwas mitteilen wollten. Sah ich wie jemand aus, der zum Messer griff?

»Marcellino!« Eine junge, hübsche Frau eilte auf uns zu und warf mir kurz einen feindseligen Blick zu, bevor sie schnell auf Italienisch loslegte.

Jason drehte sich zu mir. »Verdammt, ich mag ihn.«

»Es ist unmöglich, ihn nicht zu mögen«, stimmte ich ihm zu. Ich schaute auf meine Blumen, die nach dem langen Tag etwas traurig die Köpfe hängen ließen, obwohl ich ein feuchtes Tuch um die Stiele gewickelt hatte.

»Er sieht gut aus«, sagte er.

»Und ist charmant«, fügte ich hinzu.

»Erfolgreich.«

»Freundlich.«

»Er hat einen guten Sinn für Humor.«

»Außerdem ist er intelligent und spricht drei Sprachen.«

»War ja klar, dass er das auch kann, und nicht zu vergessen, er besitzt eine Burg«, sagte Jason. Dann verstummte er und starrte auf den Brunnen. »Ich denke, Martin, dass es jetzt Zeit ist, dich allein zu lassen. Marcellino ist eindeutig der bessere Mann. Ich hoffe, du wirst glücklich. Du verdienst es.«

Mein Herzschlag setzte aus. Bei der Vorstellung, dass Jason mich verließ, brach es entzwei. Zwei Hälften, die nicht unabhängig voneinander funktionieren konnten, und ich bliebe zurück, um dem nachzutrauern, was vielleicht möglich gewesen wäre, wenn ich nur den Mut gefunden hätte, danach zu greifen. Ich versuchte es, aber meine Angst lähmte mich, und einen Augenblick lang konnte ich mich weder rühren noch etwas sagen.

»Was ist mit Severin?«, fragte ich schließlich. Arbeit – Arbeit war ein sicheres Terrain. »Er kann jederzeit eintreffen.«

Jason drehte sich zu mir und sah mich an. Eine Strähne seiner zerzausten Haare fiel ihm in die Stirn und verlieh ihm ein jungenhaftes Aussehen. »Dafür brauchst du mich nicht. Du warst diejenige, die für ihn immer den Ausschlag bei diesem Geschäft gegeben hat.«

Er hob die Hand, als wollte er mich berühren, aber dann ließ er sie wieder sinken. Er wirkte schicksalsergeben, so als hätte er sein Bestes versucht und musste jetzt, wo er gescheitert war, den Verlust akzeptieren. Genau wie an dem Tag, als er mir von Jess erzählte, tat es mir weh, ihn so verletzt zu sehen. Ich ertrug das nicht. Ich wandte mich von ihm ab und schaute zum Brunnen, und als ich spürte, dass er zu mir sah, räusperte ich mich.

»Wie schade, wo Marcellino und ich doch entschieden haben, dass wir nur Freunde sind«, sagte ich.

Jason wurde still, so still, dass ich mir nicht sicher war, ob er noch atmete. Als er wieder etwas sagte, klang seine Stimme ganz kratzig und rau. »Sag das noch mal, Martin.«

Ich drehte mich zu ihm um und schaute ihn über meine Blumen hinweg an. »Wir sind nur Freunde.«

Seine grauen Augen blitzten. Und bevor ich mich versah, nahm er meine freie Hand und zog mich fort vom Brunnen, von Marcellino und dem Fest.

»Entschuldige«, rief er Marcellino über seine Schulter zu. »Aber wir müssen diesen Blumen ein wenig Wasser geben, bevor sie komplett verwelken.«

Ich sah, wie Marcellinos Mundwinkel zuckten, und grinste ihn an. Er nickte mir ermutigend zu und streckte seine Hand der schönen jungen Frau an seiner Seite entgegen. Um Marcellino musste ich mir offensichtlich keine Sorgen machen.

Wir liefen an den dunklen Schaufenstern der Geschäfte vorbei zum Rand des kleinen Städtchens. Als wir den unbeleuchteten, einsamen Feldweg erreichten, wurden die Lichter des Festes immer schwächer und die Musik und das Gelächter immer leiser.

Ich lief in Richtung des Weinguts, aber Jason hielt mich fest. Er drehte mich zu sich, legte seine Hände um mein Gesicht und senkte dann seine Lippen in einem Kuss auf meine, der sich anfühlte, als hätte er schon seit Tagen unter der Oberfläche geschwelt. Er saugte an meiner Oberlippe, strich sanft mit seiner Zunge über meine Unterlippe und drückte seine Lippen so perfekt auf meine, als wären unsere Münder füreinander erschaffen worden.

Ich konnte ihm gar nicht nahe genug kommen, daher ließ ich meine Blumen fallen und drückte mich an ihn. Seine Hände wanderten zu meinen Hüften, zogen mich näher und hielten mich fest. Ich öffnete keuchend meine Lippen, und als seine Zunge in meinen Mund glitt, raubte mir das den letzten Rest Verstand. Sein Geschmack, das Gefühl von uns beiden zusammen riss das Alte ein und erschuf etwas Neues. Es war vollkommen.

»Tanz mit mir«, sagte er und löste sich aus unserem Kuss, damit wir atmen konnten.

Überrascht zog ich meine Augenbrauen nach oben. Ich musterte sein Gesicht, weil ich wissen wollte, wie ernst ihm das war.

Die Art, wie er meinen Mund betrachtete, ließ mein Herz höherschlagen.

»Wir haben keine Musik«, sagte ich.

»Wenn du in meiner Nähe bist, gibt es immer Musik«, erwiderte er. Dann summte er »La vie en rose«.

Und plötzlich war ich wieder mit ihm auf dem Eiffelturm und hörte Edith Piaf zu, während mich seine Körperwärme umfing und wir uns vor- und zurückwiegten. Beim Tanzen stieg mir der Duft seiner Haut nach Kardamom und Minze in die Nase und ich hatte plötzlich den Eindruck, als wäre alles in meinem Leben auf genau diesen einen Moment hingestolpert. Das war zu viel. Durch ihn fühlte ich zu viel. Ich trat einen Schritt zurück.

Doch er ließ mich nicht gehen. Stattdessen trat er zu mir, nahm mein Gesicht und drehte es so, dass er mir in die Augen schauen konnte. Sein Blick war ganz fest, so als spürte er, dass ich panisch wurde, er das aber nicht zulassen würde. Er presste seinen Mund auf meinen. Sein Kuss glühte regelrecht und jeder Gedanke an Flucht zerfiel auf der Stelle zu Asche.

Der Zauber, der sich immer über mich gelegt hatte, sobald er mich berührte, das Glücksgefühl, das ganz klein und vorsichtig begann, um dann umso mächtiger in mir aufzuwallen, war wieder da, und ich konnte es ebenso wenig ignorieren, wie ich den Kuss beenden konnte. Anstatt ihn von mir zu stoßen, klammerte ich mich an seine Unterarme, als würde ich ohne ihn mein Gleichgewicht verlieren und zu Boden fallen.

Wir küssten uns und küssten uns und küssten uns, bis seine Bartstoppeln auf meiner Haut brannten und meine Lippen anschwollen und ich nur noch ihn schmeckte. Er schlang seine Arme um mich und hielt mich an sich gedrückt. Als er den Kuss unterbrach, ließ er mich nicht los, sondern lehnte sich zu mir und drückte seine Stirn gegen meine, während er nach Luft rang.

»Ich bin in dich verliebt«, sagte er.

»Sag das nicht …«

»Zu spät.« Sein schiefes Lächeln brach mir das Herz. »Ich weiß, du denkst wahrscheinlich, es ist noch zu früh, so etwas zu sagen, aber ich muss, weil es stimmt. Ich wusste es schon, seit ich dich das erste Mal geküsst habe, und als du nach Italien aufgebrochen bist, war ich mir ganz sicher, weil ich diese Art von Kummer erst einmal erlebt habe. Ich. Liebe. Dich.«

Ich hatte den Eindruck, als würde ich jeden Moment ohnmächtig werden. Das war viel mehr, als ich verkraften konnte. Ich schüttelte den Kopf, aber er ignorierte mich.

»Ich habe darüber nachgedacht, und mir ist mittlerweile klar geworden, dass ich schon lange etwas für dich empfinde. Die ganzen Reibereien bei der Arbeit dienten nur dazu, dir nicht zu nahe zu kommen«, sagte er. »Du bist mir sofort aufgefallen. Dein zielgerichteter Gang, deine strenge Frisur, dein geschäftsmäßiges Auftreten, dein Rock, eng und sexy, aber höchst professionell. Kein auffälliger Schmuck und kaum geschminkt, so als wolltest du, dass alle nur die Frau in dir sehen, die ihre Sachen erledigt.«

»Du erinnerst dich daran, was ich anhatte?«

»Oh ja«, sagte er. Er grinste. In dem Mondlicht sah es wie das Lächeln eines Piraten aus, schurkisch charmant und verschmitzt, und ich spürte, wie ich dahinschmolz. »Aidan stellte uns einander vor, und als ich dir die Hand gab, war dein Händedruck kühl und trocken und fest. Dann hast du mir direkt in die Augen geschaut und ›Irgendwelche heißen Challenges gibt es hier nicht‹ gesagt und bist davonmarschiert.

Ich zuckte zusammen. »Oh Mann, ich war so eine Idiotin. Tut mir leid. Willst du die Wahrheit wissen? Ich hab mich total vor dir und deinem Erfolg mit dieser Challenge gefürchtet und wollte klarmachen, wer von uns das Sagen hatte.«

»Ich weiß«, sagte er. »Das war total heiß.«

Ich prustete. Dann seufzte ich. Was sollte ich darauf erwidern?

»Dass wir zusammenarbeiten, macht die Sache richtig kompliziert«, sagte ich. »Das Ganze wäre viel einfacher, wenn ich mich wieder in Marcellino verliebt hätte.«

Er überlegte. »Aber das konntest du nicht, weil Marcellino zwar ein perfekter Mann ist, aber nicht der perfekte Mann für dich. Das bin ich.«

»Wie hast du das denn herausgefunden?«, fragte ich, wobei mir seine Arroganz schmeichelte, mich aber auch ein wenig ärgerte.

»Weil ich mich in dich verliebt habe, nachdem du deinen größten Verlust und deine tiefste Trauer erlitten hast«, sagte er. »Ich habe mich in die starke, zielstrebige, ehrgeizige Frau verliebt, die du immer bleiben wirst, und ich liebe dich genau so, wie du bist.«

Ich spürte, wie sich meine Kehle zuschnürte. Er legte die Hand unter mein Kinn und lenkte meinen Blick zu sich.

»Du versuchst so sehr, diejenige zu sein, die du warst, bevor deine Mutter starb, Chelsea«, sagte er. »Aber das wird dir nicht gelingen. Diese Frau ist mit deiner Mutter gestorben.«

Mir lief eine Träne die Wange hinab und er wischte sie zärtlich mit dem Daumen weg.

»Das war die Frau, in die sich Marcellino und Jean Claude und Colin verliebt haben, aber so bist du nicht mehr«, sagte er. »Du bist eine Frau, die einen schrecklichen Verlust erlitten hat und trotzdem die Kraft fand, weiterzumachen. Deshalb passen wir auch so perfekt zusammen. Wir verstehen, dass ein Teil unserer Herzen immer denjenigen gehören wird, die von uns gegangen sind. Für uns sind Liebe und Verlust auf alle Zeiten miteinander verbunden, weshalb wir in unserer Liebe vorsichtiger sind, aber auch tiefer gehen«, sagte er.

Inzwischen weinte ich richtig. »Ich kann nicht«, schluchzte ich. »Ich will die Person sein, die ich war, bevor ich meine Mutter verloren habe. Ich will die alte Chelsea sein.«

»Ich weiß, Liebling, aber das geht nicht. Du hast dir vorgemacht, dass du einfach nur wieder dieser Mensch werden musst und dann deinen Schmerz ganz tief in dir verstauen kannst. In Wahrheit hast du dich an deine Trauer geklammert, als wäre sie das letzte Stück von deiner Mutter, das du zu fassen bekommst, aber du kannst nicht weitergehen, weil du dich davor fürchtest, sie loszulassen und sie dann für immer zu verlieren.«

Das stimmte. Ich wusste es, trotzdem schüttelte ich den Kopf. Er ging gar nicht darauf ein.

»Ich sage dir genau hier und jetzt, dass du sie nie verlieren wirst«, fuhr er fort. »Du kannst mit mir zusammenbleiben, weil ich dich verstehe. Und ich weiß, wovon ich rede, weil es mir mit Jess genauso ging. Du musst deine Trauer loslassen.«

»Ich kann nicht«, sagte ich weinend. »Ich will das auch überhaupt nicht.«

»Doch, das tust du. Du bist mutig genug. Ich weiß, dass du das bist«, flüsterte er. Er strich mir die Haare aus dem Gesicht. »Vertrau mir einfach, dass alles gut wird. Ich werde dich die ganze Zeit festhalten. Ich werde auf dich aufpassen, das verspreche ich dir. Bleib bei mir, Chelsea. Heute Nacht. Lass die Vergangenheit hier und jetzt, in diesem Moment los und wähle stattdessen mich.«

Es fühlte sich an, als würde ich einen Teil von mir herausreißen. Auf einem Strom aus Tränen und Schluchzern fasste ich tief in meinem Inneren nach dem Schmerz, dem Kummer, der Wut und der Trauer, eben nach all den Emotionen, an die ich mich so lange geklammert hatte, weil ich hoffte, dass dadurch meine Mutter bei mir bliebe. Jason hatte recht: Sie halfen mir nicht. Aber der Verlust fühlte sich noch immer ganz frisch an.

Ich stöhnte verzweifelt und ließ sie dann alle los. Ich stellte mir vor, wie meine Trauer und mein Schmerz aus mir heraus in den dunklen Nachthimmel schossen und dort oben in den Sternen ein neues Zuhause fanden. Ich erwartete, dass ich mich ohne diesen Halt aus Traurigkeit, der mich so lange gefesselt hatte, ganz leer, verlassen und einsam fühlen würde. Stattdessen ... fühlte ich mich frei.

Mit einem herzzerreißenden Schluchzer warf ich meine Arme um Jasons und drückte mein Gesicht an seine Brust. Mir rannen unablässig Tränen übers Gesicht, das jetzt bestimmt ganz verquollen und fleckig war. Ich lehnte mich zurück und nahm den Rock meines Kleids, um mir das Gesicht sauber zu wischen. Ich schnappte wiederholt nach Luft, als hätte ich unter Wasser zu lange die Luft angehalten und wäre erst kurz vorm Ertrinken wieder an die Oberfläche gekommen.

Jason zog mich in seine schützende Umarmung zurück. Er legte seine Wange auf meinen Kopf und flüsterte tröstende Worte, während er mir beruhigend mit den Händen über den Rücken streichelte. Was nicht ganz den erwünschten Effekt erzielte.

Ich ließ meine Hände seine warme Brust entlangwandern. Und dann presste ich meine Handflächen in seinen Nacken und zog ihn so nah, dass ich meinen Mund auf seinen drücken konnte. Und dann küsste ich ihn, lange und intensiv und mit allem, was ich fühlte.

Der Kuss schmeckte nach Tränen und Verlust, aber auch nach Hoffnung und Freude. Jason packte mich, atmete mich ein und hielt mich mit zitternden Händen fest. Als er mich auf seine Arme nahm, ließ ich nicht los und hörte auch nicht auf, ihn zu küssen, er trug mich durch die mondbeschienenen Weinberge, als wäre ich für ihn das Kostbarste auf der Welt.

Der Teil von mir, der durch den Verlust ausgehöhlt wurde,

füllte sich allmählich mit Leichtigkeit und Liebe. Ich fühlte mich geheilt. Und das lag nicht daran, dass ich mein altes Ich wiedergefunden hatte, sondern vielmehr daran, dass ich mich endlich so akzeptieren konnte, wie ich war. Jasons Liebe, seine Herzlichkeit und sein Verständnis hatten mir den Mut gegeben, mich selbst zu heilen. Als er mich vor der Tür seines Ferienhauses absetzte, umarmte er mich fest und flüsterte mir »Bleib bei mir« ins Ohr.

Mir fehlten noch immer die Worte, also nickte ich. Jason schloss auf und führte mich nach drinnen. Das Licht schaltete er erst gar nicht an, aber er drückte die Tür zu und zog mich zu sich. Als er mich küsste, hatte er eine Hand in meine Haare gewühlt, um mich festzuhalten, die andere lag auf meiner Hüfte. Sein Kuss war sanft und langsam und seine Lippen bewegten sich über meine, bis er den idealen Punkt gefunden hatte, wo sie perfekt aufeinanderpassten. Dann wurde sein Kuss intensiver.

Ich öffnete die Lippen und umspielte seine Zunge mit meiner, wie er es mochte. Er schmeckte leicht nach Wein. Ich streckte mich ihm entgegen. Ich bekam nicht genug. Ich hatte den Eindruck, als stünde ich in Flammen, und er war der Einzige, der diese Hitze eindämmen konnte.

Ich zog an seinem Hemd, warf es beiseite. Dann wanderte ich mit meinen Händen seine Seiten nach oben über seine schön geformte Brust und schlang meine Arme um seine Schultern, damit ich meine Finger in seine dichten Haare vergraben konnte. Er stöhnte in meinen Mund, legte beide Hände auf meine Hüften und zog mich zu sich heran. Als er sich aus dem Kuss löste, strich er mit seinen Lippen meinen Hals entlang bis zu meiner Schulter und biss vorsichtig hinein.

Er schnappte nach meinem Rock und zog mir das ganze Kleid über den Kopf. Jetzt trug ich nur noch meine Unterwäsche und die Nachtluft strich kühl über meine Haut. Jason führte mich rückwärts zum Schlafzimmer und küsste mich unablässig weiter. Er konnte seine Hände nicht ruhig halten, sondern liebkoste, lockte und kitzelte mich überall, wo er hinkam.

Als wir im Schlafzimmer standen, ließ er mich los, um die Kerze in dem hübschen Mosaikwindlicht anzuzünden. Sie roch nach Lavendel und ihr Licht strahlte in Violett- und Blautönen in den Raum.

»Ich muss dich sehen«, sagte er und dann zog er mich schon wieder an sich. Er hielt mich fest und schien das Gefühl meiner Lippen auf seinen zu genießen, da er immer wieder seinen Mund auf meinen legte und mich intensiv küsste und gleich wieder von vorne anfing, als müsste er sich in Erinnerung rufen, wie gut sie aufeinanderpassten.

Ich löste mich aus unserem Kuss und zog ihn zum Bett. Ich wollte spüren, wie sich sein ganzer Körper gegen mich drückte und sein Gewicht auf mir lag.

Ich blieb neben dem Bett stehen, half ihm aus seinen Hosen und kletterte dann aufs Bett, lehnte mich gegen die Kissen und winkte ihn zu mir. Sein Blick wanderte wie eine Liebkosung über meinen Körper, wahrscheinlich wollte er diesen Moment in Erinnerung behalten.

Ich spürte, wie mein Gesicht ganz warm wurde, aber ich überspielte nichts und versteckte mich auch nicht. Stattdessen ließ ich mir ebenfalls Zeit, ihn zu betrachten, und erfreute mich daran, wie schön er war. Aber es war nicht nur sein gutes Aussehen, das mich anzog. Es war sein unerschütterlicher Optimismus, seine Fröhlichkeit, sein Wille, alles aufs Spiel zu setzen, wenn er daran glaubte, seine Liebe zu seiner Schwester – das waren all die Dinge, weswegen ich ihn liebte. Und ich liebte ihn so sehr.

Als ich es nicht mehr länger aushielt, öffnete ich meinen BH und warf ihn aus dem Bett. Mein Slip war als Nächstes dran. Ich schaute ihn auffordernd an und er zog seine Boxershorts ebenfalls aus.

Ich breitete meine Arme aus und sagte: »Ich habe mich für dich entschieden, Jason.«

Er brummte zustimmend, kam zu mir ins Bett, nahm mich stürmisch in die Arme und küsste mich, ob minuten-, stunden- oder tagelang, konnte ich nicht sagen. Ich war völlig von ihm gebannt. Das Gefühl von seinen Händen auf meiner Haut, seinen Lippen auf meinen, die Art und Weise, wie ihm der Atem stockte, wenn ich ihn berührte, so als wäre er überrascht, dass ich ihn genauso sehr wollte wie er mich.

Ich versuchte, es ihm zu zeigen, aber er lenkte mich ständig ab. Er liebkoste und massierte jeden Zentimeter meines Körpers, bis mein Verlangen mich überwältigte.

Ich ließ ihm nur so viel Platz, dass er ein Kondom überstreifen konnte, und dann schob ich ihn zwischen meine Beine, verhakte meine Beine hinter ihm, bog meinen Rücken durch und zog ihn zu mir. Er versuchte, mir zu widerstehen, ich wusste, dass er die Nacht so lang wie möglich ausdehnen wollte, aber ich konnte keine Sekunde länger mehr darauf warten. Eine schnelle Hüftbewegung und ein kurzes Heranziehen meiner Beine genügte und ich spürte, wie er direkt in mich hineinglitt, genau dahin, wo er hingehörte.

Einen Moment lang wurde er ganz starr und ich wusste, dass er versuchte, sich zu beherrschen, aber die Zeit für Beherrschung war vorbei. Ich legte meine Hände auf seine Hüften und benutzte seinen Körper, den er über mir abstützte, um mich zu ihm zu ziehen.

Er atmete keuchend aus und sagte: »Du bringst mich noch um, Liebling.«

Liebling. Ich drehte den Kopf und lächelte an seinen Hals. Bei dem Kosewort schlug mein Herz schneller. Ich wünschte mir nichts sehnlicher, als sein Liebling zu sein.

Er senkte seinen Kopf und nahm eine Brustwarze in seinen Mund und biss gerade so fest zu, dass ich mich kurz aufbäumte. Bei der Bewegung stöhnten wir beide und dann gab er nach. Er schob seine Hände unter meinen Hintern und drang so tief in mich ein, wie wir es beide unbedingt wollten. Es war vollkommen.

Ich spürte, wie mir heiß wurde und Lust in Wellen durch meinen ganzen Körper lief. Ich umklammerte Jason so fest, dass ich mich fragte, ob ich ihm wehtat, aber mit dem nächsten Stoß war er wieder ganz bei mir. Ich spürte, wie er in mir pulsierte, und es fühlte sich an, als wären wir zu einem Wesen verschmolzen.

Verschwitzt, erhitzt und erschöpft schmiegten wir uns danach auf dem weichen Laken aneinander, seine Arme hielten mich fest, und mein Kopf lag unter seinem Kinn, als wäre dieser Platz nur für mich gemacht.

»Können wir jetzt nach Hause gehen, Liebling?«, flüsterte er mir leise ins Ohr und mir lief ein Schauer über den Rücken. Er zog mich etwas näher an sich und umfing mich mit seiner Wärme.

Nach Hause. Ich dachte daran, dass ich meinen Vater und Sheri wiedersehen würde, und zum ersten Mal tat es nicht weh. Vielmehr spürte ich, dass ich mich plötzlich aufrichtig für ihn freute. Ich hob meinen Kopf und küsste Jason, womit ich ihn überraschte. Seine verschlafenen Augen funkelten und er rollte sich auf mich.

»Wofür war der denn?«, fragte er.

Ich schlang meine Arme um seinen Hals, erwiderte seinen Blick und sagte: »Ja, ich will mit dir nach Hause gehen.«

Er grinste. Dann küsste er mich und ich vergaß alles um mich außer ihm.

Kapitel 26

Das Gezwitscher der Singvögel in den Bäumen weckte mich und ich lächelte. Zum ersten Mal war seit sehr langer Zeit mit der Welt alles in Ordnung. Durch meinen Entschluss, die Nacht mit ihm zu verbringen, hatte ich mich für ihn entschieden … aber er hatte sich auch für mich entschieden. Ich konnte mich endlich wieder so akzeptieren, wie ich war.

Was er letzte Nacht gesagt hatte, stimmte. Ich hatte mich an meine Trauer geklammert, als wäre sie das letzte Stück von meiner Mutter. Aber ich war es so leid, so unendlich leid, traurig zu sein. Jason hatte mich verstanden. Er wusste, dass zu meiner Freude immer der Kummer gehörte, weil es ihm genauso ging. Was für ein Geschenk, einen Menschen zu finden, der einen so vollkommen verstand.

Ich streckte mich in dem großen Bett aus und rollte mich herum, weil ich schauen wollte, ob er noch schlief. Er war nicht da. Das Bett war leer und nur die Kuhle im Kissen war geblieben. Ich blinzelte. Dann hörte ich die Dusche rauschen und legte mich wieder zurück in die weichen, warmen Laken.

Sein Handy auf dem Nachttisch klingelte, hatte er den Wecker gestellt? Auf dem Bildschirm erschien eine Nachricht und ich lehnte mich rüber, um sie zu lesen, falls es etwas Wichtiges von Severin war. Jason hatte gesagt, dass sie noch immer aufgehalten wurden, hoffentlich war alles in Ordnung.

Ich nahm sein Handy und schaute auf das Display. Und wie auf Kommando erschien eine Benachrichtigung, dass eine neue Textnachricht von Severin eingetroffen war – na ja, genau genommen von Eleanor, schließlich schickte sie seine ganzen Nachrichten.

Hoffentlich ging es ihnen gut. Severin war zwar unberechenbar, aber er hatte jetzt doch schon zwei Tage Verspätung. Und mir kam der schreckliche Gedanke, dass ihnen etwas zugestoßen war. Ich warf einen kurzen Blick auf das Display. Wie falsch war es, Jasons Nachrichten zu lesen? Eine völlige Verletzung seiner Privatsphäre? Wie sauer wäre ich, wenn er auf mein Handy schaute, während ich duschte? Also, wenn er dachte, es handelte sich um einen Notfall, würde ich das verstehen. Beruhigt tippte ich den Code ein, den er verwendet hatte.

Ich öffnete die App und las die Nachricht, aber darin stand nichts darüber, dass Severin nach Italien kam. Ganz im Gegenteil.

Eleanor: *Wann können wir dich und Chelsea in Boston erwarten, um das Angebot abzuschließen?*

Was zum Teufel? Ich ließ mich zurück aufs Bett fallen. Mein an Schlafentzug leidendes Hirn arbeitete noch etwas schwerfällig, und ich kapierte nicht, was das bedeuten sollte. Boston? Aber Severin sollte doch hierher kommen.

Ich zögerte kurz, aber dann scrollte ich durch die Unterhaltung. Ich weigerte mich, das als Verletzung von Jasons Privatsphäre zu betrachten. Schließlich ging es hier um die Arbeit.

Bei dem Chatverlauf verließ mich der Mut. Die erste Nachricht von Eleanor war von dem Tag, als wir Paris verließen.

Eleanor: *Tut mir leid. Planänderung. Mr Severin muss für ein wichtiges Treffen zurück nach Boston. Lasst mich bitte wissen, wann wir nach eurer Rückkehr ein Treffen mit dem Vorstand anberaumen können. Danke.*

Jason: *Kein Problem. Wir treffen Mr Severin gern, wann immer es ihm passt. Ich melde mich, sobald ich die Daten weiß.*

Und dann versuchten sie, einen passenden Termin zu finden. Wenn ich richtig zwischen den Zeilen las, war es Jason, der sie hinhielt, bis er das genaue Datum unserer Rückreise kannte. Meiner Rückreise. Ich dachte an unsere Unterhaltung letzte Nacht, als er mich gefragt hatte, ob wir nach Hause gehen könnten, und auf einmal klopfte mein Herz panisch in meiner Brust und mir wurde ganz schwindlig. Hatte er mir nur etwas vorgespielt?

Das alles war ziemlich eindeutig. Severin kam nicht zum Weinfest, wollte uns beide aber treffen. Alles, was Jason mir seit seiner Ankunft auf dem Weingut über Severin baldiges Erscheinen erzählt hatte, war gelogen. Warum? Warum sollte er mich anlügen?

Die Badezimmertür öffnete sich, und mit Jason, der lose ein Handtuch um seine Hüften geschlungen hatte, drang ein Schwall Dampf in den Raum. Ich starrte ihn an. Geschockt. Abweisend. Verletzt. Wütend. Die Gefühle kämpfen darum, der erste der vier Apokalyptischen Reiter zu sein. Die Wut gewann und ich warf das Handy nach ihm.

Ich verfehlte ihn. Verflixt! Es prallte neben seinem Kopf von der Wand ab. Er war fassungslos. »Chelsea, was ist los?«

Ich war zu beschäftigt, mich aus den Laken und Decken des Bettes zu befreien, um zu antworten. Ich war so wütend, dass ich ihn nicht einmal anschauen mochte. Ich schnappte meine Unterwäsche und zerrte sie mir über. Meine BH-Träger trieben mich in den Wahnsinn, also ließ ich es sein und schnappte mir gleich mein Kleid, das ich mir ungeduldig über den Kopf zog.

Jason kam beunruhigt auf mich zu.

»Stopp«, blaffte ich ihn an. Ich kämmte mir mit den Fingern die verhedderten Haare aus dem Gesicht. »Bleib, wo du bist.«

»In Ordnung, Liebling, aber was ist los?«, fragte er.

Ich funkelte ihn an. Sein Liebling konnte mich mal. »Severin.«

Nur ein Wort, aber sein angespannter Gesichtsausdruck verriet mir: Er wusste, dass ich wusste, dass er gelogen hatte. Er legte sich die Hand in den Nacken und sagte: »Ich kann das erklären.«

»Nicht nötig«, sagte ich. »Ich habe es schon herausgefunden.«

Er hob die Augenbrauen. »Hast du das?«

»Ja. Das hier« – ich zeigte auf das Zimmer, als repräsentierte es, was vergangene Nacht passiert war – »hast du alles nur veranstaltet, um mich schnell nach Hause zu bekommen.«

Er schüttelte den Kopf. »Wie bitte?«

»Severin will uns beide in Boston treffen, aber du wusstest, dass ich nicht abreisen würde, bevor ich meine Suche abgeschlossen hatte, also wolltest du mich möglichst schnell dazu bringen, mit dir ins nächste Flugzeug zu steigen.«

Er rieb sich mit der Hand übers Gesicht. »Wovon redest du?«

»Du hast heute Morgen eine Nachricht von Eleanor bekommen, in der sie ein Treffen mit uns beiden in Boston festlegen will«, sagte ich und zeigte auf das Handy am Boden.

»Oh.« Er stritt nichts davon ab. Ich war am Boden zerstört.

»Was passiert wohl, wenn wir zurückkommen?«, fragte ich. Meine Kehle war zugeschnürt, ich brachte die Worte kaum hervor. »Wir treffen Severin, und was dann? Dann kommt ›aus Versehen‹ heraus, dass du und ich in Paris und Italien etwas laufen hatten, und ich stecke richtig in Schwierigkeiten, nicht wahr?«

»Das ist nicht …«, setzte er an, doch ich unterbrach ihn.

»Natürlich ist es das. Ist dir eigentlich klar, wie das aussieht? Ich stehe als die blöde Tussi da, die mit ihrem Kollegen geschlafen hat. Da unsere Firmenrichtlinien Beziehungen unter Kollegen verbieten, was glaubst du wohl, wen sie hinauswerfen? Ganz egal, wie wir das drehen und wenden, ich bin eine leitende Angestellte. Daher bin ich auch diejenige, die es hätte besser wissen müssen. Ich bin diejenige, die gefeuert wird, und dir gehört dann der

Ruhm, dass du den Severin-Deal festgezurrt hast. Gut gespielt, Knightley, wirklich gut gespielt.«

»Du flippst gerade aus, Liebling«, sagte er. Er streckte beschwichtigend seine freie Hand nach mir aus. Was nicht funktionierte.

»Tue ich das?«, fragte ich. »Und nenn mich mit nicht ›Liebling‹.«

»Du kannst doch nicht ernsthaft glauben, dass ich den ganzen Weg gekommen bin, um dich zu manipulieren, damit du mit mir nach Boston zurückfliegst und wir den Deal mit Severin eintüten«, sagte er.

»Kann ich nicht?«, fragte ich. Meine Stimme brach, was mich wütend machte. »Du. Hast. Mich. Belogen.«

Ich wollte kein Wort mehr von ihm hören. Ich schlüpfte in meine Sandalen, stürmte aus dem Haus und warf die Tür hinter mir zu.

Es war schon Vormittag, über das Weingut schwärmten bereits Touristen vom Weinfest. Ich hielt mein Kopf gesenkt, damit niemand meine Tränen sah.

Meine für gewöhnlich sorgfältig weggeschlossenen Emotionen hatten die Kellertür eingetreten und wüteten jetzt durch mich, wobei sie alles in Reichweite zertrümmerten. Meine Hände waren schweißnass. Ich bekam kaum Luft und wollte einfach nur ganz schnell eine ruhige, dunkle Ecke finden, in der ich mich zusammenrollen konnte und so lange weinen, bis keine Tränen mehr übrig waren.

Wie konnte ich nur so dumm sein? Hatte Jason mich vom ersten Tag an nur benutzt, um an Severin zu kommen? Hatte er gestern Abend überhaupt gemeint, was er gesagt hat? Liebte er mich überhaupt? Ich schluchzte. Was, wenn ich deswegen meinen Job verlor? Meine Karriere? Einfach alles? Und dann wurde mir schlagartig bewusst, dass von allen Dingen, die ich womöglich verlieren würde, der Verlust seiner Liebe am schwersten wog, und das traf mich mitten ins Herz.

»Chelsea, warte!«

Ich schaute über meine Schultern. Das durfte nicht wahr sein! Mit nichts weiter bekleidet als einem Handtuch und einem Paar Turnschuhe, lief er mir hinterher. Ich blinzelte. Die Sonne schien gleißend auf seinen muskulösen Körper und dann hörte ich, wie eine Frau in der Nähe »Ach du meine Güte« seufzte.

Genau! Der Mann würde mich nicht wieder einwickeln! Ich wich in den an die Burg angrenzenden Rosengarten aus. Dort waren zwar auch einige Touristen, aber sie störten mich nicht weiter bei meinem Fluchtversuch. Ich war gerade durch den gegenüberliegenden Torbogen geschlüpft und befand mich jetzt vor dem Haupteingang, als Jason mich am Arm zu fassen bekam.

»Chelsea, warte«, sagte er außer Atem. »Lass es mich dir erklären.«

»Da gibt es nichts zu erklären«, rief ich kurzatmig und drehte mich von ihm weg. »Ich verstehe. Jetzt verstehe ich alles.«

Sein Anblick war zu schmerzhaft. Seine dunklen, verwuschelten Haare, seine blaugrauen Augen, die heute in beiden Farbtönen leuchteten, sein frisch gestutzter Dreitagebart. Das Einzige, was ihn davor bewahrte, splitterfasernackt vor mir zu stehen, war das Handtuch um seine Hüfte, das er zusammengeknäult in der Faust festhielt. Na ja, das und seine schwarzen Converses, bei deren Anblick ich paradoxerweise am liebsten noch mehr geheult hätte.

Um uns sammelte sich eine Menschentraube. Was mir aber vollkommen egal war. Sollten ruhig alle sehen, wie kaltschnäuzig ich ausgenutzt worden war. Was war das bisschen Demütigung im Vergleich zu so einem Verrat?

»Ja, ich habe dich angelogen«, rief Jason verzweifelt.

Keuchend drehte ich mich zu ihm und ignorierte das Murmeln der Leute um uns. »Du gibst es also zu?«

»Natürlich geb ich es zu«, sagte er. Ungeduldig fuhr er sich mit der Hand durch die Haare. »Du warst dabei, den größten Fehler deines Lebens zu machen …«, er verkniff sich die nächsten Worte, schaute an mir vorbei und sagte: »Nichts für ungut, Marcellino.«

Als ich über meine Schulter blickte, entdeckte ich Marcellino inmitten mehrerer Mitarbeiter, die alles für den zweiten Tag des Weinfests vorbereiteten. Sie wirkten recht amüsiert, sogar Marcellino. »Schon in Ordnung«, erwiderte der.

»Ja, ich habe dich über Severins Absichten, hierherzukommen, angelogen«, fuhr er fort. »Ich musste. Wir brauchen dich in Boston, Chelsea, weil du Spendengelder sammelst und für die gute Sache kämpfst und hilfst, Leben zu retten. Das ist es, was du bist, darin bist du gut und dort gehörst du hin.«

»Also hast du mich angelogen, damit ich wieder bei der ACC arbeite?«, fragte ich. Es hätte mir nicht so wehtun dürfen, dass es ihm vorrangig um die Arbeit ging, aber das tat es.

»Ja … nein. Nachdem du abgereist bist, war im Büro alles anders«, sagte er. »Und als Aidan mich nach Paris schickte, um dich zu suchen, konnte es mir gar nicht schnell genug gehen, weil ich da schon in dich verliebt war. Als wir uns dann auf dem Eiffelturm küssten, hat es mich vollkommen erwischt. Du hast mir erzählt, dass du dich wiederfinden wolltest, aber du musstest gar nicht gehen, um dich zu finden, Chelsea. Du musstest gehen, damit *ich dich* finden konnte.« Er hielt inne und dann hob sich ein Mundwinkel zu seinem schiefen Lächeln. Er schaute mich auf seine besondere Weise durch die Wimpern hinweg an, mit der er mich immer eingewickelt hatte. Aber ich würde stark bleiben.

Ich verschränkte die Arme vor der Brust und hielt ihn mir vom Leib. Er wollte nichts davon wissen.

»Im Klartext heißt das, dass ich zu früh nach Italien gekommen bin und dich wegen Severin angelogen habe, weil ich nicht riskieren wollte, dich zu verlieren.« Als er mich anschaute, lag in seinem Blick solch eine Liebe und Zuneigung für mich, Chelsea Martin, und zwar genau so, wie ich war, dass sich alles in mir verschob, als wollte es an diesem neuen, glücklichen Ort einrasten. »Du bist die Richtige für mich, Martin. Das wusste ich schon in dem Augenblick, als ich dich das erste Mal sah, und jetzt sogar noch mehr denn je.«

»Aber …«, war alles was ich herausbekam.

»Alles, was ich dir gestern Nacht erzählt habe, was ich für dich empfinde, ist wahr«, sagte er. *»Wirklich alles.«*

Ich starrte ihn an. Ich wollte ihm so gern glauben, aber meine Trauer und diese lähmende, alles beherrschende Schwermut, die die vergangenen sieben Jahre jedes Aufkeimen von Glück zunichtegemacht hatten, spürten meine Verwundbarkeit und versuchten, Zweifel zu säen.

»Ich weiß, was du gerade machst«, sagte er. Sein Blick wurde ganz weich. »Und ich weiß auch, warum.«

Ich stand wie angewurzelt da und war nicht in der Lage, mich zu rühren, ich bekam gerade genug Luft, damit ich nicht in Ohnmacht fiel.

»Das Ganze macht dir Angst, deshalb hast du auf das Erstbeste eingeschlagen, was dir in den Weg kam, damit du dich vor dem in Sicherheit bringen kannst, was du hier fühlst.« Mit seiner freien Hand zeigte er auf die Lücke zwischen uns.

Ich nickte. Es stimmte. Ich war vor Angst bis in mein tiefstes Inneres wie gelähmt.

»Und diese Angst sagt dir auch, dass du mich von dir stoßen

sollst, weil ich dich angelogen habe, aber das werde ich nicht zulassen«, sagte er.

»Ich denke nicht …«, begann ich, aber er unterbrach mich.

»Das ist ein guter Anfang – hör auf zu denken«, sagte er. Er lächelte sein gewinnendstes Lächeln. »Es ist in Ordnung. Ich habe auch Angst. Lass uns gemeinsam Angst haben. Nur verlass mich nicht, Martin. Gib mir eine Chance. Gib uns eine Chance.«

»Wenn sie nicht will, springe ich ein.« Als ich über meine Schulter schaute, entdeckte ich zwei amerikanische Touristinnen, die meinem Freund schöne Augen machten. Ich runzelte die Stirn.

»Was ist mit der Arbeit?«, fragte ich. Ich konnte einfach nicht anders. Ich musste wissen, dass er nicht die ganze Zeit vorgehabt hatte, mich zu verdrängen.

»Ich werde kündigen«, sagte er.

»Das würdest du tun?« Ich schnappte nach Luft.

Er zuckte mit den Schultern. »Wenn ich dadurch dich, die Frau, die ich liebe, bekomme, dann kündige ich nur allzu gerne, und zwar auf der Stelle.« Der Blick, den er mir zuwarf, war so intensiv, dass mein Widerstand dahinschmolz wie eine Eisschicht unter einem Flammenstrahl. Er streckte seine freie Hand aus und rief »Hat irgendjemand mal ein Handy für mich? Ich habe meins gerade nicht bei mir« in die Menge.

Die Touristen lachten. Eine hübsche Frau hielt ihm ihr Handy hin, aber ich ging einen Schritt auf sie zu und scheuchte sie weg.

»Du musst nicht kündigen«, murmelte ich. Ich glaubte ihm. Was auch sonst, schließlich war er bereit, alles für mich aufzugeben.

»Wie war das?«, fragte er und legte eine Hand hinter sein Ohr.

»Du musst nicht kündigen«, sagte ich lauter. »Ich glaube dir.«

Er runzelte die Stirn. Dann schüttelte er den Kopf. »Das wollte ich nicht hören.«

Jetzt war ich an der Reihe mit Stirnrunzeln. Als ich seinen Blick sah, wusste ich, dass er ganz eindeutig irgendetwas im Schilde führte. Oh, oh.

»Was willst du denn von mir hören?«, sagte ich. Obwohl meine Zweifel noch immer Kratzspuren in meinem Inneren hinterließen, ebbten sie allmählich ab, so als würde mich eine Flutwelle aus Verlangen zurück aufs Meer ziehen, die mit jeder Sekunde, die ich ihn anschaute, größer wurde.

»Ich glaube«, sagte er, »jetzt bist du an der Reihe, mir zu sagen, dass du mich liebst.«

Ich wurde knallrot. Ich schaute mich schnell um. Mindestens dreißig Leute beobachteten uns. Das konnte ich nicht, nicht vor all diesen Fremden. Ich schüttelte den Kopf, aber er gab nur ein Ts-ts-ts von sich.

»Du lässt mir keine Wahl, Martin«, sagte er. »Entweder gibst du zu, dass du mich liebst, oder mein Handtuch verschwindet vor all diesen Zeugen.«

Was? Das würde er nicht machen! Die Leute hatten teilweise ihr Handy gezückt. Sein Foto würde garantiert durch alle Netzwerke geistern, und irgendwann wüsste man, wer er war, und die Auswirkungen für die ACC ... Das konnte ja wohl nicht sein Ernst sein! Ich begegnete seinem Blick. War es aber! Er würde es tun! Ach du lieber Gott!

Die Leute begannen zu klatschen und ihn anzufeuern. Die eine Hälfte – neben einigen Männern waren die meisten Frauen – wollte das Handtuch fallen sehen. Die andere Hälfte, hauptsächlich Männer, ermutigte mich recht lautstark, endlich etwas zu sagen.

Ich schaute fassungslos zu Jason und dann zu Marcellino, aber der war mir auch keine Hilfe, er lachte und klatschte zusammen mit all den anderen.

Und da spürte ich sie, oder eigentlich mich, mein altes Ich. Die Chelsea von damals hätte die Situation nämlich urkomisch und romantisch und wunderschön gefunden. Sie wäre hingerissen gewesen von diesem absurden Auftritt. Ich sah kurz nach unten. Meine Füße standen auf dem Boden, aber mein Herz – mein Herz schwebte.

»Also, was soll es sein, Liebling?« Ungeduldig ließ Jason das Handtuch einen Zentimeter rutschen. Miep!

»Schön. In Ordnung. Genug.« Ich hob mein Kinn. Ich begegnete Jasons Blick und sagte: »Du bist ein Idiot.«

Er grinste völlig unbeeindruckt. »Und?«

»Und ich liebe dich«, sagte ich. Die Worte wurden von den Leuten vor allem mit großem Zuspruch und nur einem klitzekleinen bisschen Enttäuschung aufgenommen.

Marcellino war wohl klar, dass wir jetzt ein wenig Zeit für uns brauchten, und er bot eine kostenlose Weinprobe an, und innerhalb weniger Minuten standen Jason und ich, er in seinem Handtuch und ich mit meinen grandios schlafzerwühlten Haaren und ohne BH, allein vor der Burg. Ein perfektes Paar.

»Sag das noch einmal«, bat er mich und trat einen Schritt näher.

»Ich liebe dich«, sagte ich. Und dann ging ich zu ihm, bis wir nur noch Zentimeter auseinanderstanden.

Über sein Gesicht huschte Erleichterung, was sofort von aufrichtiger Freude abgelöst wurde, und als er dieses Mal lächelte, gingen beide Mundwinkel nach oben. Er räusperte sich. »Ich muss das noch einmal wissen, Chelsea Martin, meinst du damit, dass du von allen Männern, die du bisher geliebt hast, mich haben willst?«

»Ja, für dich habe ich mich entschieden, Jason Knightley.« Ich legte all die Liebe in meinen Blick, die ich für ihn empfand. »Aber du darfst mich nie mehr anlügen.«

Er zuckte zusammen. »Dann muss ich dir wohl oder übel gestehen, dass ich am Tag des *Vorfalls* deine großartigen Brüste doch gesehen habe.«

»Ich wusste es!«, schrie ich. Und als ich ihm gerade eine verpassen wollte, stürzte er sich auf mich und küsste mich mitten auf den Mund, wodurch ich vergaß, dass ich wütend war. Als ich ein wenig auf Abstand ging, konnte ich kaum noch klar denken, aber eins brachte ich noch hervor: »Versprich mir, dass es keine Lügen oder Ausreden mehr geben wird, und zwar egal welcher Art oder aus welchem Grund.«

»Nie mehr wieder, versprochen.« Als er die rechte Hand zum Schwur hob, rutschte sein Handtuch. Ich schnappte es und rettete ihn davor, sich vor einer ankommenden Busladung Touristen zu entblößen.

»Knightley«, schimpfte ich, als er die Arme um mich schlang und an sich zog.

»Es ist in Ordnung. Ich hab dich verstanden, Martin«, sagte er.

Und dann küsste er mich wieder, leidenschaftlich, mitten auf einem Weingut in der Toskana, und ich wusste, dass diese Gefühle real waren. Weil ich endlich, nach so vielen Jahren, meine Trauer und meinen Schmerz losließ und die Freude hereinbat.

Ich hatte es geschafft. Ich hatte mich wiedergefunden. Ich hatte mein Lachen wiedergefunden und ich erinnerte mich daran, wie es sich anfühlte, verliebt zu sein, oh ja, und wie ich mich erinnerte. Denn im Moment war ich ziemlich heftig und bis über beide Ohren in Jason verliebt. Und das Beste daran, er liebte mich auch.

Epilog

»Du hast dich während der Zeremonie gut geschlagen, Martin«, sagte Jason. Sein dunkelblauer Anzug mit dem hellblauen Hemd standen ihm ausgesprochen gut, außerdem leuchteten seine Augen dadurch in einem satten Meerblau, in das ich am liebsten eingetaucht wäre, um diesem Tag zu entkommen. Aber Fehlanzeige.

»Und du siehst verdammt heiß aus«, fügte er hinzu. Ich schnaubte.

»Träumst du etwa davon, die Brautjungfer zu entjungfern?«, fragte ich.

»Da könntest du recht haben«, sagte er. Er lehnte sich zu mir und knurrte mir leise mit rauer Stimme, die meine Pupillen ganz groß werden ließen, ins Ohr: »Ich kann es kaum erwarten, dich aus diesem Kleid zu bekommen.«

Ich lachte und warf die wippenden Locken, die Sheri sich gewünscht hatte, über meine Schultern. »Damit wären wir schon zu zweit, aber schätzungsweise aus unterschiedlichen Gründen.«

Es war ein warmer Junitag und das rosafarbene Mieder meines Blumenmädchenkleides engte mich fürchterlich ein. Trotz des kratzenden Tüllpetticoats, der meinen Rock total aufblähte, legte Jason seinen Arm um meine Taille, zog mich eng an sich und führte mich zu unserem Tisch. Annabelle war mit ihrem momentanen Freund bereits da, und als sie mich in meinem identischen Kleid sah, prostete sie mir mit ihrem Weinglas zu. Das war ihre Weise, mir Respekt zu zollen.

Ich war gekommen, hatte das fürchterliche Kleid angezogen, die Blütenblätter gestreut und war ganz die vorbildliche, tolerante Erwachsene, die an der zweiten Hochzeit ihres Vaters teilnahm. Die einzige Sache, die mir das alles erträglich machte, war das breite, leicht debile Grinsen im Gesicht meines Vaters, das jedes Mal auftauchte, sobald er seine Braut anschaute. Er war gewaltig verliebt, und jetzt, wo ich vollkommen verstand, wie sich das anfühlte, hoffte ich sehr, dass sich das nie ändern würde. Er verdiente alles Glück, das das Leben für ihn bereithielt.

Ich schaute mich auf der Feier um. Eins musste ich Sheri lassen. Es war eine wunderschöne Hochzeit. Über den Tischen und der Tanzfläche, die vor der Band aufgebaut worden war, spannten sich Tüllbänder und bunte Papierlaternen. Wir feierten im Freien auf dem saftig grünen Rasen eines Resorts am Smugglers Beach in Cape Cod, und die Wellen des Ozeans donnerten gleich hinter den hohen Dünen an Land.

In der Mitte der Tische stand jeweils eine brennende Sturmlaterne, um die Treibholzstücke, Meerglas und Muscheln drapiert waren. Die Trauung war kurz, aber sehr schön bei Sonnenuntergang am Strand abgehalten worden, und nachdem Braut und Bräutigam sich das Jawort gegeben hatten, führten sie die Gäste zurück zum Resort.

Jason zog den Stuhl für mich heraus und ich setzte mich. Während die anderen Gäste ihre Plätze suchten, nutzte ich den Moment, um kurz mit ihm über die Arbeit zu sprechen. Als wir nach Boston zurückkehrten, hatte Aidan einige Strippen gezogen, damit die Firmenrichtlinien bezüglich Beziehungen zwischen Mitarbeitern geändert wurden. Während Aidans Abwesenheit wurden Jason und ich zu Mitgeschäftsführern der Abteilung ernannt. Obwohl unsere Arbeitsstile nicht ganz ineinandergriffen, hatten wir eine Menge Spaß daran, das Beste daraus zu machen.

»Robbie Severin hat mir heute Morgen eine Sprachnachricht hinterlassen«, sagte ich.

»Ach ja?«

»Er will im Spätsommer mit der Durchführung der Kampagne beginnen.«

Jason machte eine Siegerfaust. »Hast du das Aidan schon erzählt?«

»Habe ich«, sagte ich. »Und selbst ohne Haare war er total aus dem Häuschen.«

Dann schwieg ich, und Jason, der ganz im Einklang mit mir und allem, was mich ausmachte, stand, sagte: »Er wird schon wieder werden, Liebling.«

»Ich weiß«, sagte ich. »Seine Prognose ist wirklich gut, aber trotzdem …«

»Ja«, sagte er. Dann drückte er seine Stirn gegen meine, und wir nahmen uns beide einen Moment Zeit, um an all die Lieben zu denken, die wir verloren hatten. Das machte uns und unser Handeln aus. Er lehnte sich zurück und strich mir sanft mit seinem Daumen über die Wange. »Jess hätte dich geliebt.«

Ich grinste, das war das größte Lob, das er mir aussprechen konnte, und ich erwiderte: »Und meine Mutter hätte dich vergöttert.«

Sein Lächeln wurde breiter. Einen Moment lang verloren wir uns ineinander, das passierte uns manchmal. Unsere Liebe war noch so wunderbar und hell und neu, dass sie uns ablenkte. Erst als Annabelle über den Tisch fasste und mich am Arm zupfte, löste ich den Blick von meinem Freund.

»Was ist?«, fragte ich meine Schwester. Bei dem Gedanken, wie wir beide in unseren rosafarbenen Kleidern wohl aussahen – die Gott sei Dank letztendlich noch in die dezentere Zartrosavariante getauscht worden waren –, bemühte ich mich um einen neutralen Gesichtsausdruck. Ich würde garantiert alle Bilder von mir in diesem Kleid verbrennen, was in Ordnung war, denn wie ich Annabelle kannte, würde sie mir zu meinem Geburtstag garantiert eine lebensgroße Pappfigur von uns beiden schenken. So tickte sie nun einmal.

»Auch wenn ich es himmlisch finde, wenn du auf Wolke sieben schwebst«, sagte Annabelle mit einem Grinsen, »sieht es ganz so aus, als würde gleich etwas passieren.« Sie zeigte Richtung Bühne.

Vor der Band stand Sheri Armstrong – Verzeihung, Sheri Martin. Sie hatte sich entschieden, Dads Nachnamen anzunehmen. Sie trug ein cremefarbenes Kleid mit einem zarten Spitzenmieder, der Rock war aus Organza mit passendem Spitzenbesatz. Sheri sah zauberhaft aus und mein Vater hatte sie den ganzen Abend nicht aus den Augen gelassen.

Selbst wenn ich ein, zwei Mal einen gewissen Schmerz empfunden hatte, wusste ich, dass ich es nicht anders gewollt hätte. Ich freute mich für ihn – ganz ehrlich. Während der letzten Wochen hatte ich mich bemüht, ein wenig Zeit mit Sheri zu verbringen. Ich hatte keine Ahnung, ob wir uns jemals richtig nahestehen würden, denn ich kämpfte noch immer damit, dass sie meine Mutter ersetzte, obwohl ich natürlich wusste, dass das mein Problem war und nicht ihres. Aber ich konnte mir durchaus vorstellen, dass wir im Laufe der Zeit vielleicht Freundinnen, wenn nicht sogar gute Freundinnen würden. Ich wollte es zumindest versuchen.

»Ähem.« Sheri räusperte sich. Ihre dunklen Haare waren kunstvoll nach oben gesteckt und wurden von Perlenspangen fixiert. »Könnt ihr mich hören?«

Ihre Stimme dröhnte über die Hochzeitsgesellschaft, sie zuckte zusammen und musste dann über sich selbst lachen, weil sie vor

Schreck einen Satz gemacht hatte. Sie lächelte ihren frisch vermählten Ehemann an und er grinste zurück.

»Zuerst möchte ich mich bei euch bedanken, dass ihr unsere Hochzeit mit uns feiert«, sagte sie. Ihre Stimme war von echter Dankbarkeit erfüllt. »Ich bin sehr glücklich, dass ihr alle kommen konntet.« Vielleicht bildete ich mir das nur ein, aber ich hatte den Eindruck, dass Sheri etwas länger zu mir schaute. Als ich spürte, wie Jason meine Hand drückte, wusste ich, dass es stimmte.

»Aber es gibt jemanden, der heute nicht bei uns sein kann, bei dem ich mich aber gern bedanken würde, weil es wichtig ist«, sagte sie. Ihre Hand zitterte und ihre Stimme hörte sich etwas belegt an. Sie streckte meinem Vater ihre freie Hand hin, der sie nahm. Dann schaute sie meinen Vater liebevoll an und ihr Gesicht wurde ganz weich. »Ich würde mich gern bei Christine Martin dafür bedanken, dass sie *unserem* Ehemann beigebracht hat, so ein freundlicher, liebevoller und geduldiger Mann zu sein. Und ich möchte, dass sie weiß, dass ich ihn immer von ganzem Herzen lieben und mich mit allem, was mich ausmacht, um ihn kümmern werde.«

Also, das kam unerwartet. Ich spürte, wie mir die Tränen in die Augen traten und mir ganz eng in der Kehle wurde. Annabelle lehnte sich zu mir, schlang ihre Arme um mich und drückte mich. Mir fiel auf, dass in ihren Augen auch Tränen glitzerten.

»Und ich möchte euch allen, die das Glück hatten, Christine zu kennen und von ihr geliebt zu werden, versichern, dass ich ihr Andenken an allen Tagen unseres gemeinsamen Lebens in Ehren halten werde.«

Dad drückte seine neue Frau fest an sich und wischte eine Träne hinter seinen Brillengläsern weg. Als er zu Sheri schaute, sagte er: »Danke.«

Und in dem Augenblick wurde mir klar, dass ich Sheri falsch

eingeschätzt hatte. Und zwar vollkommen falsch. Mein Vater hatte recht gehabt. Sie war etwas Besonderes und er hatte das in nur zwei Wochen herausgefunden. Ein kluger Mann. Ich schaute Jason ergriffen an und er nickte verständnisvoll. Er wusste, was ich tun musste, und stärkte mir den Rücken. Ich gab ihm einen schnellen Kuss und stand auf. Dann nahm ich Annabelles Hand und zog sie mit mir zur Bühne.

»Oh nein, du machst jetzt aber keine Szene, oder?«, fragte Annabelle leicht panisch, sie musste sich anstrengen, um mit mir Schritt zu halten. »Ich meine, es war doch nett, was sie gesagt hat, findest du nicht?«

Ich antwortete nicht. Direkt vor meinem Vater und seiner neuen Frau blieb ich stehen. Ich schaute auf die zierliche Frau, die meiner Mutter überhaupt nicht ähnelte, meinen Vater aber trotzdem glücklich machte. Ich wischte mir die Tränen vom Gesicht, breitete meine Arme aus und sagte: »Willkommen in der Familie … Mom.«

Danksagung

Es gibt so viele Menschen, bei denen ich mich für die Entstehung dieses Buchs bedanken möchte, dass ich gar nicht weiß, wo ich anfangen soll.

Ein Dank geht an meinen Sohn Wyatt. Wenn ich an einem kalten Dezembermorgen vor diesem Lebensmittelladen nicht auf dich gewartet hätte, wo die Zeit knapp wurde, dich rechtzeitig zur Schule zu bringen, wäre die Idee wahrscheinlich an mir vorübergezogen. Danke, Kind. Und ja, zögere nicht, mich daran zu erinnern, wenn ich mal wieder schlecht gelaunt bin, weil wir zu spät dran sind.

Ein großer Dank gilt meiner unglaublichen Agentin, Christina Hogrebe, die tief Luft holte, als ich ihr nebenbei von der Idee erzählte und darauf bestand, alles andere stehen und liegen zu lassen und sofort dieses Buch zu schreiben. Du warst vom ersten Tag an eine Verfechterin dieser Geschichte, was ich sehr zu schätzen weiß.

Ein dickes Dankeschön geht an meine großartige Lektorin, Kate Seaver, die diese Geschichte begeistert aufnahm, mir unschätzbare Denkanstöße gab, den Text mit großem Verständnis durchleuchtete und mich immer wieder ermutigte. Dir gebührt eine Lektoren-Tapferkeitsmedaille, weil du mehr als nur deine Pflicht getan hast, um aus dieser Geschichte das absolut Beste zu machen.

Bedanken möchte ich mich auch bei meinem erstaunlichen Team bei Berkley: Brittanie Black, Jessica Mangicaro, Danielle Keir und Natalie Sellars. Vielen Dank euch allen für eure Unterstützung, eure Begeisterung und die harte Arbeit, die ihr in dieses Buch gesteckt habt.

Ein herzlicher Dank an meine Schriftstellerfreunde, Paige Shelton und Kate Carlisle, die mich anfeuerten und mir halfen, jegliche Löcher in der Konstruktion meiner Geschichte zu stopfen.

Und noch eine persönliche Anmerkung. Vielen Dank meinen Testlesern Alyssa Amaturo, Annette Amaturo und Susan McKinlay. Eure Vorschläge, eure Begeisterung und Unterstützung waren unbezahlbar.

Und dann ist da natürlich noch mein Bruder Jon McKinlay. Du hast mir das Werkzeug für die Stadt gegeben, die du gebaut hast, Boston, und ohne dich hätte ich nicht darüber schreiben können. Danke, Bruderherz!

Ein herzlicher Dank gilt meinem Sohn Beckett. Du hast all die Kilometer, die wir zusammen durch Paris gestromert sind, tapfer durchgehalten, und ich weiß es sehr zu schätzen, dass du mich wiederholt davor bewahrt hast, mich zu verlaufen. Ich werde es nie vergessen, als ich mit dir und deinem Bruder auf der Spitze des Eiffelturms war.

Unendlich dankbar bin ich Chris Hansen Orf, auch bekannt als der Hub. Dass du meine Arbeit unterstützt, bedeutet mir alles, und ich bin so froh, dass ich dich habe und mit dir reden kann, wenn die Worte einmal nicht fließen wollten. Du bist der Beste!

Und zu guter Letzt möchte ich mich bei meiner Familie und meinen Freunden für eure unermüdliche Ermutigung bedanken, bei meinen Schriftstellerkolleginnen, weil sie mich so unterstützt haben, und bei meinen Lesern für ihre Begeisterung, die immer ein Licht in der Dunkelheit für mich ist.

Jedes Buch ist wie eine Reise, und dieses hatte einen steilen Anstieg, aber keiner von euch hat mich fallen lassen. Tausend Dank euch allen.